Te echo de menos

HARLAN COBEN

TE ECHO DE MENOS

Traducción de
JORGE RIZZO

RBA

Título original inglés: *Missing You.*

© Harlan Coben, 2014.

© de la traducción: Jorge Rizzo Tortuero, 2017.

© de esta edición: RBA Libros, S.A., 2017.

Avda. Diagonal, 189 - 08018 Barcelona.

rbalibros.com

Primera edición: febrero de 2017.

REF.: OBFI107

ISBN: 978-84-9056-593-3

DEPÓSITO LEGAL: B. 730-2017

ANGLOFORT, S. A. • PREIMPRESIÓN

Impreso en España - *Printed in Spain*

A RAY Y MAUREEN CLARKE

Kat Donovan acababa de bajarse del viejo taburete de su padre, dispuesta a dejar el O'Malley's, cuando Stacy dijo:

—No te va a gustar lo que he hecho.

El tono de aquella frase hizo que Kat se detuviera de golpe.

—¿Qué?

El O'Malley's había sido un bar de policías de los de toda la vida. El abuelo de Kat ya había pasado muchas tardes en él, igual que su padre y sus colegas del Departamento de Policía de Nueva York. Ahora lo habían convertido en un bar de yupis estirados, y estaba lleno de tipos engreídos con camisas blancas impecables, trajes negros y una barba de dos días cuidada al máximo para que pareciera descuidada. Eran unos tipos blandos que sonreían con petulancia y que llevaban hasta el último cabello esculpido con geles y espumas, y que bebían Ketel One en lugar de Grey Goose porque habrían visto algún anuncio en la tele donde decían que ese era el vodka que bebían los hombres de verdad.

Stacy paseó la mirada por el bar. Evitándola. A Kat eso no le gustó.

—¿Qué es lo que has hecho? —le preguntó.

—¡Vaya! —dijo Stacy.

—¿Qué?

—Capullo hostiable a las cinco en punto —dijo Stacy. Kat se giró hacia la derecha para echar un vistazo—. ¿Lo has visto?

—Sí, sí —respondió Kat.

En cuanto a decoración, el O'Malley's no había cambiado tanto con el paso de los años. Sí, claro, los viejos televisores habían sido reemplazados por pantallas planas que mostraban una exagerada gama de partidos y deportes variados (¿a quién le importaba si los Edmonton Oilers ganaban o perdían?), pero, aparte de eso, conservaba aquel ambiente de bar de polis, y eso era lo que atraía a aquellos pretenciosos, que al invadir el bar estaban eliminando lo que le había dado ida, convirtiéndolo en una especie de versión Disney de lo que había sido en el pasado.

Kat era la única poli que aún iba al bar. Sus colegas se marchaban a casa al acabar el turno, o a sus reuniones de alcohólicos anónimos. Kat todavía seguía yendo a aquel lugar, y se sentaba en el viejo taburete de su padre con sus fantasmas, especialmente aquella noche, en que el asesinato de su padre volvía a rondarle la cabeza. Solo quería estar allí, sentir la presencia de su padre, que de algún modo —por ridículo que sonara— le diera fuerzas.

Pero aquellos idiotas no la dejarían en paz, no...

Aquel capullo hostiable en particular —expresión para llamar a cualquier tipo que se mereciera una hostia en los morros— había cometido un pecado clásico digno de hostia. Llevaba gafas de sol. A las once de la noche. En un bar mal iluminado. Otros detalles dignos de hostia incluían llevar la cartera cogida con una cadena, los pañuelos pirata, las camisas de seda desabotonadas, la profusión de tatuajes (con mención especial para los de símbolos tribales), las chapas militares (en los tíos que no habían servido en el ejército) y los relojes de pulsera blancos enormes.

Gafas de Sol sonrió con suficiencia y levantó la copa en dirección a Kat y Stacy.

—Le gustamos —dijo Stacy.

—Déjate de evasivas. ¿Qué es lo que no me iba a gustar?

Cuando Stacy se giró de nuevo hacia ella, Kat observó el gesto de decepción en el rostro hiperhidratado del capullo hostiable. Ya lo había visto muchas veces. Stacy gustaba a los hombres. No, más que eso: Stacy era un bombón, de esos que dejan a los hombres temblando, castañeteando y rabiando por dentro. Cuando se le acercaban, les fallaban las piernas y se volvían tontos. Muy tontos. Tontos de capirote.

Por eso quizá fuera un error salir por ahí con alguien con el aspecto de Stacy: los tipos llegaban a la conclusión de que no tenían ninguna posibilidad con una mujer así. Parecía inalcanzable.

Kat, en cambio, no.

Gafas de Sol fijó el objetivo en Kat e inició el ataque. Más que caminar hacia ella, se deslizó sobre su propia baba. Stacy contuvo una risita.

—Esto va a ser divertido —dijo.

Con la esperanza de desalentarlo, Kat miró al tipo de frente con expresión de desdén. Gafas de Sol no se achantó. Siguió avanzando, bamboleándose al ritmo de la música..., de alguna canción que debía de sonar solo en su cabeza.

—Hola, guapa —dijo Gafas de Sol—. ¿Te llamas wifi? —Kat esperó—. Porque siento una conexión especial...

Stacy explotó en una carcajada.

Kat siguió mirándolo. El tipo siguió adelante.

—Me gustan las mujeres menudas como tú, ¿sabes? Me

pareces adorable. ¿Y sabes cómo estarías mejor aún? Conmigo.

—¿Alguna vez te funcionan esas frases tan tontas? —le preguntó Kat.

—Aún no he acabado. —Gafas de Sol tosió cubriéndose la boca con el puño, sacó su iPhone y se lo mostró a Kat—. Felicidades, cariño: acabas de pasar al primer puesto de mis tareas pendientes.

Stacy estaba disfrutando de lo lindo.

—¿Cómo te llamas? —dijo Kat.

El tipo arqueó una ceja.

—Como tú quieras que me llame, cariño.

—¿Qué tal Baboso? —Kat se abrió la americana, mostrándole el cinto con la pistola—. Voy a sacar la pistola, Baboso.

—Caray, chica, ¿eres mi nueva jefa? —dijo él señalándose la bragueta—. ¡Porque le acabas de dar un ascenso a mi compañero el calvo!

—Fuera de aquí.

—Mi amor por ti es como la diarrea —dijo Gafas de Sol—. Incontenible.

Kat se lo quedó mirando, horrorizada.

—¿Me he pasado? —preguntó él.

—¡Tío, eso es asqueroso!

—Ya, pero apuesto a que es la primera vez que lo oyes —dijo él. Aquella apuesta la habría ganado.

—Desaparece. Ya.

—¿De verdad? —insistió el tipo.

Stacy estaba casi por el suelo, partiéndose de la risa. Gafas de Sol empezó a retirarse.

—Un momento —continuó—. ¿Es una prueba? ¿Eso de Baboso no será... un cumplido o algo así?

—Lárgate.

Él se encogió de hombros, dio media vuelta, se fijó en Stacy y pensó: «¿Por qué no?». Repasó con la mirada su largo cuerpo y dijo:

—Bonitas piernas. ¿A qué hora abren?

Stacy se lo estaba pasando de cine.

—Poséeme, Baboso. Aquí mismo. Ahora mismo.

—¿De verdad?

—No.

Baboso volvió a mirar a Kat. Kat apoyó la mano en la culata de su pistola. Él levantó las manos y se apartó.

—¿Stacy? —dijo Kat.

—¿Hummm?

—¿Por qué creen estos tíos que tienen alguna oportunidad conmigo?

—Porque eres mona y tienes pinta de cachonda.

—Yo no soy cachonda.

—No, pero lo pareces.

—En serio, ¿tengo la misma pinta que ese perdedor?

—Tienes pinta de estar herida —dijo Stacy—. Odio decirlo. Pero ese sufrimiento... lo transmites, como una especie de feromona que a los capullos les resulta irresistible.

Ambas le dieron un sorbo a sus copas.

—Bueno, ¿y qué es eso que has hecho y que no me va a gustar? —preguntó Kat.

Stacy volvió a mirar hacia Baboso.

—Ahora me siento mal por él —dijo Stacy—. Quizá debería concederle un polvete rápido.

—No empieces.

—¿El qué?

Stacy cruzó sus largas piernas de modelo y le mostró una

11

sonrisa a Baboso. El tipo puso una cara como de perro abandonado en un coche demasiado tiempo.

—¿Crees que esta falda es demasiado corta, Kat?

—¿Falda? —respondió Kat—. Yo pensaba que era un cinturón.

A Stacy le gustó la respuesta. Le encantaba que se fijaran en ella. Le encantaba ligar con tíos, porque estaba convencida de que con pasar una noche con ellos les cambiaba la vida. También era parte de su trabajo. Stacy era socia de una agencia de investigación privada junto con otras dos mujeres espléndidas. ¿Su especialidad? Pillar (atrapar, en realidad) a maridos infieles.

—¿Stacy?

—¿Hummm?

—¿Qué es eso que no me va a gustar?

—Esto.

Sin dejar de mirar a Baboso, Stacy le dio un trozo de papel a Kat. Kat miró el papel y frunció el ceño: «KD8115 Sexoa-Tope».

—¿Qué es esto?

—KD8115 es tu nombre de usuaria. —Sus iniciales y su número de placa—. SexoaTope es tu contraseña. Ah, y distingue mayúsculas de minúsculas.

—¿Y esto para qué es?

—Para un sitio web..., EresMiTipo.com.

—¿Cómo?

—Es un servicio de citas por internet.

—Por favor, dime que es una broma —dijo Kat haciendo una mueca.

—Es un sitio exclusivo.

—Eso es lo que dicen de los clubes de estriptis.

—Te he pagado la inscripción —dijo Stacy—. Es para un año.

—Estás de broma, ¿verdad?

—No bromeo. He trabajado para esta empresa. Son buenos. Y no nos engañemos: necesitas un hombre. Quieres un hombre. Y aquí no vas a encontrarlo.

Kat suspiró, se puso en pie y le hizo un gesto al camarero, un tipo llamado Pete que parecía un personaje secundario que siempre hiciera de camarero irlandés —que era en realidad lo que era—. Pete le devolvió el gesto, indicándole que le había apuntado las copas a su cuenta.

—¿Quién sabe? —dijo Stacy—. A lo mejor encuentras a tu príncipe azul.

Kat se dirigió hacia la puerta.

—Sí, o un nuevo filón de babosos.

Kat escribió «EresMiTipo.com», apretó la tecla Enter e introdujo su nuevo nombre de usuaria y su embarazosa contraseña. Frunció el ceño cuando vio el lema que había escogido Stacy para su perfil: ¡MONA Y CACHONDA!

—Se ha dejado «y herida» —murmuró.

Era más de medianoche, pero Kat no tenía costumbre de dormir demasiado. Vivía en un barrio demasiado elegante para ella —en la calle Sesenta y siete, al oeste de Central Park, en el Atelier—. Cien años atrás, aquel edificio y los contiguos, incluido el famoso Hotel des Artistes, acogían a escritores, pintores, intelectuales..., artistas. Los amplios apartamentos de estilo europeo daban a la calle, y los estudios de artistas, más pequeños, atrás. Con el tiempo, los antiguos estudios fueron convirtiéndose en apartamentos de un dormitorio. El padre de Kat, un poli que había visto hacerse ricos a sus amigos sin hacer nada más que comprar fincas, quiso probar suerte. Un tipo al que le había salvado la vida le vendió aquel piso muy barato.

Kat se había trasladado allí en su época de estudiante en la Universidad de Columbia. Se había pagado los estudios universitarios con una beca de la policía. Según el proyecto de vida que se había trazado, se suponía que tenía que estudiar derecho y luego entrar en un gran bufete de Nueva York, renunciando por fin al maldito legado familiar de servicio en la policía.

Solo que no había ido así la cosa.

Junto al teclado tenía una copa de vino tinto. Kat bebía demasiado. Sabía que aquello era un cliché —el poli que bebe demasiado—, pero a veces los clichés tienen una razón de ser. Funcionaba bien. No bebía en el trabajo. Realmente no afectaba a su vida de un modo ostensible, pero si hacía una llamada o si tomaba decisiones a última hora de la noche, solían ser... algo torpes. Con los años había aprendido a apagar el teléfono móvil y a no responder el correo electrónico a partir de las diez de la noche.

Y, sin embargo, ahí estaba, echando un vistazo a los perfiles de unos tipos desconocidos en una página de citas.

Stacy había subido cuatro fotografías a la página de Kat. La fotografía del perfil de Kat, un primer plano de la cara, la había recortado de una foto de grupo de las damas de honor de una boda del año anterior. Kat intentó ver su propia imagen objetivamente, pero le resultó imposible. Odiaba aquella foto. La mujer de la foto parecía insegura, con una sonrisa débil, casi como si esperara que le dieran un bofetón o algo así. Cuando se decidió a afrontar el doloroso ritual de ver el resto de las fotos, vio que todas estaban recortadas a partir de fotografías de grupo, y que en todas parecía casi como si estuviera sufriendo.

Vale, ya estaba bien de mirar su perfil.

En el trabajo, los únicos hombres con los que trataba eran policías. No quería un policía. Los policías eran buenos hombres y terribles maridos. Eso lo sabía perfectamente. Cuando la abuela enfermó y entró en fase terminal, su abuelo, incapaz de afrontarlo, huyó hasta que..., bueno, hasta que fue demasiado tarde. Pops, como llamaba a su abuelo, nunca se lo perdonó a sí mismo. O al menos aquella era la teoría de Kat. Era un hombre solitario y, aunque para muchos había sido un héroe, se había encogido en el momento decisivo. Pops no podía vivir con aquel peso sobre los hombros, su pistola reglamentaria estaba allí mismo, en el mismo estante alto de la cocina donde siempre la había guardado, así que un día fue al estante, la cogió, se sentó en la mesa de la cocina y...

Bum.

El padre de Kat también cogía cogorzas, y a veces desaparecía durante días. Su madre se ponía exageradamente contenta cuando ocurría —lo cual hacía aquello más misterioso y alarmante—, fingiendo que él había ido de misión secreta, o bien, directamente, comportándose como si no hubiera desaparecido, como si no fuera cierto que no se le veía el pelo. Luego, de pronto, quizás una semana después, papá aparecía recién afeitado, con una sonrisa y una docena de rosas para mamá, y todo el mundo actuaba como si fuera normal.

EresMiTipo.com. Ella, la monísima y cachonda Kat Donovan, estaba en una página de citas por internet. Desde luego, para eso se planifica tanto uno la vida. Levantó la copa, hizo un gesto de brindis hacia la pantalla del ordenador, y le dio un buen sorbo.

Desgraciadamente, el mundo ya no ofrecía la posibilidad de encontrar una pareja para toda la vida. Sexo sí, claro. Eso era fácil. De hecho, eso era lo esperado, lo único que se podía dar por descontado en las citas, y aunque a ella le gustaban los placeres de la carne como a cualquiera, lo cierto era que cuando se iba a la cama con alguien demasiado pronto, con motivo o sin él, las probabilidades de que aquello desembocara en una relación a largo plazo descendían en picado. No hacía juicios morales al respecto. Es que era así.

El ordenador emitió un aviso. Apareció un mensaje:

¡TENEMOS PERSONAS AFINES A TI! ¡HAZ CLIC AQUÍ PARA VER A TUS CANDIDATOS!

Kat se acabó la copa de vino. Se planteó si ponerse otra, pero no: la verdad es que ya había bebido bastante. Hizo autoexamen y reconoció la verdad, evidente pero no manifiesta: querría tener a alguien en su vida. Más valía tener el valor de admitirlo, ¿no? Por mucho que se esforzara en ser independiente, Kat quería un hombre, un compañero, alguien en su cama por las noches. No es que suspirara por conseguirlo, ni forzaba la situación; ni siquiera se esforzaba mucho. Pero no estaba hecha para estar sola.

Empezó a curiosear entre los perfiles. Quien no juega no gana, ¿no?

Patético.

Algunos de aquellos hombres podía eliminarlos con solo echar un vistazo a la fotografía de su perfil. Pensándolo bien, aquello era clave: la fotografía que cada uno de ellos había escogido con tanto esmero era, sin duda, la primera impresión (perfectamente controlada) que iban a dar. Por lo que decía muchísimo de ellos.

Así pues, si alguien había escogido conscientemente ponerse un sombrero de fieltro, eso era un no automático. Si había escogido presentarse sin camisa, por cachas que estuviera, otro no automático. Si llevaba un auricular *bluetooth* en la oreja —Dios, ¿*tan* importante eres?—, no automático. Si llevaba una barbita tipo mosca o un chaleco o guiñaba un ojo o hacía gestos con las manos o había elegido una camisa de color mandarina (eso era una manía personal) o si llevaba las gafas de sol subidas y apoyadas sobre la cabeza, no, no, no automático. Si el nombre de perfil era Semental, Sonrisa Sexy, Guapetón, Sex Machine o algo así... Sí, exacto. Lo mismo.

Kat abrió unos cuantos perfiles de tipos que parecían... abordables, suponía. Todas las descripciones tenían un tono parecido, deprimente. A todos los que estaban en ese sitio web les gustaba pasear por la playa, salir a cenar, hacer ejercicio, los viajes exóticos, catar vinos, ir al teatro y a los museos, ser activos, correr riesgos y grandes aventuras; y, sin embargo, también se mostraban satisfechos quedándose en casa y viendo una película, tomando café y conversando, cocinando, leyendo un libro..., los placeres más simples de la vida. Todos decían que la cualidad que más valoraban en una mujer era el sentido del humor —sí, ya, seguro—, hasta el punto en que Kat se preguntó si «sentido del humor» no sería un eufemismo para «tetas grandes». Por supuesto, todos los tipos decían que preferían los cuerpos atléticos, delgados *y* con curvas.

Aquello parecía más sincero, si no ya una pura ilusión.

Los perfiles nunca reflejaban la realidad. En lugar de representar la realidad, eran un magnífico —aunque fútil— ejercicio de descripción de lo que uno *cree* que es o lo que quiere que su pareja potencial crea que es —o, más probablemente, los perfiles (material abonado para cualquier psicólogo con ganas de hacer prácticas) simplemente reflejaban lo que cada uno quería ser.

Había descripciones personales para dar y vender, pero si hubiera tenido que resumirlas todas con una sola palabra, probablemente sería *sensiblería*. La primera decía: «Cada mañana, la vida es un lienzo en blanco esperando a que lo pinten». Clic. Algunas querían comunicar honestidad a base de repetir constantemente lo honestos que eran los sujetos en cuestión. Algunas fingían sinceridad. Algunas eran presuntuosas, soberbias, inseguras o desesperadas. Pensándolo bien, como la vida misma. La mayoría de aquellos tipos se esforzaban demasiado. El hedor a desesperación atravesaba la pantalla en efluvios de colonia mala. Todas aquellas frases manidas sobre almas gemelas eran desalentadoras. En la vida real, pensó Kat, nadie encuentra a nadie con quien quiera volver a salir una segunda vez, ¿y sin embargo en EresMiTipo.com iban a encontrar a una persona con la que querer despertarse cada mañana el resto de sus vidas?

Aquello era engañarse. ¿O había que pensar que la esperanza es lo último que hay que perder?

Eso era lo malo. Resultaba fácil mostrarse cínica y burlona, pero, cuando ya se iba a echar atrás, Kat cayó en la cuenta de algo que le atravesó el corazón: cada perfil era una vida. Era una simpleza, sí, pero detrás de cada perfil cargado de clichés e inconfesable desesperación había un ser humano como ella, con sus sueños, sus aspiraciones y sus deseos.

Aquella gente no se había apuntado, pagado la inscripción e introducido sus datos porque sí. Había que admitirlo: cada una de esas personas solitarias acudían a aquel sitio web —se apuntaban y revisaban un perfil tras otro— con la esperanza de que esta vez fuera diferente, esperando, contra todo pronóstico, encontrar por fin a la persona que, al final, se convirtiera en la más importante de su vida.

Vaya. Era para pensárselo un momento.

Kat se había quedado sumida en aquel pensamiento, pasando perfiles a una velocidad cada vez mayor, mirando los rostros de aquellos hombres —hombres que habían acudido a aquel sitio web con la esperanza de encontrar su mujer ideal— hasta verlos convertidos en una mancha borrosa, cuando vio aquella foto.

Por un segundo, o quizá dos, su cerebro no quiso creerse lo que habían visto sus ojos. Tardó otro segundo en detener el dedo, que seguía apretando el botón del ratón, otro más en que la sucesión de perfiles fuera frenándose y se detuvieran. Kat se sentó de nuevo y respiró hondo.

No podía ser.

Había pasado un montón de perfiles a gran velocidad, pensando en los hombres que había detrás de las fotografías, en sus vidas, sus deseos, sus esperanzas. Su mente —su gran virtud y su defecto como policía— se había puesto a pensar por su cuenta, no necesariamente concentrada en lo que tenía delante, pero registrando la imagen global. En su trabajo, eso le permitía valorar las posibilidades, las rutas de escape, los escenarios alternativos, ver las figuras acechando tras los obstáculos, las ofuscaciones, los escollos y los subterfugios.

Pero eso también significaba que, a veces, a Kat se le pasaba lo obvio.

Hizo clic repetidamente en la flecha de retroceso.

No podía ser él.

La imagen no había durado más que un instante. Todas aquellas ideas sobre el amor verdadero, el compañero, la persona con la que querría pasar el resto de su vida... No sería de extrañar que su imaginación le hubiera jugado una mala pasada. Habían pasado dieciocho años. Le había buscado en Google algunas veces, en noches de alcohol, pero no había encontrado más que algunos artículos que había escrito años atrás. Nada actual. Eso le había sorprendido, y había despertado su curiosidad —Jeff había sido un gran periodista—, pero ¿qué más podía hacer? Kat había tenido la tentación de investigarlo en mayor profundidad. En su posición, no le habría costado mucho. Pero no le gustaba usar sus contactos como agente de la ley para fines privados. También podía haberle preguntado a Stacy, pero ¿qué sentido tenía?

Jeff se había ido.

Perseguir a un examante, o incluso buscarlo en Google, era patético. Sí, vale, Jeff había sido más que patético. Mucho más. Sin pensarlo, Kat se tocó el dedo anular con el pulgar. Vacío. Pero no siempre lo había estado. Jeff se le había declarado, haciendo las cosas como se debe. Le había pedido la mano a su padre. Había hincado la rodilla en el suelo. Nada cutre. No había escondido el anillo en un postre ni habían aparecido en la pantalla del Madison Square Garden. Había sido una declaración con clase, romántica y tradicional porque él sabía que era así exactamente como lo quería ella. Los ojos empezaron a llenársele de lágrimas.

Kat clicó la flecha de retroceso, dejando atrás un popurrí de rostros y peinados, una representación multirracial de solteros disponibles, hasta que el dedo se detuvo. Se quedó mirando un momento, sin atreverse a mover un músculo, conteniendo la respiración.

Entonces un pequeño grito ahogado se le escapó por entre los labios.

El dolor de antaño volvió de golpe, atravesándole el corazón de nuevo, como si Jeff acabara de salir por aquella puerta, en aquel mismo instante, en aquel mismo segundo, y no dieciocho años antes. Con una mano temblorosa, se acercó a la pantalla y le tocó el rostro.

Jeff.

Aún estaba guapísimo, el maldito. Había envejecido un poco, las sienes se le habían teñido de gris pero, caray, qué bien le quedaba. Habría podido suponerlo. Jeff era uno de esos tipos que mejoraban con la edad. Le acarició el rostro. Una lágrima le surcó la mejilla.

«Vaya», pensó.

Kat intentó recomponerse, dar un paso atrás y ver aquello con perspectiva, pero la habitación le daba vueltas y no había manera de frenarla. Su mano, aún temblorosa, volvió a agarrar el ratón y presionó sobre la fotografía del perfil, ampliándola.

La pantalla parpadeó y apareció la página siguiente. Jeff estaba de pie, con una camisa de franela y vaqueros, las manos en los bolsillos y unos ojos tan azules que era inevitable mirar a fondo buscando en vano el perfil de una lentilla de color. Guapo. Increíblemente guapo. Estaba delgado y fuerte y a pesar de todo, después de tantos años, le había vuelto a despertar algo en lo más hondo de su ser. Por un momento, Kat tuvo la tentación de echar un vistazo al dormitorio. Cuando estuvieron juntos, ella ya vivía allí. Después de él habían pasado otros hombres por aquel dormitorio, pero ninguno le había dado la satisfacción que había experimentado con su exprometido. Sabía cómo sonaba aquello pero, cuando estaba con Jeff, vibraba de emoción. No era cuestión de técnica, de tamaño ni de nada de eso. Era —por antierótico que sonara— una cuestión de confianza. Eso era lo que hacía que el sexo fuera tan alucinante. Kat se sentía segura con él. Se sentía tranquila, guapa, despreocupada y libre. Él a veces la hacía rabiar, la controlaba, le hacía pasar por el aro, pero nunca la hacía sentir vulnerable ni insegura.

Kat nunca había podido dejarse llevar de aquel modo con otro hombre.

Tragó saliva y abrió el perfil. Su descripción personal era corta y, a juicio de Kat, perfecta: A VER QUÉ PASA.

Sin presiones. Sin planes ostentosos. Sin ideas ni condiciones previas, sin garantías ni grandes expectativas.

A ver qué pasa.

Fue a ver la ficha de «estado». En los últimos dieciocho años, Kat se había preguntado innumerables veces cómo le habría ido la vida, así que la primera pregunta era la más obvia: ¿Qué había pasado en la vida de Jeff, si ahora estaba en un sitio web para solteros?

Claro que, ¿y a ella? ¿Qué le había pasado a ella?

En el «estado» decía: VIUDO.

Otra sorpresa.

Intentó imaginárselo: Jeff casándose con una mujer, viviendo con ella, amándola, y luego viéndola morir. No podía procesarlo. Aún no. Estaba bloqueándose. Vale, no pasa nada. Asúmelo. No hay motivo para darle tantas vueltas.

Viudo.

Debajo, otra sorpresa: UN HIJO.

No se especificaba el sexo o la edad del hijo, por supuesto. Eso no importaba. Cada revelación, cada nuevo dato sobre el hombre que en otro tiempo había amado con todo su corazón, hacía que el mundo se balanceara de nuevo. Él había vivido toda una vida sin ella. ¿Por qué le sorprendía tanto? Sí, fue él quien la dejó, pero había sido culpa de ella. Él se había ido, en un abrir y cerrar de ojos, y con él la vida como la había conocido y como la había planeado.

Y ahora había vuelto, mezclado entre cien o quizá doscientos hombres cuyos perfiles había ojeado.

La pregunta era: ¿y ahora qué?

Gerard Remington estaba a pocas horas de declararse a Vanessa Moreau cuando su mundo se sumió de pronto en la oscuridad. La declaración, como tantas otras cosas en la vida de Gerard Remington, estaba cuidadosamente planeada. Primer paso: tras una extensa búsqueda, Gerard había comprado un anillo de compromiso de 2,93 quilates, corte princesa, claridad VVS1, color F, con una banda de platino y disposición en aureola. Lo había comprado en la tienda de un famoso joyero, en el distrito de los diamantes de Manhattan, en la calle Cuarenta y siete Oeste, y no en una de las más caras, sino en una caseta del fondo, cerca de la esquina de la Sexta Avenida. Paso dos: su vuelo, el JetBlue 267, saldría del aeropuerto Logan de Boston a las 7:30 de la mañana, y aterrizaría a las 11:31 en St. Maarten, desde donde Vanessa y él tomarían una avioneta a Anguila, donde llegarían a las 12:45. Pasos tres, cuatro, etc.: unas horas de relax en una casa dúplex en el Viceroy, con vistas a Meads Bay, un baño en la piscina infinita, hacer el amor, ducharse y vestirse, y cenar en Blanchards. La reserva de la cena era para las siete de la tarde. Gerard había llamado con antelación y había encargado una botella del vino preferido de Vanessa, un Château Haut-Bailly Grand Cru Classé 2005, Burdeos de denominación

Pessac-Léognan, para que lo tuvieran a punto. Tras la cena, Gerard y Vanessa pasearían por la playa descalzos y cogidos de la mano. Había consultado el calendario de fases lunares y sabía que la luna estaría casi llena. A 256 metros por la playa (lo había medido) había una cabaña con el tejado de paja que de día se usaba para alquilar equipo de buceo de esquí acuático. De noche no había nadie. Un florista local decoraría el porche de la cabaña con veintiún (el número de semanas que hacía que se conocían) lirios de agua blancos (la flor preferida de Vanessa). También habría un cuarteto de cuerda que, a una señal de Gerard, tocaría *Somewhere Only We Know*, de Keane, la que Vanessa y él habían decidido que sería siempre su canción. Entonces, como los dos en el fondo eran tradicionales, Gerard pondría una rodilla en el suelo. Gerard ya casi se imaginaba la reacción de Vanessa. Se quedaría sin habla de la sorpresa. Los ojos se le llenarían de lágrimas. Se llevaría las manos a la cara, asombrada y encantada.

—Has entrado en mi mundo y lo has cambiado para siempre —diría Gerard—. Como el catalizador más potente, has cogido este ordinario pedazo de arcilla y lo has transformado en algo mucho más fuerte, mucho más feliz y lleno de vida de lo que habría podido imaginar. Te quiero. Te quiero con todo mi ser. Quiero todo de ti. Tu sonrisa da color y forma a mi vida. Eres la mujer más bella y apasionada del mundo. ¿Quieres hacerme el hombre más feliz del mundo y casarte conmigo?

Gerard había estado estudiando hasta la última palabra —quería que fuera perfecto— cuando se hizo la oscuridad. Pero hasta la última de aquellas palabras era cierta. Quería a Vanessa. La quería con todo su corazón. Gerard nunca había sido muy romántico. A lo largo de su vida, mucha gente le había decepcionado. La ciencia no. Lo cierto es que siempre se había sentido a gusto solo, batallando contra los microbios y otros organismos, desarrollando nuevas medicinas y agentes que pudieran ganar aquellas batallas. Estaba tan a gusto en su laboratorio de Benesti Pharmaceuticals, pensando en una ecuación o una fórmula de la pizarra. Era, como solían decir sus colegas más jóvenes, de la vieja escuela. Le gustaba la pizarra. Le ayudaba a pensar —el olor de la tiza, el polvo que le ensuciaba los dedos, la facilidad para borrar— porque lo cierto era que, en cuestión de ciencia, eran muy pocas cosas las que duraban para siempre.

Sí, era allí, en aquellos momentos de soledad, donde más satisfecho se sentía Gerard. Satisfecho. Pero no feliz. Vanessa había sido la primera persona o cosa de su vida que le había hecho feliz. Gerard abrió los ojos y pensó en ella. Todo se elevaba a la décima potencia con Vanessa. Ninguna otra mujer le había estimulado mentalmente, emocionalmente y —sí, por supuesto— físicamente como Vanessa. Y sabía que ninguna otra mujer podría hacerlo.

Había abierto los ojos, y sin embargo todo seguía oscuro. Al principio se preguntó si de algún modo seguía estando en su casa, aunque hacía demasiado frío para estarlo. Él siempre tenía el termostato digital a 22 grados exactamente. Siempre. Vanessa a menudo se burlaba de su precisión. Durante su vida, algunas personas le habían planteado la posibilidad de que su obsesión por el orden se debiera a una fijación retentiva anal o incluso a un trastorno obsesivo compulsivo. Vanessa, en cambio, lo entendía y lo valoraba, y le parecía una ventaja. «Eso es lo que te convierte en un gran científico y en un hombre atento», le había dicho en una ocasión. Ella le explicó su teoría de que las personas que ahora consideramos «anómalas» en el pasado eran los genios del arte, de la ciencia y de la literatura, pero que ahora, con la medicina y los diagnósticos, los normalizan, los vuelven más uniformes, anulando su sensibilidad.

—La genialidad nace de lo insólito —le había explicado Vanessa.

—¿Y yo soy insólito?

—En el mejor sentido de la palabra, cariño.

Pero mientras el corazón se le hinchaba de orgullo con aquel recuerdo, no pudo evitar notar ese extraño olor. Algo olía a húmedo, a viejo y a mohoso, como..., como el estiércol. Como la tierra fresca. De pronto el pánico se adueñó de él. Aún rodeado de oscuridad, Gerard intentó llevarse las manos al rostro. No podía. Algo lo tenía atado por las muñecas. Parecía una cuerda o, no, algo más fino. Quizás un alambre. Intentó mover las piernas. Las tenía atadas entre sí. Apretó los músculos del vientre e intentó levantar ambas piernas juntas, pero dieron contra algo. Algo de madera. Justo por encima. Como si estuviera en...

Su cuerpo empezó a agitarse del miedo. ¿Dónde estaba? ¿Dónde estaba Vanessa?

—¿Oiga? —gritó—. ¿Oiga?

Gerard intentó levantar la espalda, pero también estaba amarrado por el pecho. No podía moverse. Esperó a que los ojos se le adaptaran a la oscuridad, pero parecía que le costaba.

—¿Hola? ¿Hay alguien? ¡Que alguien me ayude!

Ahora sí, oyó un ruido. Justo por encima. Parecía como si algo rascara la madera, como si se deslizara por ella o... ¿Pasos? Pasos justo por encima de él. Gerard pensó en la oscuridad. Pensó en el olor a tierra fresca. La respuesta de pronto se hizo evidente, pero no tenía sentido. «Estoy bajo tierra —pensó—. Estoy bajo tierra». Y entonces empezó a gritar.

3

Más que quedarse dormida, Kat perdió la conciencia. Como cada día laborable, la alarma de su iPod la despertó con una canción al azar —esa mañana fue *Bulletproof Weeks*, de Matt Nathanson— a las seis. No se le pasó que estaba durmiendo en la misma cama en la que había dormido con Jeff tantos años atrás. La habitación aún conservaba los paneles de madera oscura. El dueño anterior había sido un violinista de la Filarmónica de Nueva York que había decidido decorar todo el apartamento, de cincuenta y cinco metros cuadrados, como si fuera el interior de un viejo barco. Todo era madera oscura y ojos de buey en lugar de ventanas. Jeff y ella se reían de aquello, haciendo bromas de doble sentido sobre hacer zozobrar el barco o pedir desesperadamente un salvavidas o lo que fuera.

El amor convierte lo empalagoso en conmovedor.

—Este lugar —decía Jeff— no va contigo.

Él, por supuesto, veía a su novia universitaria mucho más alegre y llena de vida que su entorno, pero ahora, dieciocho años más tarde, cualquiera que entrara en su casa pensaría que el apartamento se adaptaba a la perfección a Kat. Del mismo modo que los miembros de una pareja acaban pareciéndose entre sí con el paso de los años, ella había empezado a parecerse a su apartamento.

Kat se planteó la posibilidad de quedarse en la cama y dormir un poco más, pero la clase empezaba dentro de quince minutos. Su instructor, Aqua, un travestido minúsculo con un trastorno de personalidad esquizofrénica, nunca aceptaba ninguna excusa para faltar a clase a menos que se tratara de un peligro de muerte. Además, Stacy podía estar allí, y Kat quería ponerla al día de todas aquellas noticias sobre Jeff y ver qué decía. Kat se puso sus pantalones de yoga y su camiseta sin mangas, cogió una botella de agua y se fue hacia la puerta. Cuando pasó delante del escritorio, la vista se le fue sin querer al ordenador.

¿Qué tenía de malo echar un vistazo rápido?

La página de EresMiTipo.com aún estaba abierta, aunque el sistema la había desconectado a las dos horas de inactividad. Mostraba una «emocionante oferta de bienvenida» a los «nuevos usuarios» (¿a quién si no iban a ofrecer una oferta de bienvenida?), un mes de acceso ilimitado (a saber qué significaría eso) por solo 5,74 dólares «facturados con discreción» (¿eh?) en la tarjeta de crédito. Afortunadamente para Kat, Stacy le había pagado la inscripción por un año. Yupi.

Kat introdujo su nombre y su contraseña de nuevo y pulsó Enter. Ya tenía mensajes de varios hombres. No hizo caso. Encontró la página de Jeff —que, por supuesto, había incluido en sus marcadores.

Clicó el botón Mensaje, y se quedó con los dedos apoyados en el teclado.

¿Qué podía decirle?

Nada. Al menos de momento. Mejor pensarlo bien. Ahora se le hacía tarde. La clase estaba a punto de empezar. Kat meneó la cabeza, se puso en pie y se dirigió hacia la puerta. Tal como hacía cada lunes, miércoles y viernes, recorrió la calle Setenta y dos a la carrera y entró en Central Park. El «alcalde» de Strawberry Fields, artista callejero que vivía de las propinas de los turistas, ya estaba colocando sus flores sobre el mosaico Imagine en recuerdo de John Lennon. Lo hacía casi todos los días, pero casi nunca tan temprano.

—Eh, Kat —dijo ofreciéndole una rosa. Ella la cogió.

—Buenos días, Gary.

Siguió corriendo por la parte superior de Bethesda Terrace. El lago aún estaba tranquilo —aún no había barquitas—, pero el agua que salía de la fuente brillaba como una cortina de cuentas. Kat tomó el sendero de la izquierda, y llegó cerca de la estatua gigante de Hans Christian Andersen. Tyrell y Billy, los mismos sintecho (si es que lo eran, ya que, por lo que ella sabía, vivían en el edificio San Remo y se vestían así por gusto) que se sentaban allí cada mañana, estaban, como siempre, jugando al gin rummy.

—Bonito culo, niña —dijo Tyrell.

—El tuyo también —respondió Kat.

Tyrell parecía encantado. Se puso en pie, se contoneó como si bailara algo muy sexual y luego chocó los cinco con Billy, tirando las cartas por el camino.

—¡Recoge las cartas! —le regañó Billy gritando.

—Cálmate, ¿quieres? —dijo Y luego se dirigió a Kat—: ¿Tienes clase esta mañana?

—Sí. ¿Cuántas personas?

—Ocho.

—¿Ya ha pasado Stacy?

Al oír su nombre, ambos hombres se quitaron el gorro y se lo colocaron sobre el corazón en señal de respeto.

—Dios se apiade de nosotros —murmuró Billy.

Kat frunció el ceño.

—Aún no ha pasado —dijo Tyrell.

Kat siguió hacia la derecha y rodeó el Conservatory Water. Aquella mañana había una regata de barquitos de modelismo. Tras la Kerbs Boathouse, encontró a Aqua con las piernas cruzadas. Tenía los ojos cerrados. Aqua, de padre afroamericano y madre judía, solía describir su piel como café con leche con un toque de nata montada. Era menudo y ágil, y, en esos momentos, estaba absolutamente inmóvil, ofreciendo una imagen que entraba en serio conflicto con la del chico nervioso que ella había conocido muchos años atrás y del que se había hecho amiga.

—Llegas tarde —dijo Aqua sin abrir los ojos.

—¿Cómo haces eso?

—¿El qué? ¿Verte con los ojos cerrados?

—Sí.

—Es un secreto especial de maestro yogui —dijo Aqua—. Se llama mirar por entre los párpados. Siéntate.

Lo hizo. Un minuto más tarde, Stacy se unió al grupo. A ella, Aqua no la riñó. Antes solía dar la clase en el césped del amplio Great Lawn, pero eso fue hasta que Stacy empezó a acudir a clase y a demostrar su flexibilidad en público. De pronto, los hombres mostraron un tremendo interés por el yoga al aire libre. A Aqua, aquello no le hacía gracia, así que había decidido que aquella clase de la mañana sería solo para mujeres, y que la daría en aquel rincón oculto detrás de la caseta de los botes. El «lugar reservado» de Stacy era el más próximo a la pared, de modo que quienes quisieran mirar desde lejos no tuvieran una visión directa.

Aqua les guio a través de una serie de asanas. Cada mañana, hiciera sol, lloviera o nevara, Aqua daba la clase en aquel mismo sitio. No cobraba una tarifa determinada. Cada uno le daba lo que le parecía justo. Era un profesor magnífico: se explicaba bien, motivaba a los alumnos, era amable, sincero y divertido. Corregía tu Perro Cabeza Abajo o tu Guerrero Dos con un mínimo contacto, y sin embargo, al hacerlo, todo tu cuerpo reaccionaba.

La mayoría de los días, Kat se concentraba en las posturas y no pensaba en nada más. Su cuerpo trabajaba duro. La respiración se le volvía más lenta. La mente se abandonaba. En su vida normal, Kat bebía, fumaba algún cigarrillo que otro, comía mal. Su trabajo podía ser un chute de toxinas puras, sin cortar. Pero allí, oyendo la voz relajante de Aqua, todo aquello solía desaparecer.

Ese día no.

Intentó soltarse, centrarse en el momento y todas esas cosas zen que sonaban a tontería a menos que las dijera Aqua, pero el rostro de Jeff —el que había conocido ella, el que acababa de ver— le perseguía. Aqua notó que estaba distraída. La miró con preocupación y dedicó algo más de tiempo a corregir sus posturas. Pero no dijo nada.

Al final de cada clase, cuando los alumnos descansaban en la postura del Cadáver, Aqua los sometía a todos con su hechizo de relajación. El cuerpo se relajaba por completo. La mente descansaba. Entonces él les daba a todos sus bendiciones y les deseaba un día especial. Se quedaban allí unos momentos más, respirando profundamente, sintiendo las cosquillas en las puntas de los dedos. Lentamente, iban abriendo los ojos —como estaba haciendo Kat en aquel momento—, y Aqua ya no estaba allí.

Kat volvió lentamente a la vida, igual que sus compañeras. Enrollaron sus esterillas en silencio, casi incapaces de hablar. Stacy acudió a su lado. Caminaron juntas unos minutos, dejando atrás el Conservatory Water.

—¿Recuerdas ese tipo con el que me he visto un par de veces? —dijo Stacy.

—¿Patrick?

—Sí, ese.

—Parecía muy agradable —dijo Kat.

—Sí, bueno, he tenido que darle puerta. He descubierto que hace algo muy chungo.

—¿El qué?

—Clases de *spinning* —dijo Stacy.

Kat puso los ojos en blanco.

—Que sí, Kat. El tío va a clases de *spinning*. ¿Qué será lo próximo? ¿Ejercicios de Kegel?

Pasear con Stacy era divertido. Al cabo de un rato, dejabas de notar las miradas y los piropos. No te ofendían ni tenías que mirar a otra parte. Simplemente dejaban de existir. Caminar junto a Stacy era lo más parecido al camuflaje que conocería Kat.

—¿Kat?

—¿Sí?

—¿Me vas a decir lo que te pasa?

Un tipo corpulento con músculos de gimnasio cubiertos de venas y el cabello engominado se paró delante de Stacy y bajó la vista hasta su pecho.

—Vaya, eso sí que es una buena delantera.

Stacy también se paró y bajó la vista hasta su entrepierna.

—Vaya, eso sí que es una polla minúscula —dijo, y volvieron a ponerse en marcha.

Sí, vale, quizá no dejaran de existir del todo. Según el tipo de acercamiento, Stacy respondía de diferentes modos. Odiaba las bravatas de los fanfarrones, los que le silbaban, los maleducados. Los tipos tímidos, los que simplemente admiraban lo que veían y lo disfrutaban... Bueno, eso también lo disfrutaba Stacy. A veces incluso les sonreía o les saludaba, casi como si fuera un personaje famoso dándose un poco a su público porque no le costaba nada y así les hacía felices.

—Anoche entré en ese sitio web —dijo Kat.

Stacy sonrió al oírlo.

—¿Ya?

—Sí.

—Vaya. No has tardado mucho. ¿Has ligado con alguien?

—No exactamente.

—¿Pues qué ha pasado?

—He visto a mi exprometido.

Stacy se detuvo, con los ojos como platos.

—¿Cómo?

—Se llama Jeff Raynes.

—Un momento. ¿Estuviste prometida?

—Hace mucho tiempo.

—Pero... ¿prometida? ¿Tú? ¿Con anillo y todo?

—¿Por qué te sorprende tanto?

—No lo sé. Quiero decir... ¿cuánto tiempo hace que somos amigas?

—Diez años.

—Pues eso. Y en todo ese tiempo, no has tenido nada mínimamente parecido a una relación amorosa.

—Yo tenía veintidós años —dijo Kat encogiéndose de hombros.

—No tengo palabras —respondió Stacy—. Tú. Prometida.

—¿Podemos saltarnos esa parte de una vez?

—Sí, vale. Lo siento. ¿Y anoche viste su perfil en ese sitio web?

—Sí.

—¿Y qué le dijiste? ¿Qué le escribiste a... Jeff?

—No lo hice.

—¿Cómo?

—No le escribí.

—¿Por qué no?

—Me dejó tirada.

—Después de prometeros —dijo Stacy meneando la cabeza de nuevo—. ¿Y nunca me lo has contado? Me siento como utilizada.

—¿Y eso por qué?

—No lo sé. Quiero decir, en cuestión de amor, siempre pensé que eras un poco cínica, como yo.

Kat siguió caminando.

—¿Y cómo crees que me convertí en una cínica?

—*Touché.*

Encontraron una mesa en Le Pain Quotidien de Central Park, cerca de la calle Sesenta y nueve Oeste, y pidieron café.

—Lo siento mucho —dijo Stacy. Kat le quitó importancia con un gesto de la mano—. Te he apuntado en ese sitio web para que pudieras echar un polvo en condiciones. Dios sabe que necesitas echar un polvo. Quiero decir, que necesitas un polvo urgente.

—Como disculpa no está nada mal —dijo Kat.

—No pretendía resucitar antiguos recuerdos.

—Tampoco pasa nada.

Stacy no parecía muy convencida de aquello.

—¿Quieres hablar de ello? Claro que quieres. Y yo me muero de curiosidad. Cuéntamelo todo.

De modo que Kat le contó toda la historia de Jeff. Le contó cómo se habían conocido en la universidad, cómo se habían enamorado, la sensación de que aquello sería para siempre, que todo con él era fácil, cómo se había declarado y cómo cambió todo cuando mataron a su padre, cómo se volvió más introvertida, hasta que por fin Jeff se había largado, sin que ella opusiera resistencia, por debilidad o quizá por un exceso de orgullo.

Cuando acabó, Stacy dijo:

—Guau.

Kat siguió dando sorbos a su café.

—¿Y ahora, casi veinte años más tarde, ves a tu exprometido en un sitio web?

—Sí.

—¿Está soltero?

Kat frunció el ceño.

—Habrá poca gente casada en la web.

—Sí, claro, tienes razón. ¿Y entonces? ¿Está divorciado? ¿O se ha quedado en casa todo este tiempo, languideciendo, como tú?

—Yo no estoy languideciendo —protestó Kat—. Es viudo.

—Guau.

—Deja de decir eso. «Guau». ¿Qué tienes, siete años?

Stacy no hizo caso del rapapolvo.

—Se llama Jeff, ¿no?

—Sí.

—Y cuando Jeff cortó, ¿tú le querías?

Kat tragó saliva.

—Sí, por supuesto.

—¿Y tú crees que él aún te quería?

—Se ve que no.

—Olvídate de eso. Piensa en la pregunta. Deja de pensar por un momento en que él te dejó.

—Sí, me cuesta bastante hacerlo. Soy de esas que creen que los hechos dicen más que las palabras —dijo Kat.

Stacy se le acercó antes de hablar.

—Pocas personas han visto el lado sórdido del amor y del matrimonio más claramente que una servidora. Eso lo sabemos las dos, ¿verdad?

—Sí.

—Aprendes mucho de las relaciones cuando tu trabajo, en cierta medida, consiste en romperlas. Pero lo cierto es que casi todas las relaciones tienen puntos de ruptura. Toda relación tiene fisuras y grietas. Eso no significa que sea insustancial, mala o incorrecta. Sabemos que todo en nuestra vida es complejo y gris. Y sin embargo, de algún modo, esperamos que nuestras relaciones sean siempre sencillas y puras.

—Tienes toda la razón —dijo Kat—. Pero no sé adónde quieres llegar.

Stacy se inclinó hacia ella.

—Cuando Jeff y tú cortasteis, ¿aún te quería? Y no me sueltes ese rollo de los hechos y las palabras. ¿Aún te quería?

Y entonces, sin pensarlo realmente, Kat dijo:

—Sí.

Stacy se quedó allí, mirando a su amiga sin decir nada.

—¿Kat?

—¿Qué?

—Sabes perfectamente que yo no soy religiosa, pero esto tiene pinta..., no sé..., como de algo del destino o algo así —dijo Stacy. Kat dio otro sorbo a su café—. Jeff y tú sois solteros los dos. Ambos estáis libres. Ambos habéis pasado por lo del anillo.

—Y yo he salido mal parada —dijo Kat.

Stacy se quedó pensando en aquello.

—Eso no es lo que yo... Bueno, sí, en parte sí, claro. Pero no es tanto que hayas quedado mal parada; yo diría que ahora eres más... realista. —Stacy sonrió y apartó la mirada—. Oh, Dios mío.

—¿Qué?

Stacy miró a Kat, aún sonriendo.

—Esto podría ser como un cuento de hadas, ¿sabes? —continuó Stacy. Kat no dijo nada—. Solo que aún mejor. Tú y Jeff estabais bien antes, ¿no? —Kat seguía sin decir nada—. ¿No lo ves? Esta vez ambos podéis afrontar esto con los ojos bien abiertos. Puede ser como un cuento de hadas..., pero real. Ahora veis las fisuras y las grietas. Llegáis con un bagaje y una experiencia, y con expectativas honestas. Es una compensación por lo que ambos estropeasteis hace tanto tiempo. Kat, escúchame. —Stacy alargó la mano por encima de la mesa y agarró la de Kat, que tenía lágrimas en los ojos—. Esto podría ser muy, muy bueno.

Kat seguía sin responder. Tenía miedo de que le fallara la voz. Ni siquiera se permitía pensar en ello. Pero lo sabía. Sabía exactamente lo que quería decir Stacy.

—¿Kat?

—Cuando vuelva a mi apartamento le enviaré un mensaje.

4

Mientras se duchaba, Kat pensó en lo que le diría exactamente a Jeff. Se planteó una docena de posibilidades, a cual más ñoña. Odiaba sentirse así. Odiaba tener que preocuparse de lo que le iba a escribir a un tío, como si estuvieran en el instituto y fuera a dejarle una nota en la taquilla. Ufff... ¿Es que aquello iba a durar toda la vida?

Un cuento de hadas, había dicho Stacy. Pero real.

Se puso su uniforme de poli de diario —unos vaqueros y una americana— y un par de zapatillas ligeras. Se recogió el cabello en una cola de caballo. Kat nunca había tenido valor para dejarse el pelo muy corto, pero le gustaba recogérselo hacia atrás, para no sentirlo en el rostro. A Jeff también le gustaba así. La mayoría de los hombres preferían que llevara el pelo suelto. Jeff no. «Me encanta tu rostro. Me encantan esos pómulos y esos ojos...».

Tenía que parar.

Era hora de ir a trabajar. Ya pensaría en qué escribir más tarde.

La pantalla del ordenador parecía burlarse de ella cuando pasaba por delante, retándola a irse sin más. Se detuvo. El salvapantallas mostraba su baile de líneas. Miró la hora.

«Acaba con esto de una vez», se dijo.

Se sentó y, una vez más, abrió la página EresMiTipo.com. Cuando inició sesión, vio que tenía «nuevas coincidencias interesantes». No se molestó en mirar. Encontró el perfil de Jeff, hizo clic en la foto y volvió a leer su descripción personal: A VER QUÉ PASA.

¿Cuánto tiempo habría tardado Jeff en pensar en algo tan simple, tan tentador, tan informal, tan poco comprometedor y a la vez tan sugerente? No suponía ninguna presión. Era una invitación, nada más. Kat presionó el icono para escribirle un mensaje directo. Se abrió la ventana. El cursor parpadeó, impaciente.

Kat escribió: SÍ, A VER QUÉ PASA.

Ufff...

Lo borró inmediatamente.

Probó otras cosas: ADIVINA QUIÉN ES...; HA PASADO MUCHO TIEMPO...; ¿CÓMO ESTÁS, JEFF? ES AGRADABLE VOLVER A VERTE. Borra, borra, borra. Todo lo que se le ocurría era soso hasta no poder más. Quizá, pensó, esa fuera la naturaleza de aquellas cosas: que era difícil mostrarse tranquilo y relajado cuando se está en un sitio web intentando encontrar al amor de tu vida.

Un recuerdo le trajo una sonrisa nostálgica al rostro. Jeff tenía debilidad por los vídeos musicales rancios de los años ochenta. Eso era antes de que YouTube hiciera fácil ver cualquier vídeo al momento. Había que encontrarlos cuando la VH1 emitía algún programa especial o algo así. De pronto, se imaginó lo que estaría haciendo Jeff en aquel momento, probablemente sentado en su ordenador, buscando viejos vídeos de Tears for Fears, Spandau Ballet, Paul Young o John Waite.

John Waite.

Waite tenía un antiguo éxito que ponían en la MTV, una canción pop, casi new wave, que le gustaba mucho, incluso ahora, cuando la oía por casualidad en la radio o en algún bar que pusiera éxitos de los ochenta. Cuando Kat oía a John Waite cantando *Missing You*, le traía recuerdos de aquel vídeo sensiblero en el que se veía a John caminando solo por la calle, exclamando una y otra vez «No te echo de menos en absoluto»,* con una voz tan angustiosa que hacía que el verso siguiente («No puedo mentirme a mí mismo») resultara superfluo y demasiado explicativo. John Waite aparecía en un bar, ahogando en alcohol su evidente dolor, evocando recuerdos felices de la mujer que siempre amaría, al tiempo que repetía que no la echaba en absoluto de menos. Ya, pero la mentira se le ve. Se le ve a cada paso, a cada movimiento. Luego, al final del vídeo, un John solitario vuelve a casa y se pone los auriculares, ahogando esta vez sus penas en música, en lugar de en alcohol, y así, en un giro de tintes casi shakesperianos con estética de serie de televisión cutre, no oye cuando —¡oh!— su amor vuelve y llama a su puerta. Al final, la persona con la que estaba destinado a vivir hasta la eternidad llama otra vez, pega la oreja a la puerta y acaba por irse, dejando a John Waite con el corazón roto para siempre, insistiendo en que no la echa de menos, mintiéndose eternamente.

Ironías del destino.

El vídeo se había convertido en una especie de broma recurrente entre Jeff y ella. Cuando estaban lejos el uno del otro, aunque fuera por poco tiempo, él solía dejarle mensajes

---

* El título original de la novela hace referencia a esta canción y el autor juega directa e indirectamente con el significado de los versos del estribillo (en este caso «I ain't missing you, I can lie to myself»), por lo que en este caso se ha optado por traducirlos. (*N. del t.*)

diciendo «No te echo de menos en absoluto», y ella quizá respondiera algo como que podía mentirse a sí mismo.

Sí, el amor no siempre es bonito.

Pero cuando Jeff quería ponerse más serio, firmaba sus notas con el título de la canción, que ahora mismo los dedos de Kat escribían en la caja de texto sin proponérselo siquiera:

TE ECHO DE MENOS.

Se lo quedó mirando un momento y se planteó si debía clicar en Enviar.

No podía hacerlo. Él se presentaba con toda sutileza, con su «a ver qué pasa», y ella va y responde con un «te echo de menos». No. Lo borró y volvió a intentarlo, esta vez transcribiendo el verso completo del estribillo:

NO TE ECHO DE MENOS EN ABSOLUTO.

Eso quedaba demasiado frívolo. Borrar de nuevo.

Vale, ya basta.

Entonces se le ocurrió una idea. Abrió otra ventana del navegador y encontró un vínculo al viejo vídeo de John Waite.

No lo había visto en... unos veinte años, quizá, pero aún tenía aquel encanto pringoso. Sí, pensó Kat, asintiendo. Perfecto. Copió y pegó el vínculo en la caja de texto. Apareció una fotografía de la escena del bar del vídeo. Kat no se lo pensó más.

Hizo clic en el botón Enviar, se puso en pie enseguida y casi salió corriendo hacia la puerta.

Kat vivía en la calle Sesenta y siete, en el Upper West Side de Nueva York. El Distrito Diecinueve, donde trabajaba, también estaba en la calle Sesenta y siete, solo que en el lado este, no muy lejos del Hunter College. Le encantaba el camino de casa al trabajo: solo tenía que atravesar Central Park. Su brigada ocupaba un edificio emblemático de la década de 1880 de un estilo que alguien le había dicho que se llamaba Neorrenacimiento. Ella era investigadora, y trabajaba en la tercera planta. En la tele, los investigadores suelen tener alguna especialidad, como los homicidios, pero la mayoría de esas especializaciones o destinos particulares han desaparecido hace tiempo. El año en que mataron a su padre había habido casi cuatrocientos homicidios. Ese año llevaban doce. Los grupos de homicidios con seis agentes cada uno habían quedado obsoletos.

En cuanto pasó por la recepción, Keith Inchierca, sargento de guardia, le dijo:

—El capitán te quiere ver ipso facto.

Keith le señaló el camino con su pulgar rechoncho, como si ella no supiera dónde estaba el despacho del capitán. Subió los escalones de dos en dos hasta el primer piso. A pesar de su buena relación personal con el capitán Stagger, casi nunca la llamaba a su despacho.

Llamó suavemente con los nudillos.

—Adelante.

Abrió la puerta. El despacho era pequeño y de color gris, como una acera mojada. El capitán estaba inclinado sobre la mesa, con la cabeza gacha.

Kat de pronto sintió que se le secaba la boca. Stagger también llevaba la cabeza gacha aquel día, dieciocho años atrás, cuando se presentó a la puerta de su apartamento. En aquel momento, Kat no lo había entendido. Al menos al principio. Siempre había pensado que, si alguien se presentaba a darle aquella noticia, ella lo sabría, que habría tenido algún presagio de algún tipo. Se había imaginado la escena un centenar de veces: sería entrada la noche, mientras llovía, unos golpes secos. Abriría la puerta, ya consciente de lo que se avecinaba. Se encontraría de frente la mirada de algún policía, negaría con la cabeza, vería el lento asentimiento del policía y luego caería al suelo gritando: «¡NO!».

Pero cuando llegó aquella llamada a su puerta, cuando Stagger se presentó para comunicarle la noticia que partiría su vida en dos —habría un antes y un después—, el sol brillaba con fuerza, ajeno a todo. Ella estaba a punto de salir hacia la biblioteca de la universidad, en el norte de Manhattan, para preparar un trabajo sobre el plan Marshall. Aún se acordaba de aquello. El maldito plan Marshall. Así que abrió la puerta, con prisa por ir a coger la línea C del metro, y ahí estaba Stagger, de pie, con la cabeza gacha, como ahora, y no entendió nada. Él no la miró a la cara. La verdad —la sobrecogedora y triste verdad— era que, la primera vez que había visto a Stagger en el rellano, Kat había pensado que quizás hubiera venido por ella. Sospechaba que Stagger tenía cierta debilidad por ella. Los policías jóvenes, especialmente los que consideraban a su padre como una figura paterna, solían encapricharse de ella. Así que cuando Stagger apareció frente a su puerta, eso fue lo que pensó: que a pesar de que sabía que estaba comprometida con Jeff, quería mover ficha con delicadeza. Nada forzado. Stagger —de nombre se llamaba Thomas, pero nadie le llamaba por el nombre— no era de esos. Más bien era un tipo dulce.

Cuando vio la sangre en su camisa, entrecerró los párpados, pero seguía sin entenderlo. Entonces él dijo tres palabras, tres simples palabras que se combinaron hasta detonar en su pecho, haciendo estallar el mundo en pedazos:

—Es grave, Kat.

Ahora Stagger tenía casi cincuenta años, estaba casado y tenía cuatro niños. Su mesa estaba llena de fotografías. Había una antigua de Stagger con su compañero desaparecido, el agente de homicidios Henry Donovan, el padre de Kat. Así son las cosas. Cuando mueres en servicio, tu foto acaba por todas partes. Para algunos es un bonito homenaje. Para otros, un doloroso recuerdo. En la pared, detrás de Stagger, había un póster enmarcado del hijo mayor de Stagger, de unos dieciséis años, jugando a *lacrosse*. Stagger y su mujer tenían una casa en Brooklyn. Debían de tener una vida agradable, o eso suponía Kat.

—¿Querías verme, capitán?

Fuera de comisaría le llamaba Stagger, pero, cuando se trataba de trabajo, no podía hacerlo. Cuando Stagger levantó la vista, Kat se sorprendió al ver su rostro lívido. Sin querer dio un paso atrás, casi esperándose oír aquellas tres palabras de nuevo, pero esta vez fue ella la que se adelantó.

—¿Qué ha pasado? —preguntó.

—Monte Leburne —dijo Stagger.

La simple mención de aquel nombre extendió un frío gélido por todo el despacho. Tras una vida perdida en la que no había provocado más que destrucción, Monte Leburne estaba cumpliendo cadena perpetua por el asesinato del agente de homicidios Henry Donovan.

—¿Qué le pasa?

—Se está muriendo.

Kat asintió, haciendo tiempo, intentando rehacerse de la impresión.

—¿De?

—Cáncer de páncreas.

—¿Cuánto tiempo hace que lo tiene?

—No lo sé.

—¿Y por qué me lo dices ahora? —dijo con más énfasis del que habría deseado. Él levantó la vista y la miró. Ella se disculpó con un gesto.

—Acabo de enterarme —dijo él.

—He intentado ir a visitarle.

—Sí, lo sé.

—Antes me dejaba. Pero últimamente...

—Eso también lo sé —dijo Stagger.

Silencio.

—¿Sigue en Clinton? —preguntó Kat.

Clinton era una prisión de máxima seguridad al norte del estado, cerca de la frontera canadiense, con pinta de ser el lugar más solitario y frío del mundo. Estaba a seis horas en coche desde la ciudad. Kat había hecho aquella deprimente excursión demasiadas veces.

—No. Lo han trasladado a Fishkill.

Bien. Aquello estaba mucho más cerca. Podía llegar en hora y media.

—¿Cuánto tiempo le queda?

—No mucho —dijo Stagger poniéndose en pie y rodeando la mesa, quizá para ofrecerle consuelo o un abrazo, pero se detuvo—. Es una buena noticia, Kat. Merece morir. Merece lo peor.

Ella sacudió la cabeza.

—No.

—Kat...

—Necesito hablar con él otra vez.

Él asintió lentamente.

—Ya me imaginé que dirías eso.

—¿Y?

—He cursado la solicitud. Leburne se niega a verte.

—Lástima —dijo ella—. Soy poli. Es un asesino convicto a punto de llevarse a la tumba un gran secreto.

—Kat.

—¿Qué?

—Aunque consiguieras hacerle hablar..., y, venga, sabemos que eso no pasará, tampoco vivirá hasta que salga el juicio.

—Podemos grabarlo. Confesión en el lecho de muerte.

Stagger parecía escéptico.

—Tengo que intentarlo.

—No querrá verte.

—¿Puedo usar un coche de la brigada?

Él cerró los ojos y no dijo nada.

—Por favor, Stagger —rogó olvidándose de pronto de llamarle capitán.

—¿Tu compañero te cubrirá?

—Claro —mintió ella—. Por supuesto.

—Tampoco parece que tenga opción —dijo él con un suspiro de resignación—. Está bien. Ve.

5

Gerard Remington vio por fin la luz del día.

No tenía ni idea de cuánto tiempo había estado a oscuras. El repentino baño de luz le había explotado en los ojos como una supernova. Se le habían cerrado solos. Habría querido protegérselos con las manos, pero aún las tenía atadas. Intentó parpadear. Los ojos le lloraban con la luz.

Había alguien justo encima de él.

—No te muevas —dijo una voz masculina.

Gerard no lo hizo. Oyó un chasquido y se dio cuenta de que el hombre estaba cortando las ataduras. Por un momento, el pecho se le llenó de esperanza. Quizás aquel hombre hubiera venido a rescatarlo.

—Levántate —dijo el hombre. Tenía un leve acento, quizá caribeño o sudamericano—. Tengo una pistola. Si haces algún movimiento, te mataremos y te enterraremos aquí mismo. ¿Lo entiendes?

Gerard tenía la boca sequísima, pero aun así consiguió decir que sí.

El hombre salió de la... ¿caja? Por primera vez, Gerard Remington vio dónde había estado metido todas aquellas... ¿horas? Era algo a medio camino entre un ataúd y una cámara pequeña, de quizás un metro y treinta de profundo y de ancho, y unos dos metros y medio de largo. Cuando se puso en pie, Gerard vio que estaba rodeado de un bosque frondoso. La cámara estaba enterrada en el suelo, como una especie de búnker. Quizá fuera un lugar donde esconderse en caso de tormenta, o para guardar el grano. Era difícil saberlo.

—Sal —dijo el hombre.

Gerard miró hacia arriba, entornando los párpados. El hombre (no, en realidad era más bien un adolescente) era grande y musculoso. Ahora le parecía que tenía un acento como portugués; quizá fuera brasileño, pero Gerard no era experto en esos temas. Tenía el cabello corto y rizado. Llevaba unos vaqueros rasgados y una camiseta ajustada que le presionaba los hinchados bíceps como un torniquete.

También llevaba una pistola.

Gerard salió de la caja y se encontró entre los árboles. A lo lejos vio un perro —un labrador, quizá, de color chocolate— corriendo por un sendero. Cuando el hombre tapó de nuevo el búnker, el habitáculo desapareció de la vista. Solo se veían dos grandes anillas de metal, una cadena y un candado, todo ello sujeto a la puerta.

A Gerard le daba vueltas la cabeza.

—¿Dónde estoy?

—Apestas —le dijo el joven—. Detrás de ese árbol hay una manguera. Lávate, haz tus necesidades y ponte esto.

El joven le dio a Gerard un mono con colores de camuflaje.

—No entiendo nada de todo esto —dijo Gerard.

El hombre de la pistola se le acercó y tensó sus musculados pectorales y sus tríceps.

—¿Quieres que te patee el culo?

—No.

—Pues haz lo que te digo.

Gerard intentó tragar saliva, pero tenía la garganta demasiado seca. Se giró hacia la manguera. Nada de lavarse, lo que necesitaba era beber agua. Corrió hacia la manguera, pero las rodillas le fallaron y a punto estuvo de caerse. Había estado demasiado tiempo en aquella caja. Consiguió mantenerse en pie lo suficiente como para llegar a la manguera. Abrió el grifo y, cuando apareció el agua, bebió con ansia. El agua sabía, bueno, a manguera vieja, pero no le importaba.

Gerard esperaba que el hombre le soltara otro bufido, pero de pronto el hombre se mostró paciente. Por algún motivo, aquello lo preocupó. Miró alrededor. ¿Dónde estaba? Giró sobre sí mismo, esperando encontrar un claro, un camino o algo. Pero no había nada. Solo bosque.

Escuchó, intentando distinguir algún ruido. Nada.

¿Dónde estaría Vanessa? ¿Esperándole en el aeropuerto, confusa pero a salvo?

¿O la habrían atrapado también a ella?

Gerard Remington salió de detrás del árbol y se quitó la ropa sucia. El hombre seguía mirándolo. Gerard se preguntó cuánto tiempo haría que no se desnudaba delante de otro hombre. En clase de educación física, en el instituto, supuso. Qué cosas para pensar en un momento como aquel, en el pudor.

¿Dónde estaría Vanessa? ¿Estaría bien?

No lo sabía, por supuesto. No sabía nada. No sabía dónde estaba, ni quién era aquel hombre, ni por qué él estaba allí. Gerard intentó calmarse, pensar racionalmente su próximo movimiento. Intentaría cooperar y mantener la cabeza despejada. Gerard era inteligente. En aquel momento tuvo que recordárselo a sí mismo. Sí, aquello le hacía sentir mejor.

Era inteligente. Aquel animal tenía una pistola, sí, pero no era rival para el intelecto de Gerard Remington.

—Date prisa —dijo el hombre por fin.

Gerard se lavó con la manguera.

—¿Hay alguna una toalla? —le preguntó.

—No.

Aún mojado, Gerard se enfundó el mono. Estaba temblando. La combinación de miedo, agotamiento, confusión y aislamiento sensorial estaba cobrándose su precio.

—¿Ves ese camino? —dijo el hombre de los músculos hinchados, y señaló hacia el claro por el que Gerard había visto correr al perro.

—Sí.

—Síguelo hasta el final. Si te desvías, te dispararé.

Gerard no se molestó en cuestionar la orden. Siguió el estrecho sendero. Huir corriendo no parecía una opción viable. Aunque el hombre no le disparara, ¿adónde iría? Quizá podría ocultarse en el bosque. Intentar darle esquinazo. Pero no tenía ni idea de en qué dirección debía ir. No tenía ni idea de si estaría corriendo hacia una carretera o si se estaría adentrando aún más en el bosque.

Era un plan de tontos.

Además, si aquella gente quisiera matarle —a estas alturas suponía que habría más de uno, ya que el gigantón había hablado en plural— ya lo habrían hecho. Así que más valía estar atento. Estar alerta. Seguir vivo.

Encontrar a Vanessa.

Gerard sabía que su zancada medía aproximadamente 81 centímetros. Contó los pasos. Cuando llegó a doscientos pasos, que sumaban 162 metros, vio que el camino quedaba cortado. Había un claro no muy lejos de allí. Doce pasos más, y Gerard se encontró fuera de la espesura del bosque. Más allá había una granja blanca. Gerard la examinó de lejos y observó que los postigos de las ventanas de arriba eran de color verde oscuro. Observó en busca de cables eléctricos que llegaran a la casa. No había ninguno.

Interesante.

En el porche de la casa había un hombre de pie, apoyado contra uno de los postes de madera. Iba arremangado y tenía los brazos cruzados. Llevaba gafas de sol y botas de trabajo. Tenía el cabello rubio oscuro y largo hasta los hombros. Cuando vio a Gerard, le hizo señas para que entrara en la casa. Luego, él mismo se metió allí y desapareció.

Gerard se acercó a la casa. Observó de nuevo los postigos verdes. A la derecha había un cobertizo. El perro —sí, sin duda era un labrador color chocolate— estaba sentado delante, observando pacientemente. Detrás del perro, Gerard vio la esquina de lo que parecía una calesa gris. Gerard también vio un molino. Tenía sentido. Eran pistas coherentes. No sabía qué conclusión sacar —o quizá sí sabía, y eso no habría hecho otra cosa que confundirle más—, pero de momento se limitó a registrar las pistas.

Subió los dos escalones del porche y vaciló antes de atravesar el umbral. Respiró hondo y pasó al recibidor. El salón quedaba a su izquierda. El hombre de pelo largo estaba sentado en un sillón. Ya no llevaba las gafas de sol. Tenía los ojos marrones, inyectados en sangre, y los brazos cubiertos de tatuajes. Gerard los estudió, intentando tomar nota mentalmente, esperando encontrar en ellos una pista de la identidad del hombre. Pero los tatuajes eran dibujos simples. No le decían nada.

—Me llamo Titus —dijo el hombre con un deje particular. Como dulzón, suave, casi frágil—. Siéntate, por favor.

Gerard entró en la habitación. El tal Titus le miró fijamente. Gerard se sentó. Otro hombre, al que cualquiera habría definido como un hippie, entró en la habitación. Llevaba una túnica africana, un gorro de punto y gafas con cristales rosados. Se sentó ante el escritorio de la esquina y abrió un MacBook Air. Todos los MacBook Air se parecen, motivo por el que Gerard había pegado un trocito de cinta adhesiva negra a la tapa del suyo.

La cinta adhesiva negra estaba ahí. Gerard frunció el ceño.

—¿Qué es lo que pasa? ¿Dónde está Vanessa...?

—Chist... —dijo Titus con un sonido que cortó el aire como una cuchilla.

Titus se volvió hacia el hippie con el portátil. El hippie asintió y dijo:

—Preparado.

«¿Preparado para qué?», habría querido preguntar Gerard, pero el sonido de aquel «chist» aún flotaba en el aire y le hizo guardar silencio.

Titus se volvió hacia Gerard y sonrió. Gerard Remington nunca había visto nada más aterrador que aquella sonrisa.

—Tenemos unas preguntas para ti, Gerard.

6

En un principio, el Centro Correccional Fishkill se había llamado Hospital Estatal Matteawan para Criminales y Enfermos Mentales. Eso había sido a finales del siglo xix. De un modo u otro, aún había seguido funcionando como hospital para enfermos mentales hasta la década de 1970, cuando la legislación hizo más difícil internar arbitrariamente a los que consideraban locos. Ahora, Fishkill era una cárcel de seguridad media, aunque tenía de todo, desde reclusos de mínima seguridad con permisos de trabajo hasta un bloque de máxima seguridad.

El original edificio de ladrillo, localizado en Beacon, en el estado de Nueva York, y situado en un enclave pintoresco entre el río Hudson y las montañas Fishkill, aún seguía allí. Con su alambre de espino y su descuidado estado, parecía algo a medio camino entre un viejo campus universitario y Auschwitz.

Kat hizo uso de su tacto, de su profesionalidad y de su placa dorada para pasar la mayor parte de los controles de seguridad. En la policía de Nueva York, los agentes de calle tienen una placa plateada. Los investigadores la tienen dorada. Su número de placa, el 8115, había pertenecido a su padre.

Una enfermera de cierta edad, vestida completamente de

blanco y con una anticuada cofia de enfermera, salió a su paso en el ala hospitalaria. Llevaba un maquillaje chillón —sombra de ojos azul intenso y pintalabios de un rojo vivo—, como si le hubieran echado pinturas de cera fundidas por la cara. Le sonrió con una dulzura exagerada, mostrando sus dientes manchados de pintalabios.

—El señor Leburne ha solicitado no recibir visitas.

Kat sacó una vez más la placa.

—Solo quiero verle... —dijo, y observó que la enfermera llevaba una placa que decía SYLVIA STEINER, ENFERMERA—, señorita Steiner.

La enfermera Steiner cogió la placa dorada, se tomó su tiempo en leerla y luego levantó la mirada para escrutar el rostro de Kat, que mantuvo su expresión neutra.

—No lo entiendo. ¿Por qué está aquí?

—Mató a mi padre.

—Ya veo. ¿Y quiere verlo sufrir?

El tono de la enfermera Steiner dejaba claro que no la estaba juzgando. Era como si fuera la cosa más natural del mundo.

—Eh..., no. He venido a hacerle unas preguntas.

La enfermera echó un último vistazo a la placa y se la devolvió.

—Por aquí, querida.

La voz era melódica, tan angelical que daba miedo. La enfermera Steiner la llevó a una sala con cuatro camas. Tres estaban vacías. En la cuarta, al fondo a la derecha, estaba tendido Monte Leburne con los ojos cerrados. En su día, Leburne había sido un matón enorme. Si hacía falta alguien para un golpe con violencia o intimidación, era a él a quien llamaban. Leburne, exboxeador de los pesos pesados que sin duda había recibido demasiados golpes en la cabeza, había usado los puños (y otras cosas) para la reclamación de deudas, la extorsión, las disputas territoriales, los ataques a sindicatos..., de todo. Después de que una familia rival le hubiera dado una paliza especialmente brutal, sus jefes —que respetaban la gran lealtad de Leburne, una lealtad que casi rayaba en la estupidez— le habían dado una pistola y le habían consignado la tarea de disparar a sus enemigos, algo menos exigente físicamente.

O sea, que Monte Leburne se había convertido en un matón de nivel medio. No era muy listo, pero, si te parabas a pensarlo, ¿cuánta inteligencia hace falta para disparar a un hombre con una pistola?

—Se despierta y se duerme a ratos —explicó la enfermera Steiner.

Kat se acercó a la cama. La enfermera Steiner se quedó unos pasos por detrás.

—¿Podría dejarnos un rato solos? —preguntó Kat.

Aquella sonrisa dulzona. Aquella voz melódica, escalofriante:

—No, querida. No puedo.

Kat miró a Leburne, y por un momento buscó en su interior algún indicio de compasión por el hombre que había matado a su padre. Si lo había, lo tenía muy bien escondido. La mayoría de los días, el odio que sentía por aquel hombre era terrible, pero otros días se daba cuenta de que era como odiar a una pistola. Él era el arma. Nada más.

Por supuesto, también habría que destruir las armas, ¿no? Kat le puso la mano en el hombro a Leburne y lo zarandeó suavemente. Leburne parpadeó y abrió los ojos.

—Hola, Monte.

El hombre tardó un momento en enfocar el rostro de Kat con la mirada. Cuando lo hizo, cuando la reconoció, se quedó rígido.

—Se supone que no tienes que estar aquí, Kat.

Kat se metió la mano en el bolsillo y sacó una fotografía.

—Era mi padre —dijo.

Cada vez que lo visitaba, llevaba esa foto consigo. No estaba segura del porqué. En parte esperaba conmoverlo con ello, pero los ejecutores raramente son vulnerables a los sentimientos de culpa. Quizá la llevara por ella, para darse fuerzas, para que su padre, de algún modo, le diera apoyo.

—¿Quién lo quería muerto? —preguntó Kat—. Era Cozone, ¿no?

Leburne tenía la nuca apoyada en la almohada.

—¿Por qué sigues haciéndome las mismas preguntas?

—Porque nunca me las respondes.

Monte Leburne le sonrió, mostrando unos dientes pequeños y puntiagudos. Incluso a aquella distancia, Kat olía su aliento putrefacto.

—¿Y qué esperas? ¿Una confesión en el lecho de muerte?

—Ya no hay motivo para no decirme la verdad, Monte.

—Claro que lo hay —respondió él.

Se refería a su familia. Aquel era su precio, por supuesto. Mantén la boca cerrada y cuidaremos de tu familia. Abre la boca y los haremos trizas.

La versión definitiva del sistema del palo y la zanahoria.

Ese había sido siempre su problema con él. No tenía nada que ofrecerle.

No hacía falta ser médico para darse cuenta de que a Monte Leburne no le quedaba mucho tiempo. La muerte ya se había instalado cómodamente e iba abriéndose paso hasta la inevitable victoria final. Monte estaba hundido en la cama, como si fuera a desaparecer en ella, y, luego, en el suelo, para después, ¡puf!, desvanecerse. Kat le miró la mano derecha —la de la pistola—, llena de venas gruesas y prominentes que parecían viejas mangueras de jardín. Tenía una vía puesta cerca de la muñeca.

Un arranque de dolor agudo hizo que Monte apretara los dientes.

—Vete —dijo no sin esfuerzo.

—No —repuso, Kat, que sentía que su última oportunidad se le escapaba de las manos—. Por favor —insistió esforzándose por evitar que la desesperación se reflejara en su voz—. Necesito saberlo.

—Vete.

Kat se le acercó.

—Escúchame, ¿quieres? Esto es solo para mí. ¿Lo entiendes? Han pasado dieciocho años. Tengo que saber la verdad. Eso es todo. Para pasar página. ¿Por qué ordenó la muerte de mi padre?

—Déjame en paz.

—Diré que has cantado.

—¿Qué?

Kat asintió, intentando mantenerse firme.

—En el momento en que mueras, detendré a ese cabrón. Diré que tú le delataste. Que tengo una confesión completa.

Monte Leburne sonrió de nuevo.

—Buen intento.

—¿Crees que no lo haré?

—No sé qué harás. Lo que sí sé es que nadie se lo creerá —dijo Monte Leburne, y miró más allá, hacia la enfermera Steiner—. Y tengo un testigo, ¿verdad, Sylvia?

La enfermera Steiner asintió.

—Estoy aquí mismo, Monte.

Una nueva punzada de dolor le hizo cerrar los ojos con fuerza.

—Estoy muy cansado, Sylvia. Me duele mucho.

La enfermera Steiner enseguida se acercó a la cama.

—Estoy aquí, Monte —dijo cogiéndole la mano. Con aquel maquillaje chillón, su sonrisa parecía prácticamente pintada, como un payaso de película de terror.

—Por favor, Sylvia, haz que se vaya.

—Ya se va —respondió ella, al tiempo que accionaba la bomba, liberando algún tipo de narcótico por vena—. Tú relájate, Monte, ¿vale?

—No dejes que se quede.

—Chist..., enseguida se te pasa —le dijo la enfermera Steiner, y le soltó una mirada amenazante a Kat—. Ya se va.

Kat estaba a punto de protestar, pero la enfermera Steiner apretó unos botones de la bomba intravenosa, con lo que aquello pasó a ser un detalle irrelevante. Los párpados de Leburne temblaron hasta cerrarse. Unos momentos más tarde, estaba inconsciente.

Una pérdida de tiempo.

Pero, claro, ¿qué podía esperarse? Hasta Leburne, en plena agonía, se había mofado de la idea de que pudiera hacer una confesión en el lecho de muerte. Cozone sabía cómo tener callados a sus subordinados. Si te portas bien, cuidamos a tu familia de por vida. Si hablas, todos mueren. No había ningún incentivo posible que pudiera hacerle hablar. Nunca lo había habido. Y desde luego ahora tampoco lo había.

Kat estaba a punto de volver al coche cuando oyó aquella voz empalagosa a sus espaldas.

—Lo has llevado muy mal, querida.

Kat se giró y vio a la enfermera Steiner allí de pie, como un personaje sacado de una película de terror, con el uniforme de enfermera y el maquillaje de brocha.

—Sí, bueno, gracias por su ayuda.

—¿Te gustaría que te ayudara?

—¿Perdón?

—Él no siente muchos remordimientos, ya sabes. Quiero decir remordimientos de verdad. Si pasa un cura, dice lo que se espera que diga. Pero no lo siente. Solo intenta negociar su entrada al cielo. Al Señor no se le engaña tan fácilmente. —Sonrió de nuevo con aquella mueca escalofriante, mostrando los dientes manchados de pintalabios—. Monte ha matado a mucha gente. ¿No es cierto?

—Ha confesado tres asesinatos. Pero fueron más.

—¿Entre ellos tu padre?

—Sí.

—¿Y tu padre era agente de policía? ¿Como tú?

—Sí.

La enfermera Steiner chasqueó la lengua, en un «tch-tch» de simpatía.

—Lo siento mucho.

Kat no dijo nada.

La enfermera Steiner se mordió el labio inferior, cubierto de pintalabios, durante un momento.

—Por favor, sígueme.

—¿Qué?

—Necesitas información, ¿no es así?

—Sí.

—Tú mantente al margen. Deja que me ocupe yo.

La enfermera Steiner dio media vuelta y volvió hacia la enfermería. Kat tuvo que correr para ponerse a su altura.

—Espere, ¿qué va a hacer?

—¿Sabes algo del sueño crepuscular?

—Pues no.

—Cuando empecé como enfermera trabajaba para un obstetra, atendiendo partos. Antiguamente usábamos morfina o escopolamina como anestesia. Producían un estado seminarcótico: la madre seguía despierta, pero luego no recordaba nada. Decían que aliviaba el dolor. Quizá lo hiciera, pero no lo creo. Yo lo que creo es que la madre después se olvidaba del dolor agónico que había tenido que soportar. —Ladeó la cabeza, como un perro al oír un sonido extraño—. ¿Se puede decir que el dolor existe si luego no lo recuerdas?

Kat pensó que era una cuestión retórica, pero la enfermera Steiner se paró, a la espera de una respuesta.

—No lo sé.

—Pues piénsalo. Cualquier experiencia, sea buena o mala, si nada más pasarla la olvidas, ¿cuenta realmente?

Una vez más, se quedó esperando una respuesta. Y una vez más, Kat respondió:

—No lo sé.

—Yo tampoco. Es una cuestión interesante, ¿no?

¿Dónde demonios querría llegar con aquello?

—Supongo que lo es —dijo Kat.

—Todos queremos vivir el momento. Eso lo entiendo. Pero si no puedes recordar el momento, ¿se puede decir que ha sucedido realmente? No estoy segura. Los alemanes fueron los precursores del sueño crepuscular. Pensaban que haría el parto más soportable para las mujeres. Pero se equivocaban.

Dejamos de usarlo, por supuesto. Los niños nacían drogados. Ese era el principal motivo o, al menos, eso es lo que decía el personal sanitario. —Se inclinó hacia Kat con gesto furtivo—. Pero, entre nosotras, yo no creo que fuera por eso.

—¿Y por qué, si no?

—No era por lo que les pasara a los bebés. —La enfermera Steiner se detuvo junto a la puerta—. Era por las madres.

—¿Qué les pasaba?

—El procedimiento también las afectaba a ellas. El sueño crepuscular les evitaba el dolor, sí, pero tampoco experimentaban el parto. Entraban en una sala de partos y lo siguiente que recordaban era que tenían un bebé en brazos. Se sentían desconectadas emocionalmente, apartadas del nacimiento de su propio hijo. Era desconcertante. Llevas dentro un niño durante nueve meses. Te pones de parto, y de pronto... ¡puf! —dijo la enfermera Steiner, y chasqueó los dedos para dar más énfasis a su discurso.

—Te quedas preguntándote qué es lo que ha sucedido realmente —dijo Kat acabando la frase.

—Exactamente.

—¿Y qué tiene esto que ver con Monte Leburne?

La enfermera Steiner sonrió con picardía.

—Ya sabes.

No, Kat no sabía. O quizá sí.

—¿Puede usted provocarle el sueño crepuscular?

—Sí, claro.

—¿Y cree... que podré hacerle hablar y que luego lo olvidará?

—No, no exactamente. Quiero decir..., sí, él no se acordará. Pero la morfina no es tan diferente del tiopentato de sodio. Sabes lo que es eso, ¿no?

Kat lo sabía, aunque era más conocido como pentotal sódico, el suero de la verdad.

—No funciona como se ve en las películas —prosiguió la enfermera Steiner—. Pero cuando se suministra..., bueno, las madres tendían a parlotear. Incluso a confesar cosas. En más de un parto, mientras el marido esperaba en la sala de al lado, confesaban que el bebé no era suyo. Nosotros no se lo preguntábamos, por supuesto. Lo decían ellas, sin más, y nosotros fingíamos que no lo habíamos oído. Pero, con el tiempo, me di cuenta de que se pueden alargar las conversaciones. Podías preguntarles muchas cosas y obtener muchas respuestas, y, por supuesto, luego ellas no recordaban nada.

La enfermera Steiner miró a Kat a los ojos. Kat sintió un escalofrío recorriéndole la espalda. La enfermera apartó la vista y abrió la puerta.

—Tengo que señalar que se plantea un gran problema de fiabilidad. Lo he visto muchas veces con la morfina. El paciente a veces habla absolutamente convencido de algo que no puede ser cierto de ningún modo. El último hombre que murió en esta enfermería juraba y perjuraba que, cada vez que lo dejaba solo, alguien lo secuestraba y lo llevaba a funerales de gatos. Y no mentía. Él estaba convencido de que sucedía. Lo ves, ¿no?

—Sí.

—Entonces, lo entiendes. ¿Seguimos adelante?

Kat no sabía... Había crecido en una familia de polis. Había visto los peligros que suponía saltarse las normas.

Pero ¿qué opción tenía?

—¿Agente?

—Adelante —dijo Kat.

La sonrisa de la enfermera se ensanchó.

—Si Monte oye tu voz, activará sus defensas. Si dejas que me ocupe yo, puede que consigamos algo de información útil para ti.

—Muy bien.

—Voy a necesitar cierta información sobre el asesinato.

Les llevó unos veinte minutos. La enfermera Steiner añadió escopolamina a la mezcla, comprobó las constantes, hizo algún ajuste. Parecía tener mucha práctica, y Kat se preguntó si sería la primera vez que la enfermera Steiner hacía aquello por razones no puramente médicas. No pudo evitar preguntarse por las implicaciones del sueño crepuscular, por su potencial maltrato implícito. La aparentemente inocente justificación de la enfermera —si no lo recuerdas inmediatamente después de que suceda, ¿ha sucedido?— le parecía demasiado simplona.

Aquella mujer estaba un poco ida, de eso no había duda. Pero, ahora mismo, eso a Kat no le importaba mucho.

Kat se sentó en la esquina de la sala, fuera de la vista. Monte Leburne estaba despierto, agitando la cabeza sobre la almohada. A la enfermera Steiner empezó a llamarla Cassie, que era el nombre de su propia hermana, que había muerto a los dieciocho años. Comenzó a decir que quería verla cuando muriera. Kat se maravilló de la habilidad de la enfermedad Steiner para reconducirle hacia donde quería que fuera.

—Claro que me verás, Monte —dijo la enfermera Steiner—. Estaré esperándote en el otro lado. Solo que..., bueno, igual tienes algún problema con la gente que has matado.

—Hombres —dijo él.

—¿Qué?

—Solo he matado a hombres. No mataría a una mujer.

Nunca. Ni a mujeres ni a niños. Nunca. Cassie. Yo he matado a hombres. Hombres malos.

La enfermera Steiner le echó una mirada a Kat.

—Pero también mataste a un agente de policía.

—El peor de todos.

—¿Qué quieres decir?

—Los polis. No son mejores que los demás. Pero tampoco importa.

—No lo entiendo, Monte. Explícamelo.

—Yo no maté a ningún poli, Cassie. Eso lo sabes.

Kat se quedó de piedra. Eso no podía ser verdad.

La enfermera Steiner se aclaró la garganta.

—Pero, Monte...

—¿Cassie? Siento no haberte defendido nunca. —Monte Leburne se echó a llorar—. Dejé que te hicieran daño, y no hice nada para ayudarte.

—No pasa nada, Monte.

—Sí, sí que pasa. Protegí a todos los demás, ¿no? Pero a ti no.

—Eso ya es agua pasada. Ahora estoy en un lugar mejor. Y quiero que vengas conmigo.

—Yo ahora protejo a mi familia. He aprendido. Papá era un mal hombre.

—Eso ya lo sé. Pero, Monte, has dicho que nunca mataste a ningún poli.

—Tú ya lo sabes.

—Pero ¿y el agente Henry Donovan?

—Chisss...

—¿Qué?

—Chisss... Te van a oír —dijo él—. Eso fue fácil. Total, ya estaba condenado. Me tenían pillado, por la muerte de Lazlow y Greene. Me habían atrapado. Iba a caerme la perpetua igualmente. ¿Qué más da, uno más, si así salgo ganando? ¿Entiendes?

Una mano helada rodeó el corazón de Kat y se lo apretó.

Hasta la enfermera Steiner tenía dificultades para mantener la tranquilidad.

—Explícamelo, Monte. ¿Por qué disparaste al agente Donovan?

—¿Es eso lo que crees? Yo simplemente me cargué el muerto. Ya había pringado. ¿No lo ves?

—¿No lo mataste tú?

Leburne no respondió.

—¿Monte? —le dijo. Estaba perdiéndolo—. Si no fuiste tú, ¿quién lo mató?

—¿Quién? —respondió él con una voz cada vez más ausente.

—¿Quién mató a Henry Donovan?

—¿Y cómo voy a saberlo? Vinieron a verme. El día después de mi detención. Me dijeron que cogiera el dinero y me cargara el muerto.

—¿Quiénes?

Monte cerró los ojos.

—Tengo mucho sueño.

—Monte, ¿quién te dijo que te cargaras el muerto?

—Nunca debí dejar que papá se saliera de rositas, Cassie. Lo que te hizo... Yo lo sabía. Mamá lo sabía. Y no hicimos nada. Lo siento.

—¿Monte?

—Tan cansado...

—¿Quién te dijo que te cargaras el muerto?

Pero Monte Leburne ya estaba dormido.

7

De vuelta a casa, Kat condujo sin separar ambas manos del volante. Se concentró en la carretera, con todas sus fuerzas; era el único modo de evitar que la cabeza le diera vueltas. Su mundo se había salido de su eje. La enfermera Steiner le había vuelto a advertir que Monte Leburne podría haberse desorientado con la medicación y que sus afirmaciones debían contemplarse con una gran dosis de escepticismo. Mientras la enfermera hablaba, Kat asentía. Todo aquello lo entendía —lo de la desorientación, que no era fiable y que incluso podían ser imaginaciones suyas—, pero en su trabajo de policía había aprendido una cosa: la verdad tiene un olor particular, característico.

Y, en aquel momento, Monte Leburne apestaba a verdad.

Encendió la radio y buscó algún debate airado. Los locutores siempre encontraban soluciones facilísimas para los problemas del mundo. A Kat le resultaba irritante ese simplismo, por lo que aquellos programas, curiosamente, le distraían muchísimo. Aquellos que tenían respuestas fáciles, fueran de derechas o de izquierdas, siempre se equivocaban. El mundo es complejo. Nunca es igual para todos.

Cuando llegó a la comisaría del Distrito Diecinueve, Kat fue directamente al despacho del capitán Stagger. No estaba allí. Podía preguntar cuándo volvería, pero no le apetecía nada atraer la atención de momento. Decidió enviarle un breve mensaje de texto:

TENEMOS QUE HABLAR.

No recibió una respuesta inmediata, pero tampoco se la esperaba. Subió un piso. Su compañero Charles («Chaz») Faircloth estaba de pie en una esquina con otros tres polis.

—Bueno, ahí estás por fin —dijo Chaz con evidente sarcasmo al verla llegar. Y, luego, como Chaz era así de gracioso, añadió—: ¡Te habría llamado, pero no quería despertarte!

Lamentablemente, los hombres que estaban con él soltaron alguna risita contenida.

—Muy buena —dijo ella.

—Gracias. Tengo una para cada ocasión.

—No sabes la envidia que me das.

Desde luego, ella no estaba de ánimo para tanta tontería.

Chaz llevaba un traje caro, de corte perfecto y muy vistoso, de esos que brillan como si estuvieran mojados, una corbata con un nudo Windsor, al que sin duda había dedicado más tiempo del necesario, y unos zapatos Ferragamo que le recordaban aquel dicho sobre que a un hombre se le conoce por el brillo de sus zapatos. Aquel dicho era una memez. Los tipos que se pasaban el día sacando el brillo a sus zapatos solían ser unos capullos egocéntricos convencidos de que la superficialidad puede resultar más convincente que el fondo.

Chaz tenía un aspecto de guapo repeinado, y ese carisma casi sobrenatural de..., bueno, de un sociópata, que era lo que Kat sospechaba que era. Era un Faircloth, sí, uno de *los* Faircloth, familia forrada y muy bien relacionada cuyos miembros a menudo jugaban a hacer de polis porque eso quedaba bien en el currículo a la hora de presentarse a cargos públicos. Sin quitarle la vista de encima, Chaz murmuró algún otro chistecito a sus compañeros, probablemente sobre ella, y el grupo se dispersó con una risa.

—Llegas tarde —le dijo Chaz.

—Estaba trabajando en un caso para el capitán.

Él arqueó una ceja.

—¿Así es como lo llaman ahora?

Qué imbécil. Con Chaz, todo eran dobles sentidos que rayaban, cuando no caían de pleno, en el acoso. No es que él fuera ofensivo con las mujeres. Es que toda su personalidad era ofensiva para las mujeres. Algunos hombres son así; se comunican con las mujeres como si las acabaran de conocer en un bar de solteros. No podrían hablar de lo que han tomado para desayunar sin darle un tono lisonjero, como si acabaras de acostarte con él y el desayuno se lo hubieras preparado tú.

—Bueno, ¿en qué estamos trabajando? —preguntó Kat.

—No te preocupes. Te he cubierto.

—Sí, bueno, gracias, pero ¿te importa ponerme al corriente?

Chaz señaló en dirección a la mesa de Kat, dejando a la vista unos gemelos con esmeraldas.

—Los archivos están todos ahí. Échales un vistazo —dijo, y miró la hora en su enorme y reluciente Rolex—. Tengo que irme —añadió, y se fue pavoneándose, con los hombros atrás, silbando la melodía de algún rap machista sobre niñas hambrientas.

Kat ya había hablado con Stephen Singer, su inmediato superior, para pedirle que le cambiara de compañero. Chaz, al enterarse, se había quedado pasmado; y no porque le gustara tanto Kat, sino porque no podía entender cómo aquella mujer —o cualquier otra— no caía rendida a sus pies. Reaccionó aumentando la intensidad de sus demostraciones, convencido de que no habría ninguna mujer en el mundo civilizado que pudiera resistirse a sus encantos.

Aún de espaldas, Chaz levantó una mano, saludó y dijo:

—Hasta luego, bombón.

«No vale la pena», se dijo ella.

Tenía cosas más importantes entre manos. Por ejemplo: ¿podía ser verdad lo que había dicho Monte Leburne?

¿Y si habían estado equivocados todos estos años?, ¿y si el asesino de su padre aún seguía ahí fuera?

Eso era algo tan imponente que costaba incluso planteárselo. Necesitaba soltar aquel lastre, hablar con alguien que hubiera conocido a todos los implicados y todas las situaciones, y el primer nombre que le vino a la mente, la primera persona que se le ocurrió —vaya por Dios— era Jeff Raynes.

Echó una mirada al ordenador que había sobre su mesa.

Pero lo primero era lo primero. Sacó todos los expedientes sobre Monte Leburne y sobre el asesinato de Henry Donovan. Había un quintal de papeles. Vale, no era problema. Podía leérselo por la noche, en casa. Por supuesto, ya se había leído todo aquello un centenar de veces, ¿pero lo había hecho alguna vez desde la perspectiva de que Monte Leburne pudiera ser una tapadera? No. Nueva perspectiva. Se lo leería con una nueva perspectiva.

Entonces empezó a preguntarse si Jeff habría respondido ya a su mensaje en EresMiTipo.com.

Las mesas a izquierda y derecha de la suya estaban vacías. Miró atrás. No había nadie. Bien. Si sus compañeros la veían abriendo una página de citas por internet, las burlas durarían toda la vida. Se sentó al ordenador y miró alrededor otra vez. No había moros en la costa. Escribió rápidamente «EresMiTipo.com» en el campo de dirección y apretó la tecla Enter.

SITIO BLOQUEADO. PARA ACCEDER, PÍDALE UN CÓDIGO DE ACCESO A SU SUPERIOR DIRECTO.

Oh-oh. Imposible. El departamento de policía era como otras muchas otras empresas: buscaban aumentar la productividad impidiendo que los empleados perdieran el tiempo en páginas personales o redes sociales. Eso era lo que estaba sucediendo.

Antes se había planteado descargar la aplicación de EresMiTipo.com en su teléfono móvil, pero no quería llegar a tal extremo de desesperación. Tendría que esperar. No pasaba nada... Solo que sí pasaba.

Entraron nuevos casos. Kat los gestionó. Un taxista denunciaba que un miembro de la *jet set* se había negado a pagar una carrera. Una mujer se quejaba de que un vecino estaba cultivando marihuana. Asuntos menores. Echó un vistazo a su teléfono móvil. No había respuesta de Stagger. No sabía qué pensar. Le envió otro mensaje:

NECESITO HABLAR CONTIGO URGENTEMENTE.

Estaba a punto de meterse de nuevo el teléfono en el bolsillo cuando notó la vibración. Acababa de llegar la respuesta de Stagger:

La respuesta fue: sí.

Esta vez la pausa fue más larga.

OCUPADO HASTA LAS OCHO. PODRÍA PASAR A VERTE ESTA NOCHE O ESPERAMOS A MAÑANA.

La respuesta de Kat no se hizo esperar:

PÁSATE ESTA NOCHE.

Kat no intentó disimular su impaciencia por ver si Jeff había respondido.

Al final de su turno, se puso la ropa de deporte, atravesó el parque a la carrera, pasó a toda prisa por delante del portero, saludándolo con una sonrisa y un gesto de la cabeza, subió los escalones de dos en dos (el ascensor podía ser más lento) y abrió la puerta de su casa sin detenerse.

El ordenador estaba en modo de reposo. Kat agitó el ratón y esperó. Apareció un pequeño reloj de arena y se puso a dar vueltas. Desde luego, necesitaba comprarse un ordenador nuevo. La carrera le había dado sed; quería ir a por un vaso de agua, pero entonces el reloj de arena se paró.

Cargó la página EresMiTipo.com. Habían pasado demasiadas horas desde su última visita, así que la página la había desconectado. Volvió a introducir su nombre de usuaria, y clicó en Continuar. Apareció la página de inicio, con seis palabras bien grandes, en un verde intenso:

El corazón le golpeaba contra el pecho. Lo notaba, el lento y rítmico golpeteo que estaba segura que sería visible desde el exterior. Hizo clic en las letras verdes y se abrió el mensaje, con una pequeña fotografía del perfil de Jeff al lado.

Era ahora o nunca.

La línea de asunto estaba en blanco. Pasó el cursor por encima y apretó para abrir el mensaje de Jeff:

¡JA! ¡QUÉ VÍDEO MÁS CHULO! SIEMPRE ME ENCANTÓ. SÉ QUE LOS HOMBRES SIEMPRE DICEN QUE LES ENCANTAN LAS MUJERES CON SENTIDO DEL HUMOR, PERO HA SIDO UN MODO MUY INTELIGENTE DE INICIAR LA CONVERSACIÓN. TUS FOTOGRAFÍAS ME HAN LLAMADO LA ATENCIÓN. TIE-NES UNA CARA BONITA, POR SUPUESTO, PERO... HAY ALGO MÁS. ¡ENCANTADO DE CONOCERTE!

Ya estaba. Sin firma. Sin nombre.

Nada.

Un momento... ¿Cómo?

La verdad le cayó de pronto como una bofetada. Jeff no se acordaba de ella.

¿Era posible? ¿Cómo podía no acordarse de ella? Calma. Mejor no perder los nervios. Respiró hondo e intentó pensar-lo bien. Vale, en el mejor de los casos, Jeff no la había recono-cido. ¿Tanto había cambiado? Seguramente sí. Ahora llevaba el cabello más oscuro y más corto. Había envejecido. Los hombres tienen más suerte, por supuesto. El gris de las sienes de Jeff solo le hacía más atractivo, al muy condenado. Siendo objetivos, quizás a ella los años no le hubieran tratado tan bien. Eso era todo. Kat se puso en pie, dio unos pasos y se miró al espejo. Eso uno mismo no lo ve, por supuesto. Uno no ve los cambios que traen los años. Pero ahora, mientras abría cajones en busca de antiguas fotos suyas —con el pelo a lo loco, las mejillas más llenas, el brillo de la juventud— empezaba a entenderlo. La última vez que la había visto era una chica de veintidós años de ojos brillantes y corazón destrozado. Ahora tenía cuarenta, nada menos. Su perfil no revelaba ninguna información personal. Ni su dirección, ni su licenciatura en Columbia ni nada que pudiera dar a entender que era Kat.

Así que, en cierto modo, tenía sentido que Jeff no la hubiera reconocido.

Por supuesto, cuando empezó a pensarlo con más calma, su justificación empezaba a fallar. No estrepitosamente, pero tampoco encajaba mucho. Habían estado enamorados. Comprometidos. Aquella canción —aquel vídeo— había sido para ellos algo más que algo «chulo», algo más que un detalle que se te olvida, o pasas por alto o...

Algo le llamó de pronto la atención.

Kat se acercó más a la pantalla del ordenador y vio un corazón latiendo junto a la fotografía de perfil de Jeff. Según la leyenda de la parte inferior, eso significaba que estaba en línea y que aceptaría mensajes instantáneos «de las personas que hubieran comunicado previamente» con él.

Se sentó, abrió la ventana de mensajes instantáneos y escribió:

SOY KAT.

Para enviar el mensaje, tenía que pulsar la tecla Enter. No per-

dió un instante, ni se dio tiempo para pensárselo dos veces
Pulsó la tecla. Mensaje enviado.

El cursor parpadeó. Kat se quedó allí sentada, esperando su respuesta. Su pierna derecha empezó a dar botecitos de impaciencia. Nunca le habían diagnosticado el síndrome de piernas inquietas, pero suponía que su caso rozaba lo patológico. Su padre también solía hacer botar la pierna. Mucho. Se puso una mano sobre la rodilla e hizo un esfuerzo por parar, sin despegar los ojos de la pantalla.

El cursor que parpadeaba desapareció. Apareció una nubecita.

Eso significaba que Jeff estaba escribiendo su respuesta. Un momento más tarde, apareció en la pantalla:

NADA DE NOMBRES. AL MENOS, DE MOMENTO.

Kat frunció el ceño. ¿Qué narices significaba eso? Entonces recordó vagamente que, durante su sesión de «introducción» a EresMiTipo.com, advertían a los usuarios que no usaran sus nombres reales hasta que estuvieran seguros de que querían conocer en persona a su interlocutor.

¿Así que no estaba seguro? ¿Qué estaba pasando? Volvió a poner los dedos en el teclado y empezó a escribir:

¿JEFF? ¿ERES TÚ? SOY KAT.

El curso parpadeó exactamente doce veces —las contó— y luego el corazón rojo que latía desapareció.

Jeff se había desconectado.

En el caso de que fuera de verdad Jeff...

Esa fue la otra duda que se le planteó de pronto. Quizás el viudo del perfil no fuera Jeff. Quizá fuera otro tipo que se parecía a su exnovio. Las fotografías, ahora que las examinaba de nuevo, tenían grano. La mayoría eran al aire libre, a cierta distancia. Había una en el bosque, otra en alguna playa desierta con una valla rota, y otra en lo que podía ser un campo de golf. En algunas llevaba una gorra de béisbol. En otras también llevaba gafas de sol (nunca bajo techo, gracias a Dios). Al igual que en las fotografías de Kat, el «posible» Jeff nunca parecía completamente cómodo, casi como si se estuviera escondiendo, como si le hubieran pillado desprevenido o hubiera querido evitar al fotógrafo.

Como policía, Kat había aprendido de primera mano lo fácil que resulta engañarse a uno mismo cuando se quiere ver algo, creer algo..., y lo poco fiables que son los ojos en casos de autosugestión. Había visto testigos que señalaban a un sospechoso en una rueda de reconocimiento solo porque los polis querían que señalaran a esa persona. Al cerebro se le puede engañar con estímulos muy simples.

¿Cómo no iba a engañarse bajo aquella presión?

La noche anterior había hecho una búsqueda rápida por

un sitio web en busca de un compañero para toda la vida. ¿Qué era más probable: que se hubiera imaginado que daba con el hombre que más cerca había estado de ese puesto en su vida o que lo hubiera encontrado realmente?

Sonó el intercomunicador con la portería. Apretó el botón.

—¿Sí, Frank?

—Está aquí su capitán.

—Dígale que suba.

Kat dejó la puerta abierta para que Stagger pudiera entrar sin llamar —lo último que quería era revivir recuerdos de dieciocho años atrás—. Salió de la página EresMiTipo.com y, para mayor seguridad, limpió el historial del explorador.

Stagger rezumaba agotamiento. Tenía los ojos rojos y hundidos. Su sombra habitual de las cinco se había oscurecido, convirtiéndose más bien en una sombra de medianoche. Tenía los hombros caídos como un ratonero demasiado cansado como para perseguir a su presa.

—¿Estás bien? —le preguntó Kat.

—Ha sido un día muy largo.

—¿Te pongo algo de beber?

Él negó con la cabeza.

—¿Qué pasa? —dijo él.

Kat decidió abordar el tema de frente.

—¿Hasta qué punto estás seguro de que Monte Leburne mató a Henry?

Fuera lo que fuera lo que Stagger se esperaba que dijera Kat, o el motivo por el que ella tenía tanta prisa por hablar con él, no podría haberse imaginado que fuera aquello.

—¿Lo dices en serio?

—Sí.

—Así que supongo que has conseguido verle.

—Sí.

—¿Y qué? ¿De pronto ha negado que disparara a tu padre?

—No exactamente.

—¿Entonces?

Kat tenía que ir con cuidado. Stagger no solo seguía la ley al pie de la letra: él mismo era la ley, impresa, encuadernada y lista para su uso. Si se enteraba de lo de la enfermera Steiner y el sueño crepuscular, se pondría como una moto.

—Mira, quiero que me escuches un segundo —dijo ella—. Pero con la mente abierta, ¿vale?

—Kat, ¿te parece que estoy de ánimo para juegos?

—No, desde luego que no.

—Pues dime qué pasa.

—Voy, pero espera un momento. Volvamos al principio.

—Kat...

Ella prosiguió:

—Aquí tenemos a Monte Leburne, ¿vale? Los federales lo enchironan por matar a dos personas a tiros. Intentan usarlo para llegar a Cozone. Pero no suelta prenda. No es de esos. Demasiado tonto, a lo mejor. O quizá piensa que harán daño a su familia. Sea como fuere, Leburne cierra el pico. —Hizo una pausa, esperando que él le dijera que fuera al grano. No lo hizo—. Mientras tanto, vosotros estáis buscando al asesino de mi padre. No tenéis mucho, solo rumores y algunas pistas sueltas, y, de pronto, *voilà*, Leburne confiesa.

—No fue así —dijo Stagger.

—Sí, sí que lo fue.

—Teníamos pistas.

—Pero nada sólido. Así que dime: ¿por qué confesó de pronto?

Stagger hizo una mueca antes de hablar.

—Lo sabes muy bien. Mató a un poli. Nuestra investigación estaba sometiendo a Cozone a una gran presión. Tenía que darnos algo.

—Exactamente. Así que Monte Leburne se carga el muerto. Y así Cozone se libra. Muy práctico. A un tipo que ya está condenado a cadena perpetua le cae otra perpetua.

—Durante años intentamos pillar a Cozone. Lo sabes.

—Pero nunca pudimos. ¿No lo ves? Nunca pudimos relacionar a Cozone y a Leburne en ese caso. ¿Sabes por qué?

Stagger suspiró.

—No vas a caer en una paranoia conspiratoria ahora, ¿verdad, Kat?

—No.

—El motivo por el que no pudimos relacionarlos es simple: así funciona el mundo. No es un sistema perfecto.

—O quizás —propuso Kat intentando mantener la calma— no pudimos relacionarlos porque Monte Leburne no disparó a mi padre. Sí pudimos relacionar a Leburne con los otros dos asesinatos. Pero nunca pudimos relacionarlo con el de mi padre. ¿Y qué hay de esas huellas que nunca pudimos identificar? ¿No te has preguntado quién más estaba en la escena del crimen?

—¿Qué ha pasado en Fishkill? —dijo Stagger mirándola a los ojos.

Kat sabía que tenía que ir con cuidado.

—Está muy grave.

—¿Leburne?

Ella asintió.

—No creo que le queden más de una o dos semanas.

—Así que fuiste. Y él accedió a verte.

—Más o menos.

Él la miró con desconfianza.

—¿Qué significa eso?

—Estaba en la enfermería. Conseguí que me dejaran entrar. No hice nada raro, no te preocupes. Enseñé la placa y no dije nada comprometedor.

—Vale. ¿Y?

—Pues que cuando llegué hasta la cama de Leburne, estaba en unas condiciones bastante malas. Le habían drogado con una dosis enorme de analgésicos. Morfina, supongo.

Stagger entrecerró los párpados.

—Vale. ¿Y?

—Pues que empezó a balbucir. Yo no le interrogué ni nada. Estaba demasiado ido como para eso. Pero empezó a delirar. Pensaba que la enfermera era su hermana muerta, Cassie. Se disculpó por haber permitido que su padre abusara de ella o algo así. Se echó a llorar y le dijo que muy pronto estaría con ella. Cosas así.

Stagger la atravesó con la mirada. Kat no estaba muy segura de que se lo estuviera tragando, pero tampoco sabía si lo estaba vendiendo muy bien.

—Sigue.

—Y dijo que nunca había matado a ningún poli.

Los ojos hundidos de Stagger se abrieron un poco de pronto. No era exactamente la verdad, pero Kat pensó que más valía así.

—Dijo que era inocente —prosiguió. Stagger parecía incrédulo—. ¿De todo?

—No, exactamente lo contrario. Dijo que ya le habían pillado por dos asesinatos, así que no tenía nada de malo confesar un tercero, si así salía ganando.

—¿Salía ganando?

—Esas fueron sus palabras.

Stagger meneó la cabeza.

—Esto es una locura. Te das cuenta, ¿no?

—No lo es. De hecho encaja perfectamente. Ya iba a cumplir cadena perpetua. ¿Qué más le daba una acusación de asesinato más? —Kat dio un paso hacia el capitán—. Pongamos que os estabais acercando al asesino. A lo mejor estabais a días, o incluso a horas, de atar cabos. De pronto, un tipo que ya está en la cárcel, condenado a cadena perpetua, confiesa. ¿No lo ves?

—¿Y quién, exactamente, organizaría algo así?

—No lo sé. Cozone, probablemente.

—¿Utilizaría a su propio hombre?

—¿A un hombre que sabía, y que nosotros sabíamos, que nunca hablaría? Claro. ¿Por qué no?

—Tenemos el arma del delito, ¿recuerdas?

—Lo recuerdo.

—El arma con que dispararon a tu padre. La encontramos exactamente donde Monte Leburne dijo que estaría.

—Leburne lo sabía, claro. El asesino se lo dijo. Piénsalo. ¿Desde cuándo un matón a sueldo como Leburne guarda la pistola? Se libra de ella. Nunca encontramos las armas de los otros dos asesinatos, ¿no? De pronto, mata a un poli y decide guardarla. ¿Como qué? ¿Como recuerdo? Y una vez más, ¿qué hay de esas huellas? ¿Tenía un cómplice? ¿Fue él solo?

Stagger le apoyó las manos en los hombros.

—Kat, escúchame.

Kat sabía lo que venía ahora. Era parte del juego. Tenía que capearlo.

—Has dicho que Leburne estaba drogado, ¿no? —dijo el capitán—. ¿Con morfina?

—Sí.

—Así que estaba delirando. Son tus palabras. Balbució tonterías, cosas imaginarias. Eso es todo.

—No me trates como a una niña, Stagger.

—No lo hago.

—Sí, sí que lo haces. Tú sabes que yo no me trago cosas como lo de «pasar página» —dijo haciendo el gesto de comillas con los dedos—. Creo que todo eso son memeces. Aunque metiéramos en la cárcel a todos los que hayan participado en este asesinato, mi padre sigue muerto. Eso no cambiará. Así que lo de pasar página..., no sé, es casi un insulto a su memoria. ¿Me entiendes?

Él asintió lentamente.

—Pero esta detención... —continuó ella—. A mí nunca me convenció. Siempre sospeché que había algo más.

—Y ahora lo estás convirtiendo en eso.

—¿En qué?

—Venga, Kat. Es Monte Leburne. ¿Tú crees que no sabía que estabas ahí? Está jugando contigo. Sabe que has tenido dudas desde el principio. Querías ver algo que no existe. Y ahora te lo ha dado.

Kat abrió la boca para protestar, pero de pronto pensó en el «posible» Jeff del ordenador. La voluntad puede alterar la percepción. ¿Sería eso? ¿Tendría tantas ganas de encontrar una solución —de «pasar página»— que se estaba creando escenarios alternativos?

—Eso no es así —dijo Kat, pero su voz denotaba un nivel de convicción menor.

—¿Estás segura?

—Tienes que entenderlo. No puedo dejarlo así.

—Lo entiendo —dijo él asintiendo lentamente.

—Estás volviendo a tratarme como a una niña.

Él esbozó una sonrisa fatigada.

—Monte Leburne mató a tu padre. No es una buena solución, ni siquiera es una solución. Nunca lo es. Eso ya lo sabes. Las dudas sobre el caso, todas normales, rutinarias y fácilmente explicables, te consumen. Pero en un momento dado hay que aflojar. O te volverás loca. Si dejas que te afecte así, acabarás deprimida y...

Stagger no acabó la frase.

—¿Como mi abuelo? —saltó ella.

—Yo no he dicho eso.

—No hacía falta.

Stagger la miró a los ojos, y se quedó mirándola un buen rato.

—Tu padre querría que siguieras con tu vida.

Ella no dijo nada.

—Sabes que te digo la verdad.

—Lo sé —dijo ella.

—¿Pero?

—Pero no puedo hacerlo. Eso también lo sabría mi padre.

Kat se llenó otro vaso de chupito de Jack Daniel's y mandó a imprimir el viejo dosier del asesinato de su padre.

No era el informe oficial de la policía. Ese, por supuesto, ya lo había leído muchas veces. Este era uno creado por ella, que incluía todo lo que había en el dosier oficial —los investigadores que habían cerrado el caso de su padre eran ambos amigos de la familia— y muchas otras cosas, incluidos los rumores, los cuales había recogido por su cuenta. La conclusión del caso era bastante sólida, basada en dos elementos claves: la confesión del propio Leburne y el hallazgo del arma del delito, escondida en casa de Leburne. La mayoría de los cabos sueltos se habían atado bastante bien, con una notable excepción, la cual siempre le había hecho dudar a Kat: en la escena del crimen se habían encontrado huellas sin identificar. Los tipos del laboratorio habían encontrado una huella completa en el cinturón de su padre y la habían introducido en el sistema, pero no habían hallado coincidencias.

Kat nunca se había quedado satisfecha con la explicación oficial, pero todo el mundo, incluida ella, lo habían achacado a su conexión personal. Aqua lo había definido como nadie en uno de sus días más lúcidos, al encontrarse ambos en el parque: «En este caso estás buscando algo que nunca encontrarás».

Aqua.

Aquello era algo raro. Podía hablar con Stacy sobre el asesinato de su padre, pero Stacy no lo había conocido. Stacy no conocía a la «antigua Kat», la Kat de antes, la que salía con Jeff, sonreía despreocupadamente y existía antes de la muerte de Henry Donovan. Pero el primer nombre que le había venido a la cabeza —la persona que entendería más que nadie lo que estaba pasando— era, bueno, Jeff.

Aunque eso no parecía una buena idea, ¿no?

No. Al menos, no lo sería a las seis de la mañana o a las diez de la noche. Pero, en aquel momento, a las tres de la madrugada, con unas rondas de Jack corriéndole por las venas, le pareció la idea más brillante de la historia del mundo. Miró por la ventana de su apartamento. Dicen que Nueva York es la ciudad que nunca duerme. Aquello era una tontería. Cuando había estado en otras ciudades, incluso algunas más pequeñas, como San Luis o Indianápolis, daba la impresión de que la gente estaba despierta hasta más tarde, aunque quizá más por desesperación que por otra cosa. «No estamos en Nueva York, así que tenemos que esforzarnos más para pasárnoslo bien». Algo así.

¿Las calles de Manhattan a las tres de la madrugada? Muertas.

Con paso incierto, Kat se dirigió al ordenador. Tuvo que intentarlo tres veces para conectarse a EresMiTipo.com porque, al igual que la lengua, tenía los dedos torpes a causa de la bebida. Miró si por casualidad Jeff estaba conectado. Bueno, era una pena, ¿no? Apretó el vínculo para enviarle un mensaje directo.

JEFF,

¿PODEMOS HABLAR? ME HA PASADO ALGO Y ME GUSTARÍA MUCHO HABLAR DE ELLO CONTIGO.

KAT

Parte de su cerebro se daba cuenta de que era una muy mala idea; era el equivalente a los SMS de borrachera, pero en versión página de citas. Los SMS de borrachera nunca funcionaban. Nunca jamás.

Envió el mensaje y se medio durmió, medio perdió la conciencia. Cuando sonó el despertador, a las seis de la mañana, Kat se odió a sí misma antes incluso de sentir el efecto de la resaca, atravesándole el cerebro con punzadas de dolor.

Comprobó los mensajes. Nada de Jeff. O del «posible» Jeff. Vale, ¿es que no se había dado cuenta ya de que quizá no fuera Jeff, sino un tipo que se le parecía? No importaba. ¿A quién le importa? ¿Dónde demonios estaba el paracetamol extrafuerte?

85

La clase de yoga de Aqua. Ni hablar. Esta vez no. Su cabeza no lo soportaría. Además, ya había ido el día anterior. No tenía que ir.

Solo que...

Un momento, espera un segundo. Volvió corriendo al ordenador y recuperó el perfil de Jeff. Aparte de Stagger, la única persona que seguía en su vida, que la había conocido con Jeff y con su padre, que conocía la Kat de antes era..., bueno, era Aqua. Aqua y Jeff se habían conocido a través de ella, incluso habían compartido vivienda todos juntos en un miserable piso de dos habitaciones en la calle Ciento setenta y ocho. Clicó Imprimir, se puso la ropa, corrió hasta el lado este del parque y llegó, como siempre, cuando todo el mundo estaba ya meditando, con los ojos cerrados.

—Tarde —dijo Aqua.

—Lo siento.

Aqua frunció el ceño y abrió los ojos, sorprendido. Era la primera vez que Kat se disculpaba. Sabía que pasaba algo.

Dos décadas antes, Aqua y Kat habían ido juntos a clase en Columbia. Allí es donde se habían conocido, en su primer año. Aqua era, sencillamente, la persona más brillante que había conocido Kat. Sus notas eran impresionantes. Tenía el cerebro siempre al límite de revoluciones, trabajaba a destajo, acabando en minutos trabajos de clase que a otros les llevaban toda la noche. Aqua consumía conocimientos como otros consumen comida rápida. Se había apuntado a asignaturas extras, hacía dos trabajos, practicaba atletismo, pero no había nada que pudiera detener aquella ansia.

Con el tiempo, el motor de Aqua se recalentó. Así lo veía Kat. Se rompió, aunque lo cierto era que simplemente enfermó. Mentalmente. En realidad no era diferente a contraer un cáncer, lupus o algo así. Desde entonces, Aqua había estado entrando y saliendo de diversos centros de salud. Los médicos lo habían intentado todo para curarle, pero su enfermedad mental, como las físicas, era, si no ya terminal, crónica. Kat no sabía dónde vivía ahora exactamente. En algún lugar del parque, supuso. A veces, Kat se lo encontraba fuera de las clases de yoga, cuando su manía se volvía más febril. A veces Aqua iba vestido de hombre. Otras —sí, bueno, la mayoría de las veces— iba vestido de mujer. A veces, ni siquiera reconocía a Kat.

Al final de la clase, cuando los demás cerraron los ojos y adoptaron la postura del Cadáver, Kat se quedó sentada mirando a Aqua. Él —o ella; resultaba muy confuso tratar con un travestido a tiempo parcial— le devolvió la mirada, con rabia. En aquellas clases había unas normas. Y ella estaba rompiendo una de ellas.

—Quiero que relajéis el rostro —dijo Aqua con aquella voz reconfortante—. Relajad los ojos. Sentid cómo se hunden. Relajad la boca...

No apartó la mirada de la de Kat. Al final, cedió y se levantó, pasando de la posición del Loto a estar de pie en un movimiento suave y silencioso, sin esfuerzo aparente. Kat también se puso en pie. Le siguió por un sendero en dirección norte.

—Así que aquí es donde vienes después de clase —dijo Kat.

—No.

—¿No?

—No voy a enseñarte adónde voy. ¿Qué es lo que quieres?

—Necesito un favor.

—Yo no hago favores —dijo Aqua sin dejar de caminar—. Yo enseño yoga.

—Eso ya lo sé.

—Entonces ¿por qué me molestas? —Sus manos se cerraron en dos puños, como un niño pequeño al borde de la pataleta—. El yoga es rutina. A mí me va bien la rutina. Que me saques de la clase para hablar, así, no es parte de la rutina. No me conviene apartarme de la rutina.

—Necesito tu ayuda.

—Yo ayudo enseñándote yoga.

—Eso ya lo sé.

—Soy un buen profesor, ¿no?

—El mejor.

—Pues déjame hacer lo que hago. Así es como ayudo yo. Así es como me mantengo centrado. Así es como contribuyo a la sociedad.

Kat de pronto se sintió abrumada. Mucho tiempo atrás habían sido amigos. Buenos amigos. Amigos íntimos. Se sentaban en la biblioteca y hablaban de cualquier cosa. Las horas se les pasaban volando; así de amigos eran.

Tras su primera cita con Jeff, había hablado con Aqua. Él lo entendió enseguida. Aqua y Jeff también se habían hecho amigos. Habían compartido habitación fuera del campus, aunque Jeff acababa pasando la mayor parte del tiempo en casa de Kat. Ahora, viendo el gesto perplejo en el rostro de Aqua, se dio cuenta de lo mucho que había perdido. Había perdido a su padre. Eso era obvio. Había perdido a su prometido. También era obvio. Pero quizás —aunque no fuera tan obvio— había perdido algo más, algo real y profundo, al venirse abajo Aqua.

—¡Dios!, te echo tanto de menos —dijo Kat, y Aqua empezó a acelerar el paso.

—Esto no ayuda en absoluto —repuso él.

—Lo sé. Lo siento.

—Tengo que irme. Tengo cosas que hacer.

—Vale, pero antes ¿quieres echar un vistazo a esto? —dijo ella poniéndole la mano sobre el brazo para frenarlo.

Él frunció el ceño, sin reducir mucho el paso. Ella le mostró las copias impresas del perfil de Jeff en EresMiTipo.com.

—¿Qué es esto? —preguntó Aqua.

—Dímelo tú.

A Aqua aquello no le gustaba. Era evidente. Toda aquella ruptura de su rutina le estaba poniendo nervioso. No era lo que pretendía Kat. Sabía que alterarlo era un peligro.

—¿Aqua? Tú solo echa un vistazo, ¿vale?

Lo hizo. Miró las hojas de papel. Intentó leerlas. Su expresión no cambió, pero a Kat le pareció ver un brillo en sus ojos.

—¿Aqua?

—¿Por qué me enseñas esto? —dijo él con un hilo de temor en la voz.

—¿Se parece a alguien que conozcas?

—No —dijo él.

Kat sintió que el corazón se le encogía. Aqua se dispuso a marcharse.

—No se parece a Jeff, Kat. Es Jeff.

9

Kat acababa de colgar el teléfono, recordando mentalmente las palabras de Monte Leburne por enésima vez, cuando el ordenador emitió un sonido y en la pantalla apareció una ventana emergente con la notificación de un mensaje instantáneo de EresMiTipo.com.

El mensaje instantáneo era de Jeff; se veía su minúscula foto de perfil. Por un momento, Kat se quedó allí sentada, casi con miedo a moverse o a clicar el botón Leer, porque aquel contacto, aquella conexión, quizá fuera tan frágil y tenue que cualquier acto repentino por su parte podía quebrar el fino hilo que le unía a él.

El icono del corazón junto a su fotografía presentaba un interrogante, a la espera de que ella diera su aprobación para iniciar la conversación. Kat se había pasado las últimas tres horas trabajando en el caso de su padre. El dosier no decía nada nuevo, y todos los problemas de siempre seguían allí. A Henry Donovan le habían disparado en el pecho a bocajarro con una Smith & Wesson pequeña. Eso también le había inquietado desde el principio a Kat. ¿Por qué no en la cabeza? ¿No sería más fácil presentarse por detrás, ponerle la pistola en la nuca y disparar un par de veces? Ese había sido el modus operandi de Monte Leburne. ¿Por qué cambiarlo? ¿Por qué dispararle al pecho?

No cuadraba.

Como tampoco encajaba algo que Monte Leburne le había dicho a la enfermera Steiner cuando le preguntó quién había matado a Henry Donovan: «¿Y cómo voy a saberlo? Vinieron a verme. El día después de mi detención. Me dijeron que cogiera el dinero y me cargara el muerto».

Pregunta obvia: ¿quiénes eran «ellos»?

Pero quizá Monte le hubiera dado la respuesta. «Ellos» habían ido a verle a la cárcel. No solo eso, sino que habían ido a verle el día después de su detención.

Hummm...

Kat había cogido el teléfono y había llamado a un viejo amigo, Chris Harrop, que trabajaba en el Departamento de Prisiones.

—Kat, qué alegría saber de ti. ¿Qué hay?

—Necesito un favor —dijo Kat.

—Qué sorpresa. Yo que pensaba que me llamabas para ofrecerme una sesión de sexo caliente y sudoroso.

—Yo me lo pierdo, Chris. ¿Puedes conseguirme el registro de visitas de un recluso?

—No debería ser un problema —dijo Harrop—. ¿Quién es el prisionero y dónde cumple condena?

—Monte Leburne. Estaba en Clinton.

—¿Qué fecha quieres?

—Bueno..., el 27 de marzo.

—Vale, déjame que lo mire.

—De hace dieciocho años.

—¿Cómo?

—Necesito su registro de visitas... de hace dieciocho años.

—Estás de broma, ¿no?

—Pues no.

—Vaya.

—Ya.

—Mira, llevará un tiempo —dijo Harrop—. La informatización se inició en 2004. Creo que los registros antiguos están en los almacenes de Albany. ¿Es muy importante?

—Más que una sesión de sexo caliente y sudoroso —dijo Kat.

—Estoy en ello.

En el momento en que colgó el teléfono, en la pantalla apareció el globo de mensaje de EresMiTipo.com. Con la mano temblorosa, hizo clic en el interrogante, dijo que sí, y luego, tras un instante de espera, aparecieron las palabras de Jeff:

EH, KAT. HE RECIBIDO TU MENSAJE. ¿CÓMO ESTÁS?

El corazón se le detuvo de golpe.

Kat leyó el mensaje de Jeff dos veces más, quizá tres, no podría decirlo. Vio el corazón palpitante junto a su nombre: estaba en línea, en aquel mismo momento, esperando su respuesta. Las yemas de sus dedos encontraron el teclado.

EH, JEFF...

Se detuvo, intentando decidir qué más poner antes de apretar el botón Enviar—. Decidió optar por lo que tenía en la mente en aquel momento:

EH, JEFF. SUPONGO QUE NO ME HABÍAS RECONOCIDO.

Kat esperó su respuesta, quizás alguna explicación que probablemente iría unida a algún tipo de cumplido defensivo, como «ahora estás aún más guapa» o «tu nuevo corte de pelo te sienta estupendo», algo así, lo que fuera. Tampoco le importaba. ¿Por qué pensaba siquiera en eso? Menuda tontería. Pero su respuesta le sorprendió:

NO... TE RECONOCÍ ENSEGUIDA.

El corazón junto a la foto de su perfil seguía palpitando. Se quedó pensando en aquel pequeño icono, avatar o comoquiera que le llamarán. Un corazoncito rojo palpitante, un símbolo de romance y de amor; un corazón que, si Jeff se iba en aquel momento, si decidía desconectar, dejaba de latir y desaparecía. Y tú, la usuaria y pareja potencial, no quieres que eso suceda.

Kat escribió: ¿Y POR QUÉ NO ME LO DIJISTE?

El corazón seguía palpitando: TÚ SABES POR QUÉ.

Ella frunció el ceño, se quedó pensando un momento y escribió: EN REALIDAD NO LO SÉ. Pero luego se lo pensó mejor y añadió: ¿POR QUÉ NO DIJISTE NADA DEL VÍDEO DE MISSING YOU?

Corazón. Parpadeo. Corazón. Parpadeo.

ES QUE AHORA SOY VIUDO.

Vaya. ¿Y a eso qué se le podía responder?

LO HE VISTO. LO SIENTO.

Quería hacerle un millón de preguntas: dónde vivía, cómo se llamaba su hijo, cuándo y cómo había muerto su esposa, si aún pensaba en ella en algún momento... Pero en lugar de eso se quedó allí sentada, casi paralizada, esperando la respuesta de Jeff.

Él: ESTAR EN ESTE CHAT ME RESULTA RARO.

Ella: A MÍ TAMBIÉN.

Él: ME HACE MÁS PRECAVIDO Y DESCONFIADO. ¿TIENE SENTIDO ESO?

Por una parte, ella habría querido responder: «Sí, claro. Tiene todo el sentido del mundo». Pero, por otra, sentía el impulso, mucho más fuerte, de escribir: «¿Precavido? ¿De quién tienes que protegerte? ¿De mí?».

Pero se contuvo: SUPONGO.

El corazoncito palpitante la tenía hipnotizada. Casi tenía la sensación de que su corazón latía al ritmo del que había junto a la fotografía de perfil de Jeff. Aguardó. La respuesta tardó más de lo que se esperaba.

Él: NO CREO QUE SEA BUENA IDEA QUE SIGAMOS HABLANDO.

Las palabras le cayeron encima como una ola que te moja por sorpresa en la playa.

Él: TENGO LA IMPRESIÓN DE QUE VOLVER ATRÁS SERÍA UN ERROR. NECESITO EMPEZAR DE CERO. ¿LO ENTIENDES?

Por un momento, odió profundamente a Stacy por liar las cosas y apuntarla a aquella estúpida página web. Intentó reaccionar, recordar que todo aquello era una fantasía ridícula, que Jeff ya la había dejado antes, le había hecho daño, le había roto el corazón, y que desde luego no iba a permitir que eso volviera a suceder.

Ella: SÍ, CLARO, LO ENTIENDO.

Él: CUÍDATE, KAT.

Parpadeo. Corazón. Parpadeo. Corazón.

Se le escapó una lágrima que cayó rodando por su mejilla. «Por favor, no te vayas», pensó, mientras escribía: TÚ TAMBIÉN.

El corazón de la pantalla dejó de palpitar. Pasó del rojo al gris antes de desaparecer para siempre.

10

Gerard Remington estaba volviéndose loco.

Casi sentía cómo se le desprendía el tejido cerebral, como si estuviera sometido a alguna extraña fuerza centrífuga. La mayor parte del tiempo estaba a oscuras y sentía el dolor, y, sin embargo, pese a la confusión reinante, de pronto tuvo una potente sensación de claridad. Quizá «claridad» no fuera la palabra idónea. «Iluminación» podría ser más apropiada.

El hombre musculoso con acento le señaló el camino.

—Ya sabes por dónde.

Se puso en marcha. Iba a ser el cuarto viaje de Gerard a la granja. Titus le estaría esperando. Una vez más, Gerard se planteó huir corriendo, pero sabía que no llegaría muy lejos. Le daban de comer lo justo para mantenerlo vivo, no más. Aunque no hacía nada en todo el día, encerrado en aquella maldita caja bajo tierra, estaba exhausto y debilitado. La caminata por aquel camino le costaba un esfuerzo supremo. No le quedaban más fuerzas.

Sería inútil.

Aún mantenía su fe en algún rescate milagroso. Su cuerpo, sí, le había fallado. Pero su cerebro era otra cosa. Mantenía los ojos bien abiertos y había empezado a recopilar algunos datos básicos sobre su situación.

Le retenían en una zona rural de Pensilvania, a unas seis horas por carretera del aeropuerto Logan, el lugar donde le habían secuestrado.

¿Cómo lo sabía?

La simple arquitectura de la granja, la falta de cableado eléctrico (Titus tenía su propio generador), el viejo molino, la calesa, las contraventanas de color verde hoja..., todo eso daba a entender que aquello era territorio amish. Además, Gerard sabía que las calesas de determinados colores eran propias de ciertas zonas. Las grises, por ejemplo, solían corresponder al condado de Lancaster, en Pensilvania, así que aquello le daba una idea del lugar donde se encontraba.

No tenía sentido. O quizá sí.

El sol brillaba a través de las ramas de los árboles. El cielo era de un azul que solo una deidad podría pintar. La belleza siempre encontraba refugio en la fealdad. Aunque, a decir verdad, la belleza realmente no podría existir sin la fealdad. ¿Cómo puede haber luz si no hay oscuridad?

Gerard estaba a punto de entrar en el claro del bosque cuando oyó el ruido de la camioneta.

Por un momento, quiso creer que alguien había venido en su rescate. Luego llegarían los coches de policía. Se oirían sirenas. El musculoso sacaría el arma, pero un agente le abatiría de un disparo. Casi se imaginaba la escena: Titus detenido, la policía peinando el terreno, aquella horrible pesadilla expuesta a los ojos de la gente, para que todo el mundo la viera, aunque no fuera fácil de entender.

Porque ni siquiera Gerard conseguía comprenderla.

Pero la camioneta, una *pick-up*, no había venido a rescatar a nadie. Más bien lo contrario.

Desde la distancia, distinguió a una mujer en la parte trasera. Llevaba un vestido sin mangas amarillo intenso. Era lo único que veía. Aquel vestido veraniego estaba tan fuera de lugar entre todo aquel horror que Gerard llegó incluso a notar cómo una lágrima le asomó en su ojo. Se imaginó a Vanessa vestida con un vestido amarillo sin mangas como aquel. La veía poniéndoselo, girándose hacia él, sonriéndole de un modo que le aceleraba el corazón. Veía a Vanessa con aquel vestido amarillo chillón, y aquello le hacía pensar en todo lo demás que hay de bello en el mundo. Pensaba en su infancia en Vermont. En lo mucho que le gustaba a su padre llevarlo a pescar en el hielo cuando era pequeño. Pensaba en la muerte de su padre, cuando Gerard tenía solo ocho años de edad, y en cómo había cambiado todo en aquel momento, pero, sobre todo, pensaba en cómo destrozó aquello a su madre. Pensó en sus novios, hombres sucios y horribles que trataban a Gerard como si fuera un rarito o algo peor. Pensó en las burlas que había recibido en el colegio, donde era el último que escogían para los partidos del recreo, las risas, las tomaduras de pelo y los abusos. Pensó en su habitación del desván, convertida en refugio, en cuando se encerraba allí, a oscuras, y simplemente se tendía en la cama, y en que aquella caja bajo tierra en ocasiones no le parecía tan diferente; en el laboratorio de ciencias que, al crecer, empezó a ejercer la misma función. Pensó en su madre, que envejeció y empezó a perder su atractivo, lo que hizo que los hombres desaparecieran y que ella acabara yéndose a vivir con él, cocinándole, mimándolo, convirtiéndose en una parte importante de su vida. Pensó en cuando ella murió de cáncer, dos años atrás, dejándole solo, y en cuando Vanessa le había encontrado, llenando su vida de belleza, de color —como el de aquel vestido amarillo chillón—, de todo lo que ahora estaba a punto de desaparecer.

La camioneta no paró. Desapareció entre una nube de polvo.

—¿Gerard?

Titus nunca levantaba la voz. Nunca se enfadaba ni amenazaba con la violencia. No necesitaba hacerlo. Gerard había conocido a hombres que inspiraban respeto, que entraban en una sala e inmediatamente se hacían con el control de la situación. Titus era así. Su tono mesurado, de algún modo, te agarraba por las solapas y te obligaba a obedecer.

Gerard se giró hacia él.

—Ven —dijo Titus, y desapareció de nuevo en el interior de la granja.

Gerard le siguió.

Una hora más tarde, Gerard volvía a recorrer el camino de vuelta con paso vacilante. Se puso a temblar. No quería que volvieran a meterle en aquella caja maldita. Le habían hecho promesas, desde luego. El modo de volver con Vanessa, según Titus, era cooperar. Él no sabía ya qué creer, pero ¿importaba eso realmente?

Gerard se planteó una vez más salir corriendo. Pero volvió a descartar la opción, considerándola una tontería.

Cuando llegó al claro, el musculoso dejó de jugar con su labrador color chocolate y le dio una orden en un idioma que a Gerard le pareció portugués. El perro salió corriendo por el camino y desapareció. El musculoso apuntó a Gerard con la pistola. Ya habían pasado por aquella rutina antes. El musculoso le apuntaría mientras él entraba en la caja. Luego cerraría la puerta y echaría el candado.

La oscuridad volvería a engullirle.

Pero esta vez había algo diferente. Gerard podía verlo en los ojos del hombre.

«Vanessa», se dijo Gerard en voz baja, para sí. Había cogido la costumbre de repetir su nombre, casi como un mantra, algo que le calmara y le tranquilizara, como hacía su madre en los últimos tiempos con las cuentas del rosario.

—Por aquí —dijo el musculoso señalando con la pistola hacia la derecha.

—¿Adónde vamos?

—Por aquí.

—¿Adónde vamos? —repitió Gerard.

El musculoso se le acercó y le apoyó la pistola en la cabeza.

—Por. Aquí.

Se puso en marcha hacia la derecha. Ya había estado allí antes. Era el lugar donde se había lavado con la manguera y se había puesto aquel mono.

—Sigue adelante.

—Vanessa...

—Sí. Sigue adelante.

Gerard siguió, más allá de la manguera. El musculoso le seguía a dos pasos de distancia, apuntándole con la pistola a la espalda.

—No te pares. Ya casi estás.

Más adelante, Gerard vio otro calvero más pequeño. Frunció el ceño, confundido. Dio un paso más, lo vio, y se quedó paralizado.

—Sigue adelante.

No lo hizo. No se movió. No parpadeó. Ni siquiera respiró. A su izquierda —junto a un enorme roble— había un montón de ropa. Mucha ropa, como si alguien se dispusiera a hacer la colada. Era difícil calcular cuantas mudas completas había allí. Diez. O quizá más. Incluso vio el traje gris que él mismo llevaba de camino al aeropuerto Logan.

¿A cuántos de nosotros...?

Pero no fue su traje gris lo que le llamó la atención; ni siquiera el gran tamaño del montón. Aquello no fue lo que le hizo acercarse, detenerse y ver por fin la verdad. No, no era la cantidad de ropa. Fue una prenda, situada en lo alto de la pila, como la guinda del pastel, lo que hizo que el mundo se le rompiera en mil pedazos.

Un vestido sin mangas, amarillo chillón.

Gerard cerró los ojos. Toda su vida pasó ante sus ojos —la vida que había vivido, y la que a punto había estado de vivir— antes de que un estallido volviera a sumirlo en la oscuridad, esta vez para siempre.

11

Dos semanas más tarde, Kat estaba acabando con el papeleo en la comisaría cuando Stacy entró de pronto haciendo que muchos se giraran, que algunos babearan y que la actividad cerebral superior de la mayoría cesara de golpe. Básicamente, no hay nada que rebaje más el cociente intelectual de un hombre que una mujer con buenas curvas. Chaz Faircloth, que desgraciadamente seguía siendo compañero de patrulla de Kat, se alisó la corbata, ya perfectamente lisa de por sí. Se le acercó, pero Stacy le echó una mirada que le hizo dar un paso atrás.

—Almuerzo en el Carlyle —dijo Stacy—. Invito yo.

—Vale —dijo Kat disponiéndose a cerrar la sesión en su ordenador.

—¿Cómo fue la cita de anoche? —preguntó Stacy.

—Te odio.

—Ya, pero aun así tienes que venirte a almorzar conmigo.

—Has dicho que invitabas tú.

Los tres primeros hombres de EresMiTipo.com con que había salido Kat habían sido tipos educados, bien vestidos y, bueno, sosos. Sin gracia, sin gancho, sin... nada. La última noche —la cuarta en las dos semanas desde que Jeff la había medio abandonado de nuevo—, le había hecho albergar esperanzas. Ella y Stan No-se-qué —no había motivo para que memorizara el apellido hasta que llegaran a la hasta ahora casi inalcanzable Segunda Cita— iban caminando por la calle Sesenta y nueve Oeste, en dirección al restaurante Telepan, cuando Stan le preguntó:

—¿Te gusta Woody Allen?

Kat sintió un soplo de esperanza en su interior. Le encantaba Woody Allen.

—Mucho.

—¿Qué tal *Annie Hall*? ¿Has visto *Annie Hall*?

Era una de sus películas favoritas de todos los tiempos.

—Claro.

Stan se rio y se paró.

—¿Recuerdas esa escena en que Alvy va a su primera cita con Annie y dice algo así como que se den un beso antes de empezar, para que luego puedan estar más relajados?

Kat se quedó impresionada. Woody Allen se para antes de que él y Diane Keaton lleguen al restaurante, como ella y Stan en aquel momento, y le dice: «Escucha. Dame un beso». Diane Keaton responde: «¿Ahora?». Woody dice: «Sí, ¿por qué no? Luego iremos a casa, ¿no? Y como es lógico habrá cierta tensión porque es la primera vez, y yo no sabré cómo seguir. Así que ahora nos besamos, acabamos con eso y luego nos vamos a cenar. ¿De acuerdo? Digeriremos mejor la comida».

Ah, cómo le gustaba aquella escena. Sonrió a Stan y se quedó esperando.

—Escucha —dijo Stan haciendo una mediocre imitación de Woody—, echemos un polvo antes de cenar.

Kat abrió bien los ojos y parpadeó.

—¿Perdona?

—Sí, ya sé que no es el guion exacto, pero piénsalo. Luego no sabré cuándo plantear el tema, ni cuántas veces tendremos que quedar antes de acabar en la cama y, si lo piensas bien, podríamos empezar por el mambo horizontal, porque si no nos va bien en la cama..., bueno, ¿qué sentido tiene? ¿No?

Se lo quedó mirando, esperando que se echara a reír. No lo hizo.

—Un momento. ¿Lo dices en serio?

—Claro. Digeriremos mejor la comida, ¿no?

—Ahora mismo siento que mi última comida me está volviendo a la boca —dijo Kat.

Durante la cena, intentó hablar de las películas de Woody Allen para no arriesgar. Muy pronto se hizo evidente que Stan no era un gran fan, pero sí que había visto *Annie Hall*.

—¿Sabes? Esto es lo que yo hago —le confesó Stan, bajando la voz—. Busco en el sitio web a mujeres que les encante esa película. Esa frase contigo no ha funcionado, pero la mayor parte de fans de Woody inmediatamente se me abren de piernas.

Genial.

Stacy escuchó atentamente la historia de Kat sobre Stan, haciendo un esfuerzo para no reírse.

—Vaya, parece todo un cretino.

—Pues sí.

—Pero, aun así, me parece que eres demasiado escrupulosa. Ese tipo con el que saliste dos veces. Parecía agradable.

—Sí, es verdad. Quiero decir, que no se cargó ninguna de mis películas favoritas.

—Me ha parecido oír un «pero».

—Pero pidió una Dasani. No una botella de agua, no. Una Dasani.

—Perdona —dijo Stacy frunciendo el ceño—, digámoslo de otro modo: ¡puaj...! ¡Qué tipo más insufrible!

Kat soltó un sonoro gruñido.

—Estás siendo demasiado exigente, Kat.

—Probablemente necesite más tiempo.

—¿Para superar lo de Jeff?

Kat no dijo nada.

—¿Para sobreponerte al hecho de que un tipo te dejó? ¿Hace cuánto? ¿Veinte años?

—Cállate, por favor —dijo Kat. Y luego añadió—: Dieciocho años.

Estaban a punto de salir cuando Kat oyó a sus espaldas una voz que la llamaba por su nombre. Ambas se pararon y se volvieron. Era Chaz.

—Te necesito un segundo —dijo él.

—Nos vamos a comer.

Chaz le pidió que se acercara con un dedo, sin apartar la vista de Stacy. Kat suspiró y fue a ver qué quería. Chaz se dio la vuelta y señaló con el pulgar hacia Stacy.

—¿Quién es ese bombón, calidad superior, selección del chef?

—No es de tu estilo.

—Pues parece de mi estilo.

—Es que ella tiene la capacidad de pensar.

—¿Cómo?

—¿Qué es lo que quieres, Chaz?

—Tienes una visita.

—Es mi hora del almuerzo.

—Eso le he dicho al chico. Le he dicho que le atendería yo, pero me ha dicho que prefería esperar.

—¿Chico? ¿Qué chico?

—¿Tengo pinta de ser tu secretaria? —replicó Chaz encogiéndose de hombros—. Pregúntaselo tú misma. Está sentado junto a tu mesa.

Kat le indicó a Stacy con un gesto que esperara un minuto y se dirigió al piso de arriba. Había un adolescente sentado en una silla junto a su mesa. Estaba sentado, bueno, como un adolescente, tan repantigado que casi parecía estar fundido, como si alguien le hubiera quitado los huesos y lo hubiera depositado allí encima. Tenía el brazo pasado por encima del respaldo de la silla, como si no fuera un miembro suyo. Llevaba el cabello demasiado largo, como si quisiera entrar en una banda juvenil de músicos o de delincuentes, y le tapaba el rostro como una cortina con flecos. Kat se le acercó.

—¿Puedo ayudarte?

Él se enderezo y se apartó la cortina del rostro.

—Es la agente Donovan —dijo más afirmando que preguntando.

—Así es. ¿Qué puedo hacer por ti?

—Me llamo Brandon —se presentó tendiéndole la mano.

—Encantada de conocerte, Brandon.

—Lo mismo digo.

—¿Hay algo que pueda hacer por ti?

—Vengo por mi madre.

—¿Qué le pasa?

—Ha desaparecido. Creo que usted me puede ayudar a encontrarla.

Kat canceló el almuerzo con Stacy, volvió a su mesa y se sentó frente a Brandon Phelps. Le preguntó lo primero que le vino a la cabeza.

—¿Por qué yo?

—¿Eh?

—¿Por qué has venido precisamente a verme a mí? Mi compañero me ha dicho que querías hablar conmigo, aunque tuvieras que esperar.

—Sí.

—¿Por qué?

Brandon paseó la mirada por la comisaría.

—He oído que es la mejor —mintió.

—¿Quién te lo ha dicho?

Brandon se encogió de hombros como hacen los adolescentes, de un modo entre perezoso y melodramático.

—¿Eso importa? Quería que fuera usted, no ese otro tipo.

—Esto no funciona así. Uno no escoge quién investiga su caso —dijo, y de pronto dio la impresión de que el chico fuera a echarse a llorar.

—¿No va a ayudarme?

—Yo no he dicho eso. —Kat no lo entendía muy bien, pero había algo extraño en todo aquello—. ¿Por qué no me cuentas qué ha pasado?

—Es mi madre.

—Ya.

—Ha desaparecido.

—Vale, primero lo primero —dijo Kat cogiendo papel y bolígrafo—. ¿Te llamas Brandon Phelps?

—Sí.

—¿Y tu madre?

—Dana.

—¿Phelps?

—Sí.

—¿Está casada?

—No —dijo él, y empezó a morderse la uña de un dedo—. Mi padre murió hace tres años.

—Lo siento —dijo ella, porque..., bueno, porque eso es lo que se dice—. ¿Tienes hermanos?

—No.

—¿Así que estáis solos tú y tu madre?

—Sí.

—¿Cuántos años tienes, Brandon?

—Diecinueve.

—¿Dónde vives?

—1279, Tercera Avenida.

—¿Número de apartamento?

—Eh... 8J.

—¿Teléfono?

Brandon le dio su número de móvil. Ella tomó nota de unos cuantos detalles más y luego, viéndolo cada vez más impaciente, preguntó:

—¿Y cuál es el problema?

—Que ha desaparecido.

—Cuando dices que ha desaparecido, no estoy muy segura de saber qué quieres decir.

Brandon levantó las cejas.

—¿No sabe qué significa «desaparecido»?

—No, quiero decir... —Meneó la cabeza—. Vale, empecemos por aquí: ¿cuánto tiempo lleva desaparecida?

—Tres días.

—¿Y por qué no me cuentas qué ha pasado?

—Mamá me dijo que se iba de viaje con su novio.

—Bien.

—Pero no creo que lo haya hecho. La he llamado al móvil. No contesta.

Kat intentó no fruncir el ceño. ¿Por eso se estaba perdiendo un almuerzo en el Carlyle?

—¿Adónde iba de viaje?

—A algún lugar en el Caribe.

—¿Adónde?

—Dijo que iba a ser una sorpresa.

—A lo mejor la conexión telefónica es mala.

—No creo —dijo él frunciendo el ceño.

—O a lo mejor está ocupada.

—Dijo que al menos me enviaría un mensaje cada día. —Luego, al ver la expresión en su rostro, Brandon añadió—: No es algo que hagamos normalmente. Pero era la primera vez que se iba desde la muerte de papá.

—¿Has intentado llamar al hotel?

—Ya se lo he dicho. No me dijo dónde iba a alojarse.

—¿Y tú no se lo preguntaste?

Él volvió a encogerse de hombros.

—Me imaginé que nos enviaríamos mensajes, o lo que fuera.

—¿Has intentado contactar con su novio?

—No.

—¿Por qué no?

—No lo conozco. Empezaron a salir cuando yo iba a la universidad.

—¿Dónde estudias?

—En la Universidad de Connecticut. ¿Y eso qué importa?

Bien pensado.

—Solo estoy intentando hacerme una composición de lugar, ¿vale? ¿Cuándo empezó a salir tu madre con ese tipo?

—No lo sé. No habla de esas cosas conmigo.

—¿Pero sí te dijo que se iba de viaje con él?

109

—Sí.

—¿Cuándo?

—¿Cuándo me dijo que se iban a ir de viaje?

—Sí.

—No lo sé. Hace una semana, supongo. Oiga, ¿podría mirar qué puede hacer? ¿Por favor?

Kat se lo quedó mirando. Él se encogió un poco.

—¿Brandon?

—¿Sí?

—¿Qué está pasando aquí?

La respuesta del chico le sorprendió:

—¿De verdad no lo sabe?

—No.

Brandon la miró con escepticismo.

—¡Eh, Donovan! —dijo por detrás una voz.

Kat se giró hacia aquella voz familiar. El capitán Stagger estaba de pie junto a la escalera.

—A mi despacho —dijo.

—Ahora mismo estoy...

—Será un momento —insistió el capitán.

Su tono no dejaba lugar a debates. Kat miró a Brandon.

—Espera aquí un segundo, ¿vale?

Brandon asintió y apartó la mirada.

Kat se puso en pie. Stagger no la había esperado. Kat bajó corriendo las escaleras y le siguió hasta su despacho. Stagger cerró la puerta tras ella. No rodeó la mesa para sentarse en su sitio ni esperó un segundo:

—Monte Leburne ha muerto esta mañana.

—Mierda —dijo ella dejándose caer contra la pared.

—Bueno, esa no ha sido exactamente mi reacción, pero pensé que querrías saberlo.

Las dos semanas anteriores, Kat había intentado repetidamente ir a verle una vez más. No había habido modo. Ahora se había quedado sin tiempo.

—Gracias. —Los dos se quedaron allí unos momentos incómodos—. ¿Algo más?

—No. Solo pensé que querrías saberlo.

—Te lo agradezco.

—Supongo que habrás estado investigando lo que dijo.

—Sí que lo he hecho.

—¿Y?

—Y nada, capitán —dijo Kat—. No he encontrado nada.

Él asintió lentamente.

—Bueno, ya te puedes ir.

Kat se dirigió hacia la puerta. Se paró y se volvió.

—¿Va a haber un funeral?

—¿Por quién? ¿Por Leburne?

—Sí.

—No lo sé. ¿Por qué motivo?

—No, por ninguno.

O quizá sí había un motivo. Leburne tenía familia. Habían cambiado de nombres y se habían mudado a otro estado, pero quizá tuvieran algún interés en los restos. Quizá supieran algo. Quizás, ahora que su querido Monte estaba muerto, querrían demostrar su inocencia, al menos en un caso.

Estaba muy cogido por los pelos, pero era una posibilidad.

Kat salió del despacho de Stagger, intentando poner orden en sus sentimientos. Estaba como atontada. Tenía la impresión de que gran parte de su vida estaba llena de preguntas sin respuesta. Era policía. Le gustaba cerrar casos. Ocurría algo malo, pensabas quién podía haberlo hecho y por qué. No obtenías todas las respuestas, pero sí las suficientes.

De pronto, su vida le pareció un enorme caso abierto. Y odiaba aquella sensación.

No importaba. Ya encontraría lugar para la autocompasión más tarde. Ahora mismo tenía que volver y atender a Brandon y su caso de la madre desaparecida. Pero cuando volvió a su planta, la silla que había frente a su mesa estaba vacía. Se sentó, pensando que quizás el chico hubiera ido al baño, cuando vio de pronto la nota:

HE TENIDO QUE IRME. POR FAVOR ENCUENTRE A MI MADRE. TIENE MI NÚMERO POR SI ME NECESITA. BRANDON

Volvió a leer la nota. Había algo en todo aquello —la madre desaparecida, el hecho de que el muchacho hubiera ido a buscarla a ella precisamente..., todo, en realidad— que le daba mala espina. Se le estaba pasando algo por alto. Kat echó un vistazo a sus notas.

Dana Phelps.

¿Qué mal habría en echar un vistazo rápido a la base de datos? En aquel momento sonó el teléfono de su mesa.

—Donovan —dijo cogiéndolo.

—Eh, Kat. —Era Chris Harrop, del Departamento de Prisiones—. Siento haber tardado tanto en responderte, pero ya te dije que el registro no está informatizado y tuve que enviar a un hombre al almacén de Albany. Y luego, bueno, tuve que esperar.

—¿Esperar qué?

—A que tu chico, Monte Leburne, muriera. Es complicado de explicar, pero, básicamente, enseñarte este dosier podía haber supuesto una violación de sus derechos, a menos que él te hubiera dado poderes o hubieras conseguido una orden judicial y todo eso... Así es como va, ya sabes. Pero ahora que está muerto...

—¿Tienes la lista?

—Sí.

—¿Puedes enviármela por fax?

—¿Fax? ¿En qué año estamos? ¿1996? ¿Qué tal si te la envío por télex? Te la acabo de enviar por correo electrónico. Además, ahí no hay nada que te vaya a ser de ayuda.

—¿Qué quieres decir?

—El día por el que preguntaste, la única persona que lo visitó fue su abogado, un tipo llamado Alex Khowaylo.

—¿Y ya está?

—Ya está... Ah, y dos federales. Ahí están sus nombres. Y un poli del departamento de Nueva York llamado Thomas Stagger.

12

Stagger no estaba en su despacho. Aun de pie, frente a la puerta de su despacho, Kat le escribió un mensaje diciendo que necesitaba hablar con él enseguida. Le temblaban los dedos, pero consiguió apretar el botón Enviar. Se quedó allí, mirando la pantalla durante dos minutos enteros.

No hubo respuesta.

Aquello no tenía sentido. Monte Leburne había sido detenido por el FBI, o, más específicamente, por los federales que investigaban las organizaciones mafiosas y corruptas. El Departamento de Policía de Nueva York no había tenido nada que ver con la detención. Los federales sospechaban que había asesinado a dos miembros de una familia mafiosa rival. Unos días más tarde, habían descubierto que Leburne también había sido el que había apretado el gatillo en el asesinato de su padre.

¿Y por qué había ido Stagger a ver a Leburne antes de aquello, el día después de su detención?

Kat necesitaba aire. Un pequeño retortijón le recordó que además se había saltado el almuerzo. Kat no rendía bien si se saltaba comidas. Tendía a perder la concentración y ponerse gruñona. Bajó corriendo las escaleras y le pidió a Keith Inchierca, que estaba en el mostrador de la entrada, que le avisara en cuanto volviera Stagger. Inchierca frunció el ceño.

—¿Tengo pinta de ser tu secretario? —dijo él.

—Muy buena.

—¿Qué?

—Por favor. Es importante, ¿vale?

Él le indicó con un gesto que se perdiera.

Encontró un puesto de falafel en la Tercera Avenida, y entonces recordó la dirección de Brandon Phelps y se dijo: ¿por qué no? Se puso en marcha en dirección norte. Siete manzanas más allá llegó a un bloque como cualquier otro. En la planta baja había una farmacia Duane Reade y una tienda llamada Scoop, que Kat pensó que sería una heladería, cuando en realidad era una boutique de moda. La entrada del edificio daba a la calle Setenta y cuatro. Kat le mostró su placa al portero.

—Vengo por Dana Phelps —dijo—. Apartamento 8J.

El portero se quedó mirando la placa, y luego dijo:

—Se equivoca de edificio.

—¿No hay ninguna Dana Phelps?

—No hay ninguna Dana Phelps. Y tampoco hay ningún apartamento 8J. Ninguno lleva letras. Los pisos de la octava planta van del 801 al 816.

—¿Esto es el 1279 de la Tercera Avenida? —preguntó al tiempo que guardaba la placa.

—No, esto es el 200 de la calle Setenta y cuatro Este.

—Pero están en la esquina con la Tercera Avenida.

El portero se la quedó mirando.

—Sí. ¿Y?

—Pues que en este edificio pone 1279, Tercera Avenida.

Él puso cara de hastío.

—¿Cree que le estoy mintiendo?

—No.

—Pues pase, agente, y vaya al apartamento 8J, a ver si lo encuentra. Buena suerte.

Neoyorquinos. Un encanto.

—Mire, estoy buscando el apartamento 8J del 1279 de la Tercera Avenida.

—En eso no puedo ayudarle.

Kat salió y dio la vuelta a la esquina. La marquesina, efectivamente, decía 200, calle Setenta y cuatro Este. Kat volvió a la Tercera Avenida. El 1279 en realidad estaba justo sobre la entrada de la farmacia. ¿Qué demonios? Entró, encontró al director y le preguntó:

—¿Hay alguna vivienda sobre el local?

—Bueno, esto es una farmacia.

Neoyorquinos.

—Eso ya lo sé, pero... ¿Cómo se llega a los pisos que tienen encima?

—¿Conoce a mucha gente que pasee por las farmacias para entrar en sus pisos? La entrada está a la vuelta de la esquina, en la calle Setenta y cuatro.

No se molestó en hacer más preguntas. La respuesta ahora mismo era bastante evidente. Brandon Phelps, si es que ese era su nombre, le había dado una dirección errónea o, más probablemente, falsa.

De nuevo en comisaría, Google le dio a Kat algunas respuestas, pero no le aclararon mucho.

Había una Dana Phelps con un hijo de nombre Brandon, pero no vivían en el Upper East Side de Manhattan. Los

Phelps residían en una zona bastante elegante de Greenwich, en Connecticut. El padre de Brandon había sido un gestor de fondos de inversión forrado que había muerto a los cuarenta y un años de edad. Su necrológica no precisaba la causa de la muerte. Kat buscó alguna donación a organizaciones benéficas —la gente solía hacer donaciones a la investigación del cáncer, las cardiopatías o cualquier otra enfermedad que hubiera causado la muerte—, pero no se indicaba nada.

¿Y por qué había ido Brandon a buscar a una policía determinada del departamento de Nueva York?

Kat buscó todas las viviendas que hubieran podido tener los Phelps. Por supuesto, siempre había la posibilidad de que una familia rica de Greenwich tuviera un piso en el Upper East Side de Manhattan, pero no apareció nada. Buscó el número de móvil de Brandon en el sistema. Vaya. Era un teléfono de prepago. Los chavales de familias ricas de Greenwich no suelen usar de esos. La mayoría de los que los usan tienen problemas de liquidez o..., bueno, o no quieren dejar rastro. Por supuesto, lo que la mayoría no sabía es que los teléfonos de usar y tirar son bastante fáciles de rastrear. De hecho, el Tribunal de Apelaciones del Sexto Circuito había fallado que se podían rastrear incluso sin una orden judicial. No le hacía falta llegar tan lejos. Al menos aún no.

De momento, siguió una corazonada. Todos los teléfonos prepago se registran en un banco de datos. Introdujo el número y descubrió dónde había comprado Brandon su teléfono exactamente. La respuesta no le sorprendió. Lo había comprado en una tienda de Duane Reade. Y sí, era la del 1279 de la Tercera Avenida.

Quizás aquello explicara por qué había elegido aquella dirección.

Bueno, vale, quizás. Pero no explicaba nada más.

Había otras vías que estudiar, pero le llevarían más tiempo. Brandon Phelps tenía una cuenta de Facebook, pero no era de acceso público. Probablemente con un par de llamadas de teléfono podría descubrir cómo había muerto el padre de Brandon, pero ¿qué relevancia tenía todo aquello? El chico había acudido a ella porque su madre se había escapado con un tipo.

¿Y qué?

Igual todo aquello no era más que una broma de mal gusto. ¿Por qué perdía el tiempo con aquella tontería? ¿Es que no tenía nada mejor que hacer? Quizás. Tal vez no lo tenía. Lo cierto era que no había mucho trabajo en aquel momento. Y aquello le servía de distracción hasta que volviera Stagger.

«Vale —pensó—. Juguemos».

En el caso de que fuera una broma, si era Brandon el que se la estaba gastando, era de una estupidez rayana en el patetismo. No era ni divertida ni mínimamente inteligente. No tenía ningún resultado divertido ni una gran recompensa.

No tenía sentido.

A los polis les encantaba creerse el mito —alimentado por ellos mismos— de que tienen una habilidad innata para «leer» a la gente, que todos son detectores de mentiras humanos, que son capaces de distinguir la verdad del engaño a partir del lenguaje corporal o del timbre de una voz. Kat sabía que aquella leyenda era una memez. O, peor aún, que a menudo provocaba desastres de dimensiones insospechadas.

No obstante, a menos que Brandon fuera un sociópata redomado o que se acabara de graduar en la escuela para actores del método de Lee Strasberg, era innegable que había algo que lo tenía turbado.

La pregunta era: ¿el qué?

Y la respuesta: deja de perder el tiempo y llámalo.

Cogió el teléfono y marcó el número que le había dado Brandon. Kat casi se esperaba que no le respondiera, que se hubiera cansado de su jueguecito, real o falso, y que hubiera vuelto a la Universidad de Connecticut, a Greenwich o donde fuera. Pero respondió al segundo tono.

—¿Diga?

—¿Brandon?

—Agente Donovan.

—Sí.

—No habrá encontrado ya a mi madre, ¿verdad? —dijo él. Kat decidió que no había motivo para las evasivas.

—No, pero sí que he visitado el Duane Reade que hay en el 1279 de la Tercera Avenida.

Silencio.

—¿Brandon?

—¿Qué?

—¿Vas a hablar claro de una vez?

—Esa no es la pregunta, agente —respondió más tenso.

—¿De qué estás hablando?

—La pregunta —dijo Brandon— es si va a hacerlo usted.

Kat se cambió el teléfono de la oreja derecha a la izquierda. Quería tomar notas.

—¿De qué estás hablando, Brandon?

—Encuentre a mi madre.

—¿Quieres decir tu madre, la que vive en Greenwich, Connecticut?

—Sí.

—Yo soy de la policía de Nueva York. Tienes que ir a la comisaría de la policía de Greenwich.

—Eso ya lo he hecho. Hablé con un tal agente Schwartz.

—¿Y?

—Y no me creyó.

—¿Y qué te hace pensar que yo sí lo haré? ¿Por qué has acudido a mí? ¿Y por qué todas esas mentiras?

—Tú eres Kat, ¿no? —dijo acortando distancias.

—¿Cómo?

—O sea, que así es como te llaman: Kat.

—¿Y eso tú cómo lo sabes?

Brandon colgó. Kat se quedó mirando el teléfono. ¿Cómo sabía que la llamaban Kat? ¿Habría oído que alguien la llamaba así en comisaría? Quizás. O tal vez fuera que Brandon Phelps sabía mucho de ella. Al fin y al cabo, aquel universitario de Greenwich había ido a buscarla a ella específicamente para que encontrara a su madre. Si realmente Dana Phelps era su madre. Y si de verdad él era Brandon Phelps. Aún no había encontrado fotos de ninguno de los dos en la red.

Todo aquello no tenía sentido. Bueno, ¿y qué iba a hacer?

Llamarlo otra vez. O mejor aún, rastrear su móvil. Detenerlo.

¿Por qué?

Por declaración en falso, quizás. Por mentir a un agente de policía. A lo mejor era un psicópata. Quizá le había hecho algo a su madre, o a Dana Phelps, o...

Kat estaba planteándose las alternativas cuando sonó el teléfono de su escritorio. Lo cogió.

—Donovan —dijo ella automáticamente.

—Aquí tu secretario. —Era el sargento Inchierca—. Querías saber cuándo volvía el capitán, ¿verdad?

—Sí.

—Pues ha vuelto. Ahora.

—Gracias.

De pronto, todas sus preocupaciones sobre Brandon y su madre supuestamente desaparecida se esfumaron. Ya estaba en pie, corriendo escaleras abajo. Al llegar a la planta de Stagger, lo vio entrando en su despacho con otros dos policías. Uno era su supervisor directo, Stephen Singer, un tipo tan flaco que podría esconderse tras la barra de una estríper. El otro era David Karp, supervisor de los policías de patrulla.

Stagger estaba a punto de cerrar la puerta, pero Kat llegó justo a tiempo para bloquearla con la mano. Esbozó una sonrisa forzada.

—¿Capitán?

Stagger se quedó mirando la mano en la puerta como si le ofendiera.

—¿Ha recibido mi mensaje? —dijo Kat.

—Ahora mismo estoy ocupado.

—Esto no puede esperar.

—Pues va a tener que esperar. Tengo una reunión con...

—Tengo el registro de visitas del día después de que detuvieran a Leburne —dijo ella con la mirada fija en él, esperando una reacción. Sí, ella también leía el lenguaje corporal. Solo que no presumía de ello—. Y me iría muy bien que me ayudara con esto.

La reacción de Stagger fue comparable al encendido de un rótulo de neón de Las Vegas. Apretó los puños. Se puso rojo de golpe. Todo el mundo se dio cuenta, incluso el malhumorado supervisor de Kat.

Sin dejar de apretar los dientes, Stagger consiguió decir:

—¿Agente?

—¿Sí?

—Ahora mismo estoy ocupado.

Los dos supervisores, especialmente Singer, al que ella respetaba y tenía aprecio, se quedaron mirando ante aquel acto de aparente insubordinación. Sin saber muy bien cómo reaccionar, Kat retrocedió y salió del despacho. Stagger cerró la puerta tras ella.

El mensaje de texto llegó diez minutos más tarde. Era del teléfono prepago de Brandon:

LO SIENTO

Ya tenía bastante. Cogió el teléfono y marcó su número. Brandon respondió al primer tono con voz de inseguridad.

—¿Kat?

—¿Qué demonios está pasando, Brandon?

—Estoy en la librería de la esquina, la Hunter College Bookstore. ¿Puedes venir?

—La verdad es que ya estoy cansada de que me lleves de un lado a otro.

—Te lo explicaré todo. Lo prometo.

Suspiró.

—Voy para allá.

Brandon estaba sentado en un banco de la acera, en la esquina de Park Avenue. Encajaba en aquel entorno, rodeado de otros chavales de su edad yendo arriba y abajo con sus mochilas, sus capuchas y su cara de hastío. Estaba encogido, como si tuviera frío. Se le veía más joven, asustado y frágil.

Kat se sentó a su lado. No preguntó nada. Simplemente se

lo quedó mirando. Le tocaba a él mover ficha. Que fuera él quien hablara primero. Tardó un rato; bajó la vista y se quedó mirándose las manos un momento. Ella esperó en silencio.

—Mi padre murió de cáncer. Fue lento. Se lo comió por dentro. Mamá nunca se separó de su lado. Estaban juntos desde el instituto. Estaban bien juntos, ¿sabes? Quiero decir, que..., cuando voy a casa de mis amigos, sus padres están siempre..., no sé, como en habitaciones separadas. Mis padres no eran así. Cuando papá murió, yo me quedé hecho polvo, claro, pero no como mamá. Para ella fue como si perdiera la mitad de su vida.

Kat abrió la boca; la cerró. Tenía un millón de preguntas, pero tendrían que esperar.

—Mamá siempre llama. Ya sé cómo suena eso. Pero lo hace siempre. Eso es lo que me ha alarmado. Solo nos tenemos el uno al otro, ¿sabes? Y ella tiene... terror a perder a alguien más. Así que está pendiente todo el rato, no sé, como si quisiera asegurarse de que sigo vivo.

Apartó la mirada. Kat rompió por fin el silencio.

—Se encontraba muy sola, Brandon.

—Lo sé.

—Y ahora está de vacaciones con otro hombre. Eso lo entiendes, ¿no? —El chico no dijo nada—. ¿Este hombre es su primer novio desde...?

—No, en realidad no. Pero, quiero decir, es la primera vez que se va de vacaciones con alguien.

—Entonces quizá sea eso —sugirió Kat.

—¿El qué?

—A lo mejor es que le da miedo cómo puedas reaccionar.

Brandon meneó la cabeza.

—Ella sabe que yo quiero que encuentre a alguien.

123

—¿Y quieres? Acabas de decirme que solo os tenéis el uno al otro. A lo mejor así era, pero ahora está cambiando. Tú imagínate lo difícil que es esto para ella. A lo mejor necesita algo de distancia.

—No es eso —insistió Brandon—. Ella siempre llama.

—Eso ya lo entiendo. Pero a lo mejor... Bueno, a lo mejor ahora mismo no. ¿Tú crees que se habrá enamorado?

—¿Mamá? Probablemente —dijo. Y luego—: Sí, está enamorada de ese tipo. No se iría de vacaciones con un hombre si no le quisiera.

—El amor nos hace olvidadizos, Brandon. Nos vuelve un poco egocéntricos.

—Tampoco es eso. Mira, ese tipo... Es un jeta. Y ella no lo pilla.

—¿Un jeta? —Kat le sonrió. En parte le entendía. Él quería protegerla. Era tierno, a su modo—. Entonces tu madre acabará con el corazón roto. ¿Y qué? No es una niña.

Brandon volvió a negar con la cabeza.

—No me entiendes.

—¿Qué pasó cuando fuiste a la policía de Greenwich?

—¿Tú qué crees? Dijeron lo mismo que tú.

—¿Y por qué has acudido a mí? Eso es lo que aún no comprendo.

—Pensé que tú lo entenderías —dijo él encogiéndose de hombros.

—Pero ¿por qué yo? Quiero decir..., ¿cómo sabías siquiera de mi existencia? ¿Y cómo sabes que la gente me llama Kat? —dijo intentando hacer que le mirara a los ojos—. ¿Brandon? —Él se negaba—. ¿Por qué crees que yo te puedo ayudar? —El chico no respondió—. ¿Brandon?

—¿De verdad no lo sabes?

—¡Claro que no lo sé! —Él no dijo nada—. ¿Brandon? ¿Qué demonios está pasando aquí?

—Se conocieron por internet —dijo Brandon.

—¿Qué?

—Mi madre y su novio.

—Mucha gente se conoce por internet.

—Sí, ya lo sé, pero... —Brandon se detuvo de golpe. Luego murmuró—: Mona y cachonda.

—¿Qué has dicho? —respondió Kat abriendo los ojos como platos de golpe.

—Nada.

La imagen del perfil de EresMiTipo le vino a la mente de golpe. La presentación que le había escogido Stacy: ¡Mona y cachonda!

—¿Estás...? —empezó a decir, y de pronto sintió un escalofrío—. ¿Estás espiándome o algo así?

—¿Qué? —Brandon enderezó la espalda—. ¡No! ¿No lo pillas?

—¿Pillar el qué?

Él echó mano al bolsillo y sacó algo.

—Este es el tipo con el que se fue mi madre. Lo saqué del sitio web.

Brandon le entregó la fotografía. Cuando Kat vio la cara, sintió que una vez más su corazón caía al vacío por el negro pozo de una mina.

Era Jeff.

13

En sus primeros tiempos, Titus encontraba así a las chicas: se ponía traje y corbata. Que sus competidores se pusieran sudaderas y vaqueros caídos. Llevaba un maletín, y usaba gafas con montura de asta. El cabello corto y bien peinado.

Titus siempre se sentaba en el mismo banco de la estación de autobuses de la Port Authority, segunda planta. Si había algún vagabundo durmiendo en él, enseguida salía disparado al ver venir a Titus. Titus no tenía que decir nada. La gente de allí sabía que era mejor mantener las distancias. Aquel era el banco de Titus. Le daba una visión perfecta de las dársenas 226 a 234 de la terminal sur, que quedaban justo por debajo. Veía a los pasajeros que salían de los autobuses, pero ellos no le podían ver a él.

Era un depredador, y lo sabía.

Veía salir a las chicas como un león observa a una gacela que cojea.

La paciencia era la clave.

Titus no quería a las chicas de ciudades grandes. Esperaba que llegaran los autobuses de Tulsa, de Topeka o de Des Moines. Las de Boston no le iban bien. Ni tampoco las de Kansas City ni San Luis. Las mejores eran las que llegaban huyendo del llamado «cinturón bíblico». Venían con una mezcla de esperanza y rebeldía en los ojos. Cuanta más rebeldía —cuanto más quisieran darle a papá en las narices—, mejor. Aquello era la gran ciudad. Donde los sueños se hacen realidad.

Las chicas venían en busca de cambios y emociones: algo *tenía* que pasarles. Pero lo cierto es que ya estaban hambrientas, asustadas y agotadas antes de pisar la ciudad. Arrastraban una maleta demasiado grande, y si llevaban una guitarra, aún mejor. Titus no sabía por qué, pero si encontraba a una con guitarra, sus posibilidades siempre mejoraban.

Titus nunca forzaba la situación.

Si las circunstancias no eran las ideales —si la chica no era la presa perfecta—, lo dejaba estar. Esa era la clave. La paciencia. Si lanzas suficientes redes —ves llegar los suficientes autobuses—, al final encuentras lo que necesitas.

Así que Titus esperó en aquel banco y, cuando vio una chica que le pareció ideal, movió ficha. La mayoría de las veces no salía bien. No pasaba nada. Sabía cómo hablarles. Su mentor, un chulo violento llamado Louis Castman, le había enseñado bien. Había que hablar con educación. Hacer preguntas o sugerencias, nunca dar órdenes o mostrarse exigente. Manipular a las chicas haciéndoles creer que ellas decidían.

Mejor que fueran guapas, aunque no era obligatorio.

La mayoría de las veces, Titus recurría al guion clásico. Se había hecho tarjetas de visita de calidad, gruesas, no de esas de papel fino. Hay que gastar dinero si quieres ganar dinero. Las tarjetas tenían relieve. Decían «Agencia de Modelos Elitismo», en una caligrafía elegante. Y llevaban su nombre, con el cargo, la dirección y tres números de teléfono móvil (los tres desviados a su móvil). Indicaban una dirección real en la Quinta Avenida, y si las chicas confundían el «Elitismo» del nombre de la agencia con «Élite», bueno..., pues ellas mismas.

Nunca las presionaba. A las chicas les diría que estaba de camino al trabajo, desde su casa de Montclair, un barrio rico de Nueva Jersey, que las había visto por casualidad y había pensado que podría irles bien en el negocio de la moda «si no es que tenían ya representante». Fingía no tener interés en hacerle la competencia a nadie. Lo que estaba claro es que las chicas querían creérselo. Y eso ayudaba. Todas habían oído historias de modelos o actrices que habían sido descubiertas en un centro comercial, en el Dairy Queen o mientras hacían de camareras.

¿Por qué no en una terminal de autobuses de Manhattan?

Les decía que necesitaban un *book* de fotos. Las invitaba a una sesión fotográfica con un fotógrafo profesional del sector. Ahí es donde algunas se echaban atrás. Eso ya lo habían oído antes. Querían saber cuánto les costaría. Entonces Titus chasqueaba la lengua:

—Un consejo —les decía—. Una agencia de verdad no te cobra; te paga.

Si parecían demasiado recelosas o preocupadas, dejaba que se fueran y volvía a su banco. Para que funcionara, había que estar dispuesto a dejarlas marchar en cualquier momento. Esa era la clave. Si, por ejemplo, no buscaban una nueva vida, si estaban allí de vacaciones, si se mantenían en contacto constante con algún familiar... Si sucedía cualquiera de esas cosas, simplemente, las dejaba en paz y pasaba página.

Paciencia.

Con las que pasaban la selección, dependía.

Louis Castman disfrutaba infligiendo dolor. Titus no. No es que le importara la violencia; podía usarla o no. Simplemente buscaba el camino más provechoso. Aun así, seguía los métodos de Castman: invitas a las chicas a una sesión de fotografía. Les haces unas fotos —en realidad Castman tenía ojo para aquello—, y luego las atacabas. Tan sencillo como eso. Les pones un cuchillo en la garganta. Les quitas el teléfono y el monedero. Las esposas a la cama. A veces, las violas. En todos los casos, las drogas.

Eso, durante días. Una vez, a una chica especialmente guapa y rebelde, la tuvieron así dos semanas enteras.

Las drogas eran caras —la heroína era la favorita de Titus—, pero había que considerarlo una inversión más. Al final, la chica se enganchaba. No tardaban mucho. La heroína es así. Sacas al genio de la lámpara, y no hay quien vuelva a meterlo dentro. Para Titus, con eso solía bastar. Louis, por su parte, prefería grabar las violaciones, colocar a la chica de forma que pareciera sexo consentido, y, luego, para acabar con cualquier resto de esperanza que aún tuviera, amenazaba con enviar las cintas a sus padres, que en muchos casos eran muy tradicionales y religiosos.

Era un plan perfecto en muchos sentidos. Encuentras a chicas vulnerables de por sí, que llegan huyendo de problemas con sus padres o incluso quizá de algún abuso. Son, efectivamente, como gacelas heridas. Coges a esas chicas y les arrancas lo poco que les pueda quedar. Les haces daño. Que cojan miedo. Las vuelves adictas a una droga. Y luego, cuando han perdido toda esperanza, les presentas a su salvador:

Tú.

Para cuando las sacaba a la calle o las colocaba en un burdel de lujo —Titus trabajaba con ambas cosas—, ellas estaban dispuestas a hacer cualquier cosa por él. Unas pocas huían y volvían a casa —otro riesgo contemplado—, pero no muchas. Dos chicas incluso llegaron a ir a la policía, pero era su palabra contra la de él, sin ninguna prueba, y para entonces ya eran putas enganchadas al crac (o a la heroína). ¿Quién iba a creerlas? ¿A quién iba a importarle?

Ahora todo aquello quedaba atrás.

Ahora mismo, Titus estaba acabando su paseo de la tarde. Disfrutaba de aquel rato, cuando estaba solo en el bosque, tras el cobertizo, rodeado del exuberante follaje verde y del azul profundo del cielo. Aquello le sorprendía. Había nacido en el Bronx, diez manzanas al norte del estadio de los Yankees. Si durante su infancia le hubieran hablado de aire libre, probablemente habría pensado en la salida de incendios. Solo conocía el tráfico y el ruido de la ciudad; estaba convencido de que formaba parte de su propio ser, de que lo llevaba en la sangre, de que no solo estaba perfectamente aclimatado al ladrillo, al mortero y al cemento, sino que no podría vivir sin ellos. Titus pertenecía a una familia de ocho hermanos que vivía en un destartalado piso de dos dormitorios en un bloque sin ascensor, en Jerome Avenue. Le resultaba imposible recordar un momento en que hubiera estado solo o en que hubiera podido disfrutar de unos segundos de silencio. En su vida había poca tranquilidad. No era cuestión de si la deseaba o no. Simplemente era algo desconocido para él.

En su primera visita a la granja, Titus había tenido la impresión de que nunca habría podido sobrevivir a tanta calma. Pero al final había llegado a disfrutar de la soledad.

Llegó al calvero más pequeño, donde montaba guardia Reynaldo, un trabajador hipermusculado pero leal. Reynaldo, que jugaba con su perro, le saludó con un movimiento de la cabeza. Titus le respondió con el mismo gesto. El anterior dueño de la casa, un amish, había construido almacenes sub-

terráneos. Un almacén subterráneo no era más que un agujero en el suelo con una puerta, un lugar donde guardar víveres
bajo tierra en un ambiente fresco. Prácticamente eran inde-
tectables, a menos que los buscaras.

En la finca había catorce.

Pasó junto al montón de ropa. El vestido de color amarillo chillón aún estaba arriba de todo.

—¿Cómo está?

Reynaldo se encogió de hombros.

—Como tiene que estar.

—¿Crees que ya estará preparada?

Era una pregunta tonta. Reynaldo no podía saberlo. Ni
siquiera se molestó en responder. Titus había conocido a
Reynaldo seis años atrás, en Queens. Reynaldo era un adolescente flacucho que se prostituía con hombres y que recibía
palizas un par de veces por semana. Titus se dio cuenta de
que el chico no sobreviviría otro mes. Lo único parecido a un
familiar o un amigo que tenía Reynaldo era Bo, un labrador
retriever abandonado que había encontrado en el East River.

Así que Titus había «salvado» a Reynaldo, le había pro-
porcionado drogas y confianza, y le había convertido en alguien útil.

Su relación había empezado con otra treta clásica, como
con las chicas. Reynaldo se había convertido en su lacayo y su
ejecutor más obediente. Pero, con los años, algo había cambiado. Evolucionado, quizá. Por extraño que pareciera, Titus
había ido cogiéndole afecto a Reynaldo. Y no, no era ese tipo
de afecto.

Consideraba a Reynaldo como si fuera de la familia.

—Tráemela esta noche —le dijo—. A las diez.

—Es tarde —dijo Reynaldo.

—Sí. ¿Hay algún problema?

—No. En absoluto.

Titus se quedó mirando el vestido sin mangas amarillo chillón.

—Una cosa más —dijo. Reynaldo esperó—. La pila de ropa... Quémala.

14

Parecía como si Park Avenue se hubiera quedado paralizada de pronto.

Por los extremos de su campo de visión, Kat seguía viendo a los estudiantes moviéndose perezosamente, seguía oyendo alguna risa o bocina ocasional, pero de pronto todo estaba lejísimos.

Tenía la foto en la mano. Era aquella foto de Jeff en la arena, con la valla rota detrás y las olas rompiendo a lo lejos. Quizá fuera la imagen del mar, pero ahora se sentía como si le hubieran colocado sendas caracolas contra las orejas. La cabeza se le fue a otra parte, mientras ella, aturdida, seguía sosteniendo la fotografía de su exnovio, contemplándola como si de pronto aquel papel pudiera explicárselo todo.

Brandon se puso en pie. Por un momento, Kat se temió que pudiera salir corriendo, dejándola allí con aquella maldita foto y demasiadas preguntas por hacer. Alargó la mano y le agarró de la muñeca. Solo para asegurarse. Para asegurarse de que no desaparecía de pronto.

—Lo conoces, ¿verdad?

—¿Qué demonios está pasando, Brandon?

—Tú eres poli.

—Sí.

—Bueno, pues antes de revelarte nada, tienes que darme inmunidad, o como se llame.

—¿Qué?

—Por eso no te lo he dicho antes. Lo que hice. Es eso de la Quinta Enmienda o algo así, ¿no? No quiero incriminarme.

—Que hayas acudido a mí... no fue una coincidencia.

—No.

—¿Cómo me has encontrado?

—Esa es la parte que no estoy seguro de que deba contarte —dijo él—. Quiero decir, la Quinta Enmienda, y todo eso.

—¿Brandon?

—¿Qué?

—Déjate de hostias —dijo Kat—. Dime qué demonios está pasando. Y dímelo ya.

—Supongo... —dijo él lentamente— que el modo en que te encontré es como... Bueno, ilegal.

—No me importa.

—¿Qué?

Kat le lanzó una mirada glacial.

—Estoy a punto de sacar la pistola y metértela en la boca. ¿Qué cojones está pasando, Brandon?

—Antes dime una cosa. —Brandon señaló la foto que tenía en la mano—. Lo conoces, ¿no?

Ella volvió a bajar los ojos y miró la foto.

—Lo conocía.

—Bueno, ¿y quién es?

—Un exnovio —dijo ella en voz baja.

—Ya, eso ya lo pillo. Quiero decir...

—¿Qué quieres decir con que ya lo pillas?

Kat se lo quedó mirando fijamente, y vio algo en su rostro. ¿Cómo la había encontrado? ¿Cómo podía él saber que

Jeff era su exnovio? ¿Cómo...? De pronto la respuesta se hizo evidente.

—¿Has pirateado un ordenador? —le soltó Kat.

Por su expresión, vio que había acertado. Ahora tenía sentido. Brandon no quería acudir a un poli reconociendo que había violado la ley. Así que se había inventado aquello de que había oído que era una buena investigadora.

—De acuerdo, Brandon. Todo eso no me importa.

—¿No?

Kat negó con la cabeza.

—Tú dime qué está pasando, ¿vale?

—¿Me prometes que quedará entre nosotros?

—Te lo prometo.

Él respiró hondo y soltó el aire. Los ojos se le estaban llenando de lágrimas.

—En la universidad estudio informática. Mis amigos y yo somos buenos en programación y diseño, ese tipo de cosas. Así que no fue difícil. Quiero decir, que no es más que una página de citas. Los sitios web con cortafuegos y grandes medidas de seguridad son otros de mayor envergadura. Como mucho, de una página de citas quizá se podría sacar información de alguna tarjeta de crédito. Así que esa parte sí tiene medidas de seguridad. El resto del sitio, no tanto.

—¿Te has colado en EresMiTipo.com?

Brandon asintió.

—Como te he dicho, no en la parte comercial. Eso llevaría un montón de tiempo. Pero en las otras páginas..., quizá tardáramos un par de horas en entrar. En los archivos guardan registros de todo: de qué perfiles visitas, con quién hablas, en qué momento, a quién envías mensajes. Incluso mensajes instantáneos. El sitio web guarda un registro de todo.

Ahora lo entendía.

—Y tú viste mi conversación con Jeff.

—Sí.

—Y por eso sabías mi nombre. De nuestros mensajes instantáneos.

Él no dijo nada. Pero ahora todo tenía sentido. Le devolvió la fotografía.

—Deberías irte a casa, Brandon.

—¿Qué?

—Jeff es un buen tipo. O al menos lo era. Se han encontrado. Tu madre es viuda. Él es viudo. Quizá sea de verdad. Tal vez estén enamorados. En cualquier caso, tu madre es una mujer adulta. No deberías ir espiándola por ahí.

—No la estaba espiando —se defendió él—. Al principio no, al menos. Pero al no llamarme...

—Se ha ido de vacaciones con un hombre. Por eso no te ha llamado. Madura.

—Pero él no la quiere.

—¿Cómo lo sabes?

—Dijo que se llamaba Jack. ¿Por qué lo hizo, si se llama Jeff?

—Mucha gente usa nombres falsos en las redes. Eso no significa nada.

—También habló con muchas otras mujeres.

—Esa es la finalidad del sitio web. Hablas con un montón de parejas potenciales. Es como buscar una aguja en un pajar.

«Jeff incluso habló conmigo», pensó Kat. Aunque, por supuesto, él no había tenido narices de decirle que ya había encontrado a otra persona. No, en lugar de eso le soltó aquella monserga sobre protegerse y sobre la necesidad de empezar de nuevo. Mientras tanto, ya había ligado con otra mujer. ¿Por qué no se lo dijo?

—Mira —dijo Brandon—. Solo necesito saber su nombre real y su dirección. Solo es eso.

—Yo no puedo ayudarte, chico.

—¿Por qué no?

—Porque no es asunto mío —dijo ella. Negó con la cabeza y añadió—: No tienes ni idea de hasta qué punto no es asunto mío.

En ese momento, su teléfono vibró. Echó un vistazo al mensaje y vio que era de Stagger:

FUENTE DE BETHESDA. DIEZ MINUTOS.

—Tengo que irme —dijo poniéndose en pie.

—¿Dónde?

—Eso tampoco es asunto tuyo. Esto se ha acabado, Brandon. Vete a casa.

—Tú solo dime su nombre y su dirección, ¿vale? Joder, ¿qué daño puede hacerle eso? Solo su nombre.

Una parte de ella le decía que sería un error hacerlo. Otra parte estaba aún un poco herida porque se la hubiera quitado de encima. Qué narices. El chaval tenía derecho a saber quién se estaba beneficiando a su madre, ¿no?

—Jeff Raynes —dijo ella—. Con y griega. Y no tengo ni idea de dónde vive, ni ganas de saberlo.

La fuente de Bethesda era el centro neurálgico de Central Park. El enorme ángel que coronaba la estatua en lo alto de la fuente llevaba unos lirios en una mano mientras bendecía el agua que tenía delante con la otra. Su rostro de piedra es de una serenidad que incluso aburre. El agua que bendice eternamente es conocida simplemente como «el Lago». A Kat siempre le había gustado aquel nombre. El Lago. Nada elaborado. Las cosas, por su nombre.

Bajo el ángel había cuatro querubines que representaban la Templanza, la Pureza, la Salud y la Paz. La fuente llevaba allí desde 1873. En los años sesenta, los hippies la ocupaban día y noche. Allí se grabó la escena inicial de la película *Godspell*. Y una escena clave de *Hair*. En los años setenta, la Bethesda Terrace se convirtió en el epicentro del tráfico de drogas y la prostitución. El padre de Kat le había dicho que, en aquellos tiempos, hasta los polis tenían miedo de ir por aquel lugar. Resultaba difícil de imaginar, especialmente en un día de verano como aquel, cuando el lugar parecía un paraíso.

Stagger estaba sentado en un banco de cara al Lago, lleno de barquitas maniobradas por turistas que hablaban todos los idiomas imaginables del mundo, que forcejeaban con los remos antes de rendirse y dejar que la casi inexistente corriente les llevara donde quisiera. A la derecha se había reunido una multitud para ver a un grupo de artistas callejeros (¿o debería llamárseles artistas del parque?) llamado Afrobats. Los Afrobats eran unos adolescentes negros que presentaban un espectáculo que combinaba acrobacias, baile y humor. Otro tipo sostenía un cartel que ponía: 1 $ EL CHISTE. RISAS GARANTIZADAS. Por todas partes había estatuas humanas —gente que se quedaba inmóvil fingiendo ser una estatua, y que posaban con los turistas para que les hicieran fotos; ¿a quién se le habría ocurrido aquello? Había un tipo con el aspecto de «tío preferido» de cualquier niño que tocaba el ukelele con gran entusiasmo; y otro tipo con un albornoz raído que fingía ser un mago de Hogwarts.

La gorra de béisbol negra que llevaba Stagger en la cabeza

le hacía parecer un niño. Paseaba la mirada por la superficie del lago como si fuera una piedra lanzada para que rebotara. Era, en muchos sentidos, una típica escena de Manhattan: estás rodeado de personas y, aun así, encuentras paz; un modo de aislarte entre un torbellino de gente. Stagger tenía la vista fija en el agua, como desconcertado, y Kat no estaba muy segura de qué sentir.

No se giró mientras ella se acercaba. Cuando llegó a su lado, Kat esperó un momento y se limitó a decir:

—Eh.

—¿A ti qué es lo que te pasa? —preguntó Stagger sin apartar la mirada del agua.

—¿Perdona?

—No puedes presentarte en mi despacho así. —Por fin se giró hacia ella. Si cuando estuvo mirando el agua había tenido la mirada tranquila, aquella tranquilidad había desaparecido.

—No pretendía ser irrespetuosa.

—Y una mierda, Kat.

—Es que por fin recibí el registro de visitas de Leburne.

—¿Y qué? ¿Necesitabas desesperadamente saber mi opinión?

—Sí.

—No podías ni siquiera esperar a que acabara la reunión.

—Pensé... —De pronto, tras ellos, la multitud respondió con unas risas estruendosas a una broma de los Afrobats, que fingían robarles—. Ya sabes cómo estoy con este caso.

—Sí, obsesionada.

—Era mi padre, Stagger. ¿Cómo puede ser que no lo entiendas?

—Sí que lo entiendo, Kat —dijo, y se volvió hacia el agua.

—¿Stagger?

—¿Qué?

—Sabes lo que encontré, ¿no?

—Sí —dijo, y lentamente asomó una sonrisa en su rostro—. Lo sé.

—¿Y? —inquirió ella. Los ojos de Stagger encontraron una barca y se quedaron clavados en ella—. ¿Qué motivo podías tener para visitar a Leburne el día después de su detención? —continuó, pero Stagger no dijo nada—. Fueron los federales quienes le detuvieron, no la policía de Nueva York. No tenías nada que ver con el asunto. Ni siquiera te habían asignado el caso de papá, puesto que era tu compañero y fuiste tú quien encontró el cuerpo. Así que, ¿por qué fuiste a verle, Stagger?

La pregunta pareció divertirle.

—¿Cuál es tu teoría, Kat?

—¿La verdad?

—Si puede ser.

—No tengo una teoría —dijo.

Stagger la miró de frente.

—¿Crees que tengo algo que ver con lo que le pasó a Henry?

—No. Por supuesto que no.

—¿Entonces?

—No lo sé —dijo Kat, a falta de una respuesta mejor.

—¿Crees que contraté a Leburne o algo así?

—No creo que Leburne tuviera que ver nada en el asunto. Creo que no es más que un chivo expiatorio.

Él frunció el ceño.

—Venga, Kat. No vuelvas con eso.

—¿Por qué fuiste allí?

—Vuelvo a preguntártelo: ¿tú qué crees? Dime. —Stagger cerró los ojos un segundo, respiró hondo y se volvió de nuevo hacia el Lago—. Ahora veo por qué nunca dejan que se ocupe de un caso alguien que tenga un vínculo personal con el asunto.

—¿Qué quieres decir?

—Que no solo se pierde la objetividad, sino incluso la capacidad de pensar con claridad.

—¿Por qué fuiste, Stagger?

Él negó con la cabeza.

—No podría ser más obvio —contestó el capitán.

—Yo no lo veo así.

—Eso es exactamente lo que decía. —Fijó la vista en una barca, donde unos adolescentes bregaban con los remos con furia, pero sin obtener ningún resultado—. Vuelve atrás un segundo. Piénsalo bien. En el momento de aquel asesinato, tu padre estaba cerca de pillar a uno de los grandes delincuentes de la ciudad.

—Cozone.

—Por supuesto, Cozone. De pronto, lo liquidan. ¿Cuál fue nuestra teoría en aquel momento?

—No era mi teoría.

—No te ofendas, Kat, pero tú no eras poli. Eras una vivaracha estudiante de Columbia. ¿Cuál fue nuestra teoría oficial?

—La teoría oficial fue que mi padre suponía una amenaza para Cozone y que por eso Cozone lo eliminó.

—Exactamente.

—Pero, Cozone sabía perfectamente el riesgo que suponía matar a un poli.

—No dejes que los malos te engañen con sus supuestas normas —intervino Stagger—. Hacen lo que creen que mejor les va para su supervivencia y para su beneficio económico. Tu padre era un impedimento para ambas cosas.

—Así que crees que Cozone contrató a Leburne para que matara a mi padre. Eso ya lo sé. Pero eso sigue sin explicar por qué visitaste a Leburne.

—Claro que sí. Los federales arrestaron a uno de los matones más activos de Cozone. Por supuesto, al momento seguimos la pista. ¿Cómo puede ser que no lo veas?

—¿Por qué tú?

—¿Qué?

—El caso se lo habían encargado a Bobby Suggs y Mike Rinsky. ¿Por qué fuiste tú?

Él sonrió una vez más, pero no había ninguna alegría en su sonrisa.

—Porque yo era como tú.

—¿Qué quiere decir eso?

—Quiere decir que tu padre era mi compañero. Tú sabes lo que significaba para mí.

Silencio.

—No tenía ningunas ganas de esperar a que la policía y el FBI resolvieran su disputa sobre territorio y jurisdicción —continuó él—. Eso le daría tiempo a Leburne para buscarse una defensa legal o lo que fuera. Yo quería saber. Era impetuoso. Llamé a un amigo del FBI y le pedí el favor.

—¿Así que fuiste a interrogar a Leburne?

—Más o menos, sí. Era un poli joven y tonto que intentaba vengar a su mentor antes de que fuera demasiado tarde.

—¿Qué quieres decir con eso de demasiado tarde?

—Como te he dicho, me preocupaba que se buscara una defensa legal. Pero, más aún que eso, me preocupaba que Cozone se lo cargara antes de que pudiera hablar.

—¿Así que hablaste con Leburne?

—Sí.

—¿Y?

Stagger se encogió de hombros. Una vez más, con la gorra de béisbol y aquel gesto, Kat pensó que le recordaba a un adolescente. Le apoyó suavemente la mano en el hombro. No sabía muy bien por qué. Quizá para recordarle que estaban del mismo lado. Quizá para intentar reconfortar a un viejo amigo. Stagger quería a su padre. No como ella, claro; la muerte no se queda con los amigos o los colegas. Pasan el duelo y siguen adelante. La muerte se queda entre los familiares. Pero aun así estaba sufriendo.

—Y no llegué a ninguna parte —dijo Stagger.

—¿Leburne lo negó?

—Simplemente se quedó ahí sentado, sin decir nada.

—Y, sin embargo, más tarde confesó.

—Por supuesto. Su abogado hizo un trato, eliminando la pena de muerte.

Los Afrobats pusieron fin a su espectáculo con un gran número final en el que uno de ellos saltaba sobre los espectadores que se habían prestado voluntarios. La multitud estalló en un aplauso. Kat y Stagger observaron cómo se dispersaba el grupo lentamente.

—¿Y ya está? —dijo Kat.

—Ya está.

—Nunca me lo dijiste.

—Es verdad.

—¿Por qué?

—¿Qué querías que te dijera, Kat? ¿Que había visitado a un sospechoso y no había llegado a ninguna parte?

—Sí.

143

—Eras una universitaria a punto de casarse.

—¿Y qué? —dijo ella, quizá con más intensidad de la necesaria.

Sus ojos se cruzaron, y algo pasó entre los dos.

—No me gusta lo que insinúas, Kat.

—Yo no estoy insinuando nada.

—Sí, sí que lo haces —dijo él poniéndose en pie—. No se te da bien el papel de pasiva-agresiva. No va contigo. Así que pongamos las cartas sobre la mesa, ¿vale?

—Vale.

—En el último momento Leburne afirmó que había sido él mismo quien había decidido que tu padre debía morir. Los dos sabemos que es mentira. Sabemos que fue Cozone quien ordenó el golpe y que Leburne le encubrió.

Kat no dijo nada.

—Nos pasamos años intentando que nos dijera la verdad. No lo hizo. Se ha ido a la tumba sin dar su brazo a torcer y ahora, bueno, no sabemos cómo hacerle justicia a tu padre. Es frustrante y eso nos desespera.

—¿Nos?

—Sí.

Kat frunció el ceño.

—¿Y ahora quién está siendo pasivo-agresivo? —preguntó ella.

—¿No te crees que a mí también me duele?

—Sí, claro que creo que te duele. ¿Quieres poner las cartas sobre la mesa? Bien, hagámoslo. Sí, durante años he trabajado con la teoría de que Cozone ordenó una ejecución y que Leburne la llevó a cabo. Pero la verdad es que nunca me gustó. Nunca me sonó creíble. Y cuando Leburne, sin motivo ninguno para mentir, le dijo a aquella enfermera que no tenía nada que ver en el asunto, yo le creí. Puedes decir que estaba drogado o que mentía, pero yo estaba allí. Sus palabras por fin me sonaron creíbles. Así que, sí; quiero saber por qué le visitaste antes que nadie. Porque, poniendo las cartas sobre la mesa, no te creo, Stagger.

Algo explotó tras los ojos del capitán, que tuvo que hacer un esfuerzo para no levantar la voz:

—¿Ah, sí? Pues dime, Kat. ¿Para qué fui a verle?

—No lo sé. Ojalá me lo contaras.

—¿Me estás llamando mentiroso?

—Te estoy preguntando qué pasó.

—Ya te lo he dicho —dijo él echándose a caminar y dejándola allí plantada.

Se giró. Desde luego había rabia en sus ojos, pero también algo más. Angustia. Y quizá también miedo.

—Tienes unos días de vacaciones pendientes. Lo he comprobado. Tómalos, Kat. No quiero verte en mi comisaría hasta que te den el traslado.

15

Kat cogió su ordenador portátil y se dirigió al O'Malley's. Se sentó en el viejo taburete de su padre. Pete, el encargado de la barra, se le acercó. Kat estaba examinándose la suela de los zapatos.

—¿Qué hay? —dijo él.

—¿Habéis echado más serrín de lo habitual?

—Hay un tipo nuevo. Se ha pasado con el concepto del antro-chic. ¿Qué quieres tomar?

—Hamburguesa con queso poco hecha, patatas fritas y una Bud.

—¿Luego quieres una angiografía?

—Muy buena, Pete. La próxima vez, probaré uno de tus entremeses veganos sin gluten.

El público era variado. En las mesas de las esquinas, unos cuantos ejecutivos agresivos se tomaban unas copas tras el trabajo. Había unos cuantos tipos solitarios, como en cualquier bar, de esos que pasan el rato sentados mirando su copa, con los hombros caídos, sin esperar nada más que el efecto letárgico que proporciona el líquido ámbar.

Se había pasado un poco con Stagger, pero las sutilezas no iban a servir de nada en ese caso. Aun así, no sabía qué pensar de él. No sabía qué pensar de Brandon. Ni sabía qué pensar de Jeff.

¿Y ahora qué?

La curiosidad le pudo. Encendió su ordenador, abrió un navegador y empezó a buscar información sobre la madre de Brandon y nueva amante de Jeff, Dana Phelps, sobre todo imágenes y datos en redes sociales. Kat se dijo a sí misma que simplemente estaba haciendo un seguimiento, cerrando el caso del todo, asegurándose de que el chico que había conocido era realmente Brandon Phelps, hijo de Dana, y no un farsante o algo peor.

Aunque había diez taburetes vacíos, un tipo con mosca bajo el labio y el cabello salpimentado por las canas se sentó justo a su lado. Se aclaró la garganta y dijo:

—Hola, preciosa.

—Sí, hola.

Encontró la primera fotografía de Dana en un sitio web sobre «Eventos Sociales de Connecticut», uno de esos sitios web con fotografías de gente rica en fiestas tan elegantes que se llaman bailes, pensados para que esa gente rica, con una vida tan llena, puedan visitar la página y comprobar si han puesto su foto o no.

El año anterior, Dana Phelps había organizado una gala en apoyo de los refugios para animales. No le costó mucho entender por qué se había fijado en ella Jeff.

Dana Phelps era un bombón.

Llevaba un vestido largo drapeado de color plateado con una elegancia reservada a unos pocos. Dana Phelps rezumaba clase. Era alta, rubia y prácticamente todo lo que no era Kat.

Zorra.

Kat chasqueó la lengua con fuerza. Sal y Pimienta se lo tomó como una invitación:

—¿Algo divertido?

—Sí, tu cara.

Pete frunció el ceño ante la pobreza de aquella respuesta. Kat se encogió de hombros. Tenía algo de razón, pero funcionó. Sal y Pimienta se fue con la música a otra parte. Kat dio otro sorbo a la cerveza, intentando adoptar la postura de quien no quiere interrupciones. Hizo una búsqueda de imágenes de Brandon Phelps, y sí, era realmente el chaval flacucho y con melena larga y desaliñada que le había venido a ver. Mierda. Habría sido más fácil si hubiera mentido acerca de su identidad o algo así.

Kat empezaba a notar la cabeza ligera, como cuando has tomado dos copas y escribes un mensaje de texto a un exnovio, salvo que por supuesto ella no tenía ni idea del número de teléfono de Jeff. Así que en su lugar decidió hacer la segunda cosa que hacen mejor los examantes: ciberacosarlo. Introdujo su nombre en varios motores de búsqueda, pero no encontró nada sobre él. Absolutamente nada. Ya sabía que pasaría eso —no era la primera vez que se emborrachaba y buscaba su nombre en Google—, pero aun así le sorprendió. Unos cuantos anuncios emergentes le ofrecieron ayuda para encontrar a Jeff o, mejor aún, para investigar si tenía antecedentes penales.

No, gracias.

Decidió volver a abrir el perfil de Jeff en EresMiTipo. com. Probablemente lo tendría cerrado, ahora que estaba de viaje en algún lugar exótico con una rubia escultural. Seguramente estarían paseando por la playa, cogidos de la mano, Dana con un bikini plateado, contemplando el reflejo de la luna en el agua.

Zorra.

Kat seleccionó la página del perfil de Jeff. Seguía allí. Comprobó la ficha de «estado». Seguía diciendo: BUSCANDO ACTIVAMENTE. Hummm... No significaba mucho. Probablemente no se habría acordado de quitar esa opción. Probablemente estaba tan emocionado con su rubia de la alta sociedad que no había caído en detalles como apretar un botón para comunicar a las posibles interesadas que estaba fuera del mercado. O quizás el guapo de Jeff tenía un plan alternativo, un plan B, por si lo de Dana no salía bien (o si ella no le concedía sus favores). Sí, el viejo Jeff podía tener un puñado de mujeres esperando, por si necesitaba una sustituta o...

Afortunadamente, su teléfono móvil la despertó de aquel torpor. Respondió sin comprobar quién llamaba.

—No hay nada —parecía Brandon.

—¿Qué?

—Sobre Jeff Raynes. No hay absolutamente nada.

—Oh, eso ya te lo podía haber dicho yo.

—¿Lo has buscado en internet?

—En mis momentos de ebriedad.

—¿Qué?

Kat notaba que articulaba con dificultad.

—¿Qué quieres, Brandon?

—No hay nada sobre Jeff Raynes.

—Sí, lo sé. ¿No hemos hablado ya de este tema?

—¿Cómo puede ser? Todo el mundo está en internet.

—A lo mejor le gusta la discreción.

—He comprobado todas las bases de datos. Hay tres Jeff Raynes en Estados Unidos. Uno en Carolina del Norte. Otro en Texas. Otro en California. Ninguno es nuestro Jeff Raynes.

—¿Qué quieres que te diga, Brandon? Hay mucha gente que procura no salir en internet.

—Ya no. Lo digo en serio. Nadie consigue mantener este nivel de anonimato. ¿No lo ves? Aquí pasa algo.

En el pub empezó a sonar *Oh Very Young*, de Cat Stevens. La canción la deprimió. Cat —su casi homónimo— recordaba en su canción que todos queremos que nuestro padre dure para siempre, pero «sabes que no será así», que ese hombre al que quieres acabará por desaparecer, como el color de tus mejores vaqueros. Cada vez que oía aquello, le llegaba al alma.

—No sé qué puedo hacer yo al respecto, Brandon.

—Necesito un favor más —dijo él. Kat suspiró—. He comprobado las tarjetas de crédito de mi madre. Solo hay una operación en los últimos cuatro días. Sacó dinero de un cajero el día en que desapareció.

—No desapareció. Solo...

—Vale. Lo que sea, pero el cajero estaba en Parkchester.

—¿Y qué?

—Pues que nosotros vamos al aeropuerto por el puente Whitestone. Parkchester está al menos una salida o dos más allá. ¿Por qué iba a desviarse tanto?

—¿Quién sabe? A lo mejor se pasó de salida. A lo mejor quería parar en alguna tienda de lencería fina que desconoces y comprarse algo sexy para el viaje.

—¿Lencería fina?

Kat sacudió la cabeza, intentando aclarar la mente.

—Escúchame, Brandon. En cualquier caso no entra en mi jurisdicción. Tienes que ir a ese poli con el que hablaste en Greenwich. ¿Cómo se llamaba?

—Agente Schwartz.

—Exacto.

—Por favor. ¿No puedes hacerlo?

—¿Hacer qué?

—Comprobar el registro del cajero.

—¿Qué crees que encontraré, Brandon?

—Mamá nunca usa la tarjeta en los cajeros. Nunca. No creo ni que sepa cómo se hace. Siempre era yo quien le sacaba el dinero del banco. ¿No puedes..., no sé..., comprobar el vídeo de vigilancia o algo así?

—Es tarde —dijo Kat recordando su propia norma de no pensar demasiado cuando bebía—. Hablemos por la mañana, ¿vale?

Apretó el botón de colgar antes de que él pudiera responder. Le indicó a Pete con un gesto que le cargara el gasto en su cuenta y salió a tomar el aire. Le encantaba Nueva York. Sus amigos intentaban convencerla de lo maravillosa que era la montaña o la playa, y sí, claro, lo eran para unos días, pero hacer excursiones le aburría. Las plantas, los árboles, los prados, los animales podían ser interesantes, pero ¿qué había que fuera más interesante que las caras, los atuendos, los peinados, los zapatos, los escaparates, los vendedores callejeros..., todo aquello?

Había media luna en el cielo. Cuando era niña, la luna le fascinaba. Solía pararse a mirarla y sentía las lágrimas a punto de aflorar. Un recuerdo le invadió de golpe. Cuando tenía seis años, su padre puso una escalera en el patio. La llevó al patio, le enseñó la escalera y le dijo que acababa de poner la luna ahí arriba, especialmente para ella. Ella le creyó. Durante mucho tiempo creyó que era así como llegaba la luna al cielo, incluso cuando fue demasiado mayor para creérselo.

Kat tenía veintidós años cuando murió su padre: demasiado joven, desde luego. Pero Brandon Phelps había perdido a su padre cuando solo tenía dieciséis.

¿Acaso era raro que estuviera tan apegado a su madre?

Cuando Kat llegó a su apartamento era tarde, pero las comisarías de policía no tienen precisamente un horario reducido. Buscó el número de teléfono de la comisaría de Greenwich y llamó, se identificó como policía de Nueva York y quiso dejar un mensaje para el agente Schwartz, pero el agente de recepción le salió con algo que no se esperaba.

—Espere un momento. Joe está aquí. Le paso.

Dos tonos más tarde:

—Agente Joseph Schwartz. ¿Qué puedo hacer por usted?

Muy educado.

Kat le dijo su nombre y su rango.

—Un jovencito llamado Brandon Phelps me vino a ver ayer.

—Un momento. ¿No ha dicho que es agente de Nueva York?

—Sí.

—¿Y Brandon le visitó en Nueva York?

—Exacto.

—¿Es amiga de la familia o algo?

—No.

—No lo entiendo.

—Cree que su madre ha desaparecido —dijo Kat.

—Sí, ya lo sé.

—Y quería que yo echara un vistazo al asunto.

Schwartz suspiró.

—¿Por qué demonios iba ir Brandon a hablar con usted?

—Parece que lo conoce.

—Claro que lo conozco. Dice que es de la policía de Nueva York, ¿no? ¿Por qué fue a hablar con usted?

Kat no estaba muy segura de hasta dónde quería entrar en

las actividades ilegales de piratería de Brandon, ni de querer contar que estaba inscrita en una página de citas.

—No estoy segura, pero me dijo que primero le pidió ayuda a usted. ¿Es cierto?

—Lo es.

—Sé que lo que dice parece una locura —prosiguió Kat—, pero me pregunto si podemos hacer algo para que se tranquilice.

—¿Agente Donovan?

—Llámeme Kat.

—Muy bien, de tú, pues. Llámame Joe. No sé muy bien cómo explicártelo... —dijo, e hizo una breve pausa—. Yo diría que no te ha contado toda la historia.

—¿Bueno, y por qué no me pones al corriente?

—Tengo una idea mejor, si no te importa —dijo él—. ¿Por qué no te das un paseo hasta Greenwich por la mañana?

—Porque está lejos.

—Son solo cuarenta minutos desde Manhattan. Creo que a los dos nos puede ir bien. Estoy aquí hasta mediodía.

Kat se habría subido al coche en aquel mismo momento, pero había bebido demasiado. Durmió mal y, pensando que así evitaría la hora punta de tráfico, fue primero a clase de yoga. Aqua, que siempre estaba allí antes de que llegara el primer alumno, no apareció. Los estudiantes murmuraban preocupados. Una alumna, una anciana muy flaca, decidió dirigir la clase, pero no tuvo el seguimiento esperado. Los alumnos fueron dispersándose. Kat esperó unos minutos más, con la esperanza de que Aqua apareciera. No lo hizo.

Kat tenía reservado un coche de alquiler de Zipcar para las nueve y cuarto, para cuando esperaba que el tráfico ya fuera más ligero. El viaje, tal como le había dicho Schwartz, duró cuarenta minutos.

Greenwich, Connecticut, era la viva imagen de un barrio residencial elegante. Si eres norteamericano y diriges un fondo de inversión de mil millones de dólares, prácticamente es obligado vivir en Greenwich, Connecticut. El barrio tenía la mayor proporción de residentes ricos per cápita de todo el país, y la verdad era que resultaba evidente.

Schwartz le ofreció a Kat una Coca-Cola. Ella la aceptó y se sentó del otro lado de su mesa de formica. Todo lo que había en aquella comisaría tenía pinta de caro, elegante y por estrenar. Schwartz tenía un bigote generoso a juego con unas patillas de barbería. Llevaba una camisa clásica con tirantes.

—Bueno, cuéntame cómo te has visto implicada en este caso —dijo Schwartz.

—Brandon vino a verme. Me pidió ayuda.

—Aún no entiendo por qué.

Kat seguía sin querer contárselo todo.

—Dijo que era porque aquí no le creíais.

Schwartz la escrutó con la típica mirada escéptica de poli curtido.

—¿Y pensó que una policía de Nueva York al azar sí que lo haría?

Kat intentó esquivar la pregunta:

—Acudió a vosotros, ¿no?

—Sí.

—Y por teléfono me has dicho algo, como que lo conocías de antes, ¿no?

—Algo así, sí. —Joe Schwartz se le acercó un poco—.

Esto es como un pueblo, ¿sabes lo que quiero decir? Quiero decir que no es un pueblo, pero como si lo fuera.

—¿Me estás preguntando si seré discreta?

—Sí.

—Por supuesto.

Volvió a apoyarse en el respaldo y apoyó las manos sobre la mesa.

—Aquí, en la comisaría, Brandon Phelps es más conocido de lo que debería.

—¿Y eso?

—¿Tú qué crees que quiere decir?

—He echado un vistazo, y Brandon no tiene antecedentes.

Schwartz abrió las manos.

—Supongo que te has perdido eso que te he dicho, lo de que esto es como un pueblo.

—Ah.

—¿Has visto la película *Chinatown*?

—Sí, claro.

Él se aclaró la garganta y luego intentó imitar a Joe Mantell:

—«Olvídalo, Jake. Es Greenwich». No me malinterpretes. Solo se le ha arrestado por tonterías. Por colarse en el instituto unas cuantas veces, por exceso de velocidad, por vandalismo, por algo de marihuana..., esas cosas. Y lo cierto es que nada de todo eso ocurrió antes de que muriera su padre. Todos conocíamos a su padre, y nos caía bien; y su madre..., bueno, Dana Phelps es buena gente. Un trozo de pan. Hace lo que sea por cualquiera. Pero, el chico... No sé. Siempre ha sido algo raro.

—¿Raro? ¿Cómo?

—Nada grave, la verdad. Yo tengo un hijo de la edad de Brandon... Brandon no encajaba, pero esta no es una ciudad fácil.

—Pero vino a verte hace unos días. Te dijo que estaba preocupado por su madre.

—Sí. —Había un clip sobre su mesa. Schwartz lo cogió y empezó a doblarlo hacia un lado y hacia otro—. Pero también nos mintió.

—¿En qué?

—¿Qué te dijo de la supuesta desaparición de su madre?

—Me dijo que conoció a un tipo por internet, que se fue con él, que siempre contacta con su hijo cuando se ausenta, pero que esta vez no lo ha hecho.

—Sí, eso también nos lo contó a nosotros. Pero no es cierto. —Dejó el clip y abrió el cajón de su escritorio. Sacó una barrita de proteínas—. ¿Quieres una? Tengo muchas.

—No, gracias. ¿Y cuál es la verdad, entonces?

Schwartz se puso a rebuscar entre un montón de papeles.

—Lo puse aquí porque sabía que ibas... Espera, aquí está. Los registros telefónicos de Brandon —dijo entregándole las hojas—. ¿Ves lo que está en amarillo?

Vio dos mensajes de texto subrayados en amarillo. Ambos procedían del mismo número telefónico.

—Brandon recibió dos mensajes de texto de su madre. Uno le llegó anteanoche; el otro ayer por la mañana.

—¿Este es el número del móvil de su madre?

—Sí.

Kat sentía que empezaba a ruborizarse.

—¿Sabes lo que decían?

—Cuando vino la última vez, solo tenía el registro del primero. Se lo dije, así que me enseñó el teléfono. Decía algo como: «Hemos llegado. Todo estupendo. Te echo de menos». Algo así.

Kat no podía apartar los ojos de la hoja de papel.

—¿Y él cómo lo explicó?

—Dijo que no lo había enviado su madre. Pero es su número. Aquí lo tienes, más claro que el agua.

—¿Habéis llamado al número de su madre?

—Sí. No respondió.

—¿Y eso os parece sospechoso?

—No. Para ser francos, nos imaginamos que estará en alguna isla perdida, quizá disfrutando del sexo por primera vez en tres años. ¿No estás de acuerdo?

—Sí —dijo ella—, puede ser. Solo estaba haciendo de abogada del diablo.

—Por supuesto, esa no es la única explicación posible.

—¿Qué quieres decir?

—Quiero decir —dijo Schwartz encogiéndose de hombros— que es perfectamente posible que Dana Phelps haya desaparecido.

Kat esperó a que dijera algo más. Pero Schwartz esperó más aún. Por fin, fue ella quien habló:

—¿Os ha hablado Brandon del cargo en la tarjeta?

—Curiosamente, no.

—Puede que aún no lo supiera cuando vino aquí a verte.

—Eso es una teoría.

—¿Tú tienes otra?

—Pues sí. O digamos que la tenía. Ese es el motivo principal por el que quería que vinieras hasta aquí.

—¿Y eso?

—Ponte en mi lugar. Un adolescente preocupado se me presenta aquí. Me dice que su madre ha desaparecido. Por los mensajes de texto, sabemos que su historia es mentira. Descubrimos que se ha sacado algo de dinero de un cajero automático. Así que si hubiera algo turbio, ¿quién sería el principal sospechoso?

Ella asintió:

—El adolescente preocupado.

—Bingo.

Kat se había planteado aquello de pasada, pero la verdad es que no le había dado crédito. Claro que, ella no sabía del pasado del chico... Por otra parte, Joe Schwartz no sabía que Brandon había entrado en EresMiTipo.com ni cuál era su conexión con el caso. Eso sí, Brandon le había mentido sobre los mensajes. De eso se acababa de enterar. Así pues, ¿qué se traía exactamente entre manos?

—¿Crees que quizá Brandon le ha hecho algo a su propia madre?

—Yo no quería llegar tan lejos. Pero tampoco creía que se hubiera volatilizado. Así que tomé la precaución de ir un paso más allá.

—¿Y eso que significa?

—Pedí el vídeo de circuito cerrado del cajero automático. Pensé que quizá tú también querrías verlo.

Schwartz giró el monitor de su ordenador para que ella también viera la pantalla y apretó unas cuantas teclas. El monitor se encendió. El vídeo era una imagen compuesta, con dos planos desde ángulos diferentes. El sistema era de última tecnología. Demasiada gente sabe que hay una cámara frente al cajero, y pueden taparla con la mano. Así que la imagen de la izquierda era eso exactamente: una de esas imágenes del cajero con lente de ojo de pez. La segunda imagen, la de la derecha, estaba grabada desde encima, como suelen hacer las cámaras de las tiendas. Kat entendía que instalar una cámara cerca del techo era más fácil, pero solía ser inútil. Los delincuentes normalmente se ponían gorras de béisbol o se subían el cuello de las prendas para taparse la cara. Era mejor grabar desde abajo.

Los vídeos eran en color, no en blanco y negro. Aquello era algo cada vez más frecuente. Schwartz sujetó el ratón.

—¿Preparada?

Kat asintió, y él apretó el Play.

Durante unos segundos, no pasó nada. Luego apareció una mujer. No había duda. Era Dana Phelps.

—¿Te parece muy preocupada?

Kat sacudió la cabeza. Incluso en la imagen tomada por la cámara de vigilancia, Dana estaba muy guapa. Más aún, parecía encantada de irse de vacaciones con su nuevo amante. Kat no pudo evitar sentir algo parecido a la envidia. Tenía el pelo como si acabara de salir de la peluquería; las uñas —Kat pudo verlas de cerca al presionar el teclado— estaban perfectas, de manicura. Y la ropa que se había puesto también era ideal para un viaje romántico al Caribe:

Un vestido sin mangas amarillo chillón.

16

Aqua caminaba arriba y abajo frente al apartamento de Kat. Seguía un patrón de dos pasos-media vuelta-dos pasos-media vuelta. Kat se paró en la esquina y se lo quedó mirando un momento. Aqua tenía algo en la mano. Y no dejaba de mirarlo —¿una hoja de papel?—. No paraba de hablarle a fuere lo que fuese que llevara ahí..., o más bien de discutir con ello, o incluso de suplicarle.

La gente solía evitar a Aqua, pero aquello era Nueva York. Nadie se escandalizaba por nada. Kat se le acercó. Aqua no había ido al apartamento de Kat en más de una década, así que, ¿por qué ahora? Cuando estaba a unos tres metros de él, vio lo que llevaba en la hoja que sujetaba con la mano derecha.

Era la fotografía de Jeff que ella le había dado hacía más de dos semanas.

—¿Aqua?

Él se paró de golpe y se giró hacia ella. Tenía los ojos abiertos como platos, rozando la locura. Ella ya le había visto antes hablando solo, caminando arriba y abajo y dando rienda suelta a sus pataletas, pero nunca le había visto tan..., ¿era agitado la palabra? No. Parecía algo más que eso. Estaba sufriendo.

—¿Por qué? —exclamó afectado, levantando la foto de Jeff.

—¿Por qué qué, Aqua?

—Yo le quería —dijo él con una voz que era más bien un gemido—. Tú le querías.

—Claro que le queríamos.

—¿Por qué? —repitió echándose a llorar.

Ahora los peatones se apartaban más aún. Kat se le acercó. Abrió los brazos y Aqua se dejó envolver, apoyando la cabeza contra su hombro y sin dejar de llorar.

—Ya está, ya está —dijo ella con voz suave.

Aqua se quedó allí, agitándose con cada sollozo. No tenía que haberle enseñado la fotografía. Era demasiado frágil. Necesitaba la rutina. Necesitaba que un día fuera igual al otro, y ella de pronto le había dado la foto de alguien por quien sentía un gran cariño y que hacía tiempo que no veía.

Un momento. ¿Cómo sabía ella que Aqua no había vuelto a ver a Jeff?

Dieciocho años atrás, Jeff había roto con ella. Eso no significaba que hubiera cortado con todos sus amigos y conocidos, ¿no? Quizás Aqua y él siguieran en contacto, quizá siguieran haciendo lo que hacen los amigos, salir por ahí, tomar una cervezas, ver un partido. Solo que, claro, Aqua no era de los que tienen un ordenador, un teléfono o siquiera una dirección.

Pero ¿podía ser que siguieran en contacto?

Le parecía dudoso. Kat le dejó que se desahogara allí mismo, en la calle. Él logró recomponerse, pero tardó un rato. Kat le dio una palmadita en la espalda y le reconfortó con palabras suaves. Eso ya lo había hecho antes por Aqua, especialmente después de que Jeff desapareciera, pero hacía mucho, mucho tiempo de la última vez. En aquella época, le daba pena su reacción, pero también le ofendía. Jeff la había dejado a ella, no a él. ¿No debería ser Aqua quien la consolara a ella?

En todo caso, tenía que reconocer que echaba de menos aquel vínculo. Había llorado la pérdida de aquel amigo mucho tiempo, hasta aceptar la relación profesor de yoga-alumna como la única que podía esperar. En aquel momento, mientras lo abrazaba, retrocedió en el tiempo y volvió a sentir el dolor de todo lo que había perdido aquellos dieciocho años.

—¿Tienes apetito? —le preguntó.

Aqua asintió, levantando la cabeza. Tenía la cara cubierta de lágrimas y mocos. También lo estaba la blusa de Kat, pero no le importó. Ella también se puso a llorar, no solo por la pérdida de Jeff o de lo que antes compartía con Aqua, sino también por lo que supone reconfortar a un ser querido. Hacía mucho tiempo que no vivía algo así. Demasiado.

—Un poco de hambre sí tengo, supongo —dijo Aqua.

—¿Quieres que comamos algo?

—Debería irme.

—No, no, vamos a buscar algo para comer, ¿vale?

—No, mejor no, Kat.

—No lo entiendo. Entonces ¿por qué has venido hasta aquí?

—La clase de mañana —dijo Aqua—. Tengo que prepararla.

—Venga..., vamos —insistió ella agarrándole de la mano, intentando no traslucir un tono de voz suplicante—. Quédate conmigo un rato, ¿vale? —Él no respondió—. Has dicho que tenías hambre, ¿no es cierto?

—Sí.

—Pues vamos a buscar algo de comer, ¿vale?

Aqua se limpió la cara con la manga.

—Vale.

Se pusieron a caminar por la acera, cogidos del brazo. Formaban una extraña pareja, pensó Kat, pero, total, estaban en Nueva York. Caminaron en silencio un rato. Aqua dejó de llorar. Kat no quería presionarle, pero no podía dejar el tema.

—Le echas de menos —dijo ella.

Aqua cerró los ojos con fuerza, como si así las palabras no pudieran entrar.

—No pasa nada. Lo entiendo —añadió.

—Tú no entiendes nada —dijo Aqua.

Ella no estaba segura de cómo responder a aquello, así que recurrió al típico:

—Pues explícamelo.

—Le echo de menos —dijo Aqua.

Entonces se paró, se giró y la miró de frente. Cuando la tuvo delante, su mirada extraviada había dejado paso a algo parecido a la compasión—. Pero no como tú, Kat —dijo, y se puso de nuevo en marcha.

Kat aceleró el paso para ponerse a su altura.

—Estoy bien —dijo ella.

—Tenía que haber seguido adelante.

—¿Qué es lo que tenía que haber seguido adelante?

—Lo tuyo con Jeff —dijo Aqua—. Tenía que ser.

—Sí, bueno, pues no fue bien.

—Es como si los dos viajarais por caminos separados toda la vida. Dos caminos que estaban destinados a convertirse en uno solo. No puede ser que no lo veas. Los dos.

—Bueno, está claro que no era ese nuestro caso.

—A veces sigues ese camino vital. Escoges etapas, pero en ocasiones llega el momento en que te ves obligado a tomar otra dirección.

Kat no se veía con ánimo de aguantar una sesión de reflexiones metafísicas en aquel momento.

—¿Aqua?

—¿Sí?

—¿Has visto a Jeff?

Aqua volvió a pararse.

—Quiero decir, desde que me dejo. ¿Lo has visto?

Él apretó la mano con que le agarraba el brazo y volvió a ponerse en marcha. Ella se mantuvo a su lado. Giraron a la derecha por Columbus Avenue y siguieron hacia el norte.

—Dos veces —dijo.

—¿Le has visto dos veces?

Aqua levantó el rostro hacia el cielo y cerró los ojos. Kat le dio tiempo. En la universidad también solía hacer aquello. Solía hablar del sol sobre el rostro, de cómo le relajaba y le ayudaba a centrarse. Por un tiempo, incluso parecía que funcionaba. Pero aquel rostro ahora mostraba el paso del tiempo. Los años de penalidades se reflejaban en las líneas de expresión de los ojos y la boca. Su piel «café con leche» había empezado a acumular finas grietas, como las carteras de cuero viejas, algo inevitable cuando se vive en las calles demasiado tiempo.

—Volvió a la habitación —dijo Aqua—. Después de romper contigo.

—Oh —exclamó ella.

No era la respuesta que se esperaba. Por su modo de ser, Aqua siempre había ocupado una habitación individual en el campus. La universidad había intentado ponerle con un compañero de habitación, pero nunca funcionaba. Algunos no llevaban bien su travestismo, pero el verdadero problema era que Aqua no dormía nunca. Estudiaba. Leía. Trabajaba en el laboratorio, en la cafetería de la facultad... y de noche trabajaba en un club *fetish* de Jersey City. En algún momento del penúltimo año, Aqua perdió su habitación individual. La residencia decidió ponerle con otros tres estudiantes. Eso no podía funcionar de ningún modo. Al mismo tiempo, Jeff había encontrado un piso de dos habitaciones en la calle Ciento setenta y ocho. Justo a tiempo, como diría después Jeff.

Aqua estaba llorando otra vez.

—Jeff estaba destrozado, ¿sabes?

—Gracias. Eso significa mucho para mí, dieciocho años después.

—No seas así, Kat.

Aqua estaría aturdido, pero no había perdido la habilidad para el sarcasmo.

—¿Y cuándo fue la segunda vez que lo viste?

—El 21 de marzo —dijo él.

—¿De qué año?

—¿Cómo que de qué año? De este año.

Kat se paró de golpe.

—Un momento. ¿Me estás diciendo que hace seis meses viste a Jeff por primera vez desde que rompimos?

Aqua se agitó, nervioso.

—¿Aqua?

—Yo enseño yoga.

—Sí, ya lo sé.

—Soy un buen profesor.

—El mejor. ¿Dónde viste a Jeff, exactamente?

—Tú estabas ahí.

—¿De qué estás hablando?

—Tú viniste a clase. El 21 de marzo. No eres mi mejor alumna. Pero te esfuerzas. Le pones empeño.

—Aqua, ¿dónde viste a Jeff?

—En clase —dijo Aqua—. El 21 de marzo.

—¿De este año?

—Sí.

—¿Me estás diciendo que hace seis meses Jeff vino a tu clase?

—No hizo la clase —dijo Aqua—. Se quedó tras un árbol. Te observaba. Sufría mucho.

—¿Hablaste con él?

Aqua negó con la cabeza.

—Yo di mi clase. Pensé que quizás hablaría contigo.

—No —dijo ella.

Luego, recordando que no estaba hablando con la mente más fiable del mundo libre, dejó el tema. Era imposible que Jeff estuviera en Central Park seis meses atrás, observando su clase de yoga desde detrás de un árbol. No tenía sentido.

—Lo siento mucho, Kat.

—No te preocupes, ¿vale?

—Aquello lo cambió todo. No sabía que sería así.

—Ya ha pasado.

Estaban a media manzana del O'Malley's. En los viejos tiempos solían encontrarse todos allí: Kat, Jeff, Aqua y unos cuantos amigos más. Cabría pensar que el O'Malley's podía ser un lugar algo incómodo para un travestido birracial en aquel tiempo. Y lo era. Al principio. En el O'Malley's, Aqua iba vestido de hombre, pero aquello no evitaba las risitas burlonas. El padre de Kat se limitaba a menear la cabeza. No era tan drástico como la mayoría de la gente del barrio, pero tampoco tenía mucha paciencia para alguien con tanto «colorido».

«Tendrías que dejar de salir con gente así —le solía decir a Kat—. No está bien».

Ella sacudía la cabeza y ponía los ojos en blanco cuando oía comentarios así. De él y de otros. La gente solía hablar de aquellos polis como la «vieja escuela». Y era cierto. Pero esa expresión no siempre era un cumplido. Aquellos polis eran cerrados y estrechos de miras. Siempre tenían excusa, pero, al fin y al cabo, eran gente con prejuicios, intolerantes. Intolerantes encantadores, quizá, pero intolerantes en cualquier caso. A los gais los trataban con desdén, pero lo mismo les pasaba, en menor medida, a prácticamente cualquier otro grupo o nacionalidad. Era parte de su léxico. Si alguien negociaba con demasiado ahínco, la gente decía que era un «judío». Cualquier actividad no considerada masculina era una «mariconada». Si un jugador de béisbol se quedaba paralizado por los nervios, es que jugaba como un «negro». Kat no lo disculpaba, pero cuando era más joven tampoco le molestaba tanto.

En honor a la verdad, había que reconocer que Aqua no había hecho ni caso (o le echaba mucha paciencia). Solía decir: «¿Cómo crees que conseguimos que la gente vaya evolucionando?». Se lo tomaba casi como un desafío. Entraba en el O'Malley's sin hacer caso —o, más probablemente, intentando no hacer caso— a las muecas y las risitas burlonas. Al cabo de un rato, la mayoría de los polis se aburrían del tema y dejaban de prestar atención, y cuando Aqua entraba ya no miraban dos veces. Papá y sus colegas mantenían la distancia.

A Kat aquello le tocaba las narices, especialmente viniendo de su padre, pero Aqua se encogía de hombros y decía: «Progresa».

Cuando llegaron a la puerta del pub, Aqua se paró de golpe y volvió a abrir los ojos como platos.

—¿Qué pasa? —preguntó Kat.

—Tengo que dar clase.

—Sí, ya sé. Eso es mañana.

Él meneó la cabeza.

—Tengo que prepararla. Soy un yogui. Un profesor. Un instructor.

—Y de los buenos.

Aqua seguía sacudiendo la cabeza, ahora con lágrimas en los ojos.

—No puedo volver atrás —dijo él.

—Tú no tienes que ir a ninguna parte.

—Él te quería tanto.

Kat no se molestó en preguntar de quién hablaba.

—Está bien, Aqua. Solo vamos a comer algo, ¿vale?

—Soy un buen profesor, ¿no?

—El mejor.

—Pues déjame hacer lo que hago. Así es como ayudo yo. Así es como me mantengo centrado. Así es como contribuyo a la sociedad.

—Tienes que comer.

En la puerta del O'Malley's había un rótulo de neón de Budweiser. Kat veía la luz roja reflejada en los ojos de Aqua. Agarró el pomo y abrió la puerta. Aqua soltó un grito:

—¡No puedo volver!

—Vale, vale —dijo Kat soltando la puerta—. No pasa nada. Lo entiendo. Vamos a otro sitio.

—¡No! ¡Déjame en paz! ¡Déjalo en paz!

—¿Aqua?

Kat dio un paso adelante, pero él se separó.

—¡Déjalo en paz! —soltó con una voz que se había transformado más bien en un murmullo.

Luego salió corriendo calle abajo, en dirección al parque otra vez.

17

Stacy llego al O'Malley's una hora más tarde.

Kat le contó la historia. Stacy escuchó y negó con la cabeza:

—Caray, lo único que quería yo era ayudarte a que echaras un polvo.

—Lo sé, no pasa nada.

—No hay delito sin castigo —dijo Stacy mirando algo más fijamente de lo normal su botella de cerveza.

Y se puso a arrancarle la etiqueta.

—¿Qué pasa? —preguntó Kat.

—Bueno... Me he tomado la libertad de hurgar un poco en el tema por mi cuenta.

—¿Y eso qué significa?

—He hecho un estudio completo de tu exnovio, Jeff Raynes.

Kat tragó saliva.

—¿Y qué has encontrado?

—No mucho.

—¿O sea?

—Después de que rompierais, ¿sabes dónde fue?

—No.

—¿No tenías curiosidad entonces?

—Sí que tenía curiosidad —dijo Kat—. Pero fue él quien me dio la patada.

—Ya, lo pillo.

—Bueno, ¿y dónde fue?

—A Cincinnati.

—Ya —dijo Kat con la mirada perdida—. Tiene sentido. Era de Cincinnati.

—En cualquier caso, unos tres meses después de romper contigo se enzarzó en una pelea en un bar.

—¿Jeff?

—Sí.

—¿En Cincinnati?

Stacy asintió.

—No conozco los detalles. La policía acudió, y fue detenido por una falta leve. Pagó una multa y la cosa quedó ahí.

—Vale. ¿Y luego?

—Y luego nada.

—¿Qué quieres decir?

—No hay nada más sobre Jeff Raynes. Ni cargos en su tarjeta de crédito. Ni pasaporte. Ni cuentas bancarias. Nada.

—Un momento. Es una investigación preliminar, ¿no?

Stacy negó con la cabeza.

—He investigado a fondo. Ha desaparecido.

—Eso no puede ser. Está en EresMiTipo.com.

—Pero ¿no decía tu amigo Brandon que usaba un nombre diferente?

—Sí, Jack. ¿Y sabes qué? —dijo Kat golpeando con las manos la barra del bar—. Ya no me importa un bledo. Es pasado.

—Bien dicho —respondió Stacy sonriendo.

—Ya he tenido bastantes fantasmas del pasado por una noche.

—Así me gusta.

Brindaron entrechocando las botellas de cerveza. Kat intentó no darle mayor importancia.

—Su perfil decía que era viudo —dijo Kat—. Que tenía un hijo.

—Sí, ya lo sé.

—Pero eso no lo has encontrado.

—No he encontrado nada después de aquella riña de bar, hace casi dieciocho años.

—No lo entiendo —dijo Kat negando con la cabeza.

—Pero ya no te importa, ¿no?

Kat asintió, decidida.

—Exacto.

—¿Soy yo o el público hoy es especialmente patético? —preguntó Stacy echando una mirada por el bar.

«Está intentando distraerme», pensó Kat, pero eso ya le iba bien. Y no, no era una impresión suya. Aquella noche, el O'Malley's parecía realmente un desfile de personajes patéticos. Un tipo con un sombrero de vaquero les saludó tocándoselo y hasta se dirigió a ellas con acento de Brooklyn: «¿Qué tal, señoritas?». El típico bailón —en todo bar siempre hay uno que hace el robot o el *moonwalk* mientras sus colegas le jalean— estaba a lo suyo, junto a la máquina de discos. Otro tipo llevaba una sudadera de fútbol americano, algo que Kat odiaba en los hombres, y que detestaba en las mujeres, especialmente en las que animan con demasiada intensidad, intentando demostrar con excesiva vehemencia que son fieles seguidoras del equipo. Siempre parecían demasiado desesperadas. Dos musculosos hinchados a esteroides hacían pasarela en el centro del bar: esos tipos nunca se situaban en los rincones oscuros de los bares. Querían que se les viera. Y siempre con la misma talla de camiseta: talla «demasiado pequeña». Había también candidatos a hípster que olían a marihuana. Tipos con los brazos cubiertos de tatuajes. El clásico borracho baboso que le pasaba el brazo por encima a algún tipo que acababa de conocer, diciéndole cuánto le quería y que, pese a que fuera la primera vez que se veían, sería su mejor amigo para siempre.

Se les acercó un aspirante a motero con una cazadora de cuero negra y una bandana roja que encendían todas las alarmas. Llevaba un cuarto de dólar en la mano.

—Eh, guapa —dijo mirando justo en medio de las dos mujeres. Kat pensó que sería un intento de hacer dos intentos de una vez.

—Si sale cara —prosiguió Bandana arqueando una ceja—, ¿me llevo el premio especial?

Stacy se quedó mirando a Kat.

—Tenemos que buscarnos un bar nuevo.

Kat asintió.

—En cualquier caso es hora de cenar. Vamos a algún sitio bueno.

—¿Qué tal el Telepan?

—¡Mmmm, sí!

—Tomaremos el menú degustación.

—Con los vinos recomendados.

—Venga, vamos —dijo Stacy, y se pusieron en marcha.

Estaban ya fuera cuando sonó el teléfono de Kat. La llamada procedía del teléfono móvil de Brandon pero no del de prepago. Kat se planteó no hacer caso. En ese momento, lo único que quería era el menú degustación del Telepan con sus vinos recomendados... Pero respondió igualmente.

—¿Sí?

—¿Dónde estás? —preguntó Brandon—. Tenemos que hablar.

—No, Brandon. No tenemos que hablar. ¿Sabes dónde he ido hoy?

—¿Eh...? ¿Dónde?

—A la comisaría de Greenwich. He tenido una pequeña charla con nuestro amigo el agente Schwartz. Me ha hablado de un mensaje de texto que recibiste.

—No es lo que crees.

—Me has mentido.

—No te mentí. Simplemente no te hablé de los mensajes. Pero puedo explicártelo.

—No hace falta, Brandon. Esto no es cosa mía. Me alegro de haberte conocido, y todo eso. Que te vaya bien.

Estaba dispuesta a apretar el botón de colgar cuando oyó a Brandon que decía:

—He descubierto algo sobre Jeff.

Kat volvió a llevarse el teléfono al oído.

—¿Quizá que se enzarzó en una pelea de bar hace dieciocho años? —preguntó ella.

—¿Qué? No. Esto es más reciente.

—Mira, la verdad es que no me importa. —Breve pausa—. ¿Está con tu madre?

—No es lo que pensábamos.

—¿Qué es lo que no pensábamos?

—Nada de todo esto.

—¿Qué quieres decir?

—Jeff, para empezar.

—¿Qué le pasa?

—No es lo que crees. Tenemos que hablar, Kat. Tengo que enseñarte esto.

Reynaldo se aseguró de que la rubia —no necesitaba saber los nombres de ninguna de sus víctimas— estaba a buen recaudo antes de recorrer el mismo camino hacia la granja. Había caído la noche. Usó la linterna para orientarse.

Reynaldo había descubierto allí mismo, a los diecinueve años de edad, que le daba miedo la oscuridad. La oscuridad *de verdad*. Cuando todo está negro. En la ciudad no había oscuridad de verdad. En la calle siempre había algún farol, o la luz de las ventanas o de los escaparates. El negro puro no existía. En aquel lugar, en pleno bosque, no podía verse la mano aunque se la pusiera frente a la cara. Allí podía haber cualquier cosa, cualquiera podía estar al acecho.

Cuando llegó al claro, Reynaldo vio las luces del porche encendidas. Se quedó un momento de pie, mirando alrededor y escuchando el silencio. La verdad era que nunca había visto nada como aquella granja antes de llegar a ese lugar. En las películas sí, claro, pero no pensaba que existieran lugares como aquel, igual que no creía que existiera la Estrella de la Muerte de *La guerra de las galaxias*. Aquellas granjas donde los niños podían caminar durante kilómetros, jugar en parterres de arena, volver a casa y encontrarse a mamá y papá haciendo sus tareas siempre le habían parecido falsas. Ahora sabía que eran de verdad. Las historias de felicidad, no obstante, seguían estando en el terreno de lo falso.

Tenía órdenes que cumplir, pero primero se fue al cobertizo a echar un vistazo a Bo, su labrador color chocolate. Como siempre, Bo acudió a la carrera a recibirle, como si no le hubiera visto en un año. Reynaldo sonrió, le rascó tras las orejas y se aseguró de que tuviera el cuenco del agua lleno.

Después de cuidarse de su perro, Reynaldo volvió a la granja. Abrió la puerta. Titus estaba allí con Dmitri. Dmitri era el genio informático de Titus, con sus camisetas de vivos colores y su gorro de lana. Titus había decidido decorar la casa como hacían los amish. Ahora, Reynaldo entendía el porqué. Los muebles eran todos de calidad: macizos, pesados, lisos y sin adornos. No había nada artificioso. Desprendían un aura de fuerza controlada.

En una de las habitaciones de arriba había pesas libres y un banco para el *press*. Primero lo habían puesto en la bodega, pero, al cabo de un tiempo, nadie quería hacer nada bajo tierra, así que lo subieron al piso de arriba.

Reynaldo levantaba pesas todos los días, pasara lo que pasara. También tenía siempre a punto, en la nevera y en el armario, un cóctel de drogas para potenciar el rendimiento. La mayor parte se las administraba pinchándose en el muslo. Titus se las proporcionaba.

Titus había encontrado a Reynaldo seis años atrás, en un basurero. Tal cual. Reynaldo hacía esquinas en Queens, y le hacía la competencia a los otros prostitutos cobrando solo quince dólares por polvo. Aquel día, la paliza no se la había dado ningún cliente. Habían sido sus competidores. Ya estaban hartos de que les quitara la clientela. Así que, cuando Reynaldo salió del coche —el sexto al que se subía aquella noche—, dos de ellos se le echaron encima y le apalearon hasta dejarlo inconsciente. Titus se lo había encontrado tirado en el suelo, sangrando. Lo único que sentía Reynaldo eran los lamidos de Bo en la cara. Titus lo limpió. Se lo llevó a un gimnasio y le enseñó el asunto de las pesas y los esteroides, y a no prostituirse nunca más por nadie.

Titus había hecho algo más que salvarle la vida. Le había dado una vida de verdad.

Reynaldo se dirigió hacia las escaleras.

—Aún no —le dijo Titus.

Reynaldo se giró. Dmitri tenía la mirada puesta en el ordenador, absolutamente concentrado en la pantalla.

—¿Algún problema? —preguntó Reynaldo.

—Nada que no se pueda solucionar —dijo Titus acercándosele y dándole una pistola—. Espera mi señal.

—Vale —Reynaldo se metió la pistola bajo el cinturón, cubriéndola con la camisa. Titus se quedó mirando un segundo y luego asintió, satisfecho.

—¿Dmitri?

—¿Sí? —dijo este levantando la vista por encima de sus gafas de cristales rosados.

—Ve a comer algo.

Titus no tuvo que decírselo dos veces. En unos segundos Dmitri ya estaba fuera de la habitación. Ahora, Reynaldo y Titus estaban solos. Titus estaba de pie junto a la puerta. Reynaldo vio una linterna que se acercaba por el bosque, moviéndose arriba y abajo. Llegó al claro y subió los escalones.

—Eh, tíos —dijo Claude vestido con su elegante traje negro.

Titus tenía dos hombres encargados del transporte. Claude era uno de ellos.

—¿Qué hay de nuevo? —preguntó Claude con una gran sonrisa—. ¿Necesitáis que me lleve otro paquete?

—Aún no —dijo Titus con una voz tan suave que hizo que hasta a Reynaldo se le erizara el vello de la nuca—. Primero tenemos que hablar.

La sonrisa de Claude desapareció.

—¿Hay algún problema?

—Quítate la americana.

—¿Perdón?

—Es un traje muy bonito. Y la noche es cálida. No te hace falta. Por favor, quítatela.

Claude no lo tenía muy claro, pero se encogió de hombros y accedió:

—Sí, claro. ¿Por qué no?

Se la quitó.

—Los pantalones también.

—¿Qué?

—Quítatelos, Claude.

—¿Qué es lo que pasa? No entiendo.

—Dame ese gusto, Claude. Quítate los pantalones.

Claude echó una mirada rápida a Reynaldo, que se limitó a devolverle la mirada.

—Vale, ¿por qué no? —dijo Claude fingiendo una vez más que no pasaba nada—. Los dos vais en pantalones cortos. Supongo que yo también puedo, ¿no?

—Claro, Claude.

Se quitó los pantalones y se los dio a Titus. Titus los colgó cuidadosamente del respaldo de una silla en el otro extremo. Se giró de nuevo hacia Claude, que estaba allí de pie, con su camisa de vestir, en bóxer y calcetines.

—Necesito que me hables de la última entrega.

A Claude la sonrisa le tembló, pero consiguió mantenerla.

—Pues..., ¿qué voy a decirte? Fue bien. La chica está aquí, ¿no?

Claude chasqueó la lengua. Separó las manos, mirando a Reynaldo una vez más, en busca de algún tipo de apoyo. Reynaldo se quedó inmóvil, como si fuera de piedra. Sabía cómo iba a acabar aquello. Solo que aún no estaba seguro de cómo iban a llegar a ese punto.

Titus se acercó hasta situarse a pocos centímetros de Claude.

—Háblame del cajero automático.

—¿El qué? —dijo. Luego, al ver que no colaría, añadió—: Oh, eso.

—Cuéntame.

—Sí, ya. No pasa nada. Sé que tienes unas normas, Titus, y tú sabes que yo nunca las rompería a menos que..., bueno, a menos que fuera imprescindible.

Titus se quedó esperando pacientemente, como si tuviera todo el tiempo del mundo.

—Sí, claro —continuó Claude—. Me puse en marcha y entonces me di cuenta de que... Qué tontería. Bueno, tontería, no. Idiotez. Había sido un idiota. Qué memoria la mía. Me había dejado la cartera en casa. Qué tontería, ¿no? El caso es que no podía hacer el viaje sin dinero, ¿no? Quiero decir, que es un viaje largo. Eso lo entiendes. ¿No, Titus?

Esperó a que Titus respondiera, pero no lo hizo.

—Así que —prosiguió—, sí, nos paramos en un cajero. Pero no te preocupes. Lo mantuve controlado. Quiero decir que estábamos a apenas treinta kilómetros de su casa. Yo no salí del coche, así que no había modo de que la cámara de vigilancia me pudiera pillar. Simplemente me quedé apuntándola con la pistola. Le dije que si hacía algo, iría a por el chico. Sacó el dinero...

—¿Cuánto?

—¿Qué?

Titus le sonrió.

—¿Cuánto dinero le dijiste que sacara?

—Oh, el máximo.

—¿Y cuánto es eso, Claude?

La sonrisa volvió a temblarle y por fin desapareció.

—Mil dólares.

—Eso es mucho dinero —dijo Titus— para un viaje por carretera.

—Bueno, oye... O sea, ya que iba a sacar dinero, ¿por qué no sacar el máximo? ¿No?

Titus se le quedó mirando.

—Sí, claro, qué tontería —continuó Claude—. Te preguntarás por qué no te lo dije. Iba a hacerlo, te lo juro. Pero se me olvidó.

—Últimamente se te olvidan muchas cosas, Claude.

—La verdad es que si miramos las cosas en conjunto, es una cantidad bastante pequeña.

—Precisamente... Nos pones a todos en peligro por unos pocos dólares.

—Lo siento. De verdad. Toma el dinero. Lo tengo ahí. Está en el bolsillo de mis pantalones. Ve a ver. Es tuyo, ¿vale? No debería haberlo hecho. No volverá a ocurrir.

Titus volvió a cruzar la sala hasta la silla donde había colgado los pantalones. Metió la mano en el bolsillo y sacó los billetes. Parecía satisfecho. Asintió —la señal— y se metió el dinero en su bolsillo.

—¿Estamos en paz? —preguntó Claude.

—Lo estamos.

—Vale, genial. ¿Me puedo volver a poner la ropa?

—No —dijo Titus—. El traje es caro. No quiero que se manche de sangre.

—¿De sangre?

Reynaldo se había situado a sus espaldas. Sin previo aviso, apoyó la pistola contra la cabeza de Claude y apretó el gatillo.

18

Brandon esperaba en un banco junto a Strawberry Fields, cerca de la calle Setenta y dos. Dos tipos se disputaban la atención (y las propinas) de los paseantes tocando sendas guitarras y cantando canciones de los Beatles. Uno había apostado por el clásico *Strawberry Fields Forever*, pero no estaba triunfando nada en comparación con el tipo con la camiseta Eggman que cantaba *I Am the Walrus*.

—Déjame que te explique lo de ese mensaje —dijo Brandon—. El que el agente Schwartz dijo que había enviado mi madre.

Kat se quedó esperando. Stacy también estaba presente. Kat notaba que aquello le estaba afectando demasiado. Necesitaba que alguien objetivo le diera una opinión con perspectiva.

—Espera, te lo enseñaré. —Bajó la cabeza y se puso a toquetear el teléfono—. Míralo tú misma.

Kat cogió el teléfono y leyó el mensaje:

HOLA. HE LLEGADO BIEN. MUY ILUSIONADA. TE ECHO DE MENOS.

Kat se lo pasó a Stacy, que lo leyó y se lo devolvió a Brandon.

—Lo enviaron desde el teléfono de tu madre —dijo Kat.

—Sí, pero no lo escribió ella.

—¿Qué te hace pensar eso?

Brandon parecía casi ofendido por la pregunta.

—Mamá nunca dice «te echo de menos». O sea, nunca. Siempre acaba con «te quiero».

—Estás de broma, ¿no?

—Lo digo en serio.

—Brandon, ¿cuántas veces se ha ido tu madre así, sola?

—Es la primera vez.

—Vale, o sea que es natural que use «te echo de menos» al final del mensaje, ¿no?

—No lo pillas. Mamá siempre firma sus mensajes con «besos» y «abrazos» y la palabra «Mamá». Era como una broma recurrente. Siempre se identificaba. Como cuando me llamaba: aunque saliera su teléfono y yo conozca su voz mejor que la mía propia, ella siempre decía: «Brandon, soy mamá».

Kat miró a Stacy, que se encogió ligeramente de hombros. El chico siempre tenía una respuesta.

—También vi el vídeo de circuito cerrado —dijo Kat.

—¿Qué vídeo?

—El del cajero.

—¡Hala! ¿Lo viste? —exclamó abriendo bien los ojos—. ¿Cómo?

—El agente Schwartz había ido más a fondo de lo que pensábamos. Consiguió la grabación.

—¿Y qué se veía?

—¿Qué crees que se veía, Brandon?

—No lo sé. ¿Estaba mi madre?

—Sí.

—No te creo.

—¿Crees que te miento?

—¿Qué llevaba puesto?

—Un vestido amarillo sin mangas —dijo, y al momento vio que Brandon se venía abajo.

El tipo de la camiseta Eggman acabó de cantar *I Am the Walrus* y se oyeron unos aplausos dispersos. El tipo hizo una profunda reverencia y se puso a cantar *I Am the Walrus* otra vez.

—Además estaba muy guapa —prosiguió Kat—. Tu madre es una mujer muy atractiva.

Brandon rechazó el cumplido sobre su madre con un gesto de la mano.

—¿Estás segura de que estaba sola?

—Absolutamente. Había dos cámaras, que grababan desde arriba y desde abajo. Estaba sola.

—No lo entiendo —dijo Brandon dejando caer la espalda en el respaldo. Luego—: No te creo. Tú lo que quieres es que lo deje. Podrías haber sabido lo del vestido amarillo de otro modo.

Stacy frunció el ceño y, por fin, intervino:

—Venga, chico...

—No puede ser —dijo él sin dejar de negar con la cabeza. Stacy le dio una palmada en la espalda.

—Deberías estar contento —dijo ella—. Está viva.

Él siguió negando con la cabeza. Se puso en pie, y echó a andar pasando por en medio del mosaico de Imagine. Un turista gritó: «¡Eh!» porque le había estropeado la foto. Kat salió corriendo tras él.

—¿Brandon? —El chico se detuvo—. Dijiste que habías encontrado algo sobre Jeff.

—No se llama Jeff —dijo él.

—Vale. Dijiste que en la red se hacía llamar Jack, ¿no?

—Tampoco se llama así.

—No te sigo —dijo Kat mirando a Stacy de reojo.

Él sacó su ordenador de la mochila. Lo abrió y la pantalla se encendió.

—Es lo que te dije. Lo busqué en Google y no encontré nada. Bueno, no sé por qué no se me ocurrió antes. Tenía que haber pensado en ello al momento.

—¿En qué?

—¿Tú sabes lo que es una búsqueda de imágenes? —preguntó Brandon. Ella acababa de buscar imágenes de su madre, pero no había motivo para decírselo.

—Es cuando buscas fotografías de alguien.

—No, no esa —dijo él impacientándose un poco—. Eso es muy común. Quieres encontrar una foto tuya en la red, por ejemplo, así que introduces tu nombre y seleccionas «Imágenes». Yo te estoy hablando de algo un poco más sofisticado.

—Entonces no, no lo sé.

—En lugar de buscar un texto, buscas una imagen en particular —dijo Brandon—. Por ejemplo, cargas una foto en el sitio de búsquedas, y este te busca cualquier ubicación donde pueda aparecer esa foto. Hay software más sofisticado que puede incluso buscar el rostro de una persona en otras fotografías. Algo así.

—¿Así que cargaste una foto de Jeff?

—Exacto. Bajé imágenes de su perfil en EresMiTipo.com y luego las metí en la búsqueda de imágenes de Google.

—De modo que si alguna de esas fotos estuviera en otro sitio web...

—El motor de búsqueda las encontraría.

—¿Y es eso lo que ocurrió?

—Al principio no. Al principio no encontré ninguna coincidencia. Pero ahí está lo mejor. La mayoría de los motores de búsqueda solo buscan en lo que hay en la red en este momento. Sabes que los padres siempre intentan asustarnos diciéndonos que cualquier cosa que pongas en la red se queda para siempre, ¿no?

—Sí.

—Bueno, pues es cierto. Se convierte en un archivo en caché. Esto es más técnico, pero, cuando borras algo, en realidad no desaparece. Es como cuando pintas tu casa. Pintas sobre el color anterior. El color antiguo sigue ahí, y puedes recuperarlo si te molestas en rascar la pintura nueva. La analogía no es perfecta, pero ya me entiendes.

—¿Así que rascaste la pintura vieja?

—Algo así. Encontré un modo para buscar en páginas borradas. Un colega mío que lleva el laboratorio informático de la Universidad de Connecticut escribió el programa. Aún está en versión beta.

—¿Y qué encontraste?

Brandon giró el ordenador para que lo viera.

—Esto.

Era una página de Facebook. La fotografía del perfil era la misma que Jeff había usado en EresMiTipo.com.

Pero el nombre indicado en lo alto era Ron Kochman.

No había mucho en la página. Exactamente las mismas fotografías que en el sitio de citas. No había entradas ni actividad desde el día en que se había creado la página, cuatro años antes. Así que las imágenes tenían cuatro años. Bueno, quizás eso explicara por qué Jeff, o Jack, o Ron, estaba tan joven y atractivo. Los últimos cuatro años, pensó Kat, seguramente le habrían envejecido un montón.

Bueno, vale. Pero, por supuesto, la gran pregunta seguía sin respuesta: ¿Quién demonios era Ron Kochman?

—¿Puedo hacer una sugerencia, así, a ciegas? —le dijo Stacy.

—Claro.

—¿Estás absolutamente segura de que este es tu exnovio, y no un tipo que se le parece?

—Es una posibilidad —dijo Kat asintiendo.

—No, no es una posibilidad —replicó Brandon—. Le enviaste un mensaje instantáneo, ¿recuerdas? Te conocía. Te dijo que necesitaba empezar de cero.

—Sí —recordó Kat—. Lo sé. Además, Stacy también sabe que eso es poco probable. ¿Verdad, Stacy?

—Es cierto —reconoció.

—¿Y eso? —preguntó Brandon.

Kat, de momento, no le hizo caso, y se puso a repasar los hechos con Stacy.

—Así que —dijo Kat—, hace dieciocho años Jeff se muda a Cincinnati. Se enzarza en una pelea en un bar. Cambia de nombre y adopta el de Ron Kochman.

—No —le interrumpió Stacy.

—¿Por qué no?

—Debes de pensar que soy la peor detective privada de la Tierra. Comprobé las bases de datos. Si Jeff se cambió el nombre por el de Ron Kochman, no lo hizo legalmente.

—Pero no hace falta hacerlo legalmente —dijo Kat—. Cualquiera puede cambiar de nombre.

—Pero si quieres una tarjeta de crédito o abrir una cuenta en el banco...

—A lo mejor no la quería.

—Pero todo esto no tiene mucho sentido, ¿no? —continuó Stacy—. Piénsalo: Jeff se cambia el nombre por el de Ron. Se casa. Tiene un hijo. Su mujer muere. ¿Y luego se apunta a EresMiTipo.com a buscar citas?

—No lo sé. Quizás.

Stacy se quedó pensando.

—Déjame hacer una búsqueda a fondo sobre Ron Kochman —dijo Stacy—. Si estuvo casado o tiene un hijo, algo encontraré.

—Buena idea —dijo Brandon—. Yo he hecho alguna búsqueda en Google, pero no he encontrado gran cosa. Solo algunos artículos que escribió.

Kat sintió que el corazón le saltaba en el pecho.

—¿Artículos?

—Sí —dijo Brandon—. Según parece, Ron Kochman es periodista.

Kat se pasó la hora siguiente leyendo sus artículos. No tenía ninguna duda: Ron Kochman era Jeff Raynes. El estilo. El vocabulario. «Ron» siempre tenía una gran frase de partida. Te iba captando lenta y progresivamente. Incluso lo más mundano lo iba tejiendo hasta crear una narración rica en matices. Los artículos siempre tenían una buena base, estaban respaldados por varias fuentes independientes, investigados a fondo. Ron trabajaba como autónomo. Había artículos suyos en casi todos los medios importantes, tanto impresos como en la red.

Algunas de aquellas publicaciones incluían fotografías de sus colaboradores en la página de créditos. No había ninguna de Ron Kochman. De hecho, por mucho que buscara, no encontraba ni una mención a Ron Kochman. Su biografía solo incluía referencias a sus artículos —ninguna mención a su familia o lugar de residencia, a su currículo o a sus trabajos anteriores, ni siquiera credenciales profesionales—. No tenía una cuenta de Facebook ni de Twitter ni ninguna de las herramientas de promoción que usan hoy en día todos los periodistas profesionales.

Jeff se había cambiado el nombre por el de Ron Kochman. ¿Por qué? Brandon estaba en el piso de Kat, trabajando en su ordenador sin parar. Cuando levantó la cabeza, le preguntó:

—Entonces ¿ese Ron es tu exnovio?, ¿es Jeff?

—Sí.

—He buscado en varias bases de datos. Hasta ahora no he conseguido descubrir cuándo o cómo se cambió el nombre.

—Será difícil de descubrir, Brandon. No es ilegal cambiarse el nombre. Déjale eso a Stacy, ¿vale?

Él asintió, y la melena le cubrió la cara.

—¿Puedo decirte una cosa? —preguntó Brandon bajando la mirada y fijándola en sus zapatos.

—Claro.

—Necesito que me entiendas.

—¿Qué tengo que entender?

—Mi madre... Es una luchadora. No encuentro otra manera de decirlo. Cuando mi padre enfermó, él se rindió enseguida. Pero mi madre... es como una fuerza de la naturaleza. Tiró de él durante mucho tiempo. Así es ella. —Por fin levantó la cabeza—. El año pasado mamá y yo hicimos un viaje a Maui. —Los ojos se le llenaron de lágrimas—. Me alejé demasiado nadando. Me habían advertido. Había corrientes o algo así. «No te alejes de la orilla», me dijeron. Pero no escuché. Soy un tío duro, ¿sabes? —dijo esbozando una sonrisa, y negó con la cabeza—. El caso es que la resaca me atrapó. Intenté nadar contra la corriente, pero no había nada que hacer. Estaba jodido. La corriente me alejaba cada vez más. Sabía que era cuestión de tiempo. Y entonces vi a mamá. Había estado nadando cerca de mí todo el rato, por si caso, ¿sabes? No había dicho nada. Así es ella. El caso es que me agarró y me dijo que aguantara. Solo dijo eso: «Tú aguanta». Y entonces la marea empezó a arrastrarnos a los dos. A mí me entró el pánico, y la empujé para alejarla de mí, pero ella cerró los ojos y me agarró. Simplemente me agarró, no me dejó. Al final consiguió desviarnos del curso de la corriente y acabamos en un islote. —Se le escapó una lágrima, que le cayó por la mejilla—. Me salvó la vida. Así es ella. Así de fuerte. No estaba dispuesta a soltarme. No lo habría hecho aunque se hubiera ahogado conmigo. Y ahora soy yo el que tengo que luchar por ella. ¿Lo entiendes?

Kat asintió lentamente.

—Lo entiendo.

—Lo siento, Kat. Debería haberte enseñado los mensajes de texto. Pero si lo hubiera hecho, no me habrías escuchado.

—Por cierto... —dijo Kat.

—¿Qué?

—Solo me has enseñado un mensaje. Había dos.

Él apretó unos botones en su teléfono y se lo pasó. El mensaje decía:

ESTO ES FANTÁSTICO. NO VEO LA HORA DE CONTÁRTELO TODO. ADEMÁS TENGO UNA GRAN SORPRESA PARA TI. AQUÍ CASI NO HAY COBERTURA. TE ECHO DE MENOS.

Kat le devolvió el teléfono.

—Una gran sorpresa. ¿Tienes alguna idea de qué puede querer decir?

—No.

En ese momento sonó el teléfono de Kat. Siempre en el momento más oportuno. Kat vio que era su madre la que llamaba.

—Ahora vuelvo —se excusó.

Se metió en el dormitorio, preguntándose cuánto duraría su madre luchando contra una corriente marina, y respondió:

—Hola, mamá.

—Oh, cómo odio eso —dijo su madre con una voz ronca, producto de los cigarrillos fumados durante años y años.

—¿Qué es lo que odias?

—Que sepas que soy yo antes de descolgar.

—El teléfono identifica las llamadas. Ya te lo he explicado.

—Ya lo sé, pero ¿tanto cuesta mantener el misterio? ¿Realmente necesitamos saberlo todo?

Kat contuvo el suspiro, pero no pudo evitar poner los ojos en blanco. Se imaginaba a su madre en aquella vieja cocina, con el suelo de linóleo, de pie, usando uno de aquellos teléfonos de pared de un color marfil que con el paso de los años se había vuelto amarillo. Tendría el teléfono agarrado con la barbilla, y media copa de Chablis barato en la mano; el resto de la botella en la nevera para que no se calentara. Un mantel de vinilo con un encaje de plástico cubriría la mesa de la cocina, y encima —Kat no tenía ninguna duda— habría un cenicero de vidrio. El papel de la pared, levantado por alguna esquina, tenía un estampado floral, aunque algunas de las flores también se habían vuelto de un amarillo pálido con el paso de los años.

Cuando vives con un fumador, todo acaba volviéndose amarillento.

—¿Vas a venir o no? —preguntó su madre. Kat notaba el efecto del alcohol en su voz. No le resultaba extraño.

—¿Venir adónde, mamá?

Hazel Donovan —los padres de Kat solían firmar todas sus cartas «H&H», de Hazel y Henry, como si fuera la cosa más brillante del mundo— no se molestó en disimular el suspiro.

—A la fiesta de jubilación de Steve Schrader.

—Ah, ya.

—Darán una buena fiesta. El distrito de policía está obligado a hacerlo.

No era cierto. Su madre tenía todo tipo de ideas extrañas sobre las en realidad laxas normas internas de los departamentos de policía, ideas adquiridas en tiempos de su padre y de su marido, pero Kat no se molestó en corregirla.

—Tengo mucho que hacer, mamá.

—Irá todo el mundo. Todo el barrio estará allí. Yo voy a ir con Flo y Tessie.

«La Sagrada Trinidad de Viudas de la Policía», pensó Kat.

—Estoy trabajando en un caso bastante complicado.

—Tim McNamara va a llevar a su hijo. Es médico, ¿sabes?

—Es quiropráctico, mamá.

—¿Y qué? Le llaman doctor. Y a tu tío Al le fue estupendamente con el quiropráctico. ¿Te acuerdas?

—Sí.

—El pobre apenas podía moverse. ¿Te acuerdas?

Se acordaba. El tío Al había estado de baja por una lesión sufrida en el trabajo, en la fábrica de colchones Orange Mattress. Dos semanas más tarde, un quiropráctico lo curó. Fue bastante milagroso.

—Y el hijo de Tim es muy guapo. Se parece a ese tipo del programa *El precio justo*.

—Gracias por la invitación, mamá, pero no va a poder ser.

Silencio.

—¿Mamá?

Le pareció oír unos sollozos contenidos. Esperó. Su madre solo la llamaba a última hora de la noche, borracha y arrastrando las palabras. La llamada podía contener muchas cosas. Sarcasmo, amargura o rabia... Y siempre algún componente de culpa maternofilial.

Pero Kat nunca la había oído llorar al teléfono.

—¿Mamá? —dijo otra vez suavizando el tono.

—Ha muerto, ¿verdad?

—¿Quién?

—Ese hombre. El que nos destrozó la vida.

Monte Leburne.

—¿Cómo te has enterado?

—Me lo ha dicho Bobby Suggs.

Suggs. Uno de los dos investigadores del caso. Estaba jubilado, y vivía cerca de la madre de Kat. Mike Rinsky, el otro agente encargado del caso, había muerto tres años atrás, de un infarto.

—Espero que fuera una muerte dolorosa —dijo su madre.

—Creo que lo fue. Tenía cáncer.

—¿Kat?

—¿Sí, mamá?

—Deberías haber sido tú quien me lo dijera.

Tenía razón.

—Es verdad, mamá. Lo siento.

—Deberíamos habernos visto. Sentarnos a la mesa de la cocina como antes, como el día que nos enteramos. Tu padre lo habría querido así.

—Tienes razón. Lo siento. Iré a verte pronto.

Hazel Donovan colgó. Así es como acababan siempre. Nunca se despedían. Simplemente se colgaban el teléfono.

Dana Phelps había desaparecido uno o dos días, y su hijo enseguida se había dado cuenta y se había preocupado. Kat se preguntó cuánto tiempo podría estar desaparecida su madre. Quizá semanas. Y no sería ella quien se diera cuenta. Serían Flo o Tessie.

Hizo una llamada rápida a Joe Schwartz, en Greenwich, y le pidió que le enviara el vídeo del cajero automático por correo electrónico.

—Joder —dijo él—. No quiero meterme más en esto. Mi capitán ya me echó los perros por ir tan lejos.

—Solo necesito el vídeo. Eso es todo. Yo creo que Brandon se calmará en cuanto vea a su madre.

Schwartz se lo pensó un momento.

—De acuerdo, pero eso es todo, ¿vale? Y no puedo enviártelo por correo. Te mandaré un vínculo de descarga segura válido para una hora.

—Gracias.

—Sí, vale.

Kat volvió al salón.

—Perdona —le dijo a Brandon—. Tenía que atender esa llamada.

—¿Quién era?

Estaba a punto de decirle que no era asunto suyo, pero decidió salir con otra cosa:

—Quiero que veas algo.

—¿El qué?

Se llevó a Brandon hasta donde estaba su ordenador y comprobó el correo. Dos minutos más tarde apareció el mensaje de Joe Schwartz. La línea de asunto decía: «Lo que me has pedido». El mensaje solo contenía un vínculo.

—¿Qué es esto?

—La grabación del cajero de tu madre —dijo ella.

Hizo clic en el vínculo y luego en el botón Play. Esta vez, más que el vídeo se fijó en la reacción de Brandon.

Cuando apareció su madre en el cajero, Brandon se quedó boquiabierto. No apartó la mirada de la pantalla ni un segundo. No parpadeó.

Kat había visto a psicópatas que se convertían en dobles de Daniel Day-Lewis al mentir a la policía. Pero estaba claro que aquel chaval era incapaz de hacerle daño a su madre.

—¿Tú qué crees? —preguntó Kat. Él negó con la cabeza—. ¿Qué pasa?

—Parece asustada. Y pálida.

Kat volvió a pasar el vídeo y miró la pantalla. Asustada, pálida... era difícil de decir. Todo el mundo salía demacrado en las grabaciones de vigilancia de los cajeros automáticos. Peor incluso que en las fotos del carné de conducir. Estás concentrado, mirando una pantallita e intentando apretar botones, hay dinero de por medio y básicamente estás de cara a una pared. Ninguna mujer da su mejor imagen en esas circunstancias.

El vídeo proseguía. Kat observó con más atención esta vez. Dana acertó el PIN a la tercera, pero eso no significaba mucho. Cuando salió el dinero, Dana no acertó a cogerlo a la primera, pero eso también podía ser porque esas máquinas a veces presionan mucho los billetes.

Fue cuando acabó y se separaba del cajero cuando Kat vio algo. Extendió la mano y apretó el botón Pausa.

—¿Qué pasa? —dijo Brandon mirándola.

Probablemente no fuera nada, pero también era cierto que nadie había estudiado aquel vídeo a fondo. No había habido necesidad. Lo único que querían confirmar era que Dana Phelps había sacado el dinero personalmente. Kat apretó el botón de retroceso a cámara lenta. Dana empezó a caminar hacia atrás en dirección al cajero automático.

Ahí.

Kat había visto un movimiento en la esquina superior derecha de la pantalla. Había algo —o alguien— ahí, a lo lejos. Eso no resultaba muy extraño, pero fuera lo que fuera, parecía que se movía en el momento en que lo hacía Dana.

El vídeo tenía suficiente resolución como para hacer zoom, seleccionando la herramienta de la lupa, hasta que aquel punto se convirtió en una imagen.

Era un hombre con un traje y una gorra negros.

—¿Cómo habría ido tu madre al aeropuerto? —preguntó Kat.

—No habría ido con ese —dijo Brandon señalando al tipo del traje negro.

—No es eso lo que te pregunto.

—Siempre usamos el Bristol Car Service.

—¿Tienes su número de teléfono?

—Sí, espera. —Brandon se puso a teclear en su teléfono—. Me han recogido alguna vez de la universidad, cuando quiero ir a casa para pasar el fin de semana. A veces resulta más fácil que hacer que venga mi madre a buscarme. Aquí está.

Brandon leyó el número en voz alta. Kat lo marcó en su

teléfono y apretó el botón de llamada. Le salió una grabación que le daba dos opciones. Apretar uno para reservas. Dos para gestiones. Escogió gestiones. Cuando le respondió una voz de hombre, se presentó y se identificó como policía. A veces eso hacía que la gente se cerrara en banda y exigiera una prueba de identidad. Pero la mayoría abría muchas puertas. Cuando la gente siente curiosidad y a la vez quiere ser prudente, la curiosidad suele imponerse.

—Quería saber si una mujer llamada Dana Phelps reservó recientemente un traslado al aeropuerto —dijo.

—Oh, sí, claro. Conozco a la señora Phelps. Es clienta habitual. Una señora muy agradable.

—¿Ha hecho una reserva recientemente?

—Sí, hará una semana. Al aeropuerto Kennedy.

—¿Podría hablar con el conductor que la llevó?

—¡Oh!

—¿Oh?

—Es que... Espere, me ha preguntado si reservó un traslado al JFK.

—Exacto.

—Pues sí, lo reservó, pero luego no se presentó.

Kat se pasó el teléfono de la mano izquierda a la derecha.

—¿Qué quiere decir?

—La señora Phelps canceló la reserva unas dos horas antes. Yo mismo recibí la llamada. En realidad fue algo raro.

—¿Cómo que raro?

—Se disculpó mucho, por llamar tan tarde y todo eso, pero también tenía..., no sé, como una risita nerviosa.

—¿Nerviosa?

—Sí, como si le hubiera dado un ataque de risa.

—¿Dio algún motivo por el que cancelara tan tarde el desplazamiento?

—Más o menos. Bueno, supongo que por eso estaba contenta y nerviosa. Me dijo que su novio le había dicho que le iba a enviar una limusina negra. A modo de sorpresa o algo parecido.

Con la esperanza de ver las cosas más claras tomando un poco de distancia —y también para poder iniciar una investigación oficial—, Kat se presentó en comisaría al día siguiente. Su aún compañero —¡agh!—, Chaz, se plantó junto a su mesa con los puños en las caderas, vestido con un traje tan brillante que Kat se puso a buscar las gafas de sol. Parecía sorprendido de verla.

—Eh, Kat. ¿Necesitas algo?

—No —dijo ella.

—El jefe dijo que estabas de permiso.

—Sí, bueno, cambié de opinión. Solo necesito hacer una gestión rápida y luego quiero saber qué hay de nuevo —dijo sentándose ante el ordenador.

La noche anterior había usado Google Earth para ver qué cámaras de vigilancia cercanas le podían dar una visión más completa de la zona del cajero de Dana. Esperaba ver en qué coche se había metido Dana; quizá dar con una matrícula o con alguna otra pista. Chaz echó un vistazo por encima de su hombro.

—¿Esto tiene que ver con el chico que vino aquí el otro día?

Kat no le hizo caso, hizo la petición y el sistema le pidió

su nombre de usuario y contraseña. Los introdujo y apretó Enter:

ACCESO DENEGADO

Volvió a intentarlo. Lo mismo. Se giró hacia Chaz, que estaba allí de pie, cruzado de brazos, mirándola.

—¿Qué es lo que pasa, Chaz?

—El jefe dijo que estabas de permiso.

—No desactivamos el acceso al ordenador a nadie porque se vaya de permiso.

—Sí, ya. —Chaz se encogió de hombros—. Pero lo pediste, ¿no?

—¿El qué?

—Querías un traslado, así que te lo han concedido.

—Yo no he pedido un traslado.

—Eso es lo que me ha dicho el capitán. Dice que has pedido un nuevo compañero de patrulla.

—Pedí un nuevo compañero de patrulla. No un traslado.

Chaz parecía herido.

—Aún no entiendo por qué hiciste algo así.

—Porque no me gustas, Chaz. Eres hiriente, eres perezoso, no tienes ningún interés en hacer lo correcto...

—Eh, cada uno tiene su modo de trabajar.

Kat no quería hablar de ello en ese momento.

—¿Agente Donovan? —Ella se giró y se encontró con Stephen Singer, su inmediato superior—. Está en permiso voluntario.

—No, no lo estoy.

Singer se le acercó.

—Un permiso voluntario es algo que nadie puede echarte en cara. No aparece en tu historial, a diferencia de las insubordinaciones contra un superior.

—Yo no...

Kat quiso decir algo, pero Singer la hizo callar levantando la mano y cerrando los ojos.

—Disfruta de tus vacaciones Kat. Te las has ganado —dijo Singer, y se alejó.

Kat miró a Chaz. Chaz no dijo nada. Kat entendía lo que le estaban diciendo: cierra la boca, aguanta la bofetada y ya se pasará. Supuso que eso sería lo inteligente. De hecho, lo único que podía hacer. Se puso en pie e hizo además de apagar el ordenador.

—No —dijo Chaz.

—¿Qué?

—Singer te ha dicho que te vayas. Vete. Ya —dijo, y sus ojos se cruzaron.

Le pareció que Chaz asintió levemente, no podía estar segura, pero ella no apagó el ordenador. Mientras bajaba por las escaleras, Kat echó una mirada al despacho de Stagger. ¿Qué es lo que le pasaba? Sabía que era un fanático de las normas y las regulaciones. Y, sí, quizás habría tenido que mostrar más respeto para con él, pero aquello era exagerado.

Miró el reloj. De pronto tenía el día libre. Hizo tres transbordos para tomar la línea 7 y llegar a la parada de metro de Main Street, en Flushing. El salón de actos de los Caballeros de Colón tenía paneles de madera y banderas americanas, águilas, estrellas y cualquier otro tipo de emblema que pudiera asociarse mínimamente con algo patriótico. El salón estaba atestado, como en cualquier otro evento. Los salones de actos de los Caballeros de Colón, como los de las escuelas, no están hechos para ser lugares tranquilos. Steve Schrader, que se jubilaba a la tierna edad de cincuenta y tres años, estaba de pie junto a un barril de cerveza, atendiendo a la fila de los que iban llegando, como un novio en su boda.

Kat localizó al agente retirado Bobby Suggs sentado a una mesa de una esquina cubierta a rebosar de botellas de Budweiser. Llevaba una cazadora a cuadros escoceses y unos pantalones grises tan de poliéster que solo de verlos le dieron picores. Al acercarse hacia él, Kat vio otras caras. Conocía muchas de ellas. Le dijeron —como siempre le decían— que era el vivo retrato de su difunto padre, que Dios lo tuviera en su gloria, y le preguntaron cuándo se echaría novio y crearía una familia. Ella intentó asentir y sonreírles a todos, pero no era fácil. La gente se acercaba mucho para hacerse oír, demasiado, sofocándola, como si sus picaduras de viruela y sus capilares rotos fueran a engullirla entera. Un cuarteto de polca con tuba y todo empezó a tocar. La sala olía a cerveza rancia y al sudor de los bailarines.

—¿Kat? Cariño, estamos aquí.

Se volvió hacia aquella voz rasposa tan familiar. Su madre ya tenía color en el rostro por el alcohol. Le hizo un gesto para que se acercara a la mesa donde estaba sentada con Flo y Tessie. Flo y Tessie también hicieron gestos con la mano, por si no quedaba claro que el gesto de su madre quería decir que fuera a sentarse con ellas.

Kat no tenía escapatoria, así que fue hacia allí. Le dio un beso en la mejilla a su madre y saludó a Flo y Tessie.

—¿Qué pasa? —dijo Flo—. ¿No hay besos para tus tías Flo y Tessie?

Ninguna de las dos era tía suya; solo eran amigas de la familia, pero Kat las besó de todos modos. Flo llevaba un tinte rojizo de mala calidad que a veces tendía hacia el morado.

Tessie llevaba el pelo de un color gris que también tenía cierta tendencia hacia el morado. Ambas olían como a un ambientador de hierbas en un armario viejo. Las dos «tías» le agarraron de la cara antes de besarla en la mejilla. Flo llevaba un pintalabios de color rubí intenso. Kat se preguntó cómo podría limpiárselo discretamente.

Las tres viudas la examinaron a fondo sin disimular lo más mínimo.

—Estás demasiado flaca —constató Flo.

—Déjala —dijo Tessie—. Estás muy guapa, querida.

—¿Qué? Solo digo que a los hombres les gustan las mujeres con algo de carne sobre los huesos —insistió Flo y, para defender su argumento, se levantó su considerable pechera sin el mínimo atisbo de vergüenza. Flo siempre hacía aquello: recolocarse los pechos como si fueran niños revoltosos.

Hazel siguió estudiando a su hija sin esconder su desaprobación:

—¿Tú crees que ese pelo te realza el rostro?

Kat se quedó mirándola, sin reaccionar.

—Quiero decir, que tienes una cara preciosa.

—Eres muy guapa —dijo Tessie, que era la que siempre llevaba la contraria, aunque también la más normal—. Y me encanta tu pelo.

—Gracias, tía Tessie.

—¿Has venido por el hijo de Tim, el médico? —preguntó Flo.

—No.

—Aún no ha llegado. Pero vendrá.

—Te gustará —añadió Tessie—. Es muy atractivo.

—Se parece a ese tipo de *El precio justo* —dijo Flo—. ¿No tengo razón?

Tessie y Hazel asintieron con entusiasmo.

—¿Cuál de ellos? —preguntó Kat.

—¿Qué?

—¿Quieres decir el presentador actual, o el que presentaba el programa antes?

—¿Cuál de ellos? —repitió Flo—. No te preocupes tanto, señorita exigente. ¿Es que alguno de los dos no es suficientemente guapo para ti? —dijo, y se recolocó los pechos de nuevo—. ¿Cuál de ellos?

—Deja eso —dijo Tessie.

—¿El qué?

—Deja de jugar con las tetas. Vas a sacarle un ojo a alguien.

—Solo si tiene suerte —respondió Flo guiñando un ojo.

Flo era una mujerona llena de curvas y aun así tenía esperanzas de pillar a un hombre. A veces alguno se fijaba en ella, pero no duraba mucho. A pesar de lo que le demostraba repetidamente el paso de los años, Flo seguía siendo una romántica sin remedio. Se enamoraba profundamente en un momento, y era la única que nunca veía la debacle que se avecinaba. La madre de Kat y ella habían sido amigas desde la escuela elemental, en St. Mary's. Hubo un breve período, cuando Kat iba al instituto, en que las dos dejaron de hablarse, quizá durante seis meses o un año —por una discusión sobre una recepción o algo así—, pero, aparte de aquello, eran inseparables.

Flo tenía seis hijos crecidos y dieciséis nietos. Tessie tenía ocho hijos y nueve nietos. Aquellas mujeres no habían tenido una vida fácil —criando a montones de hijos con un marido poco implicado y una iglesia demasiado implicada—. Una vez, cuando Kat tenía nueve años, volvió a casa del colegio antes de hora y se encontró a Tessie llorando en la cocina. Su madre estaba sentada a su lado, hablándole en voz baja, cogiéndole la mano y diciéndole lo mucho que lo sentía, pero que todo se arreglaría. Tessie sollozaba y negaba con la cabeza. A sus nueve años, Kat no podía imaginarse qué tragedia habría caído sobre la familia de Tessie, si le habría pasado algo a su hija, Mary, que tenía lupus, o si su marido, el tío Ed, habría perdido el trabajo, o si el gamberro de su hijo Pat habría sido expulsado del colegio.

Pero no era nada de eso.

Tessie estaba llorando porque acababa de enterarse de que estaba de nuevo embarazada. Lloraba, estrujaba pañuelos de papel y repetía una y otra vez que no sería capaz, y Hazel escuchaba y le sostenía la mano. Luego llegó Flo, que también la escuchó, y al final se pusieron a llorar las tres.

Ahora, los hijos de Tessie eran mayores. Ed había muerto hacía seis años. Tessie, que nunca había ido más allá del casino de Atlantic City, había empezado a viajar mucho. Su primer viaje había sido a París, tres meses después de la muerte de Ed. Durante años, Tessie había sacado cintas de idiomas de la Biblioteca de Queens y había estado estudiando francés por su cuenta. Ahora le había dado un uso. Tessie guardaba sus diarios personales de viajes en carpetas de cuero, en la sala de estar. Tessie nunca se los había querido enseñar a nadie —casi evitaba decir lo que eran—, pero a Kat le encantaba leerlos.

El padre de Kat se había dado cuenta hacía tiempo.

«Esta vida —le había dicho a Kat, mirando a su madre, que estaba de pie junto al horno—, para una chica es una trampa». Las únicas amigas de Kat que se habían quedado en el barrio se habían quedado embarazadas muy jóvenes.

El resto, para bien o para mal, habían puesto tierra de por medio.

Kat se volvió y miró de nuevo en dirección a la mesa de Suggs. Él la miraba directamente. No apartó la mirada. Al contrario, le hizo un gesto con la botella en la mano, a modo de brindis lejano y triste. Ella asintió en respuesta. Suggs le dio un buen trago a la botella con la cabeza echada hacia atrás y la nuez subiéndole y bajándole.

—Enseguida vuelvo —se excusó Kat dirigiéndose hacia él.

Suggs se puso en pie y salió a su encuentro. Era un hombre bajo y corpulento que caminaba como si acabara de bajar del caballo. En el salón hacía ya calor: el débil aire acondicionado no podía competir con el calor de la multitud. Todos estaban cubiertos por una fina capa de sudor, incluidos Suggs y Kat. Se abrazaron, sin intercambiar ninguna palabra.

—Supongo que te has enterado —dijo Suggs al soltarla.

—¿De lo de Leburne? Sí.

—No tengo muy claro qué decir, Kat. «Lo siento» no me parece lo más apropiado.

—Le entiendo.

—Solo quería que supieras que he pensado en ti. Me alegro de que hayas venido.

—Gracias.

Suggs levantó su botella.

—Necesitas una cerveza.

—Eso es cierto —reconoció Kat.

No había barra, solo un puñado de neveras y barriles en un rincón. Suggs, tan caballero como siempre, le abrió una botella con su alianza de boda. Brindaron con las botellas y bebieron. Con el debido respeto al doble del presentador presente o pasado de *El precio justo*, Kat en realidad había acudido a la fiesta para hablar con Suggs. Solo que no sabía muy bien por dónde empezar. Suggs le ayudó:

—He oído que fuiste a ver a Leburne antes de su muerte.

—Sí.

—¿Y cómo fue?

—Dijo que no lo había hecho él.

Suggs sonrió como si le acabara de contar una broma y tuviera que fingir que la había encontrado divertida.

—Eso dijo, ¿no?

—Estaba completamente sedado.

—Así que supongo que estaba contando su última mentira.

—Justo lo contrario. Fue más bien como un suero de la verdad. Admitió haber matado a los otros. Pero dijo que aceptó la responsabilidad de la muerte de papá porque igualmente iba a cumplir cadena perpetua.

Suggs le dio un sorbo a su cerveza. Tendría poco más de sesenta años. Aún tenía todo el cabello, de color gris, pero lo que siempre le había llamado la atención a Kat de aquel hombre —lo que llamaba más la atención a todo el mundo— era que tenía una cara de lo más agradable. No atractiva, ni siquiera llamativa. Simplemente agradable. Un hombre con aquella cara no podía más que caer bien. Algunas personas tienen cara de capullo, aunque quizá sean las personas más dulces del mundo. Suggs era lo contrario: era imposible pensar que un hombre con aquella cara no fuera digno de confianza. Pero había que recordar que no era más que un rostro.

—Yo encontré la pistola, Kat.

—Lo sé.

—Estaba escondida en su casa. En un doble fondo bajo su cama.

—Eso también lo sé. Pero ¿nunca le pareció raro? Ese tipo siempre fue con extremo cuidado. Siempre se deshacía del arma. Y de pronto encontramos el arma del delito guardada junto con otras sin usar.

—Te pareces a tu padre —dijo él con la misma sonrisa casi divertida en los labios—. ¿Lo sabes?

—Sí, eso me dicen.

—No teníamos otros sospechosos, ni otras teorías.

—Eso no quiere decir que no los hubiera —replicó Kat.

—Cozone ordenó la muerte. Teníamos un arma del delito. Teníamos una confesión. Leburne tenía los medios y la ocasión. Fue una operación correcta.

—Yo no digo que no hicieran un buen trabajo.

—Pues eso es lo que parece.

—Simplemente hay piezas que no encajan.

—Venga, Kat. Ya sabes cómo son estas cosas. Siempre hay algo que no encaja. Por eso se celebran juicios y hay abogados que no dejan de decirnos, aunque el caso sea perfectamente sólido, que hay alguna fisura o irregularidad, o que el caso —dijo e hizo el gesto de las comillas con los dedos— «no encaja».

La banda dejó de tocar. Alguien cogió el micrófono e hizo una larga dedicatoria para un brindis. Suggs se giró y miró hacia la tarima. Kat se le acercó y dijo:

—¿Puedo hacerle una pregunta más?

Él no apartó la vista del orador.

—No podría evitártelo ni aunque aún llevara mi pipa.

—¿Por qué fue Stagger a ver a Leburne el día después de su detención?

Suggs parpadeó unas cuantas veces antes de volverse hacia ella.

—¿Cómo dices?

—Vi el registro de visitas. El día después de que los federales detuvieran a Leburne, Stagger lo interrogó.

Suggs se lo pensó un poco.

—Te diría algo como «creo que te equivocas», pero apuesto a que ya lo has confirmado.

—¿Usted lo sabía?

—No.

—¿Stagger no se lo dijo?

—No —negó Suggs otra vez—. ¿Se lo has preguntado?

—Dijo que fue por su cuenta porque estaba obsesionado con el caso. Que era impetuoso.

—Impetuoso —repitió Suggs—. Buena palabra.

—También dijo que Leburne no quiso decirle nada.

Suggs se puso a arrancar la etiqueta a su cerveza.

—¿Y qué tiene eso de especial, Kat?

—Quizá nada —contestó ella.

Se quedaron allí los dos, de pie, fingiendo que escuchaban al orador, hasta que Suggs le preguntó:

—¿Cuándo visitó Stagger a Leburne exactamente?

—El día después de que detuvieran a Leburne —dijo Kat.

—Interesante.

—¿Por qué?

—Porque nosotros no supimos nada de Leburne hasta una semana más tarde, más o menos.

—Sin embargo, en cuanto lo arrestaron, Stagger estaba allí.

—Podría ser que le dieran el soplo.

—Un soplo que ni a Rinsky ni a usted les llegó, supongo.

Suggs frunció el ceño.

—¿De verdad crees que voy a morder ese anzuelo, Kat?

—Solo digo que es algo raro, ¿no?

Suggs hizo un gesto de «quizá sí, quizá no».

—Stagger era impetuoso, pero también tenía cierta tendencia a hacer las cosas por su cuenta. Respetaba el hecho de que la investigación la llevábamos Rinsky y yo. Lo único que le dejamos hacer fue comprobar las coincidencias en el banco de huellas, pero, para entonces, ya teníamos a Leburne en el saco.

Kat sintió un temblor en la base de la columna.

—Un momento, ¿de qué huellas habla?

—Nada de importancia. Una pista que no conducía a nada.

—¿Está hablando de las huellas encontradas en la escena del crimen? —dijo ella poniéndole una mano sobre la manga.

—Sí.

Kat no podía creerse lo que estaba oyendo.

—Pensé que no se había podido atribuir a nadie.

—No mientras el caso estuvo abierto. No fue gran cosa, Kat. Encontramos una coincidencia meses después de que Leburne confesara, pero el caso ya estaba cerrado.

—¿Así que lo pasaron por alto?

Aquella pregunta pareció entristecer a Suggs.

—Sabes que Rinsky y yo no éramos así. No dejábamos nada sin comprobar. ¿O no?

—Sí, claro.

—Como te he dicho, Stagger se encargó de comprobarlo. Y resultó que las huellas eran de un vagabundo que se había suicidado. No sacamos nada.

Kat se quedó inmóvil, mirándolo.

—No me gusta la expresión de tu rostro, Kat.

—Esas huellas... ¿Aún estarán en el dosier?

—Supongo. O sea, seguro. A estas alturas estará en el almacén, pero quizás...

—Tenemos que volver a pasarlas por la base de datos —dijo Kat.

—Te digo que ahí no hay nada.

—Entonces hágalo por mí, ¿vale? Como favor personal. Aunque solo sea para callarme la boca.

Al otro lado del salón, el orador acabó su perorata. El público aplaudió. La tuba arrancó, y el resto de la banda la siguió.

—¿Suggs? —lo llamó Kat.

No respondió. La dejó sola y se abrió camino entre la multitud. Sus amigos lo llamaron. Él no les hizo caso y se dirigió a la salida.

20

Brandon tenía que salir a estirar las piernas.

Su madre estaría orgullosa de él. Como todas las madres, solía quejarse del tiempo que pasaba su hijo frente a la pantalla —del ordenador, de la tele, del móvil, de los videojuegos, de lo que fuera—. Era una batalla constante. Su padre lo entendía mejor: «Cada generación tiene algo así», solía decirle a su madre, que levantaba los brazos al cielo. «Entonces ¿qué hacemos? ¿Nos rendimos? ¿Le dejamos que se encierre en esa jaula todo el día?». «No —decía su padre—. Pero hay que poner el tema en perspectiva».

A su padre se le daba bien aquello. Poner las cosas en perspectiva. Ejercía una influencia tranquilizante en los amigos y la familia. Aquello en particular se lo explicaría a Brandon así: años atrás, unos padres se quejaban de que su hijo se pasaba la vida con la nariz hundida en un libro, y le decían que tenía que salir más, que tenía que experimentar la vida en lugar de leerla.

«¿Te suena?», le diría su padre.

Brandon asentiría.

Luego le diría que, cuando él era niño, sus padres siempre le gritaban que apagara el televisor y saliera a la calle o —y eso era lo divertido, teniendo en cuenta el pasado— que leyera un libro.

Brandon recordaba que su padre sonreía cuando le contaba aquello.

«Pero, Brandon, ¿sabes cuál es la clave?».

«No. ¿Cuál?».

«El equilibrio».

En aquel momento Brandon no entendía qué quería decir. Solo tenía trece años. Quizás habría insistido de haber sabido que su padre iba a morir tres años más tarde. Pero no importaba. Ahora lo entendía. Hacer una sola cosa durante demasiado tiempo —aunque fuera algo divertido— no es bueno.

Así que el problema de dar largos paseos por la calle o algo por el estilo era, bueno, aburrido. Las palabras «en línea» quizá fueran virtuales, pero suponían un estímulo constante, un flujo constante. Veías, experimentabas, reaccionabas. Nunca te aburría. Nunca se quedaba obsoleto, porque siempre cambiaba. Siempre te absorbía.

En cambio, caminar así —por la zona arbolada de Central Park conocida como The Ramble— era un rollo. Buscó pájaros con la mirada —según un sitio web que había consultado, The Ramble contaba con «nada menos» que (eso era lo que decía el sitio) 230 especies de aves. En aquel momento no había ni una. Había sicómoros y robles, muchas flores y fauna. Pero ningún pájaro. ¿Qué tenía de interesante pasear entre los árboles?

Podía entender algo más el placer de caminar por las calles de la ciudad. Al menos había cosas que ver —tiendas, gente y coches, quizás alguien peleándose por un taxi o discutiendo por una plaza de aparcamiento—. Algo de acción, al menos. Pero ¿el bosque? ¿Hojas verdes y unas cuantas flores? No estaba mal para un par de minutos, pero luego, bueno..., un muermo.

Así que no, Brandon no iba a pasear por aquel arbolado en el interior de Manhattan porque de repente apreciara la naturaleza, el aire fresco y todo lo demás. Lo hacía porque pasear así le aburría. Le aburría hasta la médula. Un contrapeso para los constantes estímulos.

No solo eso; el aburrimiento era una especie de laboratorio de ideas. Te recargaba. Brandon no daba paseos entre los árboles para calmarse o para conseguir la sintonía con la naturaleza. Lo hacía porque el aburrimiento le obligaba a mirar hacia el interior, a pensar, a concentrarse únicamente en sus pensamientos, porque no había nada alrededor que mereciera su atención.

Algunos problemas no se pueden resolver si estás constantemente entretenido y distraído.

Aun así, Brandon no podía evitarlo: llevaba consigo su *smartphone*. Había llamado a Kat, pero le había salido el contestador. Nunca dejaba mensajes de voz —solo los viejos lo hacían—, así que le envió un mensaje de texto para que le llamara cuando pudiera. No había prisa. Al menos de momento. Quería digerir lo que acababa de descubrir.

Siguió los sinuosos senderos. Le sorprendió ver tan poca gente. Estaba en el corazón de Manhattan, paseando entre las calles Setenta y tres y Setenta y ocho (según el sitio web que había consultado antes; en realidad él no tenía ni idea de dónde estaba), y se sentía prácticamente solo. Estaba saltándose la clase, pero eso era inevitable. Le había dicho a Jayme Ratner, su compañero de laboratorio, que estaba enfermo. Jayme no protestó. El último compañero de laboratorio de Jayme había tenido una especie de crisis de nervios el semestre anterior, así que se alegró de que Brandon no estuviera en ningún sanatorio psiquiátrico como la mitad de sus amigos, según decía.

Sonó el teléfono. La llamada procedía de Bork Invest-ments. Respondió.

—¿Diga?

—¿Hola? —preguntó una voz de mujer—. ¿El señor Brandon Phelps?

—Sí.

—Por favor, espere un momento. Le paso con el señor Martin Bork.

La música de espera era una versión instrumental de *Blurred Lines*. Al momento:

—Hola, Brandon.

—Hola, tío Marty.

—Me alegro de oírte, hijo. ¿Cómo va la universidad?

—Va bien.

—Estupendo. ¿Tienes planes para el verano?

—Todavía no.

—No hay prisa, ¿verdad? Disfrútalo, ahora que puedes. Muy pronto tendrás que enfrentarte al mundo real. ¡Hazme caso!

Martin Bork era un buen tipo pero, al igual que todos los adultos, cuando empezaban con los consejos para la vida, se volvía un tostón.

—Sí, ya lo hago.

—Bueno, he recibido tu mensaje, Brandon —dijo yendo al grano—. ¿Qué puedo hacer por ti?

El sendero empezaba a bajar hacia el lago. Brandon se apartó y se acercó a la orilla.

—Es sobre la cuenta de mi madre. —Al otro lado de la línea se hizo el silencio. Brandon siguió adelante—. He visto que ha retirado una cantidad bastante considerable.

—¿Y cómo lo has visto? —preguntó Bork.

A Brandon no le gustó el cambio de tono.

—¿Perdón?

—Aunque no puedo confirmar ni negar lo que acabas de decir, ¿cómo has sabido de ese supuesto reintegro?

—Por internet. —Más silencio—. Tengo su contraseña, si es eso lo que te preocupa.

—Brandon, ¿tienes alguna pregunta sobre tu cuenta personal?

—No —dijo él apartándose del lago y remontando el arroyo.

—Entonces me temo que tengo que dejarte.

—Ha desaparecido casi un cuarto de millón de dólares de la cuenta de mi madre.

—Te aseguro que no ha desaparecido nada. Si tienes alguna pregunta sobre la cuenta de tu madre, quizá sea mejor que le preguntes a ella.

—¿Has hablado tú con ella? ¿Ha dado ella su aprobación personal a esa transacción?

—No puedo decir nada más, Brandon. Espero que lo entiendas. Pero habla con tu madre. Adiós.

Martin Bork colgó.

En un momento, Brandon se encontró sobre el viejo arco de piedra, en una zona más solitaria. Aquí la vegetación era más tupida. Por fin descubrió un pájaro, un cardenal rojo. Recordó haber leído que los cherokees creían que aquellas aves eran hijas del sol. Si el pájaro volaba hacia el sol, significaba buena suerte. Si en cambio volaba hacia abajo, evidentemente era lo contrario.

Brandon se quedó absorto, esperando que el cardenal se decidiera.

Por eso no oyó al hombre que se le acercaba por detrás hasta que fue demasiado tarde.

Chaz, que muy pronto sería su excompañero de patrulla, llamó a Kat al móvil.

—Lo tengo.

—¿Qué es lo que tienes?

Kat acababa de salir de la estación de metro de Lincoln Center, que decididamente olía a orina, y había embocado la calle Sesenta y seis, que decididamente olía a flores de cerezo. Kat ♥ Nueva York. Tenía un mensaje de Brandon. Llamó, pero él no respondió, así que le dejó un breve mensaje de voz.

—Estabas intentando solicitar una grabación de un vídeo de vigilancia —dijo Chaz—. Bueno, pues ya ha llegado.

—Un momento. ¿Y eso cómo ha sido?

—Tú sabes cómo ha sido, Kat.

Lo sabía. Por raro que le resultara, Chaz había presentado la solicitud en su lugar. La única cosa coherente que podía decir de la gente era que la gente no era coherente.

—Podrías meterte en un buen lío —dijo Kat.

—Me encantan los líos —dijo él—. Sobre todo, si son de faldas. ¿Le has dicho a tu amiga la buenorra que estoy muy bien dotado y que tengo mucha pasta?

Ahí estaba la coherencia.

—Chaz.

—Vale, vale. Lo siento. ¿Quieres que te lo pase por correo electrónico?

—Sería genial, gracias.

—¿Querías ver en qué coche se metía esa señora?

—¿Es que has visto la grabación?

—No pasa nada, ¿no? Aún soy tu compañero.

«Ahí lleva razón», pensó Kat.

—¿Quién es? —preguntó Chaz.

216

—Se llama Dana Phelps. El que vino a verme el otro día era su hijo. Dice que ha desaparecido. Nadie le cree.

—¿Y tú?

—Yo tengo la mente más abierta.

—¿Me dices por qué?

—Es una larga historia. En otro momento, ¿vale?

—Vale.

—Bueno, así pues, ¿Dana Phelps se subió en un coche?

—Sí que lo hizo. Más específicamente, en una limusina negra Lincoln.

—¿El conductor llevaba traje y gorra negros?

—Sí.

—¿Matrícula?

—Bueno, eso es lo curioso. La cámara del banco no pilló la matrícula. El tipo dejó el coche en la calle. Ya me ha costado bastante deducir el modelo.

—Mierda.

—Bueno, en realidad no tanto —dijo Chaz.

—¿Y eso?

Chaz se aclaró la garganta, más para crear un efecto que por necesidad.

—He comprobado en Google Earth, y he visto que hay una gasolinera Exxon dos manzanas más allá, en la dirección en la que iba el tipo. Hice unas llamadas. La cámara de vigilancia de la gasolinera cubre la calle.

La mayoría de las personas comprende en cierto sentido que haya un montón de cámaras de vigilancia por todas partes, pero muy pocas son las que se hacen a la idea de lo que eso supone. Hay cuarenta millones de cámaras de circuito cerrado en Estados Unidos, y el número va en aumento. No pasa un día sin que todos aparezcamos en alguna.

—De todos modos —dijo Chaz—, puede que tarden una hora o dos en responderme, pero cuando lo hagan deberíamos poder ver la matrícula.

—Genial.

—Te llamaré cuando llegue. Si necesitas algo más, dímelo.

—Vale —dijo Kat. Y luego añadió—: ¿Chaz?

—¿Sí?

—Te agradezco mucho esto, de verdad. Bueno..., gracias.

—¿Me das el número de tu amiga la buenorra?

Kat colgó. Su teléfono volvió a sonar. La pantalla decía que era Brandon Phelps.

—Eh, Brandon.

Pero la voz del otro lado no era la de Brandon.

—¿Puedo saber con quién estoy hablando? —dijo la voz.

—Me ha llamado usted —le recordó Kat—. Eh, ¿qué es esto? ¿Qué está pasando?

—Soy el agente John Glass —dijo el hombre al otro lado de la línea—. Llamo por Brandon Phelps.

Las 340 hectáreas de Central Park las patrulla la comisaría del Distrito Veintidós, la más antigua de la ciudad, conocida como Central Park Precinct. El padre de Kat había pasado ocho años en ella en los setenta. En aquella época, los agentes de la «dos-dos» tenían la central en un antiguo establo para caballos. Y aún seguían allí, en cierto modo, aunque, tras los sesenta y un millones de dólares en reformas, el lugar había adquirido un nuevo lustre, y ahora tenía más aspecto de museo de arte moderno que de comisaría. En una de aquellas gestiones tan típicas de Nueva York —de esas cosas que uno no sabe si son en serio o en broma—, el impresionante vestíbulo de cristal se había hecho con cristal antibalas. Se superó casi en veinte millones el presupuesto inicial, pero fue porque en el curso de las obras se habían encontrado con unas viejas vías de tranvía, algo también típico de Manhattan.

Los viejos fantasmas nunca abandonaban del todo la ciudad.

Kat llegó corriendo a recepción y preguntó por el agente Glass. El sargento situado tras el mostrador le señaló un hombre negro y delgado que tenía detrás. El agente Glass iba uniformado. Quizá le conociera —la comisaría de Central Park estaba bastante cerca de la suya, la del 19—, pero no estaba segura.

Glass estaba hablando con dos ancianos que parecían recién salidos de un campeonato de bridge en Miami Beach. Uno llevaba un sombrero de fieltro y usaba bastón. El otro llevaba una chaqueta azul celeste y pantalones de color naranja mango. Glass estaba tomando notas. Al acercarse Kat, oyó que les decía a los dos ancianos que ya podían irse.

—Tiene nuestros números, ¿verdad? —le dijo Sombrero de Fieltro.

—Sí, gracias.

—Llámenos si nos necesita —dijo Pantalones Mango.

—Lo haré. Y gracias de nuevo por su colaboración.

Cuando se dieron media vuelta para irse, Glass la vio y la saludó:

—Eh, Kat.

—¿Nos conocemos?

—No exactamente, pero mi padre trabajó aquí con el tuyo. Tu padre era una leyenda.

Uno se convertía en leyenda si moría en acto de servicio, y eso Kat lo sabía.

—Bueno, ¿dónde está Brandon?

—Está con el médico, en la sala de atrás. No ha querido que le lleváramos a un hospital.

—¿Puedo verle?

—Sí, claro. Sígueme.

—¿Está grave?

Glass se encogió de hombros.

—Habría sido mucho peor si no hubiera sido porque esos dos estaban recordando viejos tiempos —dijo señalando en dirección a los dos ancianos, Sombrero de Fieltro y Pantalones Mango, que salían lentamente del vestíbulo.

—¿Y eso?

—Has oído hablar del pasado... colorido de The Ramble, ¿no?

Kat asintió. Hasta la página oficial de Central Park mencionaba The Ramble como un «símbolo gay» y un «conocido lugar de encuentros homosexuales a lo largo del siglo veinte». En otros tiempos, la densa vegetación y la falta de iluminación lo convertía en un lugar perfecto para los encuentros esporádicos, lo que ahora se conocía como *cruising*. Más recientemente, The Ramble se había convertido no solo en el principal bosque del parque, sino también en una especie de lugar emblemático para la comunidad LGBT.

—Parece ser que esos dos tipos se conocieron en The Ramble hace cincuenta años —dijo Glass—. Así que hoy decidieron celebrar su aniversario yendo tras los arbustos y dejándose llevar un poco... por la nostalgia.

—¿A la luz del día?

—Sí.

—Vaya.

—Según me han dicho, a su edad no les gusta acostarse

tarde. Y supongo que tampoco están para grandes fiestas. Así que, bueno, estaban haciendo sus cosas, lo que fuera, y oyeron un ruido. Salieron corriendo (no quiero saber cuánta ropa llevarían puesta) y vieron a un sintecho atacando al chico.

—¿Cómo saben que era un sintecho?

—Así lo han descrito ellos, no yo. Parece que el agresor se acercó a Brandon a escondidas y le dio un puñetazo en la cara. Sin previo aviso. Uno de nuestros testigos dice que vio un cuchillo. El otro dice que no lo vio, así que no sé. No le robaron nada (probablemente no hubo tiempo), pero o ha sido un intento de robo o el ataque de algún drogadicto necesitado de una dosis. También podría ser un ataque homófobo a la antigua, aunque lo dudo. A pesar del numerito de Romeo y... Romeo, en The Ramble ya no hay mucha actividad de ese tipo, especialmente de día.

Glass abrió la puerta. Brandon estaba sentado en una mesa, hablando con el médico. Tenía un esparadrapo en la nariz. Estaba pálido y se le veía flaco, pero aquel era su aspecto habitual.

—¿Es usted su madre? —le preguntó el médico a Kat.

Brandon sonrió al oír aquello. Por un momento, Kat se sintió insultada, pero luego cayó en que, en primer lugar, tenía edad suficiente para tener un hijo de su edad —caray, qué deprimente era eso—, y, en segundo lugar, su madre posiblemente parecería más joven aún que Kat. Doble motivo para la depresión.

—No. Una amiga.

—Me gustaría que fuera al hospital —le dijo el médico.

—Estoy bien —respondió Brandon.

—Para empezar, tiene la nariz rota. Además, creo que el ataque le ha provocado algún tipo de conmoción cerebral.

Kat miró a Brandon, que se limitó a negar con la cabeza.

—Yo me ocuparé de él —dijo ella.

El médico se encogió de hombros, rindiéndose, y salió por la puerta. Glass les ayudó con el resto del papeleo.

Brandon no había visto a su atacante. Tampoco parecía que le preocupara mucho. Aceleró el papeleo todo lo que pudo.

—Tengo algo que necesito contarte —le susurró Brandon cuando Glass se alejó.

—Primero vamos a centrarnos en lo que acaba de pasar, ¿vale?

—Ya has oído al agente Glass. Ha sido un ataque al azar.

Eso Kat no se lo tragaba. ¿Al azar? ¿Ahora?, ¿cuando estaban tras la pista de..., de qué? Aún no había ninguna prueba de que se estuviera cometiendo ningún delito. Además, ¿qué otra explicación había? ¿Que el chófer de traje negro se hubiera disfrazado de vagabundo y hubiera seguido a Brandon por The Ramble? Eso tampoco tenía sentido.

Cuando Glass les acompañó hasta el vestíbulo de cristal antibalas, Kat le pidió que le informara si se enteraban de algo.

—Lo haré —prometió Glass, y les dio la mano a los dos.

Brandon le dio las gracias, impaciente por salir al exterior, y atravesó la puerta casi a la carrera. Kat le siguió hasta el enorme lago —que ocupaba una octava parte del parque— llamado Jacqueline Kennedy Onassis Reservoir. Sí, tal como suena.

Brandon miró su reloj.

—Aún tenemos tiempo.

—¿Para qué?

—Para llegar a Wall Street.

—¿Por qué?

—Alguien le está robando el dinero a mi madre.

21

Kat no quería ir.

Bork Investments estaba situado en un modernísimo superrascacielos de Vesey Street, frente al río Hudson, en el distrito financiero de Manhattan, a un tiro de piedra del nuevo World Trade Center. El día de los atentados, Kat era una agente bastante joven, pero eso no era excusa. Cuando la primera torre recibió el impacto, a las 8:46 de aquella mañana soleada, ella estaba durmiendo la mona a solo ocho manzanas de allí. Para cuando se despertó, se quitó de encima la resaca y llegó allí, ambas torres habían caído y era demasiado tarde para hacer nada por los fallecidos, especialmente sus compañeros. Muchos de los que murieron habían llegado por sus propios medios de mucho más lejos. Ella no había llegado a tiempo.

Aunque tampoco es que hubiera podido hacer nada.

Nadie pudo. Pero le quedó el sentimiento de culpa del superviviente. Asistió a todos los funerales de agentes que pudo, manteniéndose firme, en uniforme, sintiéndose un fraude. Tuvo pesadillas; casi todos los que estuvieron allí aquel día las tuvieron. En la vida, te puedes perdonar muchas cosas, pero por motivos muy difíciles de justificar racionalmente, es muy difícil perdonarse por sobrevivir.

Había sido hacía mucho tiempo. Ya no pensaba mucho en aquello, quizá solo cuando llegaba el día del aniversario. Eso le indignaba en otro sentido, al pensar en cómo el tiempo cura realmente las heridas. Pero desde aquel día, Kat se mantenía lejos de aquella zona. Tampoco es que tuviera muchos motivos para ir por allí. Aquel era el territorio de los muertos, de los fantasmas y de los tipos encorbatados que ganan dinero a espuertas. Allí no había nada para ella. Muchos de los chicos de su antiguo barrio —y algunas chicas también, sí, pero muchas menos— habían seguido ese camino. De niños, todos admiraban y temían a sus padres, que eran policías y bomberos, y habían crecido deseando ser como ellos. Habían ido a la escuela secundaria St. Francis, y luego a las universidades de Notre Dame o Holy Cross, para acabar vendiendo bonos basura o derivados financieros, haciendo mucho dinero y alejándose de sus padres y de sus raíces todo lo posible —igual que sus padres se habían alejado de sus progenitores, que se habían dejado la piel en los molinos o que habían pasado hambre en alguna tierra lejana.

El progreso.

En Estados Unidos está extendido el sentimiento de la continuidad y la nostalgia, pero lo cierto es que cada generación se aleja de la anterior. Curiosamente, la mayoría de las veces acaba en un lugar mejor.

A juzgar por aquella lujosa oficina, Martin Bork había acabado en algún lugar mejor. Kat y Brandon esperaron en una sala de reuniones con una mesa de color caoba del tamaño de un helipuerto. Había comida variada en un rincón —magdalenas, dónuts, macedonias—. Brandon estaba muerto de hambre y se puso a comer como un loco.

—¿De qué dices que lo conoces? —preguntó Kat.

—Es el asesor financiero de la familia. Trabajó con mi padre en un fondo de cobertura.

Kat no sabía muy bien qué era un fondo de cobertura, pero cada vez que oía aquel nombre tenía una sensación desagradable. Miró por la ventana y vio el río Hudson y Nueva Jersey al otro lado. Uno de aquellos megacruceros del río avanzaba hacia los muelles de la Decimosegunda Avenida, más allá de la calle Cincuenta. En la cubierta había pasajeros saludando con la mano. Aunque era imposible que la vieran dentro del edificio, Kat, les devolvió el saludo.

Martin Bork entró en la sala y les saludó con un seco «buenas tardes».

Kat se esperaba que Bork fuera un tipo rechoncho de dedos gordos, cuello apretado y mejillas rubicundas. Y se había equivocado. Era bajo y enjuto, casi como un boxeador tailandés, con la piel de color oliva. Le echó unos cincuenta años bien llevados. Llevaba unas modernas gafas de diseño que probablemente le habrían sentado mejor a un tipo más joven. La suavidad de su cutis hacía pensar que probablemente seguiría algún tratamiento cosmético, y el brillante en su lóbulo izquierdo le situaba entre la modernidad y el patetismo.

Bork se quedó boquiabierto cuando vio a Brandon.

—Dios mío, ¿qué te ha pasado en la cara?

—Estoy bien —dijo Brandon.

—Pues no tienes buen aspecto —dijo acercándosele—. ¿Te han pegado?

—Está bien —le aseguró Kat, para evitar que se fuera por las ramas—. Solo ha sido un pequeño accidente.

Bork no parecía muy convencido, pero tampoco podía decir mucho más.

—Sentémonos.

Él se sentó a la cabeza de la mesa. Kat y Brandon cogieron las dos sillas más próximas a él. Resultaba raro, tres personas sentadas a una mesa en la que probablemente cabían treinta.

Bork se dirigió a Kat.

—No estoy seguro del motivo de su presencia aquí, señorita...

—Donovan. Agente Donovan. De la policía de Nueva York.

—Sí, perdone. Aunque no entiendo muy bien qué tiene usted que ver con esto. ¿Está aquí en alguna misión oficial?

—Aún no —dijo ella—. De momento es algo informal.

—Ya veo. —Bork juntó las manos, en posición de oración. No se molestó en mirar a Brandon—. Y supongo que esto tiene algo que ver con la llamada de antes de Brandon.

—Tenemos entendido que han retirado un cuarto de millón de dólares de la cuenta de la madre de Brandon.

—¿Tiene usted una orden, agente?

—No.

—Entonces no solo no tengo obligación de hablar con usted, sino que además no sería ético hacerlo.

Kat no se lo había pensado mucho. Se había presentado allí impulsada por el entusiasmo de Brandon al descubrir lo del dinero. Tras el reintegro del cajero, no había habido actividad en sus tarjetas de crédito ni en sus cuentas corrientes. Pero, el día de ayer, Dana Phelps había hecho una «transacción electrónica» —así es como aparecía en el extracto— por valor de unos 250.000 dólares.

—Usted conoce a la familia Phelps, ¿verdad?

Él seguía con su posición de oración. Apoyó las manos contra la nariz, como si aquella fuera una pregunta muy difícil.

—Muy bien.

—El padre de Brandon y usted eran amigos.

Una sombra cruzó el rostro de Bork. De pronto su voz se volvió más suave.

—Sí.

—De hecho —prosiguió Kat sopesando sus palabras antes de pronunciarlas—, de toda la gente en la que habrían podido confiar los Phelps para que gestionaran sus negocios, usted fue a quien eligió la familia. Eso dice mucho no solo de su visión de negocio... (no nos engañemos, no hay pocos supuestos genios de las finanzas por esta zona), sino que además supongo que le escogieron porque confiaban en usted; porque usted se preocupaba por su bienestar.

Martin Bork deslizó la mirada hacia Brandon. Brandon se limitó a devolvérsela.

—Me preocupo mucho por ellos.

—Y usted sabe —prosiguió Kat— que Brandon y su madre tienen una relación muy estrecha.

—Lo sé. Pero eso no quiere decir que ella comparta todos sus asuntos económicos con él.

—Sí, sí que lo hace —dijo Brandon haciendo un esfuerzo para que no le temblara la voz—. Por eso me dio los números de cuenta y las contraseñas. En este tipo de cosas no tenemos secretos.

—Eso tiene sentido —añadió Kat—. Si su madre hubiera querido transferir dinero sin que él se enterara, ¿no habría usado otra cuenta?

—No sabría decir —dijo Bork—. Quizá Brandon debería llamarla.

—¿Usted lo ha hecho? —preguntó Kat.

—¿Perdón?

—Antes de hacer la transacción, ¿llamó usted a la señora Phelps?

—Me llamó ella.

—¿Cuándo?

—No estoy autorizado a...

—¿Podría llamarla ahora? —sugirió Kat—. Solo para estar más seguros.

—¿Qué está pasando aquí?

—Usted llámela, ¿le parece?

—¿Eso qué demostrará?

—¿Tío Marty? —Todos los ojos se posaron en Brandon—. No he sabido nada de ella en cinco días. Es como si hubiera desaparecido.

Bork miró a Brandon con una expresión que pretendía ser de comprensión, pero que se quedó anclada de forma innegable en el terreno de la condescendencia.

—¿No crees que va siendo hora de cortar el cordón umbilical, Brandon? Tu madre ha estado sola mucho tiempo.

—Eso ya lo sé —espetó Brandon—. ¿Crees que no lo sé?

—Lo siento —dijo Bork levantándose de la silla—. Por motivos legales y éticos, no puedo ayudaros.

—Siéntese, señor Bork —ordenó Kat ya harta de hacer de poli buena.

Él se quedó a medio levantarse y la miró, anonadado.

—¿Cómo dice?

—Brandon, sal y espera en el pasillo.

—Pero...

—Sal —repitió Kat.

No tuvo que insistir. Brandon salió en un momento, dejándola a solas con Martin Bork. Bork seguía a medio levantarse, boquiabierto.

—Le he dicho que se siente.

—¿Ha perdido la cabeza? Haré que le retiren la placa.

—Sí, esa es buena. La amenaza de la placa. ¿Va a llamar al alcalde?, ¿o a mi superior inmediato? Esas dos frases también me encantan. —Hizo un gesto en dirección al teléfono—. Llame a Dana Phelps inmediatamente.

—No voy a aceptar órdenes suyas.

—¿De verdad cree que estoy aquí solo para hacerle un favor a ese muchacho? Esto es una investigación abierta, y tiene que ver con una serie de delitos graves.

—Entonces enséñeme una orden.

—No le gustaría que le trajera una orden, créame. ¿Sabe? Para conseguir una orden hay que implicar a los jueces, y entonces tendremos que revisarlo todo, cada papel de su archivo, cada cuenta...

—No puede hacer eso.

Cierto. Era un farol, pero qué demonios. Mejor mostrarse algo desquiciada, algo trastornada. Kat levantó el auricular.

—Le estoy pidiendo que haga una llamada.

Bork vaciló un momento. Luego sacó su móvil, encontró el número de teléfono de Dana Phelps y lo marcó. Kat oyó que sonaba una vez y que luego saltaba el contestador. La voz alegre de Dana Phelps pedía a su interlocutor que dejara un breve mensaje. Bork colgó.

—Probablemente esté en la playa —dijo él.

—¿Dónde?

—No estoy autorizado para hablar de eso.

—Su cliente ha transferido un cuarto de millón de dólares a otro país.

—Y está en su derecho —dijo Bork que palideció en el momento en que las palabras salieron de su boca.

Kat asintió al darse cuenta del error de Bork. Así que el dinero se había transferido a otro país. Eso no lo sabía.

—Todo se ha hecho de forma legítima —dijo Bork explicándose a toda prisa—. Esta empresa tiene un protocolo para transferencias de cantidades como esta. Quizás en las películas lo hagan con unos cuantos clics en el ordenador, pero aquí no. Dana Phelps llamó e hizo la solicitud. Yo hablé personalmente con ella por teléfono.

—¿Cuándo?

—Ayer.

—¿Sabe desde dónde llamaba?

—No. Pero llamó desde su teléfono móvil. No lo entiendo. ¿Qué es lo que cree que pasa?

Kat no tenía muy claro qué responder.

—No puedo revelarle los detalles de mi investigación.

—Y yo no puedo decirle nada sin permiso de Dana. Me dio instrucciones precisas para que mantuviera la confidencialidad.

—¿No le parece raro? —dijo Kat, ladeando la cabeza.

—¿Qué?

—Lo de mantener la confidencialidad.

Bork se quedó pensando.

—En este caso no.

—¿Y eso?

—No me corresponde a mí hacer juicios. Mi trabajo consiste en cumplir con lo que se me pide. Ahora, si me disculpa...

Pero Kat aún tenía una buena carta que jugar.

—Supongo que habrá informado de esta transacción a la FinCEN...

Bork se quedó rígido. «Bingo», pensó Kat. La FinCEN era

la Red de Control de Delitos Económicos, una temible división del Departamento del Tesoro. La FinCEN analizaba cualquier actividad económica sospechosa para combatir el lavado de dinero, el terrorismo, las estafas, la evasión fiscal y cosas por el estilo.

—Una transacción de estas dimensiones —dijo Kat— llamará la atención, ¿no cree?

Bork hizo como si aquello no le afectara.

—No tengo ningún motivo para sospechar que Dana Phelps haya hecho nada ilegal.

—Muy bien, entonces no le importará que llame a Max.

—¿Max?

—Es un colega de la FinCEN. Quiero decir, si todo se ha hecho de forma legítima...

—Así es.

—Genial —dijo, y sacó el teléfono.

Era otro farol, pero de los buenos. No había ningún Max en la FinCEN, pero... ¿Cómo iba Bork a denunciar algo así en el Departamento del Tesoro? Sonrió, volviendo a poner cara de estar algo desquiciada.

—Ya que no hemos sacado nada, al menos esto...

—No hace falta que haga eso.

—¿Ah, no?

—Dana... —dijo Bork, y miró a la puerta—. Esto es traicionar el secreto profesional.

—Me lo puede explicar a mí —dijo Kat—, o puede explicárselo a Max y a su equipo. Usted mismo.

Bork se mordisqueó la uña del pulgar, perfectamente cortada y limada.

—Dana me pidió que fuera discreto.

—¿Para encubrir un delito?

—¿Qué? ¡No! —exclamó Bork acercándose y bajando la voz—. ¿*Off the record*?

—Por supuesto.

¿*Off the record*? ¿La tomaba por una reportera?

—Su transacción..., admito que es poco convencional. Puede que presentemos un IAS, aunque tengo treinta días para hacerlo.

Un IAS era un Informe de Actividad Sospechosa. Por ley, una transacción internacional de aquel volumen requeriría que el interesado o su gestor financiero informaran al Departamento del Tesoro. No es obligatorio, pero la gran mayoría de las instituciones honestas lo harían.

—Dana me pidió que esperara un tiempo.

—¿Qué quiere decir?

—Tampoco es nada ilegal.

—¿Y luego?

Miró hacia el pasillo.

—Esto no se lo puede contar a Brandon.

—Vale.

—Lo digo en serio. Dana Phelps me pidió específicamente que nadie, especialmente su hijo, supiera de sus planes.

—Mis labios están sellados —respondió Kat acercándose.

—No le diría nada de esto..., de hecho, no *debería* decirle nada de esto, pero mi trabajo también consiste en proteger a mis clientes y mi negocio. No sé qué diría Dana, pero tengo la sensación de que no querría que su transferencia confidencial..., la cual su hijo no debería haber visto, por cierto, fuera detectada por el Departamento del Tesoro. No porque sea ilegal, sino porque podría presentar muchos problemas y despertar una atención no deseada.

Kat esperó. Ahora Bork no estaba hablándole a ella. Se estaba hablando a sí mismo, intentando encontrar una justificación para darle la información.

—Dana Phelps se va a comprar una casa —concluyó Bork.

Kat no estaba segura de qué era lo que esperaba que le dijera, pero no era eso.

—¿Qué?

—En Costa Rica. Una casa de cinco dormitorios en la playa, en la península Papagayo. Imponente. Frente al océano Pacífico. El hombre con el que ha ido de viaje... se le ha declarado.

Kat se quedó allí sentada. La palabra *declarado* le cayó como un tiro, como una piedra que cayera en un pozo íntimo rompiéndolo todo a su paso. Se imaginaba perfectamente la escena: la espléndida playa, los cocoteros... (¿Habría cocoteros en Costa Rica? No tenía ni idea.) Jeff y Dana paseando cogidos de la mano, un beso delicado, tumbarse juntos en una hamaca mientras el sol se ponía a lo lejos...

—Tiene que entenderlo —prosiguió Bork—. Dana no lo ha tenido fácil desde la muerte de su marido. Crio a Brandon sola. No fue un chico fácil. La muerte de su padre... le afectó mucho. No entraré en más detalles, pero ahora que Brandon está en la universidad, bueno..., Dana quiere empezar una nueva vida. Estoy seguro de que lo entiende.

Kat sentía que la cabeza le daba vueltas. Intentó ahuyentar cualquier pensamiento sobre cómo sería la vida en esa casa de la playa y se concentró en lo que tenía entre manos. ¿Qué decía el último mensaje que Dana le había enviado a su hijo? Algo así como que se lo estaba pasando muy bien, y que tenía una gran sorpresa... para su hijo.

—El caso es que Dana se quiere casar. Puede que ella y su nuevo marido decidan incluso trasladarse allí de forma permanente. Naturalmente, no es una noticia que quiera dar a Brandon por teléfono. Por eso no se ha comunicado con él.

Kat no dijo nada. Intentaba procesar todo aquello. La propuesta. La casa de la playa. No querer decírselo a su hijo por teléfono. ¿Cuadraba todo aquello?

Sí que cuadraba.

—Así pues, ¿Dana Phelps transfirió el dinero al propietario de la casa?

—No, se transfirió el dinero a sí misma. La transacción inmobiliaria implica complejos mecanismos legales que requieren cierta discreción. No me compete a mí ir más allá. Dana abrió una cuenta legal en Suiza y transfirió allí dinero de otra de sus cuentas.

—¿Abrió una cuenta a su nombre en un banco suizo?

—Lo cual es perfectamente legal. Pero no, no a su nombre.

—Entonces ¿a nombre de quién?

Bork volvió a mordisquearse la uña, que aún lucía una perfecta manicura. Era asombroso cómo los hombres, independientemente del nivel de éxito alcanzado, conservan esa inseguridad infantil toda la vida. Por fin dijo:

—Sin nombre.

Ahora lo entendía:

—¿Una cuenta numerada?

—No es tan raro. La mayoría de las cuentas suizas son numeradas. ¿Le suena el concepto?

—Digamos que no —dijo ella apoyando la espalda en el respaldo.

—Las cuentas numeradas son básicamente lo que parecen: tienen un número asociado a la cuenta, en lugar de un nombre. Eso permite el anonimato, no solo a los delincuentes, sino también a cualquier persona honesta que no quiera que se sepa su situación económica. Así, el dinero está seguro.

—¿Y es secreto?

—Hasta cierto punto, sí. Pero no como antes. El gobierno de Estados Unidos ahora puede acceder a los datos de la cuenta, y a menudo lo hace. Todo el mundo busca indicios de operaciones ilegales, y están obligados a informar de ello. Y el secretismo solo llega hasta cierto punto. Hay mucha gente que se engaña pensando que nadie sabe a quién pertenecen esas cuentas numeradas. Eso es ridículo, por supuesto. Un grupo de empleados selectos del banco lo saben.

—¿Señor Bork?

—¿Sí?

—Querría que me diera el nombre del banco y el número de la cuenta.

—No le servirá de nada. Ni siquiera yo puedo saber el nombre del titular asociado con ese número. Si de algún modo consigue una orden para solicitar esa información, el banco suizo tardará años en dársela. Así que si quiere acusar a Dana Phelps de algún delito menor...

—No tengo ningún interés en acusar a Dana Phelps de nada. Tiene mi palabra.

—¿Entonces de qué va todo esto?

—Deme el número, señor Bork.

—¿Y si no lo hago?

Kat levantó el teléfono.

—Aún puedo llamar a Max.

22

Nada más salir, Kat llamó a Chaz y le dio el nombre del banco suizo y el número de cuenta. Casi le parecía «oír» cómo fruncía el ceño.

—¿Qué demonios quieres que haga con esto?

—No lo sé. Es una cuenta nueva. A lo mejor podemos descubrir si ha registrado actividad.

—Estás de broma, ¿no? ¿Un poli de Nueva York pidiendo información de un gran banco suizo? —protestó.

Y tenía razón. Desde luego era apuntar muy, muy alto.

—Envía el número al Departamento del Tesoro —dijo ella—. Tengo una fuente allí, un tal Ali Oscar. Si alguien emite una orden de investigación por actividad sospechosa, quizá nos enteremos de algo por él.

—Sí, vale. De acuerdo.

Durante el trayecto de vuelta en metro, Brandon estaba extrañamente callado. Kat se esperaba que quizá se le echaría encima, preguntándole por qué había querido quedarse a solas con Martin Bork y qué le había dicho. No lo hizo. Se sentó en el banco del vagón, deshinchado, con los hombros caídos. Dejó que los movimientos del metro lo zarandeasen sin oponer la más mínima resistencia.

Kat iba sentada a su lado. Supuso que su lenguaje corporal no sería mucho mejor. Dejó que la verdad penetrara lentamente. Jeff se había declarado. ¿O ahora debía llamarlo Ron? Odiaba aquel nombre. Jeff era Jeff. No era Ron. ¿De verdad le llamaban así ahora? «¡Hola, Ron!». O «¡Mira, ahí está Ronnie!». O «Eh, colega, mira, es Ronald, Ronster, Ronamama...».

¿Por qué demonios elegiría como nombre Ron?

Era una idiotez pensar en aquello, pero ahí estaba. Le distraía de lo evidente. Dieciocho años eran mucho tiempo. El Jeff de entonces no era en absoluto materialista, pero el Nuevo Ron estaba loco de amor por una viuda riquísima que le iba a comprar una casa en Costa Rica. Puso una mueca. Como si fuera su hombre-objeto o algo así. Agh.

Cuando se conocieron, Jeff vivía de alquiler en un pisucho maravilloso frente a Washington Square. Tenía el colchón en el suelo. Siempre había ruido. A través de las paredes se oía el gemido de las tuberías, cuando no había goteras. En cualquier momento daba la impresión de que acababa de caer una bomba dentro. Cuando Jeff escribía un artículo, buscaba todas las fotografías que encontraba sobre el tema y las colgaba desordenadamente de las paredes, sin ninguna organización. El caos, decía, le inspiraba. Kat le respondía que aquello recordaba las películas de polis de la tele, cuando entran en la guarida del criminal y se encuentran con fotos de las víctimas colgadas por todas partes.

Pero con él se sentía tan bien... Todo —desde la actividad más nimia o mundana hasta el crescendo, por llamarlo así, del sexo—, todo le daba una sensación de verdad y perfección. Echaba de menos aquel antro maravilloso. Echaba de menos el desorden y las fotografías en la pared.

Dios, cuánto le había querido.

Salieron del metro en la calle Sesenta y seis, cerca del Lincoln Center. El aire de la noche era fresco. Brandon parecía tener la mente muy lejos. Kat no hizo nada para sacarlo de sus pensamientos. Cuando llegaron a su apartamento —no le pareció conveniente dejar solo al chico en aquella situación—, le preguntó:

—¿Tienes hambre?

—Supongo —dijo Brandon encogiéndose de hombros.

—Pediré una pizza. ¿De *peperoni* te va bien?

Brandon asintió. Se dejó caer en una silla y se quedó mirando la ventana. Kat llamó a la pizzería La Traviata e hizo el pedido. Se sentó en la silla justo de enfrente.

—Estás muy callado, Brandon.

—Estaba pensando —dijo él.

—¿En qué?

—En el funeral de mi padre.

Kat esperó. Al ver que no decía nada más, insistió con delicadeza.

—¿Qué pasó?

—Estaba pensando en el tío Marty..., así es como llamo al señor Bork. Pensaba en su panegírico en el funeral. No tanto en lo que dijo, aunque fue muy bonito; lo que más recuerdo es que, en cuanto lo acabó, salió a toda prisa de la capilla, o como se llame. Acabó, y salió corriendo. Yo le seguí. No sé... Aún estaba bloqueado por todo aquello. De pronto era como si el servicio funerario hubiera acabado para mí. No sé si tiene sentido.

Kat recordó lo aturdida que estaba ella en el funeral de su padre.

—Claro que sí.

—El caso es que lo encontré en una especie de despacho

posterior. Estaba a oscuras. Apenas le veía, pero lo oí. Supongo que había mantenido la compostura durante el panegírico, pero al acabarla se había venido abajo. Estaba de rodillas, llorando desesperadamente. Yo me quedé en el umbral. Él no supo que le estaba mirando. Pensaría que estaba solo.

Brandon levantó la mirada.

—El tío Marty te dijo que mi madre le llamó, ¿no es cierto?

—Sí.

—No mentiría sobre eso.

Kat no sabía qué contestar a eso.

—Es bueno saberlo —acabó diciendo ella.

—¿Te dijo por qué hizo la transferencia?

—Sí.

—Pero no vas a decírmelo.

—Me dijo que tu madre le pidió confidencialidad.

Brandon seguía con la mirada fija en la ventana.

—¿Brandon?

—Mi madre salió con otro tipo. No con alguien que hubiera conocido en internet. Vivía en Westport.

—¿Eso cuándo fue?

Brandon se encogió de hombros.

—Quizá dos años después de la muerte de mi padre. Se llamaba Charles Reed. Estaba divorciado. Tenía dos hijos que vivían con su madre en Stamford. Se quedaban con él los fines de semana y alguna noche durante la semana, no sé.

—¿Y qué pasó?

—Yo —dijo Brandon—. Pasé yo. —Una sonrisa extraña le cruzó la cara—. Cuando visitaste al agente Schwartz, ¿no te dijo que me habían detenido?

—Dijo que se había producido algún incidente.

—Sí, bueno, me dieron mucha cancha, supongo. Yo no

quería que mi madre saliera con nadie. No dejaba de imaginarme a aquel tipo ocupando el lugar de mi padre: viviendo en la casa de mi padre, durmiendo en su lado de la cama, usando su armario y sus cajones, aparcando su coche en la plaza de mi padre... ¿Me entiendes?

—Claro —dijo Kat—. Esos sentimientos son naturales.

—Fue entonces cuando empecé a «actuar» —dijo dibujando unas comillas en el aire con los dedos—, como solía decir mi terapeuta. Me expulsaron temporalmente del colegio. Rajé los neumáticos de un vecino. Cuando la policía me llevaba de vuelta a casa, llegaba sonriendo. Quería que sufriera. Le decía a mi madre que era todo culpa suya. Le decía que hacía todo aquello porque estaba traicionando a mi padre.

—Kat parpadeó estupefacta—. Una noche la llamé zorra.

—¿Qué hizo ella?

—Nada —dijo Brandon chasqueando la lengua distraídamente—. No dijo una palabra. Se quedó allí, mirándome. Nunca olvidaré la cara que puso. Nunca. Pero aquello no me detuvo. Seguí, hasta que..., bueno, hasta que Charles Reed desapareció.

—¿Por qué me cuentas esto ahora? —dijo Kat acercándosele.

—Porque le estropeé su relación. Supongo que era un tipo bastante majo. A lo mejor la habría hecho feliz. Por eso te pregunto, Kat: ¿estoy haciéndoselo otra vez? —Brandon se volvió y la miró a los ojos—. ¿Estoy fastidiándole la vida otra vez a mi madre, como aquella vez?

Kat intentó dar un paso atrás y volver a ponerse en el papel de..., bueno, de agente de policía. ¿Qué era lo que tenían? Una mujer se va de vacaciones y no llama a su hijo. Si aquello resultaba raro o poco habitual, ¿no le había aclarado Martin

Bork los motivos? En cuanto a la transacción del cajero y la grabación de circuito cerrado, ¿qué era lo que había encontrado Kat realmente? Una limusina negra con chófer esperándola, lo cual encajaba perfectamente con la explicación que Dana Phelps había dado a su compañía habitual de traslados al aeropuerto: su novio le había enviado la limusina como regalo.

Otro paso atrás, otro golpe de realidad: ¿qué pruebas tenían de que Dana Phelps estuviera en apuros?

Ninguna.

Brandon era un chaval asustado. Quería a su difunto padre y tenía la sensación de que el que su madre saliera con otros hombres era una traición. Naturalmente, había convertido lo que había visto en una especie de conspiración.

Pero ¿cuál era la excusa de Kat? Desde luego, parte del comportamiento de Jeff podría considerarse extraño. Pero... ¿y qué? Había cambiado de nombre y estaba viviendo su vida. Había dejado claro que no quería volver al pasado. Kat se había sentido herida. Así que, naturalmente, su sensación había sido más de conspiración que de rechazo. El pasado —su padre, su exnovio— se le había echado encima de pronto.

No había nada más que hablar. Era hora de echarse todo aquello a la espalda. Si el hombre con el que se había ido Dana Phelps no hubiera sido Jeff, ya se habría olvidado del asunto mucho tiempo atrás. El problema —un problema que en realidad nunca había querido aceptar— era que nunca había cortado del todo con Jeff. Sí, pensar aquello era como una bofetada, pero, en el fondo de su corazón (si no ya en el fondo de su mente), había algo que le decía que era porque a la larga estaban destinados el uno al otro; la vida podía dar unos giros extraños, pero, de algún modo, volverían a estar juntos. Sin embargo, ahora, sentada en el suelo y comiendo pizza con Brandon, Kat se dio cuenta de que quizás habría algo más. Sí, había sido un período de su vida muy agitado, con muchas emociones concentradas, pero, aparte de eso, todo aquello se había truncado antes de tiempo. Esa fase de su vida la sentía incompleta.

Enamorarse, el asesinato de su padre, la ruptura, la captura del asesino... todos aquellos episodios había que cerrarlos, pero no lo había conseguido. En el fondo de su corazón, cuando repasaba el pasado y veía todas las mentiras ridículas que se había dicho a sí misma, Kat no entendía muy bien por qué Jeff había puesto fin a lo suyo. Nunca había entendido por qué asesinaron a su padre, y tampoco por qué nunca se había creído que Cozone hubiera encargado el crimen a Leburne. Su vida no es que hubiera tomado un rumbo inesperado o que se hubiera salido de los raíles. Era como si los raíles se hubieran desvanecido bajo sus pies.

Una persona necesita respuestas. Y que tengan algún sentido.

Se acabaron la pizza en un tiempo récord. Brandon aún estaba algo atontado por el golpe. Kat hinchó el colchón de aire y le dio unos analgésicos que había comprado en una farmacia abierta las veinticuatro horas. Se durmió enseguida. Kat se lo quedó mirando un rato, preguntándose cómo afrontaría él las grandes noticias que le esperaban sobre su madre.

Kat se metió entre las sábanas de su cama. Intentó leer, pero era inútil. Las palabras de la página se fundían en una niebla ininteligible.

Dejó el libro y se quedó tendida, a oscuras. «Concéntrate

en lo posible», se dijo. Dana Phelps y «Ron Kochman» estaban fuera de su alcance.

Incluso después de dieciocho años, aún había que desenterrar la verdad sobre el asesinato de su padre. En eso tenía que concentrarse.

Kat cerró los ojos y se sumió en un sueño profundo y negro. Cuando sonó el teléfono, tardó un tiempo en emerger de nuevo y recuperar la conciencia. Buscó el teléfono a tientas y se lo llevó a la oreja.

—¿Diga?

—Eh, Kat. Soy John Glass.

Aún estaba atontada. El reloj digital marcaba las 3:18 de la madrugada.

—¿Quién?

—El agente Glass, de la comisaría de Central Park.

—Ah, sí, perdona. Sabes que son las tres de la madrugada, ¿verdad?

—Sí, bueno, el caso es que sufro de insomnio.

—Bueno, el caso es que yo no —dijo Kat.

—Hemos atrapado al tipo que atacó a Brandon Phelps. Lo que sospechábamos: es un sintecho. No lleva identificación. No quiere hablar.

—Te agradezco la información, pero ¿eso no habría podido esperar hasta mañana?

—Normalmente sí —respondió Glass—. Salvo por un curioso detalle.

—¿Cuál?

—El sintecho.

—¿Qué le pasa?

—Pregunta por ti.

Kat se puso un chándal, le dejó una nota a Brandon por si se despertaba y recorrió las veinte manzanas hasta la comisaría de Central Park haciendo jogging. John Glass salió a buscarla a la puerta, aún de uniforme.

—¿Quieres explicármelo? —le preguntó el agente.

—¿El qué?

—Por qué ha preguntado por ti.

—Primero tendría que ver quién es, ¿no?

—Por aquí —dijo él extendiendo la mano.

Los pasos de ambos resonaron a través del atrio de cristal antibalas. Por la breve descripción que le había hecho Glass por teléfono, Kat tenía una leve idea de quién podría estar esperándola en la celda. Cuando llegaron, Aqua caminaba arriba y abajo a paso ligero. Tenía el labio inferior cogido con dos dedos. Era algo raro. Kat intentó recordar la última vez que le había visto vestido con algo que no fueran sus pantalones de yoga o, si acaso, con ropa de mujer. No lo consiguió. Pero en aquel momento Aqua llevaba unos vaqueros sin cinturón que le colgaban como a un adolescente inseguro y una camisa de franela con rotos. Sus deportivas, antes blancas, eran de un marrón que solo podría haber conseguido enterrándolas un mes en el barro.

—¿Le conoces? —le preguntó Glass.

Kat asintió.

—Su nombre real es Dean Vanech, pero todo el mundo le llama Aqua.

Aqua no dejaba de caminar arriba y abajo, enzarzado en una discusión interior con algún enemigo invisible. No dio muestras de haberles oído entrar.

—¿Alguna pista de por qué habría atacado al chico?

—Ninguna.

—¿Quién es Jeff? —preguntó Glass. Kat se giró de golpe.

—¿Qué?

—No para de murmurar cosas sobre un tal Jeff.

Kat negó con la cabeza y tragó saliva.

—¿Me dejas unos minutos a solas con él?

—¿Para interrogarle?

—Es un viejo amigo.

—Entonces ¿en calidad de defensa legal?

—Te estoy pidiendo un favor, Glass. Haremos lo correcto, no te preocupes.

Glass se encogió de hombros en señal de decir «tú misma», y salió. Las celdas de la comisaría eran de plexiglás en lugar de tener barrotes. Toda aquella comisaría era tan moderna que no daba crédito: parecía más un decorado de cine que una comisaría. Kat dio un paso adelante y golpeó el plexiglás con los nudillos para hacerse notar.

—¿Aqua?

Él caminó más rápido, como si así pudiera quitársela de encima.

—¿Aqua? —repitió ella algo más fuerte.

Él se paró de golpe y se giró hacia ella.

—Lo siento, Kat.

—¿Qué pasa, Aqua?

—Estás enfadada conmigo —dijo y se echó a llorar.

Kat tenía que ir con cuidado, o lo perdería por completo.

—No pasa nada. No estoy enfadada. Solo quiero entender lo que ha pasado.

Aqua cerró los ojos y aspiró con fuerza. Soltó aire y volvió a aspirar. La respiración, por supuesto, era un elemento fundamental del yoga. Aparentemente estaba intentando centrarse. Por fin habló:

—Te seguí —dijo.

—¿Cuándo?

—Después de que habláramos. ¿Te acuerdas? Fuiste al O'Malley's. Querías que yo también fuera.

—Pero tú no quisiste entrar.

—Exacto.

—¿Por qué?

—Demasiados fantasmas, Kat —dijo él negando con la cabeza.

—También pasamos buenos momentos, Aqua.

—Que ahora han desaparecido —dijo él—. Ahora nos persiguen.

Kat necesitaba que se centrara.

—Así que me seguiste.

—Exacto. Te fuiste con Stacy. —Sonrió un momento—. Me gusta Stacy. Es una alumna con talento.

«Genial», pensó Kat. Stacy triunfaba hasta con los gais travestidos y esquizofrénicos.

—¿Me estabas siguiendo? —preguntó.

—Sí. Me cambié y esperé en la calle. Quería hablar algo más contigo, o... no sé, quería asegurarme de que salías bien de aquel lugar.

—¿Del O'Malley's?

—Claro.

—Aqua, voy al O'Malley's cinco días por semana. —Se paró. «Concéntrate. Que no se disperse»—. Así que nos seguiste.

Él sonrió y cantó con su bonito falsete:

—«I am the walrus, koo kook kachoo...».

Kat empezó a atar cabos.

—Nos seguiste hasta el parque. Hasta Strawberry Fields. Me viste hablando con Brandon.

—Hice algo más que eso.

—¿Qué quieres decir?

—Cuando me visto así, no soy más que un negro más, alguien a quien evitar. La gente evita mirarme. Incluso tú, Kat.

A Kat le habría gustado decirle que no, que ella no tenía prejuicios y que aceptaba a todo el mundo con la mejor voluntad... Pero una vez más, lo más importante era que no se fuera por las ramas.

—¿Y qué hiciste, Aqua?

—Estabas sentada en el banco de Elizabeth.

—¿Quién?

Él recitó de memoria:

—«Los mejores días de mi vida; este banco, helado con trocitos de chocolate... y papá. Te echo de menos, Elizabeth».

—Oh.

Ahora lo entendía, y, a su pesar, los ojos se le llenaron de lágrimas. Central Park tiene un programa de adopción de bancos para recaudar dinero. Por setenta y cinco mil dólares, se puede instalar en un banco una placa personalizada. Kat había pasado muchas horas leyéndolas, imaginándose la historia que había detrás. Una decía: EN ESTE BANCO, WAYNE UN DÍA LE PROPONDRÁ MATRIMONIO A KIM. (¿Lo llegaría a hacer? Kat siempre se lo había preguntado. ¿Y habría dicho ella que sí?) Otro de sus favoritos, cerca de un parque para perros, decía: «EN MEMORIA DE LEO Y LASZLO, UN GRAN HOMBRE, SU NOBLE PERRO»; mientras que otro decía, simplemente: «DESCANSA AQUÍ EL TRASERO: TODO IRÁ BIEN».

Las cosas más sencillas son las que más tocan la fibra.

—Os pude oír —dijo Aqua levantando la voz—. Os oí hablar. —Un gesto extraño le cruzó por el rostro—. ¿Quién es ese chico?

—Se llama Brandon.

—¡Eso ya lo sé! —gritó—. ¿Crees que no lo sé? ¿Quién es, Kat?

—No es más que un universitario.

—¿Y qué estás haciendo con él? —dijo golpeando el plexiglás con la mano—. ¿Eh? ¿Por qué intentas ayudarle?

—¡Vaya! —Kat dio un paso atrás sorprendida—. No le des la vuelta a esto, Aqua. Estamos hablando de ti. Le atacaste.

—Claro que le ataqué. ¿Crees que voy a dejar que os vuelvan a hacer daño?

—¿Hacer daño? ¿A quiénes?

Aqua no dijo nada.

—¿A quién crees que intenta hacer daño Brandon? —insistió ella.

—Tú ya lo sabes.

—No, no lo sé —respondió, aunque quizás ahora ya lo supiera.

—Estaba escondido allí mismo. Estabais sentados en el banco de Elizabeth. Oí hasta la última palabra. Te dije que le dejaras en paz. ¿Por qué no me escuchaste?

—¿Aqua?

Aqua cerró los ojos.

—Mírame, Aqua.

No lo hizo. Tenía que obligarle a decirlo. No conseguía que se centrara en lo que ella le preguntaba.

—¿A quién quieres que dejemos en paz? —preguntó Kat—. ¿A quién intentas proteger?

Con los ojos aún cerrados, Aqua dijo:

—Él me protegió a mí. Te protegió a ti.

—¿Quién, Aqua?

—Jeff.

Ahí estaba. Por fin lo había dicho. Kat se esperaba aquella respuesta, la había buscado, pero aun así le golpeó con tanta fuerza que le hizo dar un paso atrás.

—¿Kat? —la llamó Aqua, y pegó el rostro contra el cristal, mirando a derecha e izquierda para asegurarse de que nadie le oía—. Tenemos que detenerle. Está buscando a Jeff.

—¿Y por eso le atacaste?

—No quería hacerle daño. Solo quería que parara. ¿Es que no lo ves?

—No, no lo veo —dijo Kat—. ¿Qué es lo que tanto temes que encuentre?

—Él nunca dejó de quererte, Kat —soltó sin más.

—¿Sabías que Jeff se cambió de nombre?

Aqua apartó la mirada.

—Ahora se llama Ron Kochman. ¿Lo sabías?

—Tanta muerte... —dijo Aqua—. Tenía que haber sido yo.

—¿Qué es lo que tenías que haber sido tú?

—Tenía que haber sido yo quien muriera. —Ahora las lágrimas le surcaban el rostro, ya en caída libre—. Así todo estaría bien. Estarías con Jeff.

—¿De qué estás hablando, Aqua?

—Estoy hablando de lo que hice.

—¿Qué es lo que hiciste, Aqua?

—Es todo culpa mía —dijo sin dejar de llorar.

—Tú no tuviste ninguna culpa de que Jeff cortara conmigo. —Más lágrimas de Aqua—. ¿Aqua? ¿Qué es lo que hiciste?

—«The gypsy wind it says to me —cantó él—, things are not what they seem to be. Beware...».*

* «El viento gitano me dice que las cosas no son lo que parecen. Cuidado...» (*N. del t.*).

—¿Qué?

—Es como esa vieja canción —dijo entre lágrimas—. ¿Te acuerdas? La del amante demonio. El novio muere y ella se casa con otro, pero aún le quiere a él, solo a él, y de pronto un día su fantasma regresa y se van los dos en el coche, y estallan en llamas.

—Aqua, no sé de qué estás hablando.

Pero había algo de aquella canción que le resultaba familiar. Solo que no lo situaba...

—Las últimas frases —dijo Aqua—. Tienes que escuchar las últimas frases. Después de que estallan en llamas. Tienes que escuchar aquella advertencia.

—No la recuerdo —dijo Kat.

Aqua se aclaró la garganta. Luego cantó las últimas frases con su bonita voz, rica en matices:

—«Watch out for people who belong in your past. Don't let 'em back in your life».*

23

Después de aquello, Aqua no dijo nada más. Se limitó a cantar aquellas frases una y otra vez: «Watch out for people who belong in your past. Don't let 'em back in your life».

Cuando Kat buscó aquella canción en Google con su móvil, los recuerdos volvieron como una marea. La canción era *Demon Lover*,* de Michael Smith. Los tres habían oído cantar en directo a Smith en algún antro del Village veinte años atrás. Jeff había comprado las entradas, porque había visto a la banda actuar en Chicago dos días antes. Aqua se había presentado con un amigo suyo transformista llamado Yellow. Los dos acabaron haciendo un espectáculo de *drag queens* en un club de Jersey City. Cuando rompieron, Aqua lo explicó con toda naturalidad: «Aqua no se lleva bien con Yellow».

Aquella letra no le daba ninguna información más. Encontró la canción en internet y la escuchó. Era misteriosa y fantástica, más una poesía que una canción, la historia de una mujer llamada Agnes Hines que quería a un chico llamado Jimmy Harris, que moría joven en un accidente de coche

---

* A *Demon lover* («Amante demonio») pertenecen los versos que canta Aqua: «The gypsy wind...» y «Watch out for people...». (*N. del t.*)

y luego volvía a presentársele años más tarde, cuando ella ya estaba casada, en aquel mismo coche. El mensaje de la canción estaba claro: deja a los amantes del pasado en el pasado.

¿Así que la perorata de Aqua se debía solo a una canción que le gustaba? ¿Sencillamente la había escuchado y de pronto había pensado que si Kat seguía buscando a su «amante demonio», Jeff, acabarían ambos estallando en llamas como Agnes y Jimmy? ¿O había algo más?

Pensó en la situación de Aqua, en cómo le había afectado que Jeff la hubiera dejado y hubiera regresado a Cincinnati. Ya había empeorado antes, pero la marcha de Jeff realmente le había hecho descarrilar. ¿Estaba ya ingresado cuando Jeff se fue? Intentó recordar. No, pensó; fue más tarde.

No importaba. En realidad, nada de todo eso importaba. Cualquiera que fuera el lío en que se había metido Jeff —suponía que sería un buen lío, porque uno no cambia de nombre sin motivo—, ese era su problema, no el de ella. A pesar de su desvarío, Aqua era el hombre más brillante que había conocido nunca. Ese era uno de los motivos por el que le gustaban tanto sus clases de yoga: las pequeñas verdades que decía durante la meditación, las pequeñas imágenes que penetraban en la mente, el modo tan poco convencional que tenía de dar clase.

Por ejemplo, el hecho de que ahora cantara una canción misteriosa que había oído casi dos décadas antes.

La advertencia de Aqua, procediera o no de una mente trastornada, tenía mucho sentido.

Cuando volvió a casa, Brandon estaba despierto. Tenía los ojos negros a causa de la fractura del tabique nasal.

—¿Dónde estabas? —le preguntó.

—¿Cómo te encuentras?

—Dolorido.

—Tómate otro analgésico o algo. Mira, te he traído un par de *cupcakes*. —Había parado en la panadería Magnolia al volver de la comisaría de Central Park. Le dio la bolsa.

—Tengo que pedirte un favor —dijo ella.

—Dispara.

—Han pillado al hombre que te atacó. Ahí es donde he ido, a la comisaría.

—¿Quién es?

—Esa es la parte del favor. Es un amigo mío. Él pensaba que me estaba protegiendo. Necesito que retires la denuncia —dijo, y se lo explicó, lo más vagamente posible.

—Aún no estoy seguro de entenderlo —dijo Brandon.

—Entonces hazlo por mí. ¿Vale? Como favor.

—Vale —dijo él encogiéndose de hombros.

—Por otra parte, creo que es hora de dejar esto, Brandon. ¿Tú qué crees?

Brandon abrió un *cupcake* y se comió la mitad lentamente.

—¿Puedo hacerte una pregunta, Kat?

—Claro.

—En la tele, siempre hablan de la intuición de los polis, o de que siguen sus presentimientos.

—Ya.

—¿Alguna vez lo hacéis?

—Todo poli lo hace. Joder, es que todo el mundo lo hace. Pero cuando el presentimiento queda en nada a la luz de los hechos, lo más probable es que no sirva más que para provocar errores.

—¿Y tú crees que mi presentimiento queda en nada a la luz de los hechos?

Kat se quedó pensando.

—No, la verdad es que no. Pero tampoco encaja con los hechos.

Brandon sonrió y dio otro bocado.

—Si encajara con los hechos, no sería un presentimiento, ¿no?

—Bien pensado. Pero sigo pensando que lo mejor es seguir el axioma de Sherlock Holmes.

—¿Y cuál es?

—No recuerdo las palabras exactas, pero básicamente Sherlock advertía de que nunca hay que formular una teoría antes de conocer los hechos, porque entonces adaptas los hechos para que encajen con la teoría, en lugar de adaptar la teoría para que encaje con los hechos.

—Me gusta —dijo Brandon asintiendo.

—¿Pero...?

—Pero no me vale.

—¿Qué hay de todo eso de que no querías arruinarle la vida a tu madre?

—No lo haré. Si es amor verdadero, no pondré impedimentos.

—No te corresponde a ti decidir qué tipo de amor será —dijo Kat—. Tu madre está autorizada a cometer sus propios errores, ya sabes. A que le rompan el corazón, si se lo busca.

—¿Como tú?

—Sí. Como yo. Fue mi amante demonio. Tengo que dejarlo en el pasado.

—¿Amante demonio?

Kat sonrió y cogió un *cupcake* de zanahoria con cobertura de crema de queso y nueces.

—No hagas caso.

Ahora que había decidido dejarlo, se sentía mejor. Pero entonces recibió dos llamadas. La primera era de Stacy:

—Tengo una pista sobre Jeff Raynes, alias Ron Kochman —dijo.

Demasiado tarde. Kat no quería saberlo. Ya no importaba.

—¿Cuál?

—Jeff no se cambió el nombre de forma legal.

—¿Estás segura?

—Sin duda. He llamado incluso a las cincuenta administraciones estatales. Es una identidad falsa. Bien hecha. Profesional. Un cambio radical. Me pregunto si no le pondrían en el Plan de Protección de Testigos o algo así.

—¿Podría ser eso? Lo de Protección de Testigos, quiero decir.

—Lo dudo. Si fuera así, no debería estar anunciándose en servicios de citas por internet, pero es una posibilidad. Estoy esperando que me responda una fuente. Lo que te puedo decir, sin lugar a dudas, es que Jeff no se cambió el nombre legalmente, y que no quiere que lo encuentren. Ni tarjetas de crédito, ni cuentas bancarias, ni domicilio registrado.

—Trabaja de periodista —dijo Kat—. Tiene que estar pagando impuestos.

—Eso es lo que estoy comprobando ahora; espero noticias de mi contacto en las oficinas del fisco. Espero tener una dirección muy pronto. A menos que...

—¿A menos que qué?

—A menos que quieras que lo deje —dijo Stacy.

Kat se frotó los ojos.

—Tú fuiste la que me dijiste que Jeff y yo podríamos tener un final de cuento de hadas.

—Es cierto, pero ¿has leído algún cuento de hadas? ¿Caperucita Roja? ¿Hansel y Gretel? Se vierte mucha sangre, hay mucho dolor.

—Tú crees que debería dejarlo, ¿no?

—No, por Dios —dijo Stacy.

—Pero acabas de decir...

—¿Qué importa lo que acabo de decir? No puedes dejar esto, Kat. Tú no llevas bien lo de dejar cabos sueltos. ¿Y esto qué es? Tu novio es un gran cabo suelto. Así que, a la mierda. Descubramos qué demonios le ha pasado, para que de una vez por todas puedas pasar página y olvidarte de ese capullo que fue tan tonto como para darte una patada en ese culo escultural.

—Bueno, si lo pones así... —dijo Kat—. Eres una buena amiga.

—La mejor —confirmó Stacy.

—Pero ¿sabes qué? Déjalo.

—¿De verdad?

—Sí.

—¿Estás segura?

«No —pensó Kat—. Desde luego que no».

—Segurísima —se traicionó Kat.

—¡Vaya! Mírate, convertida en la Señorita Coraje. ¡Bueno! ¿Salimos a tomar algo esta noche?

—Invito yo —dijo Kat.

—Te quiero.

—Yo también te quiero.

Después del *cupcake*, Brandon se sentía lo suficientemente bien como para marcharse, así que Kat ahora estaba sola, desnudándose y preparando la ducha —tenía planeado pasarse el día holgazaneando en la cama, viendo la tele—. Fue entonces cuando se produjo la segunda llamada.

—¿Estás en casa?

Era Stagger. No parecía muy contento.

—Sí.

—Llego en cinco minutos —dijo.

Tardó menos. Debía de haber hecho la llamada en la acera, frente al edificio. Kat no le saludó al entrar. Él tampoco lo hizo.

—Adivina quién acaba de llamarme —dijo entrando como una exhalación.

—¿Quién?

—Suggs.

Kat no dijo nada.

—¿Fuiste a lloriquearle a Suggs?

Qué curioso. La última vez que le había visto, Stagger le había parecido un niño. Ahora le daba la impresión contraria. Parecía un viejo. Las entradas iban avanzando, y tenía el cabello cada vez más fino y ralo. Las mejillas le caían. Tenía barriguita, no mucha, pero aun así resultaba evidente el paso de la edad; las carnes, que iban aflojándose. Kat sabía que sus hijos ya no eran niños. De los viajes a Disneylandia habían pasado a las visitas a la universidad. Aquella podía haber sido su vida. ¿Se habría alistado al cuerpo si se hubiera casado con Jeff? ¿O sería una supermamá de clase media, criando a sus hijos en una casita de ladrillo en Upper Montclair?

—¿Cómo has podido hacerme eso, Kat?

—Estás de broma, ¿no?

Stagger negó con la cabeza.

—Mírame, ¿quieres? Mírame bien. —Se acercó y le apoyó las manos en los hombros—. ¿De verdad crees que yo le haría daño a tu padre?

Ella se quedó pensando, como le había pedido él, y luego respondió:

—No lo sé.

Sus palabras le cayeron a Stagger como una bofetada.

—¿En serio?

—Estás mintiendo, Stagger. Los dos lo sabemos. Estás encubriendo algo.

—¿Y por tanto crees que tengo algo que ver con el asesinato de tu padre?

—Lo único que sé es que mientes. Sé que has estado mintiendo durante años.

Stagger cerró los ojos y dio un paso atrás.

—¿Tienes algo de beber?

Kat se dirigió al mueble bar y le mostró una botella de Jack Daniel's. Él asintió:

—Vale.

Kat le sirvió un vaso y —qué narices— se sirvió otro ella. No brindaron. Stagger se llevó el vaso a los labios enseguida y echó un buen trago. Ella se lo quedó mirando.

—¿Qué pasa? —dijo él.

—Creo que es la primera vez que te veo beber.

—Supongo que los dos estamos llenos de sorpresas.

—O quizás es que no nos conocemos muy bien el uno al otro.

—Puede que sea eso —repuso Stagger—. Nuestra relación en realidad se basaba en tu padre. Cuando él murió, también desapareció nuestro vínculo. Quiero decir, que ahora soy tu jefe, pero no es que nos comuniquemos mucho. —Él echó otro trago. Kat echó el primero—. Por otra parte —prosiguió—, cuando se crea un vínculo por una tragedia, cuando se tiene una historia como la nuestra... —dijo. Se volvió y se quedó mirando a la puerta, como si fuera algo que acabara de materializarse—. Lo recuerdo todo de aquel día.

Pero la parte que más recuerdo fue cuando abriste esa puerta. No tenías ni idea de que estaba a punto de destrozar tu mundo.

Se volvió hacia ella:

—¿No puedes dejarlo, sin más?

Ella dio un buen trago. No se molestó en responder.

—Yo no te he mentido —continuó Stagger.

—Claro que sí. Llevas mintiéndome dieciocho años.

—He estado haciendo lo que habría querido Henry.

—Mi padre está muerto —dijo Kat—. Ya no tiene ni voz ni voto en todo esto.

Él dio otro trago largo.

—Esto no va a devolvértelo. Ni va a cambiar los hechos. Cozone ordenó el golpe. Monte Leburne lo ejecutó.

—¿Cómo pudiste llegar a Leburne tan rápido?

—Porque ya lo tenía en el punto de mira.

—¿Por qué?

—Sabía que Cozone había matado a tu padre.

—¿Y Suggs y Rinsky no lo sabían?

Dio otro sorbo, vaciando el vaso.

—Ellos eran como tú.

—¿Y eso?

—No pensaban que Cozone fuera a matar a un poli.

—Pero tú pensabas de otro modo.

—Sí.

—¿Por qué?

Stagger se sirvió otro vaso.

—Porque para Cozone no era un poli.

Kat hizo una mueca.

—¿Y qué era para él?

—Un empleado.

Kat sintió que se ruborizaba, y la sangre le incendió el rostro.

—¿De qué demonios estás hablando?

Él se la quedó mirando.

—¿Quieres decir que recibía sobornos?

—Más que eso —dijo Stagger sirviéndose otra copa.

—¿Qué demonios se supone que significa eso?

Stagger miró el apartamento, como si fuera la primera vez que lo veía.

—Bonito piso, por cierto —dijo ladeando la cabeza—. ¿Cuántos polis conoces que se puedan comprar un piso al contado en el Upper West Side?

—Es pequeño —dijo ella detectando el tono defensivo en su propia voz—. Mi padre aprovechó una buena oferta de un tipo al que le había hecho un favor.

Stagger sonrió, pero no había ninguna alegría en su sonrisa.

—¿Qué estás intentando decirme, Stagger?

—Nada. No estoy intentando decir nada.

—¿Por qué visitaste a Leburne en la cárcel?

—¿Tú qué crees?

—No lo sé.

—Entonces deja que te lo diga bien clarito: sabía que Leburne había matado a tu padre. Sabía que Cozone lo había ordenado. ¿Aún no lo ves?

—No, no lo veo —dijo sacudiendo la cabeza, incrédula.

—No visité a Leburne para que confesara. Fui para asegurarme de que no decía el porqué.

Stagger vació el vaso de golpe.

—Eso es una locura —dijo Kat sintiendo que el suelo se hundía bajo sus pies—. ¿Y la huella?

—¿Eh?

—La huella hallada en el escenario. Tú la tomaste, por encargo de Suggs y Rinsky.

Él cerró los ojos.

—Me voy.

—Sigues mintiendo.

—No era más que la huella de un sintecho cualquiera.

—Y una mierda.

—Déjalo, Kat.

—Toda tu teoría no tiene sentido —dijo ella—. Si mi padre hubiera estado recibiendo sobornos de Cozone, ¿por qué iba a matarlo?

—Porque no iba a aceptarlos por mucho tiempo.

—¿Por qué? ¿Iba a delatarlo?

—Ya he dicho bastante.

—¿De quién era la huella hallada en el escenario? —repitió Kat.

—Ya te lo he dicho. De nadie —dijo Stagger, que ya arrastraba las sílabas.

Kat tenía razón en que nunca lo había visto beber antes. No era que no lo conociera. Sencillamente, él no solía beber. El alcohol le estaba haciendo efecto rápidamente. Se encaminó hacia la puerta, pero Kat se le interpuso.

—Sigues sin contármelo todo.

—Tú querías saber quién mató a tu padre. Pues, ya te lo he dicho.

—No me has explicado lo que ocurrió realmente.

—A lo mejor no es a mí a quien tendrías que preguntar.

—¿A quién, entonces?

Una mirada extraña, entre la ebriedad y el regocijo, le apareció en el rostro.

—¿Nunca te has preguntado por qué desaparecía algunas veces tu padre varios días seguidos?

Kat se quedó atónita. Por un momento se mantuvo inmóvil, parpadeando, sin poder reaccionar. Stagger aprovechó el momento para acercarse a la puerta; puso la mano en el pomo y la abrió.

—¿Entonces? —consiguió decir Kat.

—Ya me has oído. Dices que quieres saber la verdad, pero no haces más que enterrar la cabeza en la arena. ¿Por qué desaparecía Henry constantemente? ¿Es que en tu casa no se hablaba de eso?

Abrió la boca, la cerró, y volvió a intentarlo:

—¿Qué demonios me estás diciendo, Stagger?

—No soy yo quien debe hablar de esto, Kat. Por eso no llegas al final. No soy yo la persona a quien tienes que preguntar.

24

Kat cogió la línea B hasta la E y, de ahí, la 7 hasta su antiguo barrio, en Flushing. Recorrió Roosevelt Avenue hacia Parsons Boulevard, en dirección a su casa, sin pensar en el camino, como se hace cuando se recorren los lugares de la propia infancia. Se conoce cada paso. Llevaba más tiempo viviendo en Manhattan, en cierto modo conocía mejor el Upper West Side, pero nunca era aquella misma sensación. No era exactamente su hogar. Esto era más fuerte. Aquel barrio era como una parte de su ser. Era como si parte de su ADN estuviera en las casas tradicionales blancas, las vallas azules, las aceras agrietadas y los pequeños jardines, como si la hubieran teletransportado al estilo *Star Trek*, pero quedándose atrás algunas de sus partículas. Una parte de ella siempre estaría en las cenas de Acción de Gracias en casa del tío Tommy y la tía Eileen, sentada a la «mesa de los niños», que era una mesa de ping-pong con una sábana de matrimonio que hacía de mantel. Papá siempre trinchaba el pavo: nadie más podía tocarlo. El tío Tommy servía las bebidas. Quería que los niños también tomaran vino. Empezaba con una cucharada que disolvía en el Sprite, e iba haciéndolo más fuerte cada vez, hasta que llegabas a una edad en que dejabas la mesa de ping-pong y te daban una copa de vino normal. El tío Tommy se jubiló después de trabajar durante treinta y seis años como reparador de electrodomésticos para la Sears, y se mudó con tía Eileen a Fort Myers, en Florida. En su antigua casa vivía ahora una familia coreana que había tirado la pared trasera para ampliarla y había colocado una fachada de aluminio en un lado, porque, ya cuando el tío Tommy y la tía Eileen vivían allí, la pintura se desprendía como si la pared sufriera un grave ataque de caspa.

Pero eso no cambiaba nada. El ADN de Kat seguía allí.

Las casas de su manzana siempre habían estado cerca unas de otras, pero con los llamativos añadidos aún estaban más pegadas. En la mayoría de los tejados aún se veían las clásicas antenas, aunque todo el mundo se hubiera pasado al cable o a la parabólica. Los minúsculos jardines estaban sembrados de estatuillas de la Virgen María. De vez en cuando se veía alguna casa de pretendido lujo, con ventanales en arco y falso ladrillo, apretujada en el espacio mínimo de las parcelas del barrio; cada una de ellas tenía el aspecto de un tipo gordo atascado en una silla demasiado pequeña.

En el momento en que llegaba a su antigua casa, Kat oyó el zumbido de su teléfono. Era un mensaje de texto de Chaz:

HE SACADO LA MATRÍCULA DEL VÍDEO DE LA GASOLINERA.

Se apresuró en contestar: ¿ALGO INTERESANTE?

LIMUSINA NEGRA REGISTRADA A NOMBRE DE JAMES ISHERWOOD, ISLIP, NUEVA YORK. ESTÁ LIMPIO. CIUDADANO EJEMPLAR.

No se sorprendió. Probablemente sería el nombre de un inocente conductor de limusinas contratado por su nuevo novio. Otro callejón sin salida. Otro motivo para olvidarse de Dana y de Jeff.

La puerta trasera de la cocina no tenía echada la llave, como siempre. Kat se encontró a su madre sentada a la mesa de la cocina con la tía Tessie. Sobre la mesa había cupones del supermercado y una baraja de cartas. El cenicero estaba lleno de colillas de cigarrillo manchadas de pintalabios. Las mismas cinco sillas de su infancia seguían allí, alrededor de la mesa. La silla de papá tenía brazos, como un trono; el resto no. Kat se sentaba entre sus dos hermanos. Ellos también habían abandonado aquel barrio. Su hermano mayor, Jimmy, se había licenciado en la Universidad de Fordham. Vivía con su mujer y sus tres hijos en una mansión algo hortera en Long Island, en Garden City, y gestionaba bonos en una empresa financiera. Le había explicado cien veces qué era lo que hacía exactamente, pero ella seguía sin entenderlo. Su hermano menor, Farrell, había ido a la UCLA y se había quedado allí. Supuestamente grababa documentales y le pagaban por escribir guiones que nunca se llegaban a hacer.

—Dos días seguidos —dijo su madre—. Esto debe de ser récord mundial y récord olímpico.

—Cállate —le regañó Tessie—. Está muy bien que haya venido.

Mamá hizo un gesto con la mano, quitándole importancia. Tessie se puso en pie y le dio un beso en la mejilla a Kat.

—Tengo que irme. Brian ha venido a vernos y siempre le hago mi famoso sándwich de atún —dijo.

Kat le devolvió el beso. Recordaba el sándwich de atún de la tía Tessie. El secreto eran las patatas fritas. Las esparcía por encima del atún. Lo hacían más crujiente y le daban más sabor, aunque no mejoraban su calidad nutricional.

—¿Quieres un café? —le dijo su madre, cuando estuvieron solas, señalando su vieja máquina de filtro.

A su lado había una lata de café Folgers. Kat le había comprado una cafetera Cuisinart de acero inoxidable las Navidades anteriores, pero su madre decía que el café no «salía bueno», lo cual, en su caso, significaba precisamente que sí estaba bueno. Mamá era así. A ella no le iba gastar de más. Si comprabas una botella de vino de veinte dólares, ella seguro que prefería la que costaba seis. Si le comprabas un perfume de marca, ella prefería el de saldo que había comprado en el colmado. Se compraba toda la ropa en Marshalls o T. J. Maxx, y solo del departamento de gangas. En parte, eso quería decir que era frugal. Y en parte se debía a algo mucho más revelador.

—No, gracias —dijo Kat.

—¿Quieres que te haga un sándwich? Yo no puedo hacerte uno tan rico como el de atún de la tía Tessie, que es una delicia, pero tengo un poco de pavo en lonchas de Mel's.

—Eso estaría muy bien.

—¿Lo quieres con pan blanco y mayonesa?

No era como lo habría escogido ella, pero no podía esperar de su madre que tuviera un pan de siete cereales en casa.

—Claro, sí.

Su madre se levantó despacio, trabajosamente, apoyándose en el respaldo de la silla y en la mesa, evidentemente para que Kat le preguntara cómo estaba, pero Kat no se molestó. Abrió la nevera —una antigua Kenmore que el tío Tommy les había conseguido a precio de coste— y sacó el pavo y la mayonesa.

Kat no sabía cómo plantearle aquello. Llevaban demasiada historia a sus espaldas como para enzarzarse en juegos o sutilezas. Decidió soltarlo de golpe.

—¿Adónde iba papá cuando desaparecía?

Su madre estaba de espaldas, cogiendo el pan del cajón. Kat se quedó mirando para ver su reacción. Hizo una brevísima pausa, nada más.

—Voy a tostar el pan —dijo su madre—. Así está más rico. —Kat esperó—. ¿Y a qué te refieres, con eso de que desaparecía? Tu padre nunca desaparecía.

—Sí, sí que lo hacía.

—Probablemente te refieras a sus excursiones con los chicos. Se iban de caza a los Catskills. ¿Te acuerdas de Jack Kiley? Qué encanto. Tenía una cabaña... o un refugio... o algo así. A tu padre le encantaba ir allí.

—Recuerdo que fue allí una vez. Pero desaparecía constantemente.

—¿No nos estamos poniendo un poco dramáticas? —dijo su madre, arqueando una ceja—. Desaparecer, desaparecer... Haces que suene como si tu padre fuera un mago.

—¿Adónde iba?

—Te lo acabo de decir. ¿Es que no me escuchas?

—¿A la cabaña de Jack Kiley?

—A veces, sí. —Kat notaba que la voz de su madre se agitaba por momentos—. También hubo una salida de pesca con el tío Tommy. No recuerdo adónde. En algún sitio de North Fork. Y recuerdo que también se fue una vez con algunos compañeros de trabajo a jugar al golf. Ahí es donde iba. Hacía excursiones con sus amigos.

—No recuerdo que te llevara nunca en sus viajes.

—Oh, sí que lo hizo, claro.

—¿Adónde?

—¿Qué importa eso ahora? A tu padre le gustaba salir a relajarse con sus amigos. A jugar al golf, a pescar, de caza. Los hombres hacen esas cosas —dijo, mientras extendía la mayonesa con una fuerza suficiente como para rascar pintura seca de la pared.

—¿Adónde iba, mamá?

—¡Te lo acabo de decir! —gritó dejando caer el cuchillo—. Maldita sea, mira lo que me has hecho hacer. —Kat quiso levantarse para recoger el cuchillo—. ¡Tú quédate en tu sitio, señorita! Ya lo cojo yo.

Recogió el cuchillo del suelo, lo dejó en el lavaplatos y cogió otro.

En el alféizar de la ventana había cinco vasos antiguos del McDonald's, de 1977: Grimace, Ronald McDonald, Mayor McCheese, Big Mac y Captain Crook. La colección completa eran seis. Farrell había roto el Hamburglar al tirar un disco volador dentro de casa cuando tenía siete años. Años después le compró a su madre un Hamburglar en eBay para reemplazar el viejo, pero ella se negó a ponerlo con los otros.

—¿Mamá?

—¿Qué? —dijo ella siguiendo con el sándwich—. ¿Por qué demonios me preguntas esto ahora? Tu padre, que descanse en paz, lleva muerto casi veinte años. ¿A quién le importa adónde iba?

—Necesito saber la verdad.

—¿Por qué? ¿Por qué necesitas hablar de esto, precisamente ahora que el monstruo que lo mató ya está muerto? Olvídate del tema. Está zanjado.

—¿Papá trabajaba para Cozone?

—¿Qué?

—¿Aceptaba sobornos?

Para haberse levantado de la silla casi pidiendo ayuda, Hazel se movió con una velocidad pasmosa.

—¿Cómo te atreves? —se volvió y, sin pensárselo dos veces, le dio una bofetada a Kat en la mejilla izquierda.

En el silencio de la cocina, el impacto de la carne contra la carne provocó un ruido enorme, casi ensordecedor. Kat sintió que los ojos se le llenaban de lágrimas, pero no se volvió, ni se llevó siquiera la mano para tocarse la mejilla enrojecida.

Hazel se quedó de pronto descompuesta.

—Perdóname. Yo no quería...

—¿Trabajaba para Cozone?

—Por favor, déjalo.

—¿Así es como pagó el apartamento de Manhattan?

—¿Qué? No, no. Le hicieron un buen trato, ¿recuerdas? Le salvó la vida a aquel hombre...

—¿Qué hombre?

—¿Cómo que qué hombre?

—¿Qué hombre? ¿Cómo se llamaba?

—¿Cómo se supone que voy a recordarlo?

—Porque yo sé que papá hizo cosas brillantes como policía, pero no recuerdo que le salvara la vida a ningún magnate del sector inmobiliario. ¿Tú sí? ¿Por qué aceptamos aquella historia sin más? ¿Por qué no le preguntamos?

—Por qué no le preguntamos... —repitió su madre. Se volvió a atar el delantal, tirando de los extremos con una fuerza algo excesiva—. ¿Quieres decir preguntarle como estás preguntándome tú ahora? ¿Cómo en un interrogatorio? ¿Como si tu padre fuera un mentiroso? ¿Tú le habrías hecho eso a ese hombre, a tu padre? ¿Le habrías interrogado y le habrías llamado mentiroso en su propia casa?

—No es eso lo que quiero decir —dijo Kat, pero su voz había perdido la fuerza.

—Bueno, ¿pues qué quieres decir? Todo el mundo exagera, Kat. Ya lo sabes. Especialmente los hombres. Así que quizá tu padre no le salvara la vida a aquel hombre. Quizá solo pilló a un ladrón que le había robado, o le ayudó con una multa de aparcamiento, no sé. Tu padre dijo que le había salvado la vida. Yo no se lo cuestioné. ¿Recuerdas a Ed, el marido de Tessie? Cojeaba, ¿te acuerdas? Él le decía a todo el mundo que había sido por la metralla, en la guerra. Pero a él lo habían destinado a oficinas por ser corto de vista. Se había roto la pierna al caer por las escaleras del metro cuando tenía dieciséis años. ¿Tú crees que Tessie iba diciéndole que era un mentiroso cada vez que contaba esa historia?

Hazel llevó el sándwich a la mesa. Iba a cortarlo en diagonal —su hermano lo prefería así—, pero Kat, que siempre llevaba la contraria, insistía en que los sándwiches había que cortarlos en dos rectángulos. Su madre lo recordó, rectificó y lo cortó en dos mitades perfectas.

—Tú no has estado casada —dijo suavemente—. No sabes lo que es.

—¿Qué es lo que no sé?

—Todos tenemos nuestros demonios. Pero los de los hombres son mucho peores. El mundo les dice que son líderes, les dice lo estupendos y lo machos que son, que tienen que ser grandes, valientes, ganar mucho dinero y llevar una vida llena de glamour. Pero eso no es así, ¿no? Fíjate en los hombres de este barrio. Todos trabajan demasiadas horas al día. Llegan a casa y se encuentran ruidos y tareas pendientes. Siempre hay algo que se ha roto y que tienen que reparar. Siempre van retrasados con los pagos. Las mujeres lo aceptamos. La vida es una lucha. Se nos enseña a no esperar demasiado, a no desear demasiado. Pero los hombres nunca lo entienden.

—Mamá, ¿adónde iba papá?

Hazel cerró los ojos.

—Cómete el sándwich.

—¿Hacía trabajos para Cozone?

—Quizás —dijo—. No lo creo.

Kat retiró una silla para que se sentara su madre. Hazel se sentó, como si alguien le hubiera cortado las rodillas.

—¿Qué es lo que hacía?

—¿Te acuerdas de Gary?

—El marido de Flo.

—Eso es. Solía ir a los caballos, ¿recuerdas? Lo perdió todo. Flo a veces volvía y se pasaba horas enteras llorando. Tu tío Tommy bebía demasiado. Volvía cada noche a casa, pero casi nunca lo hacía antes de las once. Se pasaba por el pub a tomarse una copa rápida y acababa quedándose horas. Hombres. Todos necesitaban algo de eso. Unos bebían. Otros jugaban. Otros iban de putas. Algunos, los afortunados, descubrían la iglesia, aunque podían matarte con su cháchara beatífica. El caso es que, con los hombres, la vida real nunca bastaba. ¿Sabes lo que solía decir mi padre, tu abuelo?

Kat negó con la cabeza.

—«Si un hombre tuviera suficiente para comer, querría tener una segunda boca». También tenía una versión marrana, pero no la voy a repetir.

Kat alargó la mano y cogió la de su madre. Intentó recordar la última vez que lo había hecho —cogerle la mano a su madre—, pero no lo recordó.

—¿Y papá?

—Tú siempre pensaste que era tu padre quien quería apartarte de esta vida. Pero era yo. Yo era la que no quería que quedaras atrapada en este barrio.

—¿Tanto lo odiabas?

—No. Era mi vida. Es todo lo que tengo.

—No lo entiendo.

Hazel le apretó la mano a su hija.

—No me hagas afrontar lo que no necesito afrontar —dijo—. Se ha acabado. No puedes cambiar el pasado. Pero puedes darle forma con tus recuerdos. Soy yo la que escoge los que me quiero quedar, no lo haces tú.

—¿Mamá? —respondió Kat intentando suavizar la voz.

—¿Qué?

—Eso no parece que sean recuerdos. Parecen ilusiones.

—¿Qué diferencia hay? —dijo ella sonriendo—. Tú también viviste en esta casa, Kat.

Kat se dejó caer sobre el respaldo.

—¿Qué?

—Eras una niña, claro, pero una niña lista, muy madura para tu edad. Querías a tu padre incondicionalmente, pero le veías desaparecer. Veías todas mis sonrisas falsas y toda esa dulzura cuando volvía a casa. Pero apartabas la mirada, ¿no?

—Ahora no estoy apartando la mirada —dijo Kat cogiéndole la mano de nuevo—. Por favor, dime adónde iba.

—¿La verdad? No lo sé.

—Pero sabes más de lo que me estás diciendo.

—Tu padre era un buen hombre. Se encargó de que no os faltara de nada a ti y a tus hermanos. Os enseñó a distinguir el bien del mal. Trabajaba mucho y se aseguró de que todos fuerais a la universidad.

—¿Tú le querías? —le preguntó.

Su madre se puso a hacer cosas, aclarando una taza en el fregadero, metiendo de nuevo la mayonesa en la nevera.

—Oh, tu padre era muy guapo cuando lo conocí. Todas las chicas querían salir con él —dijo con la mirada perdida—. Yo tampoco estaba nada mal en aquel entonces.

—Tampoco estás nada mal ahora. —Hazel no hizo caso del cumplido—. ¿Le quisiste?

—Todo lo que pude —dijo parpadeando hasta hacer desaparecer la mirada perdida—. Pero nunca es suficiente.

25

Kat se dirigió a la estación para coger la línea 7 de vuelta a casa. Debía de ser la hora de salida del colegio, porque había niños con enormes mochilas por todas partes, mirando hacia abajo, la mayoría jugando con sus *smartphones*. Dos niñas de la escuela secundaria St. Francis pasaron vestidas con su uniforme de animadoras. Para sorpresa de todos los que la conocían, Kat había hecho pruebas para entrar en el equipo de animadoras en su segundo año de instituto. Su principal lema era el viejo clásico: «¡Sí, sí, sí, St. Francis está aquí! ¡Grita con fuerza, que vamos a ganar!». Entonces volvían a repetir el lema, cada vez más fuerte, hasta que la cosa empezaba a desvariar. El otro grito de ánimo —aún sonreía al recordarlo— se cantaba cuando cometían un error. Se acompañaban de palmas y decían: «¡No pasa nada, no ha habido suerte. Pero al final, os machacaremos igualmente!». Unos años después, Kat había ido a un partido y había observado que habían alterado el lema, cambiando el «machacaremos» por un «ganaremos» más políticamente correcto.

¿El progreso?

Kat estaba justo enfrente de casa de Tessie cuando sonó su teléfono. Era Chaz:

—¿Has recibido mi mensaje?

—¿Sobre la matrícula? Sí, gracias.

—¿Callejón sin salida?

—Sí, creo que sí.

—Porque... —dijo Chaz— La matrícula tenía una cosa que me llamó la atención.

—¿El qué?

—Que el registro correspondía a un coche Lincoln normal. No a una limusina. ¿Sabes algo de limusinas?

—No, la verdad es que no.

—Todas se hacen a medida. Cogen un coche normal, le quitan el interior y literalmente lo cortan por la mitad. Luego separan las mitades, instalan el exterior prefabricado, y reconstruyen el interior, poniendo un bar, una tele o lo que sea.

Seguían pasándole niños por los lados, de vuelta a casa tras el cole. Una vez más pensó en sus tiempos de colegio, cuando la vuelta a casa era el momento más alegre del día. Ninguno de aquellos niños decía una palabra. Solo miraban sus teléfonos.

—Vale —dijo—. ¿Y qué?

—Pues que en el registro del coche de James Isherwood no pone «limusina». Podría ser un descuido, nada grave. Pero decidí investigar más a fondo. El coche tampoco tiene licencia para servicio público. Aunque eso tampoco tendría por qué ser grave. Si se hace un uso privado del coche, no es necesario. Pero el novio no se llama Isherwood, ¿verdad?

—No —dijo Kat.

—Así que he seguido adelante. No está de más, ¿no? Llamé a la casa de Isherwood.

—¿Y?

—No estaba en casa. Voy al grano: el tal Isherwood vive en Islip, pero trabaja para una empresa energética con sede en Dallas. Va mucho en avión. Ahí es donde está ahora. Y tiene el coche en el aparcamiento de largas estancias, en el aeropuerto.

Kat sintió un escalofrío frío y oscuro que le recorría la nuca.

—Y alguien le robó la matrícula.

—Bingo.

Los aficionados roban coches para cometer delitos. Es una chapuza. Cuando a alguien le roban un coche, informa enseguida a la policía. Pero si cambias una matrícula, especialmente la de un coche que esté en un garaje de estancias largas, pueden pasar días o incluso semanas hasta que informen de ello. E incluso, en ese caso, es más difícil localizar una matrícula que todo un coche. Cuando roban un coche, se puede buscar una marca y un modelo específicos. Cuando roban una matrícula, sobre todo si se tiene la previsión de robar la de un coche de una marca similar...

—¿Kat? —dijo Chaz.

—Tenemos que investigar todo lo que podamos de Dana Phelps. A ver si podemos localizar su teléfono móvil, conseguir sus mensajes de texto recientes.

—No es nuestra jurisdicción. Viven en Connecticut.

En ese momento se abrió la puerta de la casa de Tessie. Tessie salió a la calle

—Lo sé —dijo Kat—. Te diré qué vamos a hacer. Envíaselo todo por correo electrónico al agente Schwartz, de la comisaría de Greenwich. Yo le llamaré más tarde.

Colgó el teléfono. ¿Qué demonios estaba pasando? Se planteó llamar a Brandon, pero le pareció prematuro. Tenía que pensárselo bien. Chaz tenía razón: no era su caso. Eso estaba claro. Además, Kat tenía sus propios asuntos en que pensar. Le pasaría el asunto a Joe Schwartz y lo dejaría en sus manos.

Tessie se acercaba. Kat recordó cuando tenía nueve años y se ocultó tras la puerta de la cocina, escuchando cómo lloraba Tessie porque estaba embarazada otra vez. Tessie era una de esas personas que lo ocultan todo tras una sonrisa. Había tenido ocho hijos en doce años, en una época en que los maridos habrían preferido beber de una fosa séptica que cambiar un pañal. Sus hijos ahora estaban repartidos por el país, como si los hubiera esparcido una mano gigante. Algunos no dejaban de trasladarse. Normalmente había al menos uno en la casa familiar. A Tessie no le importaba. No le gustaba ni le disgustaba la compañía. Sus tiempos de madre de familia ya habían pasado, al menos la parte más intensa. Podían quedarse o marcharse, como quisieran. Ella podía hacerle su sándwich de atún a Brian, o no. No le importaba.

—¿Todo bien? —preguntó Tessie.

—Bien.

Tessie no parecía muy convencida.

—¿Te sientas aquí conmigo, un minuto?

—Claro —dijo Kat—. Por supuesto.

De las amigas de su madre, Tessie siempre había sido su favorita. Durante la infancia de Kat, a pesar del caos y del agotamiento, Tessie siempre había encontrado tiempo para charlar con ella. A Kat le preocupaba ser una carga más para ella, pero en algún momento se dio cuenta de que no era así, de que Tessie disfrutaba del tiempo que pasaban juntas. A Tessie le costaba comunicarse con sus propias hijas; y Kat, por supuesto, tenía el mismo problema con su madre. Quizá pudiera parecer una relación especial —o incluso que Tessie debía de haber sido madre de Kat o algo así—, pero quizá fuera más bien que el hecho de no ser familiares les permitía mantener una relación más distendida.

Quizá la familiaridad —el ser *casi* familia— era lo que les proporcionaba la mayor satisfacción.

Tessie vivía en una casa algo vieja de aire inglés. Era bastante amplia, pero cuando diez personas vivían allí parecía como si las paredes fueran a reventar de la presión. Había una valla que cruzaba la vía de acceso. Tessie la abrió para que pudieran pasar al patio de atrás, donde tenía su huertecito.

—Otro año malo —dijo Tessie señalando las tomateras—. Esto del calentamiento global, o lo que sea, me está arruinando las cosechas. —Kat se sentó en el banco—. ¿Quieres beber algo?

—No, gracias.

—Muy bien —dijo Tessie abriendo los brazos—. Pues cuéntame.

Y Kat le contó...

—El pequeño Willy Cozone —dijo Tessie negando con la cabeza cuando Kat acabó su relato—. Sabes que es del barrio, ¿verdad? Creció en Farrington Street, cerca del centro de lavado de coches. —Kat asintió—. Mi hermano mayor, Terry, fue al instituto Bishop Reilly con él. Cozone era un niño flacucho. En el primer curso de primaria vomitó, en el St. Mary's. Vomitó sobre la monja, en plena clase. Toda el aula apestaba. Los niños empezaron a meterse con él. Le llamaban Apestoso o algo así. Muy original. —Negó con la cabeza—. ¿Sabes cómo puso fin a aquello?

—¿A qué?

—A las burlas.

—No. ¿Cómo?

—Cozone le dio una paliza de muerte a un niño cuando estaban en quinto. Se llevó un martillo al colegio y le dio con él en la cabeza. Le abrió el cráneo con la parte afilada.

Kat intentó no hacer una mueca.

—Eso no lo he visto en su ficha.

—Lo debieron de ocultar, o quizá nunca le condenaran por ello. No lo sé. Lo mantuvieron bastante en secreto.

Kat se limitó a negar con la cabeza.

—Cuando Cozone estaba por aquí, bueno..., solían desaparecer perros y gatos del barrio, no sé si me entiendes. A veces encontraban una pata o algo así en la basura. Y así acababa la historia. Ya sabes que perdió a toda su familia en un ataque violento.

—Sí —dijo Kat—. Y todo eso... Quiero decir, que eso es precisamente por lo que no creo que mi padre trabajara para él.

—Yo no sé si lo hacía o no —dijo Tessie, que se puso a arreglar el huerto, sujetando las plantas a las cañas.

—¿Qué es lo que sabes, Tessie?

Tessie inspeccionó un tomate que aún colgaba de la planta. Era demasiado pequeño y demasiado verde. Lo dejó.

—Estabas ahí —insistió Kat—. Sabías lo de las desapariciones de mi padre.

—Lo sabía, sí. Tu madre solía fingir que no pasaba nada. Nos mentía incluso a Flo y a mí.

—¿Tú sabes adónde iba?

—No, no sé el lugar preciso.

—Pero tienes una idea.

Tessie dejó de toquetear los tomates y se irguió.

—Tengo dos ideas enfrentadas al respecto.

—¿Y cuáles son?

—Lo obvio: que no es asunto mío. Ni es asunto tuyo. Todo eso ocurrió hace mucho tiempo. Deberíamos respetar los deseos de tu madre.

Kat asintió:

—Es comprensible.

—Gracias.

—¿Y cuál es la otra idea?

Tessie se sentó a su lado.

—Cuando eres joven, crees que tienes todas las respuestas. O eres de derechas o de izquierdas; y los del otro lado son siempre un puñado de idiotas. Pero cuando te haces mayor, empiezas a ver mejor los grises. Ahora me doy cuenta de que los verdaderos idiotas son los que están seguros de tener todas las respuestas. Nunca es tan sencillo. ¿Entiendes lo que te quiero decir?

—Sí.

—No estoy diciendo que no exista lo correcto o lo incorrecto. Pero sí que lo que es correcto para unos puede no serlo para otros. Antes has hablado de que tu madre confunde los recuerdos con ilusiones. Pero no pasa nada. Eso le ayuda a sobrevivir. Algunas personas necesitan ilusiones. Y algunas personas, como tú, necesitan respuestas. —Hizo una pausa. Kat esperó a que continuara—. También tienes que sopesar los daños —añadió Tessie.

—¿Qué quieres decir?

—Si te digo lo que yo sé, te va a hacer daño. Mucho, probablemente. Yo te quiero. No quiero hacerte daño.

Kat sabía que Tessie, a diferencia de Flo, o incluso de su madre, no era propensa al dramatismo. No era una advertencia que se pudiera tomar a la ligera.

—Puedo soportarlo —dijo Kat.

—Estoy segura de que sí. Además, tengo que valorar ese dolor en comparación con el malestar sordo y continuo que te produce estar siempre con la duda, no saber. Eso también produce dolor.

—Un dolor mayor, diría yo.

—Puede ser —dijo Tessie soltando un largo suspiro—. Pero hay otro problema.

—Escucho.

—Mi información. Se basa únicamente en rumores. Un amigo de Gary... ¿Te acuerdas de Gary?

—El marido de Flo.

—Eso es. Pues un amigo de Gary se lo dijo a Gary; Gary se lo dijo a Flo, y Flo, a mí. Así que, por lo que yo sé, pueden ser todo paparruchas.

—Pero tú no crees que lo sean —apostilló Kat.

—Exacto. Yo no lo creo. Yo creo que es la verdad —dijo Tessie, que parecía estar preparándose para lo que iba a soltar.

—Está bien —dijo Kat con la voz más serena que consiguió poner—. Dime.

—Tu padre tenía una novia.

Kat parpadeó dos veces. Tessie le había avisado de que aquella revelación iba a hacerle daño. Kat supuso que se lo haría, pero en aquel momento era como si las palabras se quedaran flotando en la superficie, como si no le penetraran la piel. Tessie no le quitaba los ojos de encima.

—Yo diría —continuó Tessie— que eso no era nada del otro mundo. Apuesto a que la mitad de los hombres casados de la ciudad tenían amantes. Pero había unas cuantas cosas que hacían que este caso fuera diferente.

Kat tragó saliva, intentando ordenar sus pensamientos.

—¿Como qué?

—¿Estás segura de que no quieres beber nada?

—No, tía Tessie. Estoy bien. —Kat se alisó el cabello e intentó afrontarlo—. ¿Qué es lo que hacía que el caso de mi padre fuera diferente?

—En primer lugar, parecía ser algo duradero. Tu padre pasaba bastante tiempo con ella. Para la mayoría de los hombres suele ser un asunto de una noche, de una hora, de un club de estriptis, quizás un lío breve con una compañera de trabajo. No era el caso de tu padre. O al menos eso era lo que se rumoreaba. Por eso desaparecía. Viajaban juntos, supongo. No lo sé.

—¿Mamá lo sabía?

—No lo sé, cielo... Sí, supongo que sí.

—¿Y por qué no lo abandonó?

Tessie sonrió.

—¿Y adónde iba a ir, cariño? Tu madre tenía tres hijos pequeños. Él era el que aportaba el sustento, su marido. En esa época no teníamos alternativas. Además..., bueno, tu madre le quería. Y él la quería a ella.

Kat resopló, burlona.

—Lo dirás de broma, ¿no?

Tessie meneó la cabeza.

—Mira, tú eres joven. Crees que las cosas son sencillas. Mi Ed también tuvo novias. ¿Quieres saber la verdad? No me importaba. «Mejor ella que yo», eso es lo que pensaba. Yo tenía un montón de críos y siempre estaba embarazada; ya me iba bien que me dejara en paz, si quieres saber la verdad. Cuando eres joven no puedes imaginarte sentirte así, pero sucede.

Así que era eso, pensó Kat. Su padre tenía una novia. Un vendaval de emociones le cayó de pronto encima. Gracias a su entrenamiento con el yoga, solía ser capaz de afrontar las emociones, pero, de momento, necesitaba mantener la concentración, así que simplemente las dejó pasar.

—Hay algo más —dijo Tessie. Kat levantó la cabeza y la

miró—. Tienes que recordar dónde vivimos. Quiénes somos. Y la época que era.

—No te entiendo.

—La novia de tu padre... —dijo Tessie—. Bueno, siempre según lo que decía el amigo de Gary. Mira..., que un hombre casado saliera con otra mujer no era una gran sorpresa. Nadie habría arrugado la nariz. El amigo de Gary no se habría dado cuenta siquiera, de no ser porque esa novia era..., bueno, negra.

De nuevo, Kat parpadeó, sin saber muy bien cómo reaccionar.

—¿Negra? ¿Quieres decir afroamericana, de color?

Tessie asintió.

—Según los rumores..., y hay que tener en cuenta que, una vez más, probablemente fueran rumores alimentados por el racismo, había quien pensaba que sería alguna prostituta con la que solía ir. Así sería como se habrían encontrado. Pero eso yo no lo sé, y lo dudo.

Kat sentía que le daba vueltas la cabeza.

—¿Mi madre lo sabía?

—Yo nunca se lo dije, si es eso lo que preguntas.

—No es eso lo que te pregunto —dijo Kat, pero entonces recordó algo—. Un momento... Flo se lo dijo, ¿no?

Tessie no se molestó en negarlo ni confirmarlo. Ahora por fin descubría otra verdad: el motivo del silencio de un año entre Flo y su madre. Flo le había hablado a Hazel de la prostituta negra, y Hazel se había negado a creérselo.

Pero, pese a la carga emocional que tenía aquello —Kat aún no sabía qué sentir, aparte de tristeza—, también resultaba irrelevante. Ya lloraría por todo aquello más tarde. En aquel momento, Kat necesitaba descubrir si algo de todo aquello había tenido algo que ver con el asesinato de su padre.

—¿Tú conoces el nombre de la mujer? —preguntó Kat.

—No, en realidad no.

Kat frunció el ceño.

—¿En realidad?

—Déjalo, cariño.

—Sabes que no puedo dejarlo —dijo Kat.

Tessie miró por todas partes, salvo a los ojos de Kat.

—Gary dijo que su nombre de batalla era Sugar —reveló Tessie finalmente.

—¿Sugar?

Tessie se encogió de hombros.

—No sé si eso es cierto o no.

—¿Sugar... qué más?

—No lo sé.

Las verdades caían como puñetazos, uno tras otro. Kat habría querido hacerse un ovillo y evitarlos, pero ese era un lujo que no se podía permitir.

—¿Tú sabes qué fue de Sugar después del asesinato de mi padre?

—No —dijo Tessie.

—¿No...?

—Eso es todo lo que sé, Kat. No hay más —dijo Tessie volviendo a fijar la atención en sus plantas—. ¿Qué vas a hacer ahora?

Kat se lo quedó pensando.

—No estoy segura.

—Ahora ya sabes la verdad. A veces con eso basta.

—A veces —reconoció Kat.

—¿Pero esta vez no?

—Algo así.

—La verdad puede ser mejor que las mentiras —dijo Tessie—. Pero no siempre te libera.

Kat lo entendía. No esperaba llegar a ser libre. Ni siquiera esperaba llegar a ser más feliz. Solo esperaba...

¿Qué esperaba exactamente?

No iba a conseguir nada con todo aquello. Haría daño a su madre. Stagger, que probablemente había hecho lo que había hecho por lealtad para con su padre, podría enfrentarse a acusaciones de corrupción por haber convencido a Monte Leburne para que no dijera nada o cambiara su testimonio. Ahora, Kat sabía la verdad. Al menos lo suficiente.

—Gracias, tía Tessie.

—¿Por qué?

—Por decírmelo.

—No creo que tengas mucho que agradecerme —dijo Tessie agachándose a recoger la pala—. No vas a dejar esto, ¿verdad, Kat?

—No.

—Aunque hagas daño a mucha gente con ello.

—Aun así.

Tessie asintió, hundiendo la pala en la tierra fresca.

—Se está haciendo tarde, Kat. Quizá sería hora de que volvieras a casa.

La revelación empezó a cuajar durante el viaje en metro de vuelta a casa.

Era fácil sentirse furiosa, traicionada y asqueada.

Su padre había sido un héroe. Kat ya sabía, por supuesto, que no era perfecto, pero se trataba del hombre que se había subido a una escalera y había colgado la luna del cielo para ella. Ella se lo había creído realmente —que su padre había sacado la escalera del garaje y había colgado la luna del cielo solo para ella— pero, claro, ahora que se paraba a pensarlo, también aquello era una mentira.

A veces se había imaginado que su padre desaparecía porque estaba salvando vidas, trabajando en operaciones encubiertas, haciendo algo heroico e importante. Ahora, Kat sabía que había abandonado y dejado a toda su familia aterrada para acostarse con una fulana.

Así que, sí, esa sería la salida fácil para sus emociones: el asco, la rabia, la traición y quizás incluso el odio.

Pero tal como le había advertido Tessie, la vida raramente era tan sencilla.

La emoción que la invadía por encima de todo era la tristeza. Tristeza por un padre que era tan infeliz en su casa que había acabado viviendo una mentira. Tristeza por su madre, por motivos obvios, pero también por verse obligada a vivir la mentira; y, mirándolo con detalle, también tristeza porque aquella noticia no le sorprendía tanto como querría pretender. Quizás, en su subconsciente, Kat ya había sospechado algo así de feo. Quizás esa había sido la causa principal de la tensa relación con su madre, una convicción estúpida, subconsciente, de que de algún modo su madre no había hecho lo suficiente como para hacer feliz a su padre, y que eso había provocado que él se fuera, haciendo que Kat pasara miedo ante la posibilidad de que él no volviera nunca, lo cual sería culpa de su madre.

También se preguntó si Sugar, si es que ese era su nombre, había hecho feliz a su padre. En su matrimonio no había habido pasión. Había habido respeto, compañerismo y colaboración, pero ¿había encontrado su padre algo parecido al amor romántico con esta otra mujer? Suponiendo que hubiera sido feliz con esta otra mujer, con esta relación furtiva, ¿cómo debería sentirse Kat al respecto? ¿Debería sentirse rabiosa y traicionada o contenta de algún modo porque su padre hubiera encontrado algo que le hiciera feliz?

Lo único que deseaba era llegar a casa, estirarse en la cama y llorar.

El teléfono no tuvo cobertura hasta que salió del túnel del metro. Había tres llamadas perdidas del móvil de Chaz. Kat le llamó en cuanto llegó al nivel de la calle.

—¿Qué hay? —le preguntó.

—Tienes una voz horrible.

—Un mal día.

—Pues puede que se ponga peor.

—¿Qué quieres decir?

—He encontrado algo sobre esa cuenta suiza. Creo que te gustará verlo.

26

Titus se había cansado del mundo de la prostitución.

Se estaba volviendo peligroso, complicado y hasta aburrido. Cada vez que conseguías montar algo bueno, aparecía un montón de gente con una tendencia exagerada a la violencia que quería meter la cuchara. Se presentaba la mafia exigiendo un trozo del pastel. Los vagos lo veían como una fuente de dinero fácil: abusas de una novia desesperada, le obligas a hacer lo que tú quieres, y recoges el dinero. Su mentor, Louis Castman, había desaparecido mucho tiempo atrás y se había retirado, suponía Titus, a alguna isla del sur del Pacífico. Internet, que había hecho que tantos negocios de venta al por menor y tantos intermediarios quedaran obsoletos, también había restado valor a la figura del proxeneta. La conexión fulana-chulo se volvía mucho más simple con la red, o con grandes estructuras que engullían a los chulos de poca monta, del mismo modo que los centros de bricolaje se habían cargado las ferreterías de barrio.

La prostitución se había convertido en un negocio poco rentable para Titus. Los riesgos empezaban a superar los beneficios.

No obstante, como en cualquier sector, cuando un aspecto se volvía obsoleto, los mejores emprendedores encontraban nuevas vías. La tecnología habría afectado al negocio de la calle, pero abría nuevos mundos en la red. Durante un tiempo, Titus lo había aprovechado, pero sentarse tras un ordenador, concertar citas y hacer transacciones resultaba algo demasiado rutinario e impersonal. Organizó estafas cibernéticas en colaboración con mafiosos nigerianos. No, no enviaba los típicos mensajes de spam pidiendo ayuda para alguien que debía dinero o que quería destinarlo a una acción benéfica. Lo suyo siempre había sido la seducción —el sexo, el amor, la interacción entre ambos—. Durante un tiempo, su mejor «estafa romántica» había consistido en fingir que era un soldado en servicio en Irak o Afganistán. Creaba identidades falsas para sus soldados en redes sociales y luego empezaba a camelar a mujeres solteras que conocía por internet. Al final, les pediría ayuda «obligado por las circunstancias» para poderse comprar un ordenador portátil para comunicarse, e incluso un billete de avión que les permitiera verse en persona, o bien, quizá, les pediría dinero para costear su rehabilitación tras sufrir una herida de guerra. Cuando necesitaba dinero en efectivo rápidamente, Titus fingía que era un soldado al que habían llamado a filas para una misión y que necesitaba vender su vehículo a la baja, enviaba a sus compradores potenciales números de registro y otros datos falsos y les pedía que enviaran el dinero a cuentas de terceros.

De todos modos, aquellos timos tenían problemas asociados. En primer lugar, el dinero conseguido era relativamente poco, y costaba un gran esfuerzo. Había gente muy tonta, sí, pero iban espabilando cada vez más. En segundo lugar, como en cualquier negocio rentable, siempre había aficionados que oían hablar del tema y se querían meter en el asunto. El Departamento de Investigación Criminal del ejército había empezado a lanzar avisos y a perseguir a los delincuentes de una manera más decidida. Para sus socios en África occidental, eso no era un gran problema. Pero para Titus podía llegar a serlo.

No obstante, sobre todo, no dejaba de ser un chanchullo pequeño, con la «p» más minúscula imaginable. Titus, al igual que cualquier hombre de negocios, buscaba formas de expandirse y capitalizarse. Aquellos timos habían sido un paso adelante desde sus primeros tiempos de proxeneta, pero ¿hasta dónde llegaría con eso? Necesitaba un nuevo desafío, algo más grande, más rápido, más rentable y completamente seguro.

Así que Titus había dedicado casi todos los ahorros de su vida en poner en marcha su nuevo negocio. Pero estaba dando resultados. Y de qué manera.

Clem Sison, el nuevo chófer, llegó a la granja. Llevaba el traje negro de Claude.

—¿Qué tal estoy? —preguntó.

Le quedaba algo ancho de hombros, pero podía pasar.

—¿Entiendes lo que tienes que hacer?

—Sí.

—No te desvíes del plan —le advirtió Titus—. ¿Comprendido?

—Claro, entendido. La traigo aquí directamente.

—Muy bien. Pues ve a buscarla.

Chaz había acabado su turno, así que Kat fue a verle a su apartamento, en el elegante edificio Lock-Horne, en la esquina de Park Avenue y la calle Cuarenta y seis. Kat había acudido a una fiesta en unas oficinas de aquel edificio dos años antes, cuando Stacy salía con el *playboy* propietario del edificio. El *playboy*, que se llamaba Wilson, o Windsor o algo así de pijo, era un tipo brillante, rico y guapo, pero, según los rumores, últimamente había perdido la chaveta, al estilo Howard Hughes, y se había recluido, alejándose de todo y de todos. Últimamente, algunas plantas de oficinas del bloque se habían convertido en viviendas.

Ahí era donde vivía Chaz Faircloth. Conclusión evidente: venir de familia rica tenía grandes ventajas.

Cuando Chaz abrió la puerta, su camisa blanca tenía desabotonado un botón más de lo necesario, dejando al descubierto unos pectorales tan brillantes por efecto de la crema que a su lado el culito de un bebé habría parecido papel de lija. Sonrió mostrando sus dientes perfectos y le dijo:

—Adelante.

Kat echó un vistazo al apartamento.

—Tengo que decir que estoy sorprendida.

—¿Cómo?

Kat se esperaba un picadero, la típica cueva de soltero desaliñado, y en su lugar se encontró con que el piso tenía una decoración casi exageradamente clásica, con maderas regias, antigüedades, tapices y alfombras orientales. Todo era sofisticado y caro, y, sin embargo, sobrio.

—La decoración.

—¿Te gusta?

—Pues sí.

—Ya. Mi madre decoró el piso con piezas del legado familiar y cosas así. Yo iba a cambiarlo, a adaptarlo más a mi personalidad, pero luego descubrí que a las nenas les encanta todo esto. Me hace más sensible y todo eso.

Fin de la sorpresa. Chaz fue a situarse detrás de la barra y cogió una botella de whisky Macallan de veinticinco años. Kat abrió los ojos de golpe, estupefacta.

—Tú bebes whisky —dijo él.

—Creo que ahora mismo no debería —respondió Kat intentando no relamerse.

—¿Kat?

—¿Sí?

—Estás mirando la botella como yo miraría un escote generoso.

Kat frunció el ceño.

—¿Generoso?

Chaz sonrió con sus dientes perfectos.

—¿Has probado alguna vez el de veinticinco?

—Una vez probé el de veintiuno.

—¿Y?

—Casi le pedí a la botella que se casara conmigo.

Chaz cogió dos vasos de whisky.

—Esto se vende por unos ochocientos dólares la botella —dijo.

Llenó ambos vasos y le dio uno. Kat agarró el vaso como si fuera un frágil pajarillo.

—Salud.

Kat le dio un sorbo, y cerró los ojos. Se preguntó si era posible beber aquello y mantener los ojos abiertos.

—¿Qué tal está? —preguntó él.

—Podría pegarte un tiro solo para llevarme la botella a casa.

Chaz se rio.

—Supongo que deberíamos ir al grano.

Kat estaba a punto de sacudir la cabeza y decirle que

aquello podía esperar. Ahora mismo no quería oír hablar del banco suizo. La realidad de lo que había en su vida —de lo que había sido la vida de sus padres— empezaba a abrirse paso a través de sus barreras mentales. Cada casa, en cada calle, no es más que la fachada de una familia. Si miramos dentro, creemos saber lo que pasa en ella, pero nunca tenemos ni idea. Y, desde luego, una cosa era el espejismo que eso supone para los extraños, y otra, estar ahí dentro, vivir en el interior de la propia casa, y darse cuenta de que uno no había siquiera imaginado la infelicidad, los sueños rotos, las mentiras y los engaños que se escenificaban delante de sus narices... Ante tales reflexiones, lo único que le apetecía a Kat en esos momentos era sentarse en aquel lujoso sofá de cuero, degustar aquel escocés de lujo y dejar que eso le transportara a un delicioso estado de torpor.

—¿Kat?

—Escucho.

—¿Qué pasa contigo y con el capitán Stagger?

—No quiero meterte en eso, Chaz.

—¿Vas a volver pronto?

—No lo sé. No es importante.

—¿Seguro?

—Segurísimo —dijo Kat. Era hora de cambiar de tema—. Pensaba que querías ponerme al día sobre la cuenta suiza numerada.

—Sí, desde luego.

—¿Y bien?

Chaz posó el vaso.

—Hice lo que me pediste. Hablé con tu contacto en el Departamento del Tesoro. Le pregunté si podía poner la cuenta en observación. La lista es inmensa, por cierto. Supongo que el fisco está muy interesado en controlar las cuentas secretas en Suiza, y los suizos están contraatacando. A menos que haya una sospecha evidente de terrorismo, las esperas son largas, así que supongo que esto aún no lo han descubierto.

—¿Descubierto?

—Dijiste que la cuenta era nueva, ¿no?

—Sí. Se supone que Dana Phelps la acababa de abrir.

—¿Cuándo, exactamente?

—No lo sé. Por lo que decía su gestor financiero, supongo que la habría abierto hace un par de días, cuando hizo la transferencia de fondos.

—Eso no puede ser —dijo Chaz.

—¿Por qué no?

—Porque alguien ya había enviado un informe de actividad sospechosa sobre la cuenta.

—¿Cuándo? —dijo Kat bajando el vaso.

—Hace una semana.

—¿Y sabes qué decía el informe?

—Que un vecino de Massachusetts ya había transferido más de trescientos mil dólares a esa misma cuenta —dijo Chaz abriendo el ordenador portátil que tenía sobre la mesita y poniéndose a escribir algo.

—¿Tienes el nombre de la persona que hizo la transferencia? —preguntó Kat.

—No, eso no salía en el informe.

—¿Y sabes quién emitió el informe?

—Un tipo llamado Asghar Chuback. Es socio de una empresa de inversiones llamada Parsons, Chuback, Mitnick y Bushwell Inversiones y Valores. Tienen sede en Northampton, Massachusetts —dijo Chaz dándole la vuelta al ordenador para que lo viera.

La página web de Parsons, Chuback, Mitnick y Bushwell era el equivalente digital a una colección de ostentosos logotipos de marfil en relieve —todo rico, elegante, de clase alta—, el tipo de diseño que dejaba claro que sin una cartera de activos de ocho cifras no valía la pena siquiera solicitar sus servicios.

—¿Se lo has contado al agente Schwartz? —preguntó Kat.

—Aún no. Francamente, no me pareció que le impresionara demasiado lo de la matrícula robada.

En la página web había secciones de gestión de patrimonios, servicios para inversores institucionales, inversiones globales..., y muchas promesas de privacidad y discreción.

—Nunca conseguiremos que hablen con nosotros —dijo Kat.

—Te equivocas.

—¿Y eso?

—Yo pensé lo mismo, pero llamé igualmente —dijo Chaz—. Está deseando hablar. Te he concertado una cita.

—¿Con Chuback?

—Sí.

—¿Para cuándo?

—Esta noche, a cualquier hora. Su secretaria dice que está trabajando con el mercado internacional y que estará toda la noche. Por raro que suene, parece deseoso de hablar. Deberían ser unas tres horas en coche —dijo, y cerró la pantalla del ordenador de golpe y se puso en pie—. Yo conduzco.

No era eso lo que quería Kat. Sí, confiaba en Chaz, pero aún no le había contado todos los detalles, especialmente sobre la conexión personal con Jeff-Ron. No era el tipo de información que uno quiere que se extienda por toda la comisaría. Además, por mucho que hubiera mejorado la actitud de Chaz, un viaje de tres horas en coche con él —seis horas de ida y vuelta— era algo para lo que aún no estaba preparada.

—Ya iré yo sola —dijo ella—. Tú quédate aquí, por si necesito algún tipo de seguimiento.

Esperaba algún tipo de protesta, pero no la hubo.

—Muy bien —dijo él—. Pero irás más rápido si coges mi coche. Vamos. El garaje está a la vuelta de la esquina.

Martha Paquet cargó con su maleta hasta la puerta. La maleta era vieja, anterior a la invención de las maletas con ruedas, o quizá Harold hubiera sido algo tacaño, incluso en aquellos tiempos. Harold odiaba viajar, salvo un par de veces al año, cuando hacía una «escapada a Las Vegas» con sus compañeros de copas, ese tipo de viaje que a la vuelta propiciaba guiños maliciosos y risitas por parte de todos. Para aquellas salidas, usaba un moderno *trolley* Tumi —exclusivamente para su uso personal, tal como había dejado claro—, pero Harold se había llevado el *trolley*, como casi todo lo que había de valor en su piso, años atrás, antes del divorcio definitivo. Harold no había esperado a la sentencia. Había alquilado un camión de mudanzas, se había llevado del piso todo lo que había podido y le había dicho: «Intenta recuperarlo, zorra».

Hacía mucho de eso. Martha se quedó mirando por la ventana.

—Esto es una locura —le dijo a su hermana, Sandi.

—Solo se vive una vez.

—Sí, lo sé.

—Y te lo mereces —dijo Sandi pasándole un brazo por encima de los hombros—. Mamá y papá estarían de acuerdo.

—Oh, eso lo dudo —dijo Martha arqueando una ceja.

Sus padres habían sido personas muy religiosas. Tras años de abusos por parte de Harold —no hay por qué profundizar en eso ahora—, Martha había acabado mudándose al hogar familiar para ayudar a su padre con los cuidados de su madre, en fase terminal de su enfermedad. Pero, como a veces sucede en estos casos, su padre, que estaba sano, murió de un ataque al corazón fulminante hacía ya seis años. Su madre, finalmente, había muerto hacía solo un año. La anciana creía firmemente que iría al paraíso con su marido —decía que estaba deseando que llegara el día—, pero eso no había impedido que luchara y se aferrara a la vida, soportando tratamientos agónicos para retrasar el momento en todo lo posible.

Martha había estado con su madre todo el tiempo. Vivió en su casa y le hizo de enfermera y compañera. No le importaba. Para ella, la posibilidad de enviar a su madre a un centro de cuidados terminales o a una residencia, o tan solo de contratar ayuda, no existía. Su madre no quería oír hablar de ello siquiera, y Martha, que quería muchísimo a su madre, nunca se atrevió a proponérselo.

—Hace demasiado tiempo que no vives la vida —le recordó Sandi—. Es hora de divertirse un poco.

Seguramente era así. Tras su divorcio había habido algún intento de relación, pero tener que cuidar de su madre y la preocupación por lo que pudiera hacer Harold siempre habían sido un obstáculo. Martha nunca se quejaba. Ella no era así. Se conformaba con lo que le había tocado vivir. No pedía ni esperaba más. Lo cual no quería decir que no le hubiera gustado.

—Solo hay una persona que pueda cambiar tu vida —dijo Sandi—. Tú misma.

—Ya.

—No puedes iniciar el próximo capítulo de tu vida si no dejas de releer el anterior.

Sandi recurría a todos aquellos aforismos con la mejor de las voluntades. Los colgaba en su muro de Facebook cada viernes, a menudo acompañados con alguna foto de flores o puestas de sol perfectas, cosas así. Los llamaba los «Dichos de Sandi» aunque, por supuesto, ninguno era obra suya.

Una limusina negra se paró frente a la casa. Martha sintió un nudo en la garganta.

—¡Oh, Martha, el coche es precioso! —exclamó Sandi.

Martha no podía dar un paso. Se quedó allí, de pie, mientras el chófer salía del coche y se dirigía a la puerta. Un mes antes, cediendo ante la insistencia de Sandi, Martha se había apuntado a un servicio de citas por internet. Para su sorpresa, casi inmediatamente había empezado a flirtear con un hombre estupendo llamado Michael Craig. Pensándolo bien, era una locura, algo muy impropio de ella, y ella misma estaba escandalizada: eso de que los jóvenes de hoy en día no supieran lo que era una relación de verdad, porque se pasaban todo el día pegados a la pantalla, sin ver nunca a la persona cara a cara, y bla, bla, bla.

¿Cómo había caído ella en esto?

Lo cierto era que empezar con una relación en línea tenía ventajas. Tu aspecto no importaba (salvo el de las fotografías). Podías estar despeinada, con el maquillaje corrido, tener algo metido entre los dientes..., no importaba. Podías relajarte y no tenías que esforzarte demasiado. Nunca veías el desencanto en el rostro de tu interlocutor, y siempre suponías que sonreía al oír lo que le decías o al enterarse de lo que hacías. Si no funcionaba, no tenías que preocuparte porque fueras a encontrártelo en el supermercado o en un centro comercial. Te daba suficiente distancia como para ser tú misma y bajar la guardia.

Daba seguridad.

Al fin y al cabo, no podía llegar muy lejos, ¿no?

Intentó contener una sonrisa. La relación se había animado —mejor no entrar en detalles— y había pasado a planos cada vez más intensos, hasta que por fin Michael Craig le había escrito en un mensaje instantáneo: ¡AL DIABLO CON TODO! ¡QUEDEMOS Y VEÁMONOS!

Martha Paquet recordaba aquel momento, sentada ante el ordenador, sonrojada hasta las cejas. Oh, cuánto echaba de menos un contacto real, esa intimidad física con un hombre que siempre había soñado. Había pasado demasiado tiempo sola y asustada, y ahora había conocido a alguien... Pero ¿se iba a atrever a dar el paso siguiente? Martha le confesó sus reparos a Michael. No quería arriesgarse a perder lo que tenían, pero, por otra parte, tal como le dijo él según su propia manera de verlo..., ¿qué es lo que tenían?

Pensándolo bien, nada. Humo y espejismos. Pero ¿y si se conocían personalmente y surgía la misma química que en la red...?

¿Y si no? ¿Y si todo se desvanecía cuando se vieran cara a cara, como seguro que debía ocurrir la mayoría de las veces? ¿Y si todo acaba convirtiéndose, como se temía, en una gran decepción?

Martha quiso posponer el encuentro. Le pidió que tuviera paciencia. Él dijo que la tendría, pero que las relaciones no funcionan así. No pueden quedarse estancadas. O progresan, o van hacia atrás. Martha notaba que Michael empezaba a echarse atrás muy lentamente. Era un hombre. Tenía necesidades y deseos, igual que ella.

Por raro que pareciera, Martha había visitado la página de Facebook de su hermana y había visto uno de sus aforismos junto a una fotografía de olas rompiendo contra la orilla:

NO ME ARREPIENTO DE LAS COSAS QUE HE HECHO. ME ARREPIENTO DE LAS COSAS QUE NO HE HECHO CUANDO HE TENIDO OCASIÓN.

La cita no se la atribuía ni se dirigía a nadie, pero a Martha le llegó al corazón. Su planteamiento inicial era correcto: una relación en línea no es real. Quizá podía funcionar como introducción. Podía ser intensa. Podía aportar placer y dolor, pero una realidad falsificada solo se puede arrastrar durante un tiempo. Al final, es solo cuestión de crearse un personaje.

Daba la impresión de que había poco que perder y mucho que ganar.

Así pues, sí..., mientras permanecía junto a la puerta mirando cómo se acercaba el chófer, Martha estaba aterrada y emocionada a la vez. Había otro aforismo de esos en el muro de Sandi que hablaba de que la vida consiste en correr riesgos y hacer cada día una cosa que te asuste. Si realmente la vida consistía en eso, Martha se las había apañado para no vivir ni un solo momento en su vida.

Nunca había estado tan asustada. Nunca se había sentido tan viva.

Sandi la rodeó con los brazos, y Martha le devolvió el abrazo.

—Te quiero —dijo Sandi.

—Yo también te quiero.

—Quiero que te lo pases como nunca, ¿me oyes?

Martha asintió, haciendo esfuerzos para no llorar. El chófer llamó a la puerta. Martha abrió. Él se presentó como Miles, y le cogió la maleta.

—Por aquí, *madame*.

Martha le siguió hasta el coche. Sandi también fue. El chófer metió la maleta en el maletero y le abrió la puerta. Sandi volvió a abrazarla.

—Si pasa cualquier cosa, me llamas —dijo Sandi.

—Lo haré.

—Si no te sientes bien, o si quieres volver a casa...

—Te llamaré, Sandi, lo prometo.

—No, no lo harás, porque te estarás divirtiendo tanto que no tendrás tiempo —dijo Sandi con lágrimas en los ojos—. Te lo mereces. Te mereces ser feliz.

Martha hizo un esfuerzo para no llorar ella también.

—Nos vemos dentro de dos días —dijo, y se metió en el coche.

El chófer cerró la puerta. Se sentó en el puesto del conductor y se la llevó en dirección a su nueva vida.

27

Chaz tenía un Ferrari 458 Italia de un color que él insistía en llamar «amarillo cohete». Kat frunció el ceño.

—Esto sí que no me sorprende.

—Yo lo llamo «el Cazanenas» —dijo Chaz entregándole un llavero de Supermán.

—Más bien es como un ejercicio de sobrecompensación, ¿no?

—¿Eh?

—No importa.

Tres horas más tarde, cuando la voz femenina del GPS dijo «ha llegado a su destino», Kat estuvo segura de que debía ser un error.

Comprobó la dirección. La dirección era esa: 909 Trumbull Road, Northampton, Massachusetts. El destino, según el sitio web y las páginas amarillas en línea, era la sede de Parsons, Chuback, Mitnick y Bushwell Inversiones y Valores.

Kat aparcó en la calle, entre un Subway y un salón de belleza llamado Pam's Kickin' Kuts. Se esperaba que la oficina estuviera en un edificio imponente como los del Midtown de Manhattan, solo que en versión ciudad de provincias, pero aquel lugar tenía más bien el aspecto de una pensión victoriana, con su puerta de color rosa salmón y una celosía blanca cubierta de hiedra algo seca.

Una anciana con una batita de estar por casa se mecía en la mecedora del porche. Tenía las piernas cubiertas de venas varicosas del tamaño de mangueras.

—¿Puedo ayudarle? —preguntó.

—He venido a ver al señor Chuback.

—Murió hace catorce años.

Kat no estaba muy segura de cómo interpretar aquello.

—¿Asghar Chuback?

—Ah, bueno, Chewie. Como ha dicho «señor» he pensado en su padre. ¿Verdad que me entiende? Para mí es Chewie —dijo. Tuvo que inclinar la mecedora un poco para conseguir ponerse en pie—. Sígame.

Por un momento, Kat deseó haberse traído a Chaz como refuerzo. La anciana le abrió la puerta de entrada y, luego, abrió la del sótano. Kat no echó mano de su pistola, pero era muy consciente de dónde la llevaba, y ensayó mentalmente, tal como hacía a menudo, cómo la sacaría.

—¿Chewie?

—¿Qué hay, Ma? Estoy ocupado.

—Ha venido alguien a verte.

—¿Quién?

La anciana miró a Kat.

—Agente Donovan, de la policía de Nueva York —gritó Kat.

Un gigantón asomó al fondo de las escaleras. Tenía el pelo largo y recogido en una cola de caballo, con entradas, y el rostro amplio y sudoroso. Llevaba unas bermudas holgadas y una camiseta que decía: CAPITÁN DEL EQUIPO DE PERREO.

—Ah, sí. Baje.

—¿Quiere un refresco de naranja? —preguntó la anciana.

—No, estoy bien —respondió Kat bajando las escaleras. Chuback la esperó. Se secó la carnosa manaza sobre la camiseta antes de tendérsela.

—Todo el mundo me llama Chewie.

Tendría treinta años, o quizá treinta y cinco, una panza enorme y unos muslos gruesos y pálidos como columnas. Llevaba un auricular *bluetooth* colgado de la oreja. El sótano era como un despacho sacado de una serie de los años sesenta, con paneles de madera, cuadros de payasos y altos archivadores. Las mesas de trabajo eran tres largos escritorios que formaban una U, cubiertos de una enorme batería de pantallas y ordenadores. Había dos enormes butacas de cuero sobre unas grandes tarimas blancas. Los brazos de las butacas estaban llenos de pulsadores de colores.

—Tú eres Asghar Chuback —dijo Kat.

—Prefiero que me llamen Chewie.

—¿Socio fundador de Parsons, Chuback, Mitnick y Bushwell?

—Exactamente.

Kat miró alrededor.

—¿Y quiénes son Parsons, Mitnick y Bushwell?

—Tres tipos con los que jugaba a baloncesto en quinto de primaria. Uso sus nombres para el logo. Queda bien, ¿no?

—Así que toda la empresa de inversiones...

—Soy yo, sí. Un momento. —Apretó el botón del *bluetooth*—. Sí, exacto, no, Toby, yo no vendería aún. ¿Has visto el mercado en Finlandia? Confía en mí. Sí, vale. Ahora estoy con otro cliente. Ya te llamo yo.

Tocó el botón del *bluetooth* y colgó.

—¿Así pues, tu madre es la secretaria con la que habló mi compañero? —continuó Kat.

—No, también era yo. Tengo un mecanismo en el teléfono para cambiar voces. También puedo ser Parsons, Mitnick o Bushwell, si es que algún cliente quiere una segunda opinión.

—¿Y eso no es fraude?

—No lo creo, pero la verdad es que hago que mis clientes ganen tanto dinero que no les importa mucho. —Chewie sacó un puñado de consolas y *joysticks* de una de las dos grandes butacas—. Siéntese.

Kat subió a la tarima y se sentó.

—¿De qué me suena esta butaca? —dijo Kat.

—Son las butacas del capitán Kirk en *Star Trek*. Réplicas, desgraciadamente. No he podido comprar la original. ¿Le gustan? La verdad es que no soy muy fan de *Star Trek*. A mí me gustaba más *Battlestar Galactica*, pero estas butacas son bastante cómodas, ¿no?

Kat no hizo caso a la pregunta.

—Hace poco emitiste un informe de actividad sospechosa sobre una cuenta bancaria suiza. ¿Es correcto?

—Sí que lo es, pero ¿por qué está usted aquí?

—¿Perdón?

—Es de la policía de Nueva York, ¿no? Los informes de actividad sospechosa van a la Red de Control de Delitos Económicos, que depende del Departamento del Tesoro, no de los departamentos de policía de cada ciudad.

Kat se apoyó en los brazos de la butaca, con cuidado de no apretar ninguno de los pulsadores.

—La cuenta ha aparecido en un caso que estoy investigando.

—¿En qué forma?

—Eso no es algo que pueda comentar.

—Oh, pues es una pena. —Chuback se levantó de su butaca y bajó de la tarima—. Permítame que le acompañe a la salida.

—No hemos acabado, señor Chuback.

—Chewie —dijo él—. Y..., sí, creo que sí hemos acabado.

—Podría informar de toda esta actividad.

—Adelante. Soy un asesor económico registrado y trabajo en colaboración con una institución bancaria asegurada por la Corporación Federal de Seguros de Depósitos. Puedo ponerme el nombre que me dé la gana. Cursé el informe de actividad sospechosa porque cumplo con la ley y tengo conciencia profesional, pero no voy a traicionar a mis clientes ni a revelar sus secretos financieros a ciegas.

—¿Qué tipo de secretos?

—Lo siento, agente Donovan. Necesito saber qué es lo que busca, o voy a tener que pedirle que se marche.

Kat se preguntó cómo jugar sus cartas, pero un hombre adulto llamado Chewie la había dejado casi sin opciones.

—Estoy investigando otro caso en el que alguien depositó una gran cantidad de dinero en una cuenta suiza numerada.

—¿Y es la misma cuenta de la que yo informé?

—Sí.

Chewie se sentó e hizo tamborilear los dedos sobre los pulsadores de colores del capitán Kirk.

—Humm...

—Mira, tal como has dicho, yo no soy del Departamento del Tesoro. Si tu cliente está blanqueando dinero o evadiendo impuestos, a mí no me importa.

—¿Qué es lo que está investigando exactamente?

Kat decidió jugársela. Si le dijera algo que lo sorprendiese, quizá él le hiciera algún tipo de revelación.

—La desaparición de una mujer.

—¿En serio? —dijo Chuback anonadado.

—Sí.

—¿Y cree que mi cliente está implicado de algún modo?

—La verdad es que aún no tengo una pista clara. Eso es justo lo que estoy buscando. No me importan las irregularidades financieras. Pero si lo que quieres es proteger a un cliente involucrado en algún tipo de secuestro...

—¿Secuestro? —interrumpió él.

—...O rapto, no lo sé.

—No, qué va. ¿Lo dice en serio?

—Por favor, dime lo que sepas —dijo Kat inclinándose hacia delante.

—Todo esto... —dijo Chuback—, no tiene sentido. —Señaló el techo—. Tengo cámaras de seguridad por toda la sala. Están grabando todo lo que hacemos y decimos. Quiero su palabra..., y me doy cuenta de que su poder de acción es limitado, de que ayudará a mi cliente. Es decir, él no puede verse perseguido ni hostigado.

Dijo *él*. No *ella*. Así que, al menos, Kat ya sabía su sexo. No se molestó en discutir. La grabación tampoco tendría ningún valor ante un tribunal.

—Tienes mi palabra.

—Mi cliente se llama Gerard Remington.

Kat rebuscó en sus archivos de memoria, pero aquel nombre no le decía nada.

—¿Y quién es?

—Un farmacéutico.

Nada.

—¿Y qué ha pasado exactamente?

—El señor Remington me dio instrucciones de transferir todos los fondos de su cuenta a una cuenta suiza. Eso no es ilegal, por cierto.

Otra vez con lo de la ilegalidad.

—¿Y por qué informaste?

—Porque es una transacción realmente sospechosa. Mire, Gerard no solo es un cliente. También es mi primo. Su madre y mi madre (la señora que le ha hecho pasar) eran hermanas. Su madre murió hace mucho tiempo, así que prácticamente somos toda la familia que tiene. Gerard es algo..., bueno, no está muy entero, por decirlo así. Si fuera más joven, seguro que alguien diría que es autista, o que sufre del síndrome de Asperger o algo así. Es un genio en muchos sentidos... Es un científico de narices. Pero socialmente es un inepto. —Chuback abrió los brazos y sonrió—. Y sí, ya me doy cuenta de lo raro que suena eso viniendo de un adulto que vive con su madre y se sienta en butacas de *Star Trek*.

—¿Y qué es lo que ocurrió?

—Gerard me llamó y me pidió que transfiriera el dinero a esa cuenta suiza.

—¿Dijo por qué?

—No.

—¿Qué es lo que dijo exactamente?

—Dijo que era su dinero y que no tenía que explicarme el motivo. Que iba a empezar una nueva vida.

Kat sintió un escalofrío en la nuca.

—¿Y tú qué interpretaste?

—Pensé que era algo raro —dijo Chuback frotándose la barbilla una vez más—, pero en lo relacionado con el dinero de la gente, lo raro es la norma. También tengo una responsabilidad fiduciaria para con él. Si me pide confidencialidad, tengo que respetarla.

—Pero no te gustó.

—No, no me gustó. Era algo impropio de él. Aun así, no podía hacer mucho.

Kat ya veía adónde iba a parar.

—Por supuesto, también tienes una responsabilidad fiduciaria para con la ley.

—Exactamente.

—Así que emitiste el informe de actividad sospechosa, con la esperanza de que alguien investigara.

Él se encogió de hombros, pero Kat vio que había dado en el clavo.

—Y aquí está usted.

—¿Y dónde está Gerard Remington ahora mismo?

—No lo sé. En algún sitio, en el extranjero.

Kat sintió otro escalofrío. En el extranjero. Como Dana Phelps.

—¿Solo?

Chuback meneó la cabeza, se giró y presionó una tecla del teclado. Todas las pantallas se encendieron, mostrando lo que Kat supuso que sería su salvapantallas: una mujer escultural que parecía recién salida del sueño húmedo de un quinceañero, o, por decir lo mismo de un modo algo diferente, el tipo de imagen evocadora que es fácil encontrar en internet. La sonrisa de la mujer era sugerente. Tenía los labios carnosos, y unos pechos tan grandes que no daba opción de mirarla a los ojos.

Kat esperó que apretara otro botón para que la pechugona del salvapantallas dejara paso a otra cosa. Pero no lo hizo. Kat miró a Chuback. Chuback asintió.

—Un momento. ¿Me estás diciendo que tu primo se fue con ella?

—Eso es lo que le dijo a mi madre.

—Estás bromeando, ¿no?

—Eso es lo que dije yo. O sea, Gerard es un buen tipo y todo eso, pero... ¿un bombón así? Ni en sueños... Eso es otra liga. Mi primo puede llegar a ser muy inocente, así que me preocupé.

—¿En qué sentido?

—Primero pensé que quizá le estarían engañando. He leído de tipos que conocen a chicas por internet que acaban convenciéndoles para que transporte drogas a Sudamérica o haga alguna otra tontería. Gerard sería el blanco perfecto.

—¿Y ya no piensas eso?

—Ahora no sé qué pensar. Pero, cuando hizo la transferencia, me dijo que estaba muy enamorado. Que quería empezar una nueva vida con ella.

—¿Y eso no te sonó a engaño?

—Claro que sí, pero ¿qué podía hacer?

—Informar a la policía.

—¿Y qué les iba a decir? ¿Que tengo un cliente rarito que quiere que transfiera su dinero a una cuenta suiza? ¡Venga ya! Además, sigue estando ahí lo de la confidencialidad.

—Te hizo jurar que le guardarías el secreto —dijo Kat.

—Exacto. Y en mi sector de negocio, eso es como confesarse con un cura.

Kat meneó la cabeza.

—Así que no hiciste nada.

—Sí que hice algo —dijo él—. Emití un informe de actividad sospechosa. Y aquí está usted.

—¿Sabes el nombre de la mujer?

—Vanessa No-sé-qué.

—¿Dónde vive tu primo?

—Está a unos diez minutos en coche.

—¿Tienes llave?

—Mi madre sí.

—Pues vamos.

Chuback abrió la puerta y entró. Kat le siguió, escrutando el lugar con la mirada. La casa de Gerard Remington estaba obscenamente limpia y ordenada. Parecía más un decorado tras un escaparate que un hábitat humano real.

—¿Qué es lo que buscamos? —preguntó Chuback.

Antiguamente, en los registros se abrían todos los armarios y cajones. Ahora, la cosa solía ser más simple.

—Su ordenador.

Miraron en su escritorio. Nada. Buscaron en el dormitorio. Tampoco. Ni debajo de la cama, ni en la mesita de noche.

—Solo tiene un portátil —dijo Chuback—. Es probable que se lo haya llevado.

Maldición.

Kat recurrió a la técnica tradicional, o sea, abrir armarios y cajones. Incluso estos estaban increíblemente ordenados. Los calcetines estaban emparejados, cuatro pares por cada fila, cuatro filas. Todo estaba doblado. No había papeles sueltos, monedas, clips ni cerillas: nada estaba fuera de lugar.

—¿Qué cree que está pasando? —preguntó Chuback.

Kat no quería especular. No había pruebas reales de que se hubiera cometido ningún delito, salvo quizás alguna irregularidad fiscal por transferencias de capital a cuentas extranjeras. Había cosas raras, claro, y actividades que podían considerarse sospechosas, pero en aquel momento no podía hacer nada al respecto.

Aun así, tenía algunos contactos en el FBI. Si conseguía saber algo más, quizá pudiera pasarles la información, hacer que lo investigaran más a fondo. Aunque, pensándolo bien..., ¿qué iban a encontrar?

Se le ocurrió una idea.

—¿Chuback?

—Llámeme Chewie.

—Muy bien, Chewie. ¿Puedes enviarme la fotografía de Vanessa por correo electrónico?

—¿Le van ese tipo de cosas? —dijo él guiñando un ojo.

—Muy buena.

—Un poco cutre, ¿verdad? Pero, bueno..., mi primo cayó —dijo, como si eso lo explicara todo—. A mí todo esto también me parece raro.

—Tú mándamela, ¿vale?

Solo había una fotografía enmarcada en el escritorio de Gerard. Una foto en blanco y negro tomada en invierno. Kat la cogió y la miró con detalle. Chuback se acercó por detrás.

—Ese niño es Gerard. Y el hombre es su padre. Murió cuando Gerard tenía ocho años. Al parecer les gustaba ir a pescar en el hielo.

En la imagen, ambos llevaban parkas y grandes gorros impermeables. Había nieve en el suelo. El pequeño Gerard sostenía un pescado y lucía una sonrisa enorme en el rostro.

—¿Quiere oír algo curioso? —continuó Chubak—. Creo que nunca he visto sonreír a Gerard de ese modo.

Kat dejó la fotografía en su sitio y volvió a examinar los cajones. El de abajo contenía documentos, perfectamente etiquetados con una caligrafía que podría haber sido obra de una impresora. Encontró los recibos de la tarjeta de crédito, y sacó los más recientes.

—¿Qué está buscando? —preguntó Gerard.

Kat se puso a repasar el listado. El primer cargo que le sorprendió fue uno de 1.458 dólares a favor de JetBlue Airways. El cargo no indicaba detalles —ni dónde ni cuándo pensaba viajar—, pero eso podía investigarlo fácilmente. Hizo una fotografía del cargo y se la envió por correo electrónico a Chaz. Él podría mirarlo. JetBlue no disponía de primera clase, eso lo sabía, así que lo más probable es que aquella cantidad correspondiera a dos billetes de ida y vuelta.

¿Para Gerard y la voluptuosa Vanessa?

El resto de cargos parecían los habituales. Estaba el de la televisión por cable y el del teléfono móvil (quizá necesitara esa información), la electricidad, el gas..., lo corriente. Kat estaba a punto de volver a poner la cuenta en el cajón cuando vio algo hacia el final.

El beneficiario del cargo era una compañía llamada TME Web. Eso tampoco le llamó la atención. Probablemente lo habría pasado por alto de no ser por la cantidad. 5,74 dólares. Y entonces pensó en el nombre, TME. Poniendo esas iniciales al revés, TME se convierte en EMT. Qué discreto. Un cargo de EMT por 5,74. Como Dana Phelps, como Jeff Raynes, como la propia Kat Donovan..., Gerard Remington había usado los servicios de EMT: EresMiTipo.com.

En cuanto estuvo otra vez dentro del Ferrari amarillo cohete, Kat llamó a Brandon Phelps.

—¿Sí? —respondió Brandon no muy animado.

—¿Cómo estás, Brandon?

—Estoy bien.

—Necesito un favor.

—¿Dónde estás? —preguntó él.

—Estoy volviendo en coche desde Massachusetts.

—¿Y eso?

—Luego te pongo al día. Pero ahora mismo te mando una fotografía de una mujer bastante pechugona.

—¿Eh?

—Está en bikini. Ya verás. ¿Recuerdas eso de la búsqueda por imágenes que hiciste con las fotos de Jeff?

—Sí.

—Pues quiero que hagas lo mismo con esta foto. Mira si sale en algún sitio. Necesito un nombre, una dirección..., lo que puedas encontrar.

—Vale —dijo sin mucho convencimiento—. Esto no tendrá nada que ver con mi madre, ¿verdad?

—Podría.

—¿Cómo es eso?

—Es una larga historia.

—Porque si sigues buscando a mi madre, creo que deberías dejarlo.

—¿Por qué? —respondió Kat, sorprendida.

—Me ha llamado.

—¿Tu madre?

—Sí.

Kat paró el Ferrari en el arcén.

—¿Cuándo?

—Hace una hora.

—¿Y qué te ha dicho?

—Que ya tenía acceso al correo electrónico, que había visto todos mis emails y que todo iba bien. Me ha dicho que no me preocupe, que estaba muy contenta y que podría incluso quedarse unos días más.

—¿Tú que le has dicho?

—Yo le he preguntado por la transferencia.

—¿Y ella qué ha dicho?

—Se ha enfadado un poco. Ha dicho que era algo personal y que no tenía derecho a hurgar en sus cosas.

—¿Le has dicho que habías ido a la policía?

—Le he hablado del agente Schwartz. Creo que después de hablar conmigo le habrá llamado a él. Pero de ti no le he hablado.

Kat no estaba muy segura de cómo tomarse todo aquello.

—¿Kat?

—¿Sí?

—Me ha dicho que volvería muy pronto a casa y que tenía una gran sorpresa para mí. ¿Sabes cuál es?

—Quizás.

—¿Tiene algo que ver con tu exnovio?

—Quizás.

—Mi madre me ha dicho que deje el asunto. No sé, a lo mejor lo que está haciendo con su dinero no es completamente legal, y si sigo preguntando por ahí puedo acabar metiéndola en algún lío.

Kat se quedó allí sentada, en el coche, con el ceño fruncido. ¿Y ahora qué? Hasta ahora tenía muy pocos indicios de que tras todo aquello hubiera una actividad delictiva. Ahora que Dana Phelps había llamado a su hijo y probablemente también al agente Schwartz, no le quedaba nada, literalmente, más que una teoría de la conspiración, enmarañada y paranoica, obra de una agente de policía de Nueva York alejada recientemente del servicio por un superior debido a..., bueno, a haber formulado otra teoría de la conspiración enmarañada y paranoica.

—¿Kat?

—¿Me harás esa búsqueda, Brandon? Ahora mismo es lo único que te pido. Hazme esa búsqueda.

Brandon vaciló un momento.

—Sí, vale.

Kat tenía otra llamada, así que se despidió rápidamente y la cogió.

—¿Dónde estás? —preguntó Stacy.

—En Massachusetts, pero voy de vuelta a casa. ¿Por qué?

—He encontrado a Jeff Raynes.

28

Titus estaba tendido en la hierba, contemplando aquel cielo nocturno perfecto. Antes de trasladarse a aquella granja, él creía que las estrellas y las constelaciones eran cosa de los cuentos de hadas. Ahora se preguntaba si no sería que las estrellas no brillaban en la gran ciudad, o si es que nunca se había tomado el tiempo necesario para estirarse así, con los dedos cruzados tras la nuca, y mirar hacia arriba. Había encontrado un mapa de las constelaciones en internet y lo había impreso. Ya lo sacaría. Ahora mismo no lo necesitaba.

Dana Phelps estaba de nuevo en su caja.

Era más dura que la mayoría, pero, al final, cuando las mentiras, las tergiversaciones y la confusión no bastaban para que un padre o una madre cooperara, lo único que tenía que hacer Titus era mostrarle la foto de un niño, y se volvían de lo más sumisos.

Dana había hecho la llamada. Todos acababan haciéndolo. Un hombre había intentado advertir a su interlocutor. Titus había cortado la llamada inmediatamente. Se había planteado matar al hombre allí mismo, pero en vez de eso se lo había dejado a Reynaldo, para que practicara con la vieja sierra de podar amish que había en el cobertizo. La hoja había perdido el filo, pero eso solo hizo que Reynaldo se lo pasara mejor aún. Tres días más tarde, Reynaldo trajo de vuelta al hombre ante Titus. El hombre le rogó de rodillas que le dejara cooperar. Habría juntado sus manos en señal de súplica, pero ya no le quedaba ningún dedo que entrecruzar.

Y así siguieron.

Titus oyó los pasos. No apartó la vista de las estrellas hasta que vio la silueta de Reynaldo.

—¿Todo bien con la recién llegada? —preguntó Titus.

—Sí, está en su caja.

—¿Llevaba el ordenador portátil?

—No.

No era de extrañar. Martha Paquet se había mostrado más reticente que los demás. La excusa para acabar en la granja no había sido unas vacaciones en algún destino tropical. Le habían presentado algo más digerible: dos noches en un *bed and breakfast* en Ephrata, en Pensilvania. Al principio parecía que Martha no iba a picar el anzuelo —y en ese caso, no hay más que cortar el sedal y seguir con otra cosa—, pero finalmente accedió.

Les habría ido muy bien disponer de su ordenador. La mayoría de las personas llevan toda su vida ahí dentro. Dmitri podría analizarlo a fondo y encontrar cuentas bancarias y contraseñas. Mirarían también en su *smartphone*; pero a Titus no le gustaba dejarlos encendidos demasiado tiempo: aunque no era probable, un teléfono podía ser rastreado con solo estar encendido. Por eso no solo les confiscaba el móvil, sino que les quitaba la batería.

La otra dificultad era, por supuesto, que Titus había tenido menos tiempo para trabajar con ella. No tenía mucha familia; solo una hermana que había animado a Martha a que aprovechara aquella ocasión. La hermana podría tragarse que Martha decidera quedarse unos días más, pero, aun así, había una cierta urgencia.

A veces, cuando llegaban a la granja, Titus decidía dejarlos encerrados en la caja subterránea durante horas o incluso días. Eso les ablandaba. Pero otras veces —y en eso aún estaba experimentando— era mejor ponerse manos a la obra y aprovechar el estado de choque. Ocho horas antes, Martha Paquet estaba saliendo de su casa, convencida de que iba en busca del amor verdadero. Desde entonces había sido encerrada en un coche, atacada al rebelarse, despojada de su ropa y enterrada en una caja oscura.

La desesperanza era mucho más intensa porque había surgido de una situación de esperanza. Es como cuando quieres romper verdaderamente algo: cuanto más alto lo subas primero, más dura es la caída y más probabilidades tienes de conseguirlo.

En otras palabras, tiene que haber esperanza para poder arrebatarla. Titus se puso en pie en un único movimiento.

—Mándala subir por el camino —ordenó, y volvió a la granja.

Dmitri le esperaba. Tenía el ordenador encendido. Dmitri era un experto en ordenadores, pero sus conocimientos en ese sector no contaban demasiado en todo aquel trabajo. Era Titus quien se encargaba de conseguir sus números de cuenta, sus cuentas de correo electrónico, sus contraseñas..., toda la información. Una vez tenían todo aquello, lo único que tenían que hacer era apretar las teclas correspondientes.

Reynaldo sacaría a Martha Paquet de su caja. Le diría que se lavara con la manguera y le daría su mono. Titus miró la hora. Aún tenía unos diez minutos. Cogió un tentempié de la cocina —le encantaban las barritas de arroz hinchado con mantequilla de almendras— y puso agua a hervir.

Titus tenía varios métodos para sangrar a sus «invitados» hasta dejarlos secos. En la mayoría de los casos intentaba hacerlo despacio, de modo que —siguiendo con la metáfora— nadie se aplicara un torniquete demasiado pronto. En los primeros días haría que transfirieran cantidades de unos diez mil dólares a varias cuentas que tenía en otros países. En cuanto llegaba el dinero, Titus lo transfería a otra cuenta, luego a otra y luego a otra. Así resultaba prácticamente imposible seguirle el rastro.

Como en los viejos tiempos, cuando veía cómo bajaba alguna chica del autobús en la terminal de la Port Authority, Titus sabía que la paciencia era clave. Tenías que esperar; tenías que dejar correr algunas presas con el fin de encontrar otras más idóneas. Con los autobuses, Titus esperaba encontrar quizás una o dos presas por semana. Pero internet hacía que las posibilidades fueran infinitas. Podía buscar entre una oferta constante de candidatos en diversas páginas de citas. En muchos casos se veía inmediatamente que no ofrecían ninguna posibilidad, pero no pasaba nada, porque había muchísimos más. Llevaba tiempo. Requería paciencia. Tenía que asegurarse de que no tuvieran una gran familia. Tenía que asegurarse de que no hubiera mucha gente que les fuera a echar de menos. Tenía que asegurarse de que tenían suficientes fondos como para que el plan resultara rentable.

A veces la presa picaba. A veces no. *C'est la vie.*

Martha era un claro ejemplo. Había heredado tras la reciente muerte de su madre. Solo le había hablado de Michael Craig a su hermana. Como su encuentro iba a ser de fin de semana, no había motivo para que les hablara de ello ni siquiera a sus jefes de la NRG. Eso tendría que cambiar, por supuesto; pero, una vez tuviera la contraseña de su correo electrónico, «Martha» no tendría ninguna dificultad en informar a su jefe de que había decidido tomarse unos días de fiesta. Con Gerard Remington había sido aún más fácil. Había planeado unas vacaciones de diez días con Vanessa, luna de miel incluida. Le había notificado a la empresa farmacéutica donde trabajaba que iba a tomarse parte de los días de vacaciones acumulados durante tanto tiempo. Gerard era un soltero empedernido y prácticamente no tenía familia. Transferir gran parte de su dinero había resultado fácil, y, aunque su asesor financiero le había hecho muchas preguntas, en realidad no habían tenido ningún problema grave.

Una vez cumplido el objetivo —una vez Titus le hubiera sacado todo lo posible a Gerard o a cualquier otra víctima—, los secuestrados se convertían en algo inservible para ellos. Eran como la piel de una naranja que te acabas de comer. Obviamente, no podía dejar que se fueran. Eso sería demasiado arriesgado. ¿La solución más segura y limpia? Hacerlos desaparecer para siempre. ¿Cómo?

Metiéndoles una bala en el cerebro y enterrándolos en el bosque.

Una persona viva deja muchas pistas. Un cadáver deja algunas pistas. Pero cuando una persona simplemente se ausenta, y siempre que se suponga que está viva y buscando su satisfacción personal, prácticamente no hay pistas. No quedaba nada que pudiera investigar nadie, y mucho menos los agentes del orden, siempre tan sobrecargados de trabajo.

Con el tiempo, los familiares podrían empezar a preocuparse y hacerse preguntas. Pasadas unas semanas, o quizás unos meses, podrían ir a las autoridades. Las autoridades podrían investigar... Pero, a fin de cuentas, esas personas «desaparecidas» eran adultos en posesión de sus facultades mentales que habían afirmado que querían empezar una nueva vida.

No quedaban señales de juego sucio. Los adultos en cuestión habían dado explicaciones razonables de su supuesta desaparición: eran personas tristes y solitarias que se habían enamorado y habían decidido empezar de nuevo.

¿Quién podía decir que no entendía algo así?

En el improbable caso de que alguien no se lo tragara —que algún ambicioso agente de la ley o algún curioso familiar quisieran investigar—, ¿qué iban a encontrar? El camino tenía solo unas semanas. Y era impensable que ese camino llevara a una granja amish en la Pensilvania rural, un lugar todavía a nombre de Mark Kadison, granjero amish que había vendido la propiedad al contado.

Titus estaba de pie junto a la puerta. En la oscuridad, vio un movimiento familiar a su izquierda. Unos segundos más tarde apareció Martha.

Titus tomaba siempre las máximas precauciones. Mantenía el mínimo personal y les pagaba bien. No cometía errores. Y cuando alguien cometía un error, como aquel arranque de codicia idiota de Claude en el cajero automático, Titus cortaba la cuerda y eliminaba la amenaza. Podía parecer duro, pero todos los que trabajaban para él tenían las reglas claras desde el primer día.

Martha dio otro paso. Titus le mostró una sonrisa cálida y le pidió que le siguiera al interior. Ella atravesó el porche, rodeándose el cuerpo con los brazos, temblando de frío o de miedo, aunque, más probablemente, o de una combinación de ambas cosas. Tenía el cabello húmedo. Sus ojos tenían el aspecto que Titus había visto tantas veces ya: el de dos canicas hechas añicos.

Titus se sentó en la gran butaca. Dmitri estaba sentado junto al ordenador, como siempre, con su gorro de lana y su camisa *dashiki*.

—Me llamo Titus —dijo con su voz más suave, después de que entrara Martha—. Por favor, siéntate.

Martha se sentó. Muchos de ellos empezaban a hacer preguntas en aquel momento. Algunos, como Gerard, se aferraban a la creencia de que su recién encontrado amor aún estaría fuera de todo aquello, libre. Por supuesto, eso era algo que Titus podía usar. Gerard se había negado a cooperar hasta que Titus había amenazado con hacer daño a Vanessa. Otros se daban cuenta enseguida de lo que pasaba.

Daba la impresión de que ese era el caso de Martha.

Titus miró hacia Dmitri.

—¿Listo?

Dmitry se ajustó las gafas tintadas y asintió.

—Tenemos unas cuantas preguntas para ti, Martha. Y vas a responderlas.

Una lágrima solitaria surcó el pómulo de Martha.

—Sabemos tu dirección de correo electrónico. Escribías a Michael Craig muy a menudo. ¿Cuál es la contraseña de tu cuenta?

Martha no dijo nada. Titus mantuvo el tono de voz bajo y mesurado. No había necesidad de gritar.

—Vas a decírnoslo, Martha. Es solo cuestión de tiempo. A algunas personas las dejamos en esa caja horas, días o incluso semanas. Con otros, encendemos el fogón de la cocina y les ponemos la mano contra el quemador hasta que incluso nosotros no soportamos el olor. No me gusta hacer eso. Si dejamos demasiadas cicatrices en una persona, al final tenemos que eliminar las pruebas. ¿Lo entiendes?

Martha se quedó inmóvil.

Titus se puso en pie y se le acercó.

—La mayoría, y sí, esto lo hemos hecho ya unas cuantas veces, entiende exactamente lo que va a suceder. Vamos a robarte. Si cooperas, te irás a casa algo más pobre pero en perfecto estado de salud. Seguirás viviendo tu vida como si nada hubiera pasado.

Se sentó en el brazo de su butaca. Martha parpadeó y se estremeció.

—De hecho —prosiguió Titus—, hace tres meses le hicimos esto a alguien que tú conoces. No mencionaré su nombre porque es parte del trato. Pero si lo piensas bien, puedes llegar a adivinarlo. Le dijo a todo el mundo que se iba el fin de semana fuera, pero en realidad estaba aquí. Nos dio toda la información que necesitábamos al momento y la mandamos a casa.

Eso casi siempre funcionaba. Titus intentó no sonreír mientras veía las ruedecitas poniéndose en marcha en la cabeza de Martha. Era mentira, por supuesto. Nadie salía con vida de la granja. Pero, una vez más, no se trataba simplemente de hacer que la víctima se hundiera. Había que darle esperanza.

—¿Martha?

Titus le apoyó su mano suavemente en la cintura. A ella casi se le escapó un grito.

—¿Cuál es la contraseña de tu dirección de correo? —preguntó de nuevo con una sonrisa.

Y Martha se la dio.

29

Como Kat tenía que devolver el Cazanenas, decidió quedar con Stacy en el vestíbulo del edificio Lock-Horne. Stacy llevaba un suéter cisne negro, vaqueros desteñidos y unas botas camperas. El cabello le caía en unas ondas ideales, como si simplemente tuviera que levantarse de la cama, agitar la cabeza, y *voilà*, la perfección.

Si Kat no la quisiera tanto, la odiaría a muerte.

Era casi medianoche. Dos mujeres, una menuda y encantadora, la otra enorme y ostentosa, salieron de un ascensor. Aparte de ellas, la única persona que había en el vestíbulo era un guardia de seguridad.

—¿Dónde podemos hablar? —preguntó Kat.

—Sígueme —dijo Stacy, que le enseñó un carné al guardia de seguridad.

Este señaló hacia un ascensor a la izquierda, separado de los demás. El interior era de terciopelo, y tenía un banquito acolchado. No había botones que apretar, ni ninguna luz que les dijera por qué piso pasaban. Kat miró a Stacy interrogativamente. Stacy se encogió de hombros.

El ascensor se paró —Kat no tenía ni idea de en qué piso— y salieron a un salón de transacciones con decenas, o quizá cientos de escritorios dispuestos en filas perfectas. Las luces estaban apagadas, pero las pantallas de los ordenadores emitían suficiente luz como para darle a todo el espacio un brillo siniestro.

—¿Qué estamos haciendo aquí? —susurró Kat.

Stacy se puso a caminar por el pasillo.

—Aquí no tienes que susurrar. Estamos solas.

Stacy se paró frente a una puerta con cerradura de teclado numérico. Introdujo un código y la puerta se abrió con un sonoro clic. Kat entró. Era un despacho que daba a una esquina con estupendas vistas de Park Avenue. Stacy encendió las luces. La oficina estaba decorada al estilo elitista norteamericano, con elegantes butacas de piel color borgoña y botones dorados y una alfombra oriental de un verde bosque. De los paneles de madera de las paredes colgaban cuadros con imágenes de la caza del zorro. La enorme mesa era de roble macizo. A su lado había un gran globo terráqueo antiguo.

—Hay alguien que tiene mucha pasta —observó Kat.

—Mi amigo, el propietario de la oficina —empezó a explicar Stacy, con una mirada nostálgica.

Durante un tiempo, los medios de comunicación habían hecho especulaciones sobre la vida privada del director general de la Lock-Horne Inversiones y Valores, pero, como siempre sucede, tales chismes se habían acabado al no encontrar nada de lo que hablar.

—¿Qué le pasó realmente? —preguntó Kat.

—Simplemente... —dijo, y abrió los brazos al tiempo que se encogía de hombros— lo dejó, supongo.

—¿El estrés?

Una sonrisa divertida pasó por el rostro de Stacy.

—No creo.

—¿Entonces?

—No lo sé. Su empresa antes ocupaba seis plantas. Al irse él, y con todos los despidos, se quedó en cuatro.

Kat se dio cuenta de que estaba haciendo demasiadas preguntas, pero siguió adelante:

—Sientes algo por él.

—Pues sí. Pero no podía ser.

—¿Por qué no?

—Es guapo, rico, encantador, romántico, un gran amante.

—Percibo un «pero».

—Pero es inalcanzable. Para cualquier mujer.

—Sin embargo aquí estás.

—Después de nuestra... relación, puso mi nombre en la lista.

—¿La lista?

—Es complicado. Cuando una mujer accede a la lista, tiene acceso a ciertos espacios, por si necesitan intimidad, o lo que sea.

—Estás de broma.

—En absoluto.

—¿Y cuántas mujeres dirías que hay en la lista?

—No lo sé, pero supongo que son unas cuantas.

—Suena a que está algo pirado, ¿no?

—Ya lo has hecho otra vez —dijo Stacy negando con la cabeza.

—¿Qué es lo que hecho?

—Juzgar a la gente sin conocerla.

—Yo no hago eso.

—Sí, sí que lo haces —respondió Stacy—. ¿Cuál fue la primera impresión que tuviste de mí?

«Una rubia boba», pensó Kat, pero no lo dijo.

—Bueno, ¿y cuál fue la primera impresión que te di yo? —repuso Kat.

—Yo pensé que eras una tía lista e interesante.

—Y tenías razón.

—¿Kat?

—¿Qué?

—Me estás haciendo todas estas preguntas para evitar ir al grano.

—Y tú las estás respondiendo porque tú también evitas ir al grano.

—*Touché.*

—Bueno, pues... ¿dónde está Jeff?

—Por la última noticia que tengo, en Montauk.

Kat sintió como si le hubieran dado una patada en el corazón y le hubiera salido volando.

—¿En Long Island?

—¿Conoces otro Montauk? —dijo Stacy. Luego bajó la voz—: No te iría mal una copa.

—No, estoy bien —respondió Kat intentando apartar los recuerdos de su mente.

Stacy se acercó al antiguo globo terráqueo y tiró de un asa, dejando a la vista un decantador de cristal y unos vasos.

—¿Bebes coñac? —propuso Stacy.

—La verdad es que no.

—Él solo bebe lo mejor.

—No estoy muy segura de que me sienta cómoda bebiéndome su coñac carísimo.

Otra sonrisa triste pasó por el rostro de Stacy. Estaba claro que aquel tipo le gustaba.

—Más bien le sabría mal enterarse de que hemos estado aquí y no hemos bebido nada.

—Entonces ponme una copa.

Stacy lo hizo. Kat dio un sorbo y consiguió contener una exclamación de éxtasis. Aquel coñac era el néctar de los dioses.

—¿Y bien? —preguntó Stacy.

—Esto es lo más cerca que he estado de un orgasmo en forma líquida.

Stacy se rio. Kat nunca se había considerado materialista, ni una mujer de gustos caros, pero entre el Macallan de veinticinco años y aquel coñac, aquella noche desde luego iba a cambiar su modo de pensar, al menos en cuanto a licores.

—¿Estás bien? —preguntó Stacy.

—Sí, bien.

—Cuando he dicho Montauk...

—Estuvimos allí una vez —la interrumpió Kat enseguida—. En Amagansett, no en Montauk. Fue fantástico, pero ya he pasado página. Cuéntame más.

—Bien —dijo Stacy—. Bueno, básicamente es esto: hace dieciocho años, Jeff Raynes se fue de Nueva York y se mudó a Cincinnati. Sabemos que se metió en una pelea en un bar llamado Longsworth's.

—Recuerdo ese lugar. Me llevó una vez. Antes era una estación de bomberos.

—Vaya, una historia genial —dijo Stacy.

—¿Eso va con sarcasmo?

—Sí, sí que va. ¿Te importa si sigo?

—Por favor.

—Jeff fue detenido, pero recurrió y consiguió que todo quedara en una falta menor. Pagó una multa. Nada grave. Y aquí es donde se complican un poco las cosas. —Kat tomó otro sorbo. El licor marrón le calentó el pecho—. No hay absolutamente ningún rastro de Jeff Raynes después de aquel recurso. Lo que fuera que le hizo cambiar de nombre debió de tener algo que ver con la pelea.

—¿Con quién se pegó?

—Con quiénes.

—Venga ya.

—Lo siento. Aquella noche arrestaron a otros dos hombres. Supongo que serían amigos. Crecieron juntos en Anderson, al sur de Ohio. Ellos también consiguieron que los cargos se redujeran a una falta y pagaron una multa. Según el informe de denuncia, los tres estaban borrachos. La pelea empezó cuando uno de ellos se puso a tratar mal a su novia. Quizá la agarrara del brazo con dureza; los testimonios son algo confusos sobre ese extremo. En cualquier caso, Jeff intervino y le dijo que la dejara.

—Qué caballeresco —dijo Kat.

—Como tú decías, «¿eso es sarcasmo?».

—Supongo, sí.

—Porque suena un poco a resentimiento.

—¿Qué diferencia hay?

—Supongo que no mucha. Bueno, el caso es que Jeff interviene para proteger a la chica. El novio borracho, que ya ha sido arrestado antes por este tipo de altercados, le responde con el clásico bufido de «métete en tus asuntos» o algo así. Jeff dice que se meterá en sus asuntos si deja en paz a la chica. Ya sabes cómo son esas cosas.

Kat lo sabía. Su anterior comentario podía ser algo sarcástico o resentido, pero sabía que una actitud caballeresca mal enfocada puede acabar en tangana.

—¿Y quién lanzó el primer puñetazo?

—Según parece, el novio borracho. Pero se supone que

Jeff respondió con rabia. Le rompió el hueso orbital y dos costillas. ¿Sorprendida?

—La verdad es que no. ¿Hubo juicio?

—No. Pero, poco después, Jeff Raynes abandona su trabajo..., trabajaba en el *Cincinnati Post*, y prácticamente no se ha vuelto a saber de él. Dos años más tarde, encuentro el primer rastro de Ron Kochman en un artículo que firma en la revista *Vibe*.

—¿Y ahora vive en Montauk?

—Eso parece. El caso es que tiene una hija de dieciséis años. —Kat parpadeó y dio un sorbo más largo—. No hay rastro de esposa.

—En EresMiTipo.com dice que es viudo.

—Podría ser cierto, pero no puedo estar segura. Lo único que sé es que tiene una hija llamada Melinda. Va al instituto en East Hampton, así que he podido encontrar su dirección a través del registro de la escuela.

Kat y Stacy estaban allí de pie, a medianoche, solas en el opulento despacho de algún pez gordo. Stacy se llevó la mano al bolsillo y sacó un trozo de papel.

—¿Quieres que te dé la dirección, Kat?

—¿Por qué no iba a quererla?

—Porque ha hecho lo imposible para que no le encontraran. No solo ha cambiado de nombre, sino que se ha creado toda una identidad nueva. No usa tarjetas de crédito. No tiene cuentas corrientes.

—Sin embargo está en Facebook y en EresMiTipo.

—Usando alias, ¿no?

—No. O sea, sí usó un alias en EresMiTipo. Brandon dijo que su madre le llamaba Jack. Pero en Facebook era Ron Kochman. ¿Eso cómo te lo explicas?

—No lo sé.

Kat asintió.

—En cualquier caso, tienes razón. Jeff no quiere que lo encuentren.

—Exacto.

—Y cuando contacté con él en EresMiTipo, dijo que no quería hablar conmigo y que necesitaba empezar de nuevo.

—También exacto.

—Así que presentarse inesperadamente en Montauk sería algo irracional.

—Totalmente.

Kat le tendió la mano.

—Entonces ¿por qué lo primero que voy a hacer mañana a primera hora es ir allí?

Stacy le entregó la dirección.

—Porque el corazón no entiende de racionalidad.

30

Tras el coñac y el Macallan de veinticinco años, la botella de Jack Daniel's de Kat sabía a culo de pescado.

No durmió. Casi no lo intentó. Simplemente se tendió en la cama y repasó mentalmente todas las posibilidades. Intentó clasificarlas, darles algún sentido, y, cada vez que conseguía decidir qué hacer después, cerraba los ojos, el mundo volvía a girar como en un remolino y cambiaba de idea.

Se levantó a las cinco de la mañana. Podía esperar e ir a la clase de Aqua —eso le ayudaría a aclarar sus ideas—, pero con lo histérico que se había puesto últimamente, quizá no sirviera más que para enturbiar aún más el ambiente. Además, era evidente que pensar en todo aquello no era más que desviar la atención del problema. Solo había una opción.

Tenía que coger el coche, ir a Montauk y descubrir qué le había pasado a Jeff.

Sí, había un millón de razones para pensar que era una tontería, pero lo cierto era que, hasta que no lo supiera todo, no podría cortar del todo con Jeff. Podría resistir la tentación de ir hasta allá un mes, quizá dos, pero sería como un picor incesante que al final tendría que rascarse furiosamente. La decisión estaba tomada, y no dependía de ella. No tenía la fuerza de voluntad necesaria para alejar aquello de su vida para siempre.

No sentía que la relación con Jeff fuera un asunto cerrado. Tampoco lo era la muerte de su padre. Había dejado aquello en suspenso durante dieciocho años.

Suficiente.

Tampoco había motivo para posponerlo. Iría a Montauk aquel mismo día, quizás en aquel mismo momento. Chaz ya le había dicho que podía disponer de su coche. Estaba en el aparcamiento de la calle Sesenta y ocho, esperándola. No tenía ni idea de qué encontraría en Montauk. Probablemente Jeff no estuviera allí siquiera. Kat quizá podía esperar para hacer aquella visita..., pero ¿hasta cuándo? Cabía la posibilidad de que nunca volviera, ¿no? ¿No se iba a vivir a Costa Rica?

Quizá fuera su reticencia a aceptar algo así, pero no se tragaba lo de Costa Rica. En aquel asunto algo se le escapaba.

No importaba. Tenía tiempo. Si Jeff se había ido con Dana Phelps, podía descubrir dónde y aclarar también aquel pequeño misterio. Se compró un café en el Starbucks de Columbus Avenue y se puso en marcha. Estaba a medio camino de Montauk cuando se dio cuenta de que no tenía ningún plan. ¿Llamaría a su puerta, sin más? ¿Esperaría a que apareciera en el patio, el jardín o algo así?

No tenía ni idea.

Estaba atravesando East Hampton —Jeff y ella habían paseado por aquellas mismas calles mucho tiempo atrás— cuando sonó su teléfono. Lo puso en manos libres y respondió.

—He hecho esa búsqueda de imágenes que querías —dijo Brandon—. Caray, ¿conoces a esta tía personalmente?

Hombres. O quizá más bien habría que decir chicos.

—No. No la conozco.

—Pues está..., bueno...

—Sí, ya sé cómo está, Brandon. ¿Qué ha dado la búsqueda de imágenes?

—Se llama Vanessa Moreau. Es modelo. Está especializada en bikinis.

Genial.

—¿Algo más?

—¿Qué quieres saber? Mide metro setenta y cuatro, y pesa cincuenta y un kilos. Medidas 97-61-91; tiene una copa D.

—¿Está casada? —preguntó Kat sin separar las manos del volante.

—No lo dice. He encontrado su ficha de modelo. La foto que me enviaste es de un sitio web llamado Mucho Models. Tienen bolsa de trabajo, supongo. Dan sus medidas, su color de pelo..., y dicen si está dispuesta a hacer desnudos o no. Que sí los hace, por cierto.

—Es bueno saberlo.

—También hay una parte en que la modelo escribe sus datos biográficos.

—¿Qué dicen los suyos?

—«Actualmente solo acepta actuaciones remuneradas. Dispuesta a viajar con gastos pagados».

—¿Qué más?

—Ya está.

—¿Dirección?

—No, nada.

Así que Vanessa efectivamente se llamaba así. Kat no estaba segura de qué pensar.

—¿Puedo pedirte otro favor?

—Supongo.

—¿Podrías volver a colarte en EresMiTipo y acceder a la mensajería de Jeff?

—Eso será más difícil.

—¿Por qué?

—No se puede acceder mucho tiempo. Las páginas cambian constantemente sus contraseñas y rastrean cualquier intento de acceso. Así que yo solo entro, echo un vistazo breve y salgo. Nunca me quedo mucho. Lo difícil es entrar la primera vez, encontrar el primer portal. El suyo está protegido por contraseña. Tardamos varias horas en entrar, pero ahora que he salido, tendría que volver a empezar.

—¿Podrías hacerlo? —insistió Kat.

—Puedo intentarlo, supongo, pero no creo que sea buena idea. O sea, que quizá tenías razón. Estaba invadiendo la intimidad de mi madre. La verdad es que no quiero leer nada más de todo eso.

—Eso no es lo que te estoy pidiendo.

—¿Entonces?

—Tú dijiste que cuando Jeff empezó con tu madre, seguía hablando con otras mujeres.

—Entre ellas tú.

—Exacto, yo entre ellas. Lo que quiero saber es si sigue hablando con otras mujeres.

—¿Crees que le está poniendo los cuernos a mi madre?

—No tienes que leer los mensajes. Solo necesito saber si contacta con otras mujeres, y sus nombres.

Silencio.

—¿Brandon?

—Aún crees que pasa algo, ¿verdad, Kat?

—¿Qué voz puso tu madre al teléfono?

—Normal.

—¿Parecía contenta?

—Yo no diría tanto. ¿Qué crees que está pasando?

—No lo sé. Por eso te pido que lo compruebes.

Brandon suspiró.

—De acuerdo.

Colgaron. Montauk se encuentra en el extremo de South Fork, en Long Island. Es un pueblecito, no una ciudad, y forma parte de East Hampton. Kat llegó hasta Deforest Road y redujo la marcha. Pasó por delante de la dirección que le había dado Stacy. La casa era lo que un agente inmobiliario probablemente etiquetaría de clásica casita estilo Cape Cod con tejas de cedro. Había dos vehículos en el camino de entrada, una *pick-up* Dodge Ram negra cargada con lo que parecía ser equipo de pesca, y un Toyota RAV4 azul. Ninguno de los dos era amarillo cohete. Un punto para los Kochman.

La hija de Jeff, Melinda, tenía dieciséis años. En el estado de Nueva York no te dan el carné de conducir hasta los diecisiete. Así pues, ¿por qué dos vehículos? Podía ser que los dos fueran de Jeff, claro. Una *pick-up* para el ocio o el trabajo —un momento, ¿ahora era pescador?— y el Toyota para viajar.

¿Y ahora qué?

Aparcó en el siguiente cruce y esperó. Intentó imaginarse un coche menos apto para la vigilancia que un Ferrari amarillo cohete pero no se le ocurrió ninguno.

Aún no eran ni las ocho de la mañana. Cualquiera que fuera la actividad habitual de Jeff-alias-Ron, había muchas posibilidades de que aún no hubiera ido al trabajo. Podía esperar allí un poco más y montar guardia. Pero no. No había motivo para perder tiempo. Podía salir del Cazanenas e ir directamente a su casa.

Se abrió la puerta delantera.

Kat no sabía muy bien qué hacer. Quiso esconderse, pero

se detuvo. Estaría a casi cien metros. Con la luz de la mañana, nadie podría ver dentro del coche. Miró hacia la puerta.

Apareció una adolescente.

¿Podría ser...?

La chica se giró, se despidió de alguien moviendo la mano y se dirigió hacia la calle. Llevaba una mochila granate. La cola de caballo le salía por detrás de la gorra de béisbol que llevaba. Kat deseaba acercarse más. Quería ver si la adolescente de paso torpe se parecía a su exnovio.

Pero ¿cómo hacerlo? Ni lo sabía ni le importaba mucho. No se lo pensó. Puso en marcha el Ferrari y se dirigió hacia ella.

No pasaría nada. Y si la chica la descubría —aunque con aquel coche podría parecer más bien un hombre de mediana edad con una disfunción eréctil—, pues mala suerte.

Los pasos de la chica se convirtieron más bien en movimientos de baile. Al acercarse más, Kat vio que Melinda —¿por qué no iba a llamarla así?— llevaba unos auriculares blancos. El cordón de los auriculares le caía por debajo de la rodilla, ejecutando movimientos al compás de su propio baile.

Melinda se giró de pronto, y sus ojos se encontraron con los de Kat. Kat buscó algún parecido, algún rastro de Jeff, pero aunque lo hubiera habido, podía ser simplemente su imaginación. La niña se paró y se la quedó mirando. Kat intentó actuar con naturalidad.

—Eh... perdona —le dijo—. ¿Cómo puedo llegar al faro?

La niña mantuvo una distancia de seguridad.

—Tiene que volver a la carretera de Montauk. Siga adelante hasta el final. No tiene pérdida.

Kat sonrió.

—Gracias.

—Bonito coche.

—Sí, bueno, no es mío. Es de mi novio.

—Debe de ser rico.

—Supongo.

La chica se puso de nuevo en marcha. Kat no tenía muy claro qué hacer. No quería perder aquella pista, pero no podía ir con el coche en paralelo a la jovencita; quedaría raro. La chica aceleró el paso. Por delante apareció el autobús del instituto, girando la curva. Ella se echó a correr en dirección al autobús.

Era ahora o nunca.

—Tú eres la hija de Ron Kochman, Melinda, ¿verdad? —le preguntó desde el coche.

La chica se quedó pálida. En sus ojos asomó algo parecido al pánico. Su paso acelerado se volvió un esprint, y saltó al autobús sin tiempo ni de saludar. El autobús cerró las puertas y se la llevó de allí.

«Bueno, bueno», pensó Kat.

El autobús desapareció al fondo de la calle. Kat dio media vuelta con el Ferrari, poniéndolo otra vez de cara a la casa de los Kochman. Estaba claro que había asustado a la adolescente. Lo que no sabía muy bien era qué significaba eso: si se había asustado porque tenía algo que ocultar o si su reacción tenía algo que ver con una mujer rara que casi la estaba acosando.

Kat esperó, preguntándose si saldría alguien más de la casa. Fue un paso más allá: movió el coche y lo aparcó directamente enfrente de la casa de los Kochman. Esperó unos minutos más.

Nada. Al cuerno con la espera.

Salió del coche y se dirigió directamente a la puerta. Llamó al timbre una vez y luego con los nudillos a la puerta, para asegurarse. Había un cristal con relieve a ambos lados de la puerta. Kat no podía distinguir nada al otro lado, pero sí vio movimiento.

Alguien había pasado por delante de la puerta.

Volvió a llamar con fuerza y —¿por qué no?— dijo:

—Agente Donovan, del Departamento de Policía de Nueva York. ¿Pueden abrir la puerta, por favor?

Pasos.

Kat dio un paso atrás y se preparó. Inconscientemente se alisó la blusa, e incluso se pasó las manos por el cabello para comprobar que estaba bien. Vio que el pomo giraba y la puerta se abrió.

No era Jeff. Un hombre de unos setenta años la miró desde el otro lado.

—¿Quién es usted?

—Agente Donovan. Policía de Nueva York.

—Enséñeme alguna identificación.

Kat echó mano al bolsillo y sacó la placa. La abrió y se la enseñó. Con eso solía bastar, pero el hombre alargó la mano y la cogió. La examinó de cerca. Kat esperó. El hombre frunció el ceño y siguió examinándola. Solo le faltaba sacar una de esas lupas de joyero. Por fin se la devolvió y la miró como si apestara.

—¿Qué quiere?

El hombre llevaba una camisa marrón de franela arremangada hasta los codos, unos vaqueros Wrangler y unas botas de trabajo marrones. Era atractivo pese a su edad, un tipo rudo, que probablemente se había pasado la mayor parte de su vida trabajando al aire libre. Tenía las manos huesudas y los antebrazos fibrados, pero no de gimnasio, sino de una vida de trabajo físico.

—¿Puedo preguntarle su nombre, señor? —dijo Kat.

—Es usted quien ha llamado a mi puerta, ¿recuerda?

—Sí señor. Y me he identificado. Le agradecería mucho si tuviera la misma cortesía conmigo.

—Su agradecimiento me lo paso por el culo —dijo él.

—Yo misma se lo pasaría, si quisiera, pero sería difícil con esos vaqueros que tanto le cuelgan.

El hombre torció el gesto.

—¿Se está quedando conmigo?

—Más bien es usted quien se queda conmigo —respondió Kat.

—Mi nombre no le importa —espetó—. ¿Qué es lo que quiere?

No había motivo para seguir jugando con aquel tipo.

—Estoy buscando a Ron Kochman —dijo Kat, pero la pregunta no le provocó ninguna reacción evidente.

—No tengo por qué responder a sus preguntas —dijo él.

Kat tragó saliva. Al hablar, su voz sonó como si procediera de otra persona:

—No quiero hacerle ningún daño.

—Si es eso cierto —dijo el hombre—, márchese y ya está.

—Necesito hablar con él.

—No, agente Donovan, no lo creo —dijo él mirándola fijamente a los ojos, y, por un momento, le dio la impresión de que el viejo sabía de quién le hablaba.

—¿Dónde está?

—No está aquí. Es todo lo que necesita saber.

—Entonces volveré.

—Aquí no hay nada que le incumba.

Kat intentó hablar, pero no le salían las palabras.

—¿Quién demonios es usted? —dijo por fin.

—Voy a cerrar la puerta. Y si no se va, llamaré a Jim Gamble. Es el jefe de policía del pueblo. No creo que le guste que una agente de la policía de Nueva York esté acosando a uno de sus vecinos.

—Eso llamaría la atención, y a usted no le gustaría.

—No, pero puedo soportarlo. Adiós, agente.

—¿Por qué cree que me iré sin más?

—Porque debería darse cuenta de que su presencia no es grata. Porque debería saber que el pasado es pasado. Y porque no creo que quiera provocar más daño.

—¿Qué daño? ¿De qué está hablando?

—Es hora de que se vaya —dijo él, echando mano a la puerta.

—Necesito hablar con él —insistió Kat, consciente de que se oía la desesperación en su voz—. No quiero hacerle daño a nadie. Dígale eso, ¿vale? Dígale que necesito hablar con él.

El hombre se dispuso a cerrarle la puerta en las narices.

—Le haré llegar el mensaje. Ahora salga de mi propiedad.

31

La granja, siguiendo la tradición amish, no estaba conectada a la red eléctrica. A Titus eso le gustaba, por supuesto. Nada de facturas, de lecturas de contadores, ni de mantenimiento. Cualquiera que fuera el motivo de los amish para no usar fuentes de energía externas —había oído de todo, desde el miedo a los extraños a la voluntad de bloquear el acceso a la televisión y, luego, a internet—, a él ya le iba bien.

De todos modos, no es que los amish evitaran por completo el uso de la electricidad. Eso era un mito. Aquella granja disponía de un molino de viento que le proporcionaba electricidad suficiente para sus modestas necesidades. Pero aquello a Titus no le bastaba. Había instalado un generador DuroMax que funcionaba con gas propano. El buzón de la granja estaba junto al camino, lejos de la casa o de cualquier claro. Había instalado una valla para que los coches no pudieran pasar. Nunca encargaba nada, así que no le traían nada a domicilio. Si necesitaban algo, uno de los suyos o él mismo iban a buscarlo, normalmente al Sam's Club, a quince kilómetros de allí.

Intentaba darles a sus hombres tiempo libre para que pudieran salir de la granja. Reynaldo y él disfrutaban con la soledad. Los otros hombres se volvían ansiosos. Había un club de estriptis a veinte kilómetros llamado Starbutts, pero, para correr menos riesgos, Titus les había dicho a sus hombres que fueran diez kilómetros más lejos, hasta otro que se llamaba The Lumberyard («Para hombres de verdad», rezaba el cartel). Les dejaba ir cada dos semanas, no más. Podían hacer lo que quisieran. Lo único que tenían absolutamente prohibido era montar una escena. Siempre iban solos.

Allí no había cobertura para teléfonos móviles u otros aparatos, así que Dmitri había conectado el teléfono y los servicios de internet a través de un satélite que desviaba toda actividad en la red a través de una VPN con origen en Bulgaria. Casi nunca recibían llamadas, así que, cuando Titus oyó que sonaba el teléfono de su línea personal a las ocho de la mañana, supo que algo iba mal.

—¿Sí?

—Perdone, me he equivocado —dijo una voz, y colgaron.

Aquella era la señal. El gobierno controla el correo electrónico. Eso ya no era un secreto para nadie. El mejor modo para comunicarse por email sin llamar la atención era *no* enviar los mensajes. Titus tenía una cuenta de Gmail que no usaba salvo cuando recibía esa señal para abrirla. Cargó la página y abrió la bandeja de entrada. No había correo nuevo. Era de esperar.

Seleccionó BORRADORES y apareció el mensaje. Así era como se comunicaba con su contacto. Ambos tenían acceso a la misma cuenta de Gmail. Cuando querían enviar un mensaje, lo escribían pero —ahí estaba el quid— no lo enviaban. Lo guardaban como borrador. Entonces se desconectaban, avisaban con una llamada, y la otra persona abría el buzón. En este caso la otra persona era Titus, que leería el mensaje de la carpeta de borradores y lo borraría.

Titus tenía cuatro de esas cuentas, cada una para contactar con una persona diferente. Esta la compartía con su contacto en Suiza:

DEJA DE USAR LA 89787198. UNA EMPRESA DE GESTIÓN LLAMADA PARSONS, CHUBACK, MITNICK AND BUSHWELL HA EMITIDO UN INFORME DE ACTIVIDAD SOSPECHOSA, Y AHORA UNA POLICÍA DE NUEVA YORK LLAMADA KATARINA DONOVAN ESTÁ SIGUIENDO EL CASO.

Titus borró el mensaje y se desconectó de la cuenta. Se quedó pensando en aquello. Ya habían emitido informes de actividad sospechosa sobre sus cuentas otras veces, pero casi nunca veía motivo para preocuparse. Eran de rigor para cualquier transferencia importante al extranjero. Pero al Departamento del Tesoro le preocupaba sobre todo la posible financiación del terrorismo. Una vez comprobaban el perfil del titular de la cuenta y veían que no había nada sospechoso, raramente hacían un seguimiento.

Sin embargo, era la primera vez que veía dos acciones relacionadas con una sola cuenta. Es más, en lugar del Departamento del Tesoro, ahora había llamado la atención de una policía de Nueva York. ¿Cómo? ¿Por qué? De entre sus últimos «visitantes», ninguno procedía de la ciudad de Nueva York. ¿Y qué relación podía haber entre un farmacéutico de Massachusetts y una mujer de mundo de Connecticut?

Solo podía preguntárselo a una persona.

Titus apoyó las manos en su escritorio un momento. Luego se acercó al ordenador y activó un motor de búsqueda. Introdujo el nombre de la agente y esperó resultados.

Cuando vio la foto de la agente Donovan, casi se le escapó la risa. Dmitri entró en la habitación.

—¿Algo divertido?

—Es Kat —dijo Titus—. Está intentando encontrarnos.

Después de que el hombre le cerrara la puerta en las narices, Kat no sabía muy bien qué hacer.

Se quedó allí delante un momento, casi tentada de tirar la puerta abajo y sacarle la información al anciano a punta de pistola, pero ¿qué iba a obtener con eso? Si Jeff quería contactar con ella no tendría problema, ya que le había dado todas las herramientas necesarias. Si seguía evitándola, ¿realmente tenía ella derecho a obligarle? ¿Era eso lo que deseaba?

Un poco de orgullo, por el amor de Dios.

Volvió al coche. Se puso a llorar y se odió por ello. Fuera lo que fuera lo que le ocurriera a Jeff en aquel bar de Cincinnati, no tenía nada que ver con ella. Absolutamente nada. Stacy había dicho la noche anterior que seguiría investigando sobre la pelea del bar, vería si los dos borrachos tenían otros antecedentes, si de algún modo estaban buscando a Jeff y si eso podía explicar su desaparición pero, la verdad..., ¿qué sentido tenía?

Si aquellos dos hombres iban a por él, ¿por qué iba a temer también ver a Kat?

No importaba. Jeff tenía su propia vida. Tenía una hija y vivía con un viejo gruñón. Kat no tenía ni idea de quién era el anciano. El padre de Jeff había muerto años atrás. Jeff había decidido apuntarse a un sitio web de citas. Kat le había escrito, y él se la había quitado de encima. ¿Por qué seguía persiguiéndolo?

¿Por qué, a pesar de todas las pruebas, seguía sin tragárselo? Kat volvió a la carretera de Montauk y se dirigió al oeste. Pero no fue muy lejos. Unos kilómetros más allá giró a la izquierda, por Napeague Lane. Qué curioso que se acordara después de veinte años. Giró por Marine Boulevard y aparcó cerca de Gilbert Path. Siguió el embarcadero de madera hacia el océano. Las olas rompían con fuerza. El cielo se oscureció, advirtiendo de la tormenta que se acercaba. Kat rodeó una mísera valla con los barrotes rotos. Se quitó los zapatos y se puso a caminar por la arena en dirección al agua.

La casa no había cambiado. Era una construcción moderna, en un estilo elegante y limpio que a algunos les parecía demasiado minimalista, pero que a Kat había acabado encantándole. Sin duda, el alquiler de la casa debía costar mucho más de lo que se podían permitir, aunque solo fuera para un fin de semana, pero el dueño era un profesor de Columbia con el que había colaborado Jeff, y dejarle la casa había sido su modo de agradecérselo.

Habían pasado casi veinte años, y Kat aún recordaba cada momento de aquel fin de semana. Recordaba la visita al mercado agrícola, los tranquilos paseos por el pueblo, las tres veces que habían comido en aquel restaurante que más bien era una barraca y que habían apodado «Almuerzo» —porque ambos se habían vuelto adictos a su rollito de langosta—, la vez que Jeff se le había acercado por detrás en aquella misma playa y le había dado el beso más tierno imaginable.

Aquel beso tan tierno había marcado el momento justo en que Kat decidió que tenía que pasar el resto de su vida con él.

Los besos tan llenos de ternura no mienten, ¿no?

Frunció el ceño de nuevo, odiándose otra vez por dejarse

llevar por el sentimentalismo. Pero tampoco tenía que ser tan dura consigo misma, ¿no? Intentó encontrar el lugar exacto donde estaba aquel día, usando la casa para orientarse, moviéndose unos metros a la izquierda, luego a la derecha, hasta que estuvo segura, sí, de que aquel había sido el punto donde había tenido lugar aquel beso tan tierno.

Oyó el motor de un coche, se giró y vio un Mercedes plateado que se paraba en la carretera. Casi se esperaba que fuera Jeff. Sí, eso sería perfecto, ¿no? Que la hubiera seguido hasta allí y se hubiera presentado por detrás, del mismo modo que tantos años atrás. La cogería en sus brazos y... Sí, era una tontería, algo ridículo y doloroso, pero eso no significaba que no lo deseara. Hay muy pocos momentos perfectos en la vida, momentos que quieres meter en una caja y guardar en el estante más alto para que, cuando llegan los momentos de soledad, puedas sacar la caja y volver a abrirla.

Aquel beso había sido uno de esos momentos.

El Mercedes plateado se alejó.

Kat volvió a girarse en dirección al agitado mar. Las nubes iban volviéndose más densas. Empezaría a llover muy pronto. Estaba a punto de volver hacia el Ferrari cuando volvió a sonar el teléfono. Era Brandon.

—¡Será cabrón! —exclamó el muchacho—. ¡Ese cabrón tramposo y asqueroso!

—¿Qué?

—Jeff, o Ron, o Jack, o comoquiera que se llame.

Kat se quedó inmóvil.

—¿Qué ha pasado?

—Sigue contactando con otras mujeres. No he podido ver los mensajes, pero estuvo hablando con ellas ayer mismo.

—¿Cuántas mujeres más?

348

—Dos.

—A lo mejor se estaba despidiendo. A lo mejor les estaba hablando de su relación con tu madre.

—Sí, ya. No lo creo.

—¿Por qué no?

—Porque eso sería uno o dos mensajes directos. Esto eran conversaciones de veinte o treinta. El muy cabrón.

—Vale, escúchame, Brandon. ¿Tienes los nombres de las dos mujeres?

—Sí.

—¿Podrías dármelos?

—Una se llama Julie Weitz. Vive en Washington, DC. La otra vive en Bryn Mawr, Pensilvania. Se llama Martha Paquet.

Lo primero que hizo Kat fue llamar a Chaz.

Él podría contactar con ambas mujeres y asegurarse de que no se habían ido de viaje con su amor de internet. Pero mientras se dirigía al coche —iba a volver a aquella casa de Montauk, y le patearía las pelotas a aquel viejo si se negaba a hablar con ella—, algo empezó a preocuparle de nuevo. La duda había empezado a rondarle antes, al principio de todo aquello, pero aún no tenía claro qué era. Había algo que le hacía aferrarse a Jeff.

La mayoría de la gente diría que era la fuerza cegadora de un corazón embobado. Antes, Kat también lo pensaba. Pero ahora parecía que empezaba a ver la situación con más claridad. Lo que le preocupaba tenía que ver con los mensajes que le había enviado a ella en EresMiTipo.com.

Se había repetido mentalmente sus palabras tantas veces, sobre todo lo último que le había dicho —toda aquella bazofia sobre protegerse y tener cuidado, que volver al pasado sería un error y que necesitaba empezar de nuevo—, que prácticamente había pasado por alto sus primeros mensajes. Todo había empezado cuando le había enviado aquel antiguo videoclip de John Waite cantando *Missing You*. ¿Y cómo había respondido? No lo recordaba. ¿Cómo podía ser? Sí, vale, quizá los sentimientos de ella eran más fuertes, pero, al fin y al cabo, era él quien se le había declarado. ¿Cómo podía haber olvidado algo tan esencial en su relación? Es más, Jeff le había escrito que el vídeo era «chulo» y que le gustaban las mujeres «con sentido del humor», que le habían «llamado la atención» sus fotografías. ¿Le habían llamado la atención? Pues vaya. Le había dolido y sorprendido tanto, que le había respondido y le había dicho...

SOY KAT.

Había un hombre delgado, vestido con traje oscuro, apoyado en el Ferrari amarillo. Tenía los brazos cruzados por delante del pecho y las piernas cruzadas a la altura de los tobillos. Kat aún estaba dándole vueltas a sus revelaciones.

—¿Puedo ayudarle? —dijo Kat.

—Bonito coche.

—Sí, me lo dicen mucho. ¿Le importa apartarse?

—En un segundo, claro. Si está lista.

—¿Qué?

El Mercedes plateado se acercó y se paró a su lado.

—Entre en el coche —dijo el hombre.

—¿De qué demonios habla?

—Puede escoger. La podemos matar de un tiro aquí, en la calle. O puede subirse y charlamos un rato.

32

Reynaldo recibió el mensaje a través de la aplicación de *walkie-talkie* de su teléfono móvil.

—Base a cajas —dijo Titus.

—Te oigo.

Reynaldo estaba jugando con su labrador retriever, Bo, lanzándole una pelota de tenis. Bo hacía honor a su raza, siempre con ganas de correr a por su presa, sin cansarse nunca del juego, por muchas veces o por muy lejos que Reynaldo le lanzara la pelota.

—Estoy aquí —dijo Reynaldo al teléfono volviendo a lanzar la pelota.

Bo corrió a por ella cojeando un poco. La edad. Según el veterinario, Bo tenía once años. Aún estaba en buena forma, pero Reynaldo se entristeció al constatar que su esprint se estaba convirtiendo en un trote. Aun así, Bo siempre quería jugar, e insistía en que le lanzara la pelota de nuevo, aunque estaba claro que su resistencia física y su inicio de artritis ya no lo permitían. A veces, Reynaldo intentaba parar, por el bien del propio Bo, pero era como si Bo viera lo que intentaba hacer su dueño, y no le gustaba. Gemía y ladraba hasta que Reynaldo volvía a recoger la pelota y se la lanzaba una vez más.

Al final, Reynaldo solía enviar a Bo por el camino para que pudiera descansar en la blanda cama que tenía en el cobertizo. Reynaldo se la había comprado poco después de encontrárselo vagando por el East River. La cama se conservaba muy bien.

Bo levantó la vista y lo miró, expectante. Reynaldo le acarició detrás de la oreja, mientras Titus decía por el *walkie-talkie*:

—Tráeme la número seis. Ven con ella.

—Recibido.

En la granja nunca usaban el teléfono o los mensajes de texto; solo la aplicación de *walkie-talkie*, que no dejaba rastro. Nunca usaban nombres, por motivos evidentes, pero, en cualquier caso, Reynaldo tampoco conocía los nombres de aquellas personas. Para él todos eran números, según su ubicación: la número seis, una mujer rubia que había llegado vestida con un vestido ligero amarillo, estaba en la caja número seis.

Incluso Titus reconocía que toda aquella seguridad era exagerada, pero siempre era mejor pecar por exceso que por defecto. Ese era su credo.

Cuando Reynaldo se puso en pie, Bo se lo quedó mirando, decepcionado.

—Volveremos a jugar muy pronto, chico. Te lo prometo.

El perro dio un saltito y le buscó la mano con el morro. Reynaldo sonrió y lo acarició. Bo meneó el rabo lentamente, agradecido. Reynaldo sintió que los ojos se le humedecían.

—Ve a comer, chico.

Bo le miró con resignación. Vaciló un momento más y luego emprendió el camino hasta la casa al trote. Ya no meneaba el rabo. Reynaldo esperó a que Bo estuviera lejos. Por algún motivo, no quería que Bo viera el interior de las cajas. Podía olerlos, por supuesto, sabía lo que había dentro, pero cuando los rehenes veían a Bo, cuando alguno sonreía incluso al ver al perro, aquello... a Reynaldo no le parecía bien.

El llavero le colgaba del cinturón. Reynaldo encontró la llave indicada, abrió el candado y abrió la puerta de la caja. La luz siempre hacía que los rehenes parpadearan, o que se protegieran los ojos. Incluso de noche. Aunque casi no hubiera luna. En las cajas reinaba la oscuridad más completa. Cualquier fuente de luz, incluso la más leve, como la de una estrella lejana, les hería los ojos.

—Sal.

La mujer soltó un gruñido. Tenía los labios cortados. Las líneas de su rostro se habían vuelto más oscuras y profundas, como si la tierra se le hubiera colado en cada pliegue de la piel. Sintió el hedor de las heces. Estaba acostumbrado. Algunos intentaban contenerse al principio, pero cuando te pasas días a oscuras, tumbado en lo que básicamente era un ataúd, te quedas sin opciones.

Número Seis tardó un minuto entero en incorporarse. Intentó humedecerse los labios, pero tenía la lengua como papel de lija. Reynaldo intentó recordar la última vez que le había dado de beber. Hacía horas. Ya le había dejado el cuenco de arroz hervido por la abertura a modo de buzón que tenía la puerta de la caja. Así es como les daba de comer: a través de la abertura. A veces los rehenes intentaban sacar las manos por la abertura. Les advertía una vez que no lo hicieran. Si volvían a intentarlo, Reynaldo les aplastaba los dedos con la bota.

Número Seis se echó a llorar.

—Date prisa —dijo él.

La mujer rubia intentó ir más rápido, pero su cuerpo empezaba a traicionarla. Reynaldo ya lo había visto antes. Su trabajo consistía en mantenerlos con vida. Eso era todo. En no dejarlos morir hasta que Titus dijera que había llegado el momento. En ese caso se los llevaba hasta el campo. A veces les hacía cavarse su propia tumba. La mayoría de las veces no. Los llevaba hasta allí, les apoyaba el cañón de la pistola en la cabeza y apretaba el gatillo. A veces experimentaba con el tiro de gracia. Les apoyaba el cañón contra el cuello y disparaba hacia arriba, o contra la coronilla, y disparaba hacia abajo. A veces les ponía la pistola contra la sien, tal como se ve hacer a los suicidas en las películas. A veces morían rápido. Otras veces necesitaban un segundo disparo. A un tipo de Wilmington, en Delaware, le había disparado demasiado bajo, en la base del cráneo, y el hombre había sobrevivido, pero había quedado paralizado.

Reynaldo lo había enterrado vivo.

Número Seis estaba hecha un asco, derrotada, mermada. Era una imagen que había visto muchas veces.

—Por aquí —le dijo.

Ella consiguió articular una palabra:

—Agua.

—Por aquí. Primero cámbiate.

Ella intentó ir más rápido, pero sus pasos recordaban más bien el caminar espasmódico que Reynaldo había visto en alguna serie de zombis de la tele.

La comparación le pareció acertada. Número Seis aún no estaba muerta, pero tampoco estaba viva del todo. Sin que se lo pidiera, la mujer se quitó el mono y se quedó desnuda ante él. Unos días antes, cuando se había quitado aquel vestido amarillo, entre lágrimas y a regañadientes, pidiéndole a él que se apartara, intentando esconderse tras un árbol o taparse con las manos, a Reynaldo le había parecido mucho más atractiva. Ahora no quedaba ni rastro de pudor ni vanidad. Se quedó ante él como el ser primitivo en que se había convertido, suplicándole con los ojos que le diera agua. Reynaldo cogió la manguera por la boquilla de pistola. La presión del agua era fuerte. La mujer intentó agacharse, recoger algo de agua con la boca. Él cerró la manguera. Ella volvió a ponerse en pie y dejó que la lavara. La piel se le ponía roja de la presión del chorro. Cuando hubo acabado, le lanzó otro mono de trabajo. Ella se lo puso. Reynaldo le dio agua en un vaso de plástico. Ella se la bebió con voracidad y se lo devolvió, dándole a entender que haría prácticamente cualquier cosa por más agua. A Reynaldo le preocupaba que pudiera estar demasiado débil como para caminar hasta la granja, así que le llenó el vaso de nuevo. Ella se bebió el segundo vaso demasiado rápido, casi atragantándose. Le entregó una de las barritas de cereales que había comprado en un supermercado Giant. Ella, con las prisas, casi se comió hasta el envoltorio.

—El camino —ordenó.

La mujer se puso en marcha, otra vez cojeando. Reynaldo la siguió. Se preguntó cuánto dinero más podrían sacarle a Número Seis. Sospechaba que era más rica que la mayoría. Sorprendentemente, Titus prefería buscar más objetivos masculinos que femeninos, unos tres hombres por cada mujer. Las mujeres solían ser presas muy rentables. Esta, al llegar, llevaba joyas caras y tenía esos aires típicos de la clase alta.

Los dos iban ya en dirección a la casa de la granja.

Número Seis caminaba insegura, mirando atrás cada pocos pasos. Le sorprendería, seguramente, que Reynaldo fuera con ella. A Reynaldo también le sorprendía un poco. Titus casi nunca le decía que acompañara a los rehenes. Por algún motivo le gustaba la idea de hacerlos caminar hasta la granja solos.

Reynaldo se preguntó, dado que era la segunda vez que Titus la llamaba, si sería el fin para ella, si su jefe le diría que había llegado la hora.

Cuando llegaron a la casa, Titus estaba en su sillón. Dmitri estaba sentado junto al ordenador. Reynaldo se quedó esperando junto a la puerta. Número Seis —una vez más, sin que se lo pidieran— se sentó en la silla de madera frente a Titus.

—Tenemos un problema, Dana.

«Dana», pensó Reynaldo. Así que ese era su nombre.

Dana parpadeó, sorprendida.

—¿Problema?

—Yo esperaba liberarte hoy —prosiguió Titus. Siempre hablaba con un tono relajado, como si intentara hipnotizar a sus interlocutores, pero esta vez Reynaldo detectó cierta tensión en su suave cadencia—. Pero ahora parece que hay una agente de policía que está investigando tu desaparición.

Dana parecía perpleja.

—Una agente de la policía de Nueva York —continuó Titus— llamada Katarina Donovan. ¿La conoces?

—No.

—Se hace llamar Kat. Trabaja en Manhattan —precisó.

Dana parecía incapaz de concentrarse.

—¿La conoces? —repitió Titus con un tono algo más incisivo.

—No.

Titus le escrutó el rostro un momento más.

—No —dijo ella de nuevo.

«Sí, está medio muerta», pensó Reynaldo.

Titus miró a Dmitri y asintió. Dmitri se caló el gorro de punto y giró la pantalla del ordenador para ponerlo de cara a Dana. En la pantalla había una fotografía de una mujer.

—¿De qué la conoces, Dana?

Dana se limitó a negar con la cabeza.

—¿De qué la conoces?

—No la conozco.

—Antes de salir de casa, ¿te llamó?

—No.

—¿Nunca has hablado con ella?

—No, nunca.

—¿De qué la conoces?

—No la conozco.

—¿Nunca la has visto? Piensa bien.

—No sé quién es —dijo Dana viniéndose abajo y poniéndose a llorar—. Es la primera vez que la veo.

—Voy a preguntártelo una vez más. Dana —dijo Titus recostándose en su butaca—. La respuesta te puede llevar de vuelta a casa, con tu hijo, o de vuelta a la caja, sola. ¿De qué conoces a Kat Donovan?

33

Kat les había preguntado varias veces adónde la llevaban. El hombre flaco sentado a su lado se limitó a sonreír y a apuntarle con la pistola. El que conducía no apartó la mirada de la carretera.

Desde allí atrás, lo único que veía era una cabeza perfectamente afeitada y unos hombros del tamaño de bolas de bolera. Kat no dejó de parlotear: ¿adónde iban?, ¿cuánto tardarían en llegar?, ¿quiénes eran?

El hombre flaco que tenía al lado siguió sonriendo.

El viaje fue corto. Acababan de atravesar el centro de Water Mill cuando el Mercedes plateado giró a la izquierda por Davids Lane en dirección al océano. Embocaron Halsey Lane. Era un barrio caro.

Kat tenía una idea bastante definida de adónde iban.

El coche redujo la velocidad al pasar junto a una enorme finca rodeada de un alto muro de seto. La pared verde se extendía cientos de metros hasta la vía de entrada, protegida por una puerta completamente opaca. Un hombre con traje oscuro y gafas de sol que llevaba un auricular en la oreja dijo algo por un micrófono que tenía en la manga.

La puerta se abrió y el Mercedes plateado entró en el recinto, dirigiéndose a una gran mansión señorial, de piedra y con el tejado rojo. La vía de acceso estaba flanqueada por estatuas clásicas y cipreses. En el patio había un estanque redondo con una fuente que disparaba un chorro de agua hacia arriba.

—Si es tan amable —dijo el sonriente hombre flaco.

Kat salió por un lado del coche. Hombre Sonriente salió por el otro. Levantó la vista y contempló aquella mansión, que parecía de otra época. Había visto fotografías antiguas de la casa. Un rico industrial llamado Richard Heffernan la había construido en la década de 1930. La familia la había conservado hasta unos diez años atrás, cuando su actual dueño la había comprado, la había vaciado por dentro y, si los rumores eran ciertos, la había reformado gastándose unos diez millones de dólares.

—Levante los brazos, por favor.

Obedeció, mientras otro hombre de traje oscuro y gafas de sol la registró con tanto entusiasmo que Kat pensó que hacía tiempo que no tenía un contacto tan íntimo. Hombre Sonriente ya le había quitado la pistola y el teléfono, así que no había nada que encontrar. En sus tiempos, su padre siempre llevaba otra pistola escondida en la bota —Kat se había planteado muchas veces si no debería hacer como él—, pero sin duda este tipo la habría encontrado. Cuando acabó (solo le faltaba recostarse en la cama y fumarse un cigarrito), le hizo un gesto con la cabeza a Hombre Sonriente.

—Por aquí, por favor —dijo él.

Atravesaron un frondoso jardín que parecía sacado directamente de una revista de arquitectura, lo cual era muy plausible. Enfrente de ellos se extendía el océano, como si lo hubieran puesto allí aposta para crear una postal perfecta. Kat olía la sal en el aire.

—Hola, Kat.

La estaba esperando en el porche, decorado con muebles de teca acolchados. Iba todo de blanco, con ropa ajustada al cuerpo, lo cual podría tener un pase en un hombre joven y de constitución fuerte, pero que, en un hombre bajito y rechoncho de más de setenta años, resultaba casi obsceno. Los botones de su camisa resistían la tensión de su barriga a duras penas —es decir, los botones que no estaban ya desabrochados, revelando un busto de vello pectoral del tamaño de la placa de una plancha. En sus dedos carnosos llevaba anillos de oro, y lucía una tupida cabellera de color rubio, o un gran peluquín; eso era difícil saberlo.

—Por fin nos conocemos —dijo él.

Kat no estaba segura de cómo reaccionar. Tras todos aquellos años, después de tanto leer, obsesionarse, odiar y demonizar a Willy Cozone, por fin lo tenía delante.

—Supongo que debes llevar mucho tiempo imaginándote este día —le dijo Cozone.

—Así es.

Cozone abrió los brazos en dirección al océano.

—¿Y se parecía a esto?

—No —dijo Kat—. Usted estaba esposado.

Él se rio como si nunca hubiera oído nada tan gracioso en su vida. El flacucho, el Hombre Sonriente, estaba al lado de Kat, con las manos cruzadas. No se rio. Solo sonreía. Por lo visto, no hacía otra cosa.

—Puedes dejarnos, Leslie.

Leslie, el Hombre Sonriente, inclinó un poco la cabeza y se fue.

—¿Quieres sentarte? —propuso Cozone.

—No.

—¿Te apetece un té helado o una limonada? —dijo levantando su vaso—. Yo estoy tomando un Arnold Palmer. ¿Sabes lo que es?

—Sí, sé lo que es.

—¿Quieres uno?

—No —dijo Kat—. No es que quiera parecer puntillosa, pero secuestrar a una persona a punta de pistola, especialmente a un agente de policía, va contra la ley.

—Por favor —dijo Cozone—. No perdamos tiempo en minucias. Tenemos asuntos que discutir.

—Escucho.

—¿Estás segura de que no quieres sentarte?

—¿Qué es lo que quiere, señor Cozone?

Él dio un sorbo a su copa, sin dejar de mirarla en ningún momento.

—Quizás esto haya sido un error —dijo.

Kat no dijo nada. Cozone dio unos pasos, alejándose, y luego prosiguió:

—Le diré a Leslie que te deje de nuevo en tu coche. Mis disculpas.

—Podría denunciarle.

Cozone le quitó importancia a aquello con un gesto de la mano.

—Oh, por favor, Kat. ¿Puedo llamarte Kat? He desmontado acusaciones más sólidas. Puedo conseguir una docena de testigos que declararán que estaba en otro sitio. Puedo presentar un vídeo de seguridad que demuestre que nunca has estado aquí. No perdamos el tiempo con jueguecitos.

—Eso también puede aplicárselo usted.

—¿Qué quieres decir?

—Quiero decir que no me suelte el rollo de que Leslie me dejará de nuevo en mi coche. Me ha traído aquí por algún motivo. Y querría saber cuál es.

A Cozone eso le gustó. Dio un paso hacia ella. Tenía los ojos de un color azul claro que, de algún modo, en él parecían negros.

—Estás creando problemas con tu investigación actual.

—Mi investigación no es actual.

—Ahí llevas razón. Tu padre lleva mucho tiempo muerto.

—¿Mandó usted que lo mataran?

—Si lo hubiera hecho, ¿qué te hace pensar que te iba a dejar salir de aquí con vida?

Kat había estudiado la ficha de Cozone y lo sabía todo sobre él —su fecha de nacimiento, su historia familiar, su registro de detenciones, sus residencias (como aquella)—. Pero cuando ves a alguien en persona por primera vez, siempre es diferente. Se quedó mirando aquellos ojos de color azul claro. Pensó en todo el horror que habían visto aquellos ojos en sus más de setenta años de vida; y en cómo había conseguido que aquel horror nunca le afectara.

—En teoría —prosiguió él con un tono que bordeaba lo tedioso—, podría meterte una bala en el cerebro aquí mismo. Tengo varios barcos. Podríamos tirarte al mar. Sí, tus colegas buscarían mucho, pero ambos sabemos que no encontrarían nada.

Kat intentó no tragar saliva.

—No me ha traído aquí para matarme.

—¿Cómo puedes estar tan segura?

—Porque aún respiro.

Cozone sonrió. Tenía unos dientecitos pequeños que parecían pastillitas cuadradas de chicle. Su cutis parecía de una suavidad que sugería una exfoliación química o el uso de bótox.

—Veamos primero cómo va nuestra conversación, ¿te parece? —dijo dejándose caer en una butaca de teca acolchada, y dando unas palmaditas en la que tenía a su lado—. Por favor, siéntate.

Ella lo hizo, y un escalofrío la atravesó de arriba abajo. Olía su colonia, algo empalagoso y muy potente. Las dos butacas estaban encaradas hacia el océano, en lugar de estar enfrentadas. Por un momento ninguno de los dos dijo nada; ambos se quedaron mirando las agitadas olas.

—Se avecina una tormenta —dijo él.

—Premonitorio —dijo Kat intentando ser sarcástica sin conseguirlo del todo.

—Haz tu pregunta, Kat.

Ella no dijo nada.

—Has esperado casi veinte años. Aquí tienes tu oportunidad. Pregúntamelo.

Ella se giró y le miró a la cara.

—¿Mandó que mataran a mi padre?

—No —dijo él sin apartar la mirada del agua.

—¿Y se supone que tengo que creerle?

—¿Sabes que yo soy de tu antiguo barrio?

—Sí, de Farrington Street, cerca del lavado de coches. Mató a un niño cuando estaba en quinto.

Él meneó la cabeza.

—¿Puedo contarte un secreto?

—Sí, claro, adelante.

—Esa historia sobre del martillo es una leyenda urbana.

—Hablé con una señora que era hermana de un compañero de clase suyo.

—No es cierto —insistió él—. ¿Por qué te mentiría en eso? Me gustan las leyendas. Incluso en ocasiones las he fomentado. Me han allanado el camino, en cierto modo. No es que fuera fácil. No es que tenga las manos limpias. Pero el miedo es una herramienta magnífica para motivar a la gente.

—¿Es eso una confesión?

Cozone juntó las muñecas, como si esperara las esposas. Kat sabía que nada de lo que dijera allí serviría en un juicio ni le sería útil siquiera, pero eso no significaba que deseara que dejara de hablar.

—Conocía a tu padre —prosiguió—. Nos entendíamos bien.

—¿Está diciendo que era un corrupto?

—No estoy diciendo nada. Te estoy explicando que no tuve nada que ver con la muerte de tu padre, que éramos del mismo mundo, él y yo.

—¿Así que nunca mató a nadie de Flushing?

—Oh, yo no diría eso.

—¿Entonces qué es exactamente lo que está diciendo?

—Con el paso de los años, has hecho que varias de mis empresas... interrumpieran sus servicios, por decirlo así.

Kat había trincado a los cabecillas de cualquier «empresa» que se rumoreara siquiera que tenía una conexión con Cozone. Sin duda, eso le habría costado dinero a Cozone.

—¿Está intentando decirme algo?

—No quiero volver a esos días.

—¿Así que ha pensado que diciéndome que no mató a mi padre todo eso acabará?

—Algo así. Pensé..., o más bien esperaba, que podríamos llegar a un entendimiento.

—Un entendimiento.

—Sí.

—Como el que dice que tenía con mi padre.

Cozone tenía la mirada puesta en las olas, pero en las comisuras de sus labios apareció una sonrisa.

—Algo así.

Kat no estaba muy segura de cómo reaccionar a aquello.

—¿Y por qué ahora? —Él cogió su copa y se la llevó a los labios—. Podía haberme dicho esto hace años, si pensaba que llevaría a —trazó unas comillas en el aire— «un entendimiento». ¿Por qué ahora?

—Las cosas han cambiado.

—¿En qué?

—Un buen amigo ha fallecido.

—¿Monte Leburne?

Cozone dio otro sorbo a su copa.

—Eres dura, Kat. Eso lo admito.

Kat no se molestó en responder.

—Querías mucho a tu padre, ¿no es cierto?

—No estoy aquí para hablar de mis sentimientos.

—De acuerdo. Me has preguntado por qué te he dicho esto ahora. El motivo es que Monte Leburne está muerto.

—Pero confesó el asesinato.

—Efectivamente. También dijo que yo no tenía nada que ver.

—Sí, claro, pero también dijo que no tenía nada que ver con los otros dos asesinatos. ¿Va a negarme también esos dos?

Cozone se volvió levemente. Su expresión se endureció.

—No estoy aquí para hablar de los otros dos. En absoluto. ¿Lo entiendes, Kat?

Lo entendía. No estaba confesándolo pero, a diferencia de lo de su padre, tampoco lo estaba negando. El mensaje estaba claro: sí, me cargué a esos dos, pero no a tu padre. Claro que eso no significaba que tuviera que creerle. Cozone quería quitársela de encima. De eso se trataba. Le contaría lo que fuera para conseguirlo.

—Lo que voy a contarte ahora es confidencial —dijo—. ¿Estamos de acuerdo?

Kat asintió, porque, de todos modos, tampoco importaba. Si le daba información y llegaba el momento de utilizarla, su cuasipromesa a un asesino no la iba a detener. Probablemente eso también lo sabía él.

—Retrocedamos en el tiempo, ¿quieres? Al día en que detuvieron a Monte Leburne. ¿Sabes? Cuando los federales pillaron a Monte, me preocupé un poco. No te voy a decir el motivo. Monte siempre había sido uno de mis empleados más fieles. Me puse en contacto con él al instante.

—¿Cómo? Estaba aislado.

—Por favor... —dijo Cozone frunciendo el ceño.

Y tenía razón. Tenía sus contactos. El cómo era algo irrelevante.

—En cualquier caso —prosiguió él—, le prometí a Monte que si seguía siendo el empleado leal que sabía que era, su familia recibiría una generosa compensación.

Un soborno.

—¿Y si no seguía siendo leal?

—No hace falta que entremos en hipótesis, Kat. ¿No te parece? —dijo mirándola.

—Supongo que no.

—Además, incluso bajo grandes amenazas, muchos empleados han acabado vendiendo a sus jefes a cambio de algún beneficio. Yo esperaba evitar que Monte Leburne hiciera eso usando la zanahoria, en lugar del palo.

—Y parece que le fue bien.

—Sí, es cierto. Pero no salió exactamente como yo lo había planeado.

—¿Y eso?

Cozone se puso a darle vueltas a un anillo que llevaba en el dedo.

—Como probablemente sabrás, en principio, Monte Leburne fue arrestado y acusado de dos homicidios.

—Sí.

—Me pidió permiso para confesar un tercero.

Kat se quedó allí sentada un momento. Esperó a que Cozone siguiera hablando, pero de pronto parecía exhausto.

—¿Por qué iba a hacer algo así?

—Porque no importaba. Ya estaba condenado a cadena perpetua.

—Aun así. No confesaría porque sí.

—No, no lo hizo porque sí.

—¿Entonces?

—Déjame que te explique por qué no hemos hablado antes. Mi acuerdo con Monte Leburne estipulaba que debía quedar entre los dos. No te voy a contar historias sobre el honor entre ladrones, pero quiero que lo entiendas. No podía decir nada porque había jurado mantener el secreto. Si lo hacía, estaría traicionando a un empleado fiel.

—Que además podía pensárselo mejor y delatarle.

—Las consideraciones prácticas siempre hay que tenerlas en cuenta —reconoció Cozone—. Pero sobre todo quería demostrarle a Monte y a mis otros empleados que soy un hombre de palabra.

—¿Y ahora?

Cozone se encogió de hombros.

—Está muerto. Así que el acuerdo queda nulo y sin efecto.

—De modo que es libre de hablar.

—Si quiero. Naturalmente, preferiría que esto quedara entre nosotros dos. Tú siempre has creído que yo maté a tu padre. Yo estoy aquí para decirte que no lo hice.

Kat preguntó lo obvio:

—¿Y quién lo hizo?

—No lo sé.

—¿Tuvo algo que ver Leburne?

—No.

—¿Sabe por qué lo confesó?

Él extendió los brazos.

—¿Por qué crees tú?

—¿Por dinero?

—Entre otras cosas.

—¿Por qué más?

—Ahí es donde se complica la cosa, Kat.

—¿Qué quiere decir?

—Le prometieron favores.

—¿Qué tipo de favores?

—Un trato mejor en la cárcel. Una celda mejor. Raciones extra. Trabajo para su sobrino.

Kat frunció el ceño.

—¿Y eso quién se lo proporcionó?

—Nunca me lo dijo.

—Pero tiene sospechas.

—No me beneficia en absoluto hablar de hipótesis.

—Eso me ha dicho antes. ¿Qué tipo de trabajo consiguió el sobrino de Leburne?

—No fue un trabajo. Fue más bien entrar en una escuela.

—¿Qué tipo de escuela?

—La academia de policía.

De pronto el cielo se abrió por la mitad. Empezó a llover sobre el océano, creando una corriente de aire que lentamente recorrió el jardín hasta llegar a ellos. Cozone se puso en pie y retrocedió un poco, situándose bajo el tejado. Kat hizo lo propio.

—Leslie te acompañará de nuevo a tu coche —dijo Cozone.

—Tengo más preguntas.

—Ya he dicho todo lo que tenía que decir.

—¿Y si no le creo?

Cozone se encogió de hombros.

—Entonces seguiremos como estábamos.

—¿Sin entendimiento?

—Si así tiene que ser...

Ella pensó en todo lo que le había dicho, en el honor entre ladrones, en entendimientos y acuerdos.

—Los acuerdos no importan después de que la persona haya muerto, ¿verdad?

Él no dijo nada.

—Quiero decir, que eso es lo que ha dicho usted. Cualquiera que fuera el trato que hizo con Leburne, ha caducado.

—Correcto.

Leslie el Sonriente apareció. Pero Kat no se movió.

—También tenía un acuerdo con mi padre —dijo Kat. Le sonaba raro oírse decir esas palabras—. Eso es lo que ha dicho.

La lluvia empezó a repiquetear contra el tejado. Tuvo que levantar la voz para que se la oyera:

—¿Sabe quién es Sugar?

Cozone apartó la mirada.

—¿Sabes lo de Sugar?

—Hasta cierto punto.

—¿Y por qué me preguntas por ella?

—Porque quiero hablar con ella.

En el rostro de Cozone apareció un interrogante.

—Si no tiene ni idea de quién mató a mi padre, quizá Sugar sí sepa algo.

Le pareció que Cozone asentía.

—Quizás.

—Así que quiero verla —dijo Kat.

—No sé si eso tiene mucho sentido.

—En cierto modo sí —dijo ella con una precaución quizás excesiva—. ¿Me puede ayudar a encontrarla?

Cozone miró a Leslie. Leslie no se movió.

—Podríamos intentarlo, sí.

—Gracias.

—Con una condición.

—¿A saber?

—Que prometas dejar mis operaciones en paz.

—Si es cierto que no está implicado...

—Es cierto.

—Entonces no hay problema —dijo Kat.

Él le tendió la mano. Kat se la estrechó no muy convencida, pensando en toda la sangre que habría tocado, una sangre que inundaba su memoria y la salpicaba. Cozone no la soltó.

—¿Estás segura de que es eso lo que quieres, Kat?

—¿Cómo?

—¿Estás segura de que quieres conocer a Sugar?

Ella retiró la mano.

—Sí, estoy segura.

Él se giró en dirección al mar revuelto.

—Supongo que está bien. Supongo que es hora de sacar todos los secretos a la luz, por dañinos que sean.

—¿Qué se supone que significa eso? —preguntó Kat.

Pero Cozone ya había dado media vuelta y se dirigía al interior de la casa.

—Leslie te llevará de vuelta a tu coche. Te llamará cuando haya encontrado algún dato sobre Sugar.

34

Titus le hizo la misma pregunta a Dana una docena de veces más. Tal como se esperaba, ella no se apartó de su historia. No conocía a Kat. Nunca la había visto. No tenía ni idea de por qué estaría investigando su desaparición.

Titus la creyó.

Se recostó en su asiento y se acarició la barbilla. Dana se lo quedó mirando. En sus ojos aún había una mínima esperanza. Tras ella estaba Reynaldo, apoyado en el marco de la puerta. Titus se preguntó si podría sacarle más dinero a Dana. Pero no, siempre había sido un hombre paciente. No se dejaba llevar por la codicia. Era hora de cortar el cable. Estaba convencido de que la agente Kat Donovan no le había hablado aún a nadie de su investigación. Por una parte, tenía muy pocas pruebas. Y por otra, no querría admitir cómo había dado con aquel delito en particular.

Acosando a un exnovio.

Valoró los pros y los contras. Por un lado, una vez eliminara a Dana Phelps, se acabaría todo. Con Dana muerta y enterrada, no quedarían pistas. Por otro lado, Kat Donovan había ido más lejos que nadie. Había asociado la desaparición de Gerard Remington con la de Dana Phelps. Ahora se había convertido en algo personal.

Quizá no se rindiera tan fácilmente.

Eliminar a un poli suponía un gran riesgo. Por eso, en este caso, la dejaría vivir.

Necesitaba hacer un análisis completo de los pros y los contras que tendría su muerte, pero mientras tanto había otro asunto que resolver.

Titus sonrió a Dana.

—¿Te apetece un té?

Ella asintió con todas sus fuerzas, que no eran muchas.

—Sí, por favor.

Titus miró a Dmitri.

—¿Quieres hacerle un té a la señora Phelps?

Dmitri se levantó del ordenador y se dirigió a la cocina.

Titus se puso en pie.

—Volveré dentro de un momento —dijo.

—Le estoy diciendo la verdad, señor Titus.

—Ya lo sé, Dana. No te preocupes, de verdad.

Se dirigió hacia la puerta, donde estaba Reynaldo. Los dos hombres salieron.

—Es la hora —dijo Titus.

—De acuerdo —asintió Reynaldo.

Titus miró atrás, por encima del hombro.

—¿Tú la crees?

—Sí.

—Yo también —dijo Titus—, pero tenemos que estar absolutamente seguros.

Reynaldo frunció los ojos, confuso.

—Entonces ¿no quiere que la mate?

—Oh, sí, claro —dijo Titus mirando en dirección al cobertizo—. Pero tómate tu tiempo.

Chaz llamó a Julie Weitz.

—¿Diga? —respondió una voz femenina.

—¿Es Julie Weitz?

—Sí, soy yo.

—Soy el agente Faircloth, de la policía de Nueva York.

Chaz le hizo unas cuantas preguntas. Sí, tenía conversaciones por internet con un hombre; más de uno, en realidad, pero eso no era asunto de nadie. No, no tenía planes de irse con él. ¿Qué demonios le importaba eso a la policía, de todos modos?

Chaz le dio las gracias y colgó.

Strike uno. O quizás, usando términos de béisbol, podría decir que había hecho *base*. Luego Chaz llamó a casa de Martha Paquet. Una mujer respondió al teléfono:

—¿Diga?

—¿Es Martha Paquet?

—No —dijo la mujer—. Soy su hermana, Sandi.

El Mercedes plateado de Leslie el Sonriente dejó de nuevo a Kat junto al Ferrari amarillo de Chaz. Antes de salir, Leslie le dijo:

—Te llamaré cuando tenga la dirección.

Kat estuvo a punto de darle las gracias, pero le pareció de lo más inapropiado. El conductor le devolvió su pistola. Pero por el peso estaba claro que le había quitado las balas. Luego le dio su teléfono móvil.

Kat salió. Se alejaron.

Aún le daba vueltas la cabeza. No sabía qué pensar de todo lo que le había dicho Cozone. De hecho —aún peor—, sabía exactamente qué pensar. ¿No era evidente? Stagger había ido a ver a Monte Leburne inmediatamente después de su detención. No se lo había dicho a Suggs ni a Rinsky ni a nadie. Había hecho un trato con Leburne para que él asumiera la responsabilidad de la muerte de su padre.

Pero ¿por qué?

¿O también eso era obvio?

En realidad la pregunta era: ¿qué podía hacer ella al respecto? Ya no iba a sacar nada enfrentándose a Stagger. Él seguiría mintiendo. O algo peor. No, tenía que demostrar que mentía. ¿Cómo?

Las huellas halladas en la escena del asesinato.

Stagger las había ocultado, ¿no? Pero si pertenecían a Stagger, se habría visto en la primera búsqueda que habían hecho Suggs y Rinsky. En la base de datos están las huellas de todos los polis. Así que no podían pertenecer a Stagger.

Aun así, cuando sí encontraron una coincidencia, Stagger se había metido en la investigación, inventándose (probablemente) que las huellas pertenecían a algún sintecho.

Las huellas eran la clave.

Llamó a Suggs a su teléfono móvil.

—Eh, Kat. ¿Cómo te va?

—Bien. ¿Ha tenido ocasión de echar un vistazo a esas huellas antiguas?

—Aún no.

—Siento ser tan pesada, pero es muy importante.

—¿Después de todos estos años? No entiendo por qué. Pero hice la petición igualmente. Las pruebas están guardadas en el almacén. Me han dicho que tardarán unos días.

—¿No puede apretarlos un poco?

—Supongo, pero están trabajando en casos abiertos, Kat. Esto no es prioritario.

—Sí que lo es —dijo ella—. Créame, ¿vale? Por mi padre.

Se hizo un silencio al otro lado de la línea.

—Por tu padre —dijo luego Suggs, y colgó.

Kat se giró a mirar aquel maldito tramo de playa, y entonces recordó en qué estaba pensando antes de que apareciera Leslie, apoyado en el coche de Chaz.

SOY KAT.

Eso es lo que ella le había escrito a Jeff/Ron en un mensaje instantáneo. Primero le había enviado el vínculo al vídeo de *Missing You*. Él le había respondido como si no supiera quién era. Luego ella había escrito:

SOY KAT.

Se quedó helada. Ella, Kat, le había dicho su nombre. No había sido él quien lo usara desde el principio. Luego empezó a llamarla Kat, como si la conociera, *después* de que ella se lo dijera.

Algo iba mal.

Algo iba muy, muy mal, y afectaba a Dana Phelps, a Gerard Remington y a Jeff Raynes, alias Ron Kochman. Aún no podía demostrarlo, pero habían desaparecido tres personas.

O dos, por lo menos. Gerard y Dana. En cuanto a Jeff...

Había un modo de descubrirlo. Se metió en el Ferrari y lo arrancó. No iba a volver a Nueva York. Aún no. Iba a volver a casa de Ron Kochman. Derribaría la maldita puerta si era necesario, pero iba a enterarse de la verdad, de un modo o de otro.

Cuando Kat volvió a Deforest Street, en la vía de entrada

a la casa encontró los dos coches de antes. Aparcó el coche justo detrás, quitó la marcha de un manotazo y paró el motor. En el momento en que iba a poner la mano en la palanca de la puerta, sonó su teléfono.

Era Chaz.

—¿Sí?

—Martha Paquet salió anoche de fin de semana. Desde entonces nadie la ha visto.

Titus le agradeció a Dana su cooperación.

—¿Cuándo puedo irme a casa? —preguntó ella.

—Mañana, si todo va bien. Mientras tanto, dormirás en la habitación de invitados que hay en el cobertizo. Reynaldo te acompañará. Hay una ducha y una cama. Creo que lo encontrarás más cómodo.

Dana estaba temblando, pero aun así consiguió decir:

—Gracias.

—De nada. Ya puedes ir.

—No diré ni una sola palabra —dijo ella—. Puede confiar en mí.

—Lo sé, lo sé.

Dana se tambaleó hasta la puerta como si caminara con los pies sumergidos en el fango. Reynaldo la esperó. En el momento en que la puerta se cerró tras ellos, Dmitri se puso el puño frente a la boca y tosió.

—Hummm... Tenemos un problema.

Titus se volvió al momento. Nunca tenían un problema. Nunca.

—¿Qué pasa?

—Estamos recibiendo correo.

Una vez introducidas las contraseñas, Dmitri había configurado todas las cuentas de sus rehenes para redirigir el correo al suyo. Así podía seguir e incluso responder los mensajes de familiares o amigos preocupados.

—¿De quién?

—De la hermana de Martha Paquet. Supongo que es ella también quien la está llamando al móvil.

—¿Qué dicen los correos?

Dmitri levantó la vista. Se subió las gafas con el dedo índice.

—Dice que alguien de la policía Nueva York la ha llamado preguntando dónde estaba Martha. Que cuando le ha dicho que se había ido con su novio había mostrado cierta preocupación.

Una llamarada de rabia cegadora atravesó a Titus.

Kat.

El balance de su análisis de riesgos y beneficios —de matarla o no matarla— se había desviado hacia un lado.

Titus cogió las llaves y se dirigió a la puerta.

—Respóndele a su hermana diciendo que estás bien, que te lo estás pasando estupendamente y que volverás a casa mañana. Si llegan más mensajes, llámame al móvil.

—¿Adónde vas?

—A Nueva York.

Kat llamó a la puerta golpeándola. Miró por el cristal con relieve de nuevo para ver si detectaba algún movimiento. No vio nada. El anciano tenía que estar en casa. No hacía ni una hora que había pasado por allí. Y ambos coches seguían en su sitio. Llamó otra vez.

No hubo respuesta.

El anciano le había dicho que saliera de *su* propiedad. La suya. Así que quizá Ron/Jeff no fuera el propietario. El dueño era él. Quizá Jeff y su hija, Melinda, tuvieran alguna habitación alquilada. Podría encontrar fácilmente el nombre del anciano en los registros, pero la verdad era que eso no serviría de mucho.

Se suponía que, en este punto, Chaz debía notificar el caso al FBI, aunque tampoco es que tuvieran gran cosa. Si un adulto desaparecía un día o dos no pasaba nada. Esperaba que las coincidencias y pruebas circunstanciales hicieran que el caso fuera tratado con cierta urgencia, pero no estaba segura. Dana Phelps había llegado a hablar con su hijo y su asesor financiero. Y Martha Paquet podía estar simplemente retozando en la cama con su nuevo amante.

Salvo por una cosa: se suponía que ambas mujeres se habían ido con el mismo hombre.

Rodeó la casa, intentando ver algo a través de las ventanas, pero las persianas estaban bajadas. Encontró al anciano en el patio de atrás, en una tumbona. Estaba leyendo una novela de misterio, y agarraba el libro como si fuera a intentar escapársele.

—¡Eh! —dijo Kat.

El hombre irguió la espalda, sobresaltado.

—¿Qué demonios está haciendo aquí?

—He llamado a la puerta.

—¿Qué es lo que quiere?

—¿Dónde está Jeff?

—No conozco a nadie que se llame así —dijo él ya sentado.

Kat no le creía.

—¿Dónde está Ron Kochman?

—Ya se lo he dicho. No está aquí.

Kat se acercó a la tumbona, obligándole a levantar la mirada.

—Han desaparecido dos mujeres.

—¿Qué?

—Dos mujeres lo conocieron por internet. Y ahora las dos han desaparecido.

—No sé de qué está hablando.

—No me voy a ir de aquí hasta que me diga dónde está.

El hombre no dijo nada.

—Llamaré a la policía —insistió Kat—. Llamaré al FBI. Llamaré a la prensa.

—No lo hará —dijo él con los ojos bien abiertos.

Kat se inclinó, situando el rostro a solo unos centímetros del suyo.

—Póngame a prueba. Le diré a todo el mundo que sé que Ron Kochman antes era un tal Jeff Raynes.

El anciano se quedó allí sentado, sin decir nada.

—¿Dónde está?

Silencio.

Kat estuvo a punto de sacar la pistola, pero se contuvo.

—¿Dónde está? —repitió, esta vez a voz en grito.

—¡Déjalo en paz! —dijo alguien desde el interior de la casa.

Kat se quedó sin aliento al oír aquella voz. Se volvió hacia la casa. La puerta con mosquitera se abrió. Kat sintió que le fallaban los tobillos. Abrió la boca, pero no le salió ningún sonido.

Jeff salió de la casa y abrió los brazos.

—Aquí me tienes, Kat.

35

Cuando Reynaldo y Dana llegaron al cobertizo, Bo estaba junto a la puerta, agitando el rabo. Se lanzó hacia su dueño con un salto, y este se agachó, apoyó una rodilla en el suelo y le rascó detrás de las orejas.

—Buen chico.

Bo ladró, contento.

Tras él, Reynaldo oyó que la puerta de la granja se cerraba de un portazo. Titus bajó los escalones del porche de un salto y se dirigió hacia el todoterreno negro. Clem Sison, que era el nuevo conductor tras la marcha de Claude, se puso al volante. Titus se situó en el asiento del acompañante.

El todoterreno salió a toda velocidad, levantando polvo al arrancar.

Reynaldo se preguntó qué habría pasado. Bo ladró y Reynaldo se dio cuenta que, con la distracción, había dejado de rascarle. Sonrió y volvió a hacerlo. Bo puso cara de felicidad. Los perros tenían esa cosa fantástica: siempre sabías lo que sentían.

Dana estaba de pie, absolutamente inmóvil. Contemplaba a Reynaldo y Bo con una leve sonrisa en los labios. A Reynaldo eso no le gustó. Se puso en pie y ordenó a Bo que volviera a las cajas subterráneas. El perro protestó con un gemido.

—Ve, corre —insistió Reynaldo. A regañadientes, el perro salió del cobertizo y emprendió el camino. Dana vio al viejo perro mientras se iba, y su sonrisa desapareció.

—Yo también tengo un labrador —dijo—. Una hembra. Se llama Chloe. Aunque es negra, no chocolate. ¿Cuántos años tiene tu perro?

Reynaldo no respondió. Desde donde estaba, a la entrada del cobertizo, se veía la vieja sierra de podar amish colgada de la pared. Un día, Reynaldo se había preguntado si la hoja tendría suficiente fuerza como para cortar dedos. Había llevado cierto esfuerzo, y había sido un trabajo sucio, rompiendo y quebrando los huesos más que cortándolos limpiamente, pero Reynaldo había conseguido cortar dedo tras dedo. Aquel hombre —estaba en la caja número tres— no dejaba de gritar. A Titus le molestaba el ruido, así que Reynaldo le había metido a Número Tres un trapo en la boca y se lo había pegado con cinta americana. Eso había amortiguado los chillidos agónicos. Número Tres había empezado a perder la conciencia al penetrar la cuchilla en el cartílago. Las dos primeras veces, Reynaldo había tenido que parar, coger un cubo de agua y lanzárselo. Eso le había despertado. A partir del tercer desmayo, Reynaldo había decidido hacer acopio de cubos de agua y colocárselos al lado.

—¿Quieres un poco de agua? —le preguntó a Dana.

—Sí, por favor.

Reynaldo llenó dos cubos de agua y los colocó a mano, sobre la mesa de las herramientas. Dana levantó uno, se lo llevó a los labios y bebió directamente de él. Reynaldo encontró una toalla de mano que le iría bien como mordaza, pero no encontró la cinta americana. Podía amenazarla, por supuesto, decirle que si escupía la toalla la cosa sería mucho peor, pero por otra parte Titus acababa de irse, así que no le molestaría el ruido.

Quizá Reynaldo la dejara gritar, sin más.

—¿Dónde está la cama? —preguntó Dana—. ¿Y la ducha?

—Siéntate —dijo él señalando hacia la silla.

A Número Tres lo había atado con una cuerda y le había cogido la mano que iba a amputar en el gran tornillo del banco de herramientas. Número Tres había empezado a resistirse al ver las cuerdas, pero Reynaldo le había hecho callar con la pistola. Podía volver a hacerlo, suponía, pero Dana parecía más maleable. Aun así, en cuanto empezara con las herramientas, necesitaría tenerla atada.

—Siéntate —dijo otra vez.

Dana se sentó.

Reynaldo abrió el cajón inferior y sacó la soga. No se le daban muy bien los nudos, pero si no te alejabas de tu víctima y la rodeabas con la cuerda muchas veces, tampoco hacía falta.

—¿Para qué es eso? —preguntó Dana.

—Tengo que hacerte la cama. No puedo arriesgarme a que te escapes mientras lo hago.

—No lo haré, te lo prometo.

—Estate quieta.

Cuando empezó a rodearle el pecho con la cuerda, Dana se puso a llorar. Pero no se resistió. Reynaldo no estaba muy seguro de si eso le gustaba o no. Estaba a punto de pasar la cuerda por segunda vez cuando oyó un gemido familiar.

Bo.

Levantó la vista. Bo estaba al otro lado de la puerta, mirando a su amo con ojos tristes.

—Vete —dijo Reynaldo. Bo no se movió. Gimoteó un poco más—. Vete. Bajo enseguida.

El perro pateó el suelo y miró hacia su cama. Reynaldo tenía que haberlo pensado. A Bo le gustaba su cama. Le gustaba el cobertizo, especialmente cuando estaba Reynaldo. El único momento en que Reynaldo había cerrado la puerta dejándolo fuera había sido durante su trabajito con Número Tres. A Bo no le había gustado; no lo de serrarle los dedos al hombre —a Bo solo le importaba Reynaldo—, sino lo de cerrarle la puerta y apartarle de su cama y de su dueño.

Después de aquello, Bo no dejaba de olisquear el lugar por donde había caído la sangre.

Reynaldo se dirigió hacia la puerta del cobertizo. Rascó al perro un momento por detrás de las orejas y dijo:

—Lo siento, chico. Necesito que te quedes fuera.

Acompañó al perro al otro lado de la puerta y se dispuso a cerrarla. Pero Bo se le acercó de nuevo.

—Siéntate —le ordenó Reynaldo muy serio.

El perro obedeció.

Acababa de apoyar la mano en el picaporte de la puerta del cobertizo cuando sintió el impacto de algo contra la nuca. El golpe le hizo caer de rodillas. La cabeza le vibraba como un diapasón. Levantó la vista y vio a Dana con la silla de metal en la mano. Ella la echó atrás y se la lanzó contra el rostro.

Reynaldo se agachó justo a tiempo, y la silla le pasó volando por encima. Oyó que Bo empezaba a ladrar, preocupado. Reynaldo alargó la mano, agarró la silla y la apartó, alejándola.

Dana echó a correr.

Reynaldo seguía de rodillas. Intentó ponerse en pie, pero la cabeza le daba vueltas. Volvió a dejarse caer. Bo estaba ya a su lado, lamiéndole el rostro. Eso le dio fuerzas. Consiguió levantarse, sacó la pistola y corrió al exterior. Miró a la derecha. Ni rastro de ella. Miró a la izquierda. Tampoco.

Dio media vuelta justo a tiempo de ver cómo Dana desaparecía en el bosque. Reynaldo levantó la pistola, disparó y salió corriendo tras ella.

Titus había ido con mucho cuidado.

El montaje de lo que él consideraba el crimen perfecto no había surgido de la nada ni con un simple grito de «¡Eureka!». Había sido el resultado de una evolución, de la selección natural, una idea que había evolucionado a partir de los otros golpes que había dado a lo largo de su carrera. Combinaba amor, sexo, romanticismo y necesidad. Era primitivo en cuanto a instintos y moderno en su ejecución.

Era perfecto.

O al menos lo había sido.

Titus había visto a muchos timadores de medio pelo organizando golpes de poca monta. Ponían anuncios ofreciendo sexo en sitios web, organizaban citas con algún hombre, y luego les atracaban, quitándoles cuatro chavos.

No, a él eso no le bastaba.

Titus había repasado todas sus actuaciones anteriores —prostitución, extorsión, timos, robos de identidad— y las había llevado al siguiente nivel. En primer lugar, había creado unos perfiles falsos perfectos para internet. ¿Cómo? Había varios modos. Dmitri le había ayudado a encontrar cuentas «muertas», «borradas» o inactivas en redes sociales como Facebook o incluso MySpace, gente que se había creado una página, había puesto unas cuantas fotos y no la había usado más. La mayoría de las que había acabado usando eran de cuentas borradas.

Como la de Ron Kochman, por ejemplo. Según el caché,

había abierto la cuenta y la había borrado dos semanas más tarde. Eso era ideal. O Vanessa Moreau. Habían encontrado su *book* de fotos en bikini en un sitio de promoción profesional llamado Mucho Models. Vanessa no solo no había actualizado su cuenta en tres años, sino que cuando una revista ficticia había intentado «contratarla» para un trabajo, Titus no había recibido respuesta.

En resumen, que ambas eran cuentas muertas. Eso era el primer paso. Una vez localizadas las identidades potenciales que podía explotar, Titus hacía una búsqueda más profunda en línea, porque cualquier pretendiente lo haría. Era la norma, en estos tiempos. Si conocías a alguien por internet —o incluso en persona—, le investigabas buscándolo en Google, especialmente si era candidato a convertirse en novio. Por eso no podía usar identidades completamente falsas. Con una búsqueda en Google podían quedar al descubierto. Pero si la persona era real y simplemente resultaba imposible llegar a ella...

Bingo.

No había prácticamente nada sobre Ron Kochman en la red, aunque, aun así, en ese caso, Titus se había encargado de que «Ron» fuera prudente, y le hacía llamarse Jack. Le había funcionado. Lo mismo había ocurrido con Vanessa Moreau. Tras una larga investigación —que una persona cualquiera no habría podido hacer nunca sin contratar a un investigador—, Titus había descubierto que Vanessa Moreau era un nombre profesional, que en realidad se llamaba Nancy Josephson y que actualmente estaba casada, tenía dos hijos y vivía en Bristol, en Inglaterra.

El siguiente elemento a tener en cuenta era la imagen.

Se había imaginado que Vanessa sería un problema. Era,

sencillamente, demasiado atractiva: tenía apariencia de modelo. Los hombres sospecharían. Pero tal como había aprendido durante sus días en el negocio de la prostitución, los hombres se vuelven tontos en lo referente al sexo femenino. Tienen esa creencia sesgada que les hace creer que, de algún modo, son un regalo de Dios para cualquier mujer. Gerard Remington incluso se había crecido ante Vanessa y le había sugerido la posibilidad de que los especímenes superiores —él por su cerebro, ella por su aspecto— deberían gravitar de forma natural los unos hacia los otros.

—La gente especial se acaba encontrando —había argumentado Gerard—. Procrean, y así mejora la especie.

Sí, eso le había dicho. De verdad.

Ron Kochman había sido un hallazgo perfecto, único. Normalmente, para asegurarse, Titus usaba cada perfil para pillar solo una presa. Después, borraba el perfil y usaba otro. Pero encontrar identidades ideales, personas con cierta presencia en internet pero imposibles de localizar..., eso era algo difícil. Kochman también tenía el aspecto y la edad que quería. Las mujeres ricas sospecharían de alguien demasiado joven, y podrían llegar a pensar que estaban más interesados en pillar jovencitas, o que solo se fijaban en ellas por su dinero. No tendrían interés en una relación romántica con alguien demasiado mayor.

Kochman era a la vez viudo (eso a las mujeres les encantaba) y un guapo «genuino». Incluso en las fotos parecía un buen tipo: tranquilo, seguro de sí mismo, con unos ojos bonitos y una sonrisa encantadora y atractiva.

Las mujeres caían prendadas de él.

A partir de ahí, la planificación había sido bastante sencilla. Titus cogía las fotografías que había sacado de sus cuentas de Facebook, de Mucho Models o de lo que fuera, y las ponía en diversas páginas de citas. Redactaba perfiles sencillos y claros. Cuando haces eso muchas veces, acabas aprendiendo todos los trucos. Nunca se mostraba lascivo con las mujeres ni sexualmente explícito con los hombres. Titus consideraba que las comunicaciones —la seducción— eran su punto fuerte. Escuchaba a sus interlocutores, los escuchaba de verdad, y respondía a sus necesidades. Eso era lo que mejor se le daba, volver a los días en que leía el rostro a las jovencitas que llegaban a la estación de autobuses. No se jactaba de nada. Evitaba el típico discurso de los «anuncios personales». Mostraba su personalidad de forma indirecta (en sus comentarios, por ejemplo, solía quitarse importancia) en lugar de hablar de sí mismo, diciendo lo divertido y cariñoso que podía llegar a ser.

Titus nunca pedía información personal, pero una vez empezaba la comunicación, las presas siempre acababan dándosela. Una vez sabía el nombre, la dirección o algún otro dato clave, le pedía a Dmitri que hiciera una búsqueda completa e intentaba calcular el valor neto de su víctima. Si no alcanzaba las seis cifras, no había motivo para seguir con el flirteo. Si tenía complejos vínculos familiares y mucha gente que pudiera echarla de menos, eso también la descartaba.

En un momento dado, Titus podía tener diez identidades flirteando con cientos de presas potenciales. La gran mayoría iban descartándose por un motivo o por otro. Algunas daban demasiado trabajo. Otras no querían salir sin ir primero a tomar un café juntos. Algunas hacían sus pesquisas y, en el caso de identidades no tan apartadas de todo como la de Ron Kochman o Vanessa Moreau, se daban cuenta de que las estaban engañando.

Aun así, el flujo de presas potenciales era constante e in-terminable.

En aquel momento, Titus tenía siete personas retenidas en la granja. Cinco hombres y dos mujeres. Prefería a los hombres. Sí, podía sonar raro, pero que un hombre soltero desapareciera no llamaba la atención. Los hombres desapa-recen constantemente. Huyen. Ligan con alguna mujer y se van por ahí. Nadie pregunta nada cuando un hombre decide transferir su dinero a otra cuenta. En cambio la gente sí se hace preguntas —y sí, eso no es otra cosa que machis-mo— cuando una mujer empieza a volverse «loca» con sus finanzas.

Solo hay que pensarlo: ¿Cuántas veces se oye en las noti-cias que un hombre soltero de cuarenta y siete años ha desa-parecido y que la policía está buscándolo?

Casi nunca.

La respuesta se convierte en «nunca jamás» cuando el hombre sigue enviando mensajes de correo electrónico o de texto, e incluso, en caso necesario, si sigue haciendo llama-das. El montaje de Titus era sencillo y preciso. Mantienes a las víctimas con vida mientras las necesitas. Las sangras hasta el punto que alguien podría levantar una ceja, pero poco más. Las sangras mientras den beneficios. Luego las matas y las haces desaparecer.

Esa era la clave. Cuando dejan de ser útiles, no las dejas con vida.

Titus llevaba gestionando aquella operación de la granja ocho meses. En términos geográficos, su red se extendía en un radio de diez horas de coche desde la granja. Eso le permi-tía abarcar gran parte de la Costa Este —desde Maine a Caro-lina del Sur—, e incluso el Medio Oeste. Cleveland estaba a solo cinco horas, Indianapolis a unas nueve, Chicago quedaba justo a unas diez horas. Procuraba que no hubiera dos víctimas que vivieran demasiado cerca la una de la otra, o que estuvieran relacionadas de algún modo. Gerard Remington era de Hadley, en Massachusetts, por ejemplo, mientras que Dana Phelps vivía en Connecticut.

El resto era simple.

Con el tiempo, la mayoría de las relaciones por internet progresaban hasta el momento en que había que iniciar el contacto personal. No obstante, Titus había quedado asombrado de la intimidad que se puede llegar a alcanzar sin encontrarse cara a cara. Había llegado a tener sexo telefónico con sus víctimas, siempre usando teléfonos móviles de usar y tirar, a veces contratando a una mujer que no sabía lo que pasaba realmente, pero la mayoría de las veces personalmente, usando simplemente una aplicación para cambiar la voz. En cualquier caso, siempre se intercambiaban palabras de amor antes de programar un encuentro cara a cara.

Era algo raro.

La escapada —fuera de fin de semana o de una semana entera— acababa siendo algo que se daba por supuesto. Gerard Remington, que evidentemente tenía algún problema de adaptación social (había estado a punto de estropear el plan al insistir en llevar su propio coche, y habían tenido que improvisar, noqueándolo en el aparcamiento del aeropuerto), había comprado un anillo y había preparado su declaración de matrimonio, a pesar de no haber visto nunca a Vanessa en carne y hueso. No era el primero. Titus había oído hablar de relaciones así, de gente que hablaba por internet durante meses o incluso años. Aquella estrella del fútbol americano del Notre Dame se había enamorado sin haber visto nunca a la «chica» que le estaba embaucando, creyéndose incluso que había muerto de una extraña combinación de leucemia y accidente de tráfico.

El amor es ciego, sí, pero mucho más lo es la necesidad de sentirse amado.

Eso era lo que había aprendido Titus. Más que la estupidez, lo que imperaba era la desesperación. O quizá, como concluyó Titus, fueran dos caras de la misma moneda.

Ahora, su montaje perfecto parecía haber dado con un gran obstáculo. Echando la vista atrás, se daba cuenta de que la culpa era suya exclusivamente. Se había vuelto perezoso. Todo había ido tan bien durante tanto tiempo que había bajado la guardia. En cuanto «Kat» —ya la había reconocido como la mujer que se había puesto en contacto con Ron Kochman en EresMiTipo.com— le escribió, habría tenido que cerrar el perfil y cortar la línea. No lo había hecho por diversos motivos.

El primero era que estaba a punto de pillar a otras dos víctimas con ese mismo perfil. Le había costado mucho llegar a aquel punto. No quería perderlas por algo que, a primera vista, no parecía otra cosa que un contacto con una ex. En segundo lugar, no tenía ni idea de que Kat era agente de la policía de Nueva York. No se había molestado en comprobarlo. Simplemente había supuesto que sería una exnovia solitaria y que, tras su discursito de «no volver al pasado», la cosa acabaría. Se había equivocado. En tercer lugar, Kat no le había llamado Ron. Le había llamado Jeff, lo que le había hecho preguntarse si no lo habría tomado por otro tipo que se pareciera a Ron, o si Ron antes se había hecho llamar Jeff, lo que dificultaría aún más su identificación y lo convertiría en un perfil falso aún mejor.

Ahí también se había equivocado.

Aun así, aunque las cosas estuvieran tan claras, ¿cómo había atado cabos Kat? ¿Cómo había logrado la agente Kat Donovan encontrar a Dana Phelps, Gerard Remington y Martha Paquet a partir de una pequeña comunicación en EresMiTipo.com?

Necesitaba saberlo.

Así que ya no podía limitarse a matarla y cerrar el caso. Necesitaba echarle el guante y hacerle hablar para ver hasta qué punto era una amenaza. Ahora se preguntaba si su operación perfecta habría llegado a su fin. Podía ser. Si se enteraba de que Kat estaba estrechando el cerco o que había compartido la información con alguien más, apretaría el botón Borrar y acabaría con toda la estructura; es decir, mataría al resto de rehenes, los enterraría, quemaría la granja y se trasladaría a otro lugar con el dinero conseguido.

Pero un hombre también necesitaba encontrar el equilibrio. En esas circunstancias, él podía dejarse llevar por el pánico y pasarse de precavido. No quería tomar la decisión final hasta conocer todos los hechos. Tenía que atrapar a Kat Donovan y enterarse de todo lo que sabía. Tendría que hacerla desaparecer a ella también. Por algún motivo, la gente solía creer que, si matas a alguien, te expones a que te caiga encima todo el peso de la ley. Pero lo cierto era que los cadáveres no cuentan historias. Los cuerpos desaparecidos no dan pistas. El riesgo era mayor si dejabas que tus víctimas o tus enemigos estuvieran por ahí, actuando impunemente.

Elimínalos del mapa y las cosas te irán mejor.

Titus cerró los ojos y apoyó la cabeza en el respaldo. El viaje a Nueva York llevaría unas tres horas. Podía echarse una siestecita; así estaría descansado, por lo que pudiera pasar.

36

De pie en el patio de aquella anodina casa de Montauk, Kat se quedó helada. Sintió que la tierra se abría bajo sus pies y la engullía. Dieciocho años después de decirle que ya no quería casarse con ella, Jeff había aparecido a unos tres metros de distancia. Por un momento, ninguno de los dos dijo nada. Ella vio la expresión de desconcierto, de dolor y confusión en sus ojos, y se preguntó si él estaría viendo lo mismo en los suyos.

Cuando Jeff habló por fin, se dirigió al anciano, no a Kat:

—Nos iría bien hablar en privado, Sam.

—Sí, claro —dijo él.

En su zona de visión periférica, Kat vio que el anciano cerraba el libro y entraba obediente en la casa. Jeff y ella no se quitaron los ojos de encima. Como dos pistoleros desconfiados a la espera de que uno de los dos desenfundara o, mejor dicho, como dos almas incrédulas que se temían que, si uno de los dos se volvía, si uno de ellos simplemente parpadeaba, el otro desaparecería como el polvo durante dieciocho años.

—Dios, cómo me alegro de verte —dijo él con lágrimas en los ojos.

—Yo también —contestó ella.

Luego, un momento de silencio.

—¿Acabo de decir «yo también»? —dijo Kat.

—Antes se te daban mejor las réplicas.

—Antes se me daban mejor muchísimas cosas.

Él negó con la cabeza.

—Estás fantástica.

Ella sonrió.

—Tú también —dijo. Y, al cabo de un momento, añadió—: Parece que «también» es lo único que sé decir.

Jeff se le acercó, abriendo sus brazos. Ella habría querido fundirse con ellos. Habría querido que él la abrazara, que la apretara contra su pecho, y quizá que luego se echara atrás y la besara con ternura. Habría querido que aquellos dieciocho años se fundieran como la escarcha de la mañana. Pero —tal vez en una maniobra de protección— Kat dio un paso atrás y levantó la mano, mostrándole la palma. Él se paró, sorprendido, pero solo un momento, y luego asintió.

—¿Por qué estás aquí, Kat?

—Estoy buscando a dos mujeres desaparecidas —dijo sintiéndose más segura al instante.

No había pasado por todo aquello solo para reavivar una llama que su novio había apagado mucho tiempo atrás. Estaba allí para resolver un caso.

—No lo entiendo —dijo él.

—Se llaman Dana Phelps y Martha Paquet.

—Nunca he oído hablar de ellas.

Kat se esperaba aquella respuesta. Después de atar cabos y caer en que había sido ella la que había dicho «soy Kat» en primer lugar, las demás piezas habían ido encajando solas.

—¿Tienes un portátil? —le preguntó.

—Eh..., sí, claro. ¿Por qué?

—¿Puedes ir a buscarlo, por favor?

—Sigo sin...

—Tú ve a buscarlo, Jeff. ¿Vale?

Jeff asintió. Cuando entró en la casa, Kat cayó literalmente de rodillas y sintió que le abandonaban las fuerzas. Quería tirarse al suelo y olvidarse de aquellas mujeres, tenderse sobre la tierra, dejarse llevar, llorar y preguntarse por todas las disyuntivas que nos plantea esta vida estúpida.

Consiguió ponerse de nuevo en pie unos segundos antes de que él volviera. Jeff encendió el ordenador y se lo pasó. Ella se sentó a una mesa de jardín, y él se sentó enfrente.

—¿Kat? —dijo él con una voz en la que era evidente el dolor.

—Ahora no. Por favor. Déjame resolver esto, ¿vale?

Abrió la página de EresMiTipo.com y buscó el perfil de Jeff.

Había desaparecido.

Alguien estaba eliminando pruebas. Rápidamente abrió su correo electrónico y encontró el vínculo que le había enviado Brandon con la página inactiva de Jeff en Facebook. La abrió y giró el ordenador.

—¿Estabas en Facebook?

Jeff miró la página y frunció el ceño.

—¿Así es como me has encontrado?

—Ha ayudado.

—Borré la cuenta en cuanto me enteré que estaba ahí.

—Nada queda borrado en la red.

—Has visto a mi hija. Cuando iba al instituto.

Kat asintió. Así que la hija le había llamado después de encontrarse con ella. Se había imaginado que lo haría.

—Hace unos años, Melinda, así se llama, pensó que estaba muy solo. Su madre murió hace años. Yo no salgo con nadie, así que pensó que al menos podía tener una página de Facebook. Para encontrar viejos amigos, o conocer a alguien. Ya sabes cómo va eso.

—¿Así que tu hija te abrió la página con el nombre de Ron?

—Sí. Quería darme una sorpresa.

—¿Sabía que antes eras Jeff Raynes?

—Entonces no. En cuanto la vi, la borré. Y fue entonces cuando le expliqué que antes era otra persona.

Kat le miró a los ojos. Jeff aún tenía aquella mirada penetrante.

—¿Por qué cambiaste de nombre?

Él negó con la cabeza. Y calló.

—Has dicho algo de unas mujeres desaparecidas —dijo finalmente Jeff.

—Sí.

—Y ese es el motivo de que estés aquí.

—Exacto. Alguien te ha usado en una operación *catfish*.

—¿*Catfish*?

—Sí, así es como lo llaman. ¿No has visto la película?

—No.

Un *catfish* es una persona que finge ser alguien que no es en internet, especialmente en una relación romántica —dijo exponiendo los hechos llanamente, sin modulaciones.

Necesitaba esa distancia. Necesitaba exponer datos, cifras y definiciones, sin sentir nada en absoluto.

—Alguien usó tus fotos —continuó ella— y creó un perfil que colgó en una página de citas para solteros. Dos mujeres que se prendaron de tu identidad falsa han desaparecido.

—Yo no tengo nada que ver con eso —dijo Jeff.

—Sí, ahora ya lo sé.

—¿Y cómo te has visto envuelta en esto?

—¡Soy poli!

—¿Y de dónde has sacado el caso? ¿Me ha reconocido alguien más?

—No. Me apunté a EresMiTipo.com. O, más bien, me apuntó una amiga. Eso no importa. Vi tu perfil y te escribí —dijo Kat casi sonriendo—. Te envié el vídeo de *Missing You*.

Él sonrió.

—John Waite.

—Sí.

—Me encantaba ese vídeo —dijo Jeff, y algo parecido a la esperanza iluminó sus ojos—. Así pues, tú... ¿estás soltera?

—Sí.

—¿Nunca te...?

—No.

Los ojos de Jeff volvieron a llenarse de lágrimas.

—Yo dejé embarazada a la madre de Melinda en una fase de borracheras que resultó realmente autodestructiva para los dos. Yo conseguí escapar de esa vorágine. Ella no. Sam es mi exsuegro. Los tres vivimos juntos desde que ella murió. Melinda tenía entonces dieciocho meses.

—Lo siento.

—No pasa nada. Solo quería que lo supieras.

Kat intentó tragar saliva.

—No es asunto mío.

—Supongo que no —dijo Jeff, que apartó la mirada y parpadeó—. Ojalá pudiera ayudarte con tus mujeres desaparecidas, pero no sé nada.

—Eso ya lo sé.

—Y aun así has venido hasta aquí buscándome.

—No era tan lejos. Y tenía que asegurarme.

Jeff se volvió y la miró de frente. Dios, aún estaba guapísimo.

—¿De verdad? —preguntó él.

El mundo se desmoronaba en torno a Kat. La cabeza le daba vueltas. Verle de nuevo el rostro, oír su voz... Kat no pensaba realmente que eso pudiera ocurrir. El pesar era más agudo de lo que había imaginado. Todo había acabado de un modo tan crudo, tan repentino..., y aquello no hacía más que empeorar ahora, al ver aquel rostro aún atractivo, aunque afligido, pero que tantos recuerdos le traía.

Todavía le quería, por todos los demonios.

Podía irse todo a la mierda, le daba igual. Se odiaba por ello, se sentía débil y estúpida como una mocosa. Pero aún le quería.

—¿Jeff?

—¿Sí?

—¿Por qué me dejaste?

La primera bala dio en un árbol, a quince centímetros de la cabeza de Dana.

Unas esquirlas de corteza le dieron en el ojo izquierdo. Dana se agachó y avanzó a gatas. La segunda y la tercera balas dieron en algún punto por encima de ella. No tenía ni idea de dónde.

—¿Dana?

Solo podía pensar en una cosa: en alejarse lo más posible de aquel gorila. Había sido él quien la había metido en aquella maldita caja. Había sido él quien le había obligado a desnudarse. Y había sido él quien le había hecho ponerse el mono, dejándole solo los calcetines.

Ni zapatos ni zapatillas.

Así que ahí estaba, corriendo por aquel bosque para escapar de aquel psicópata..., con los pies descalzos.

No le importaba.

Antes incluso de que el gorila la hubiera encerrado bajo tierra, Dana Phelps ya se había dado cuenta de que estaba condenada. Al principio, lo peor no había sido el dolor ni el miedo, sino la humillación y la rabia por haberse dejado convencer con unas cuantas fotos y unas frases acertadas.

¡Dios, qué patético!

Pero a medida que empeoraban las condiciones, aquello pasó a un segundo plano. Su único objetivo pasó a ser la supervivencia. Sabía que no tenía sentido enfrentarse al tal Titus. Él haría todo lo necesario para conseguir la información. Quizá no estuviera tan acabada como fingía —mostrándose tan mermada esperaba que él bajara la guardia—, pero lo cierto era que no le sobraban las fuerzas.

Dana no tenía ni idea de cuántos días había pasado en la caja. Allí abajo no salía ni se ponía el sol, no había relojes, ni luz, ni siquiera penumbra.

Solo una oscuridad fría como la piedra.

—Venga, Dana, sal. Todo esto es innecesario. Vamos a dejarte marchar, ¿recuerdas?

Sí, ya.

Sabía que iban a matarla y, por los preparativos que estaba haciendo el gorila, quizás algo peor.

Titus le había soltado un buen discurso la primera vez que se habían visto. Había intentado darle esperanza, lo cual probablemente fuera aún más cruel que tenerla recluida en

399

aquella caja. Pero Dana se había dado cuenta. Titus no podía esconder sus intenciones. Ni aquel cerebrito informático. Ni el gorila. Ni los dos guardias que había visto.

Encerrada en la caja, a oscuras durante todos aquellos días, se había preguntado cómo pensarían matarla. Una vez había oído un tiro. ¿Sería así como lo harían? ¿O simplemente decidirían dejarla en la caja, sin echarle más puñados de arroz?

¿Qué importaba aquello?

Ahora que Dana estaba en la superficie, por encima del suelo, ahora que estaba en aquel espléndido bosque, se sintió libre. Si moría, al menos moriría como decidiera ella.

Siguió corriendo. Sí, había cooperado con Titus. ¿De qué le habría servido no hacerlo? Cuando le obligaron a llamar para confirmar las transferencias bancarias, esperaba que Martin Bork hubiera oído algo raro en su voz o tener la ocasión de dejar caer algún mensaje sutil. Pero Titus tenía un dedo sobre el botón de colgar, y el otro en el gatillo de la pistola.

Y luego, por supuesto, estaba la gran amenaza de Titus...

—Esto no te conviene, Dana —volvió a gritar el gorila.

Ahora estaba rodeada de árboles. Corrió más rápido, consciente de poder vencer la fatiga. Estaba ganando terreno, avanzando rápidamente por entre el follaje, esquivando ramas y árboles, cuando pisó algo y oyó un crujido.

Tuvo que hacer un gran esfuerzo para no gritar.

Se tambaleó hacia un lado, pero un árbol evitó que cayera al suelo. Quedó apoyada sobre una pierna, agarrándose el pie izquierdo con la mano. El palo se había roto en dos partes afiladas, y una de ellas se le había clavado en la planta del pie. Intentó sacárselo, pero el palo no se movía.

El gorila corría en su dirección.

Presa del pánico, Dana rompió el trozo de palo como pudo, pero una astilla seguía clavada en la carne, y sobresalía por debajo del pie.

—Hay tres hombres siguiéndote —gritó el gorila—. Te encontraremos. Pero si no te encontramos, aún tengo tu teléfono móvil. Puedo enviarle un mensaje a Brandon. Le puedo decir que es de tu parte y que la limusina irá a buscarle para llevarle con su mami.

Dana se agazapó, cerró los ojos e intentó no escuchar. Aquella había sido la gran amenaza de Titus: que si no cooperaba, irían a por Brandon.

—Tu hijo morirá en tu caja —le gritó el gorila—. Eso, si tiene suerte.

Dana sacudió la cabeza, con lágrimas de miedo y rabia surcándole las mejillas. Una parte de ella quería rendirse. Pero no, no podía escuchar. A la mierda el musculoso y sus amenazas. Su regreso a la granja no garantizaba la seguridad de su hijo. Solo garantizaba que acabaría siendo huérfano.

—¿Dana? —dijo él ganando terreno.

Dana se puso en pie como pudo. Hizo una mueca de dolor al apoyar el pie en el suelo, pero eso era algo inevitable. Era buena corredora. Era de las que salían a hacer jogging cada día, sin falta. Había hecho carreras campo a través en la Universidad de Wisconsin, donde había conocido a Jason Phelps, el amor de su vida. Él se metía con ella en broma, diciéndole que era una adicta al subidón que le provocaba el ejercicio. «Yo soy adicto a *no* correr», le había dicho él en muchas ocasiones. Pero eso no había evitado que Jason estuviera orgulloso de ella. Viajaba con ella cada vez que competía en una maratón. La esperaba junto a la meta, y su rostro se iluminaba cuando la veía atravesarla. Incluso cuando estaba enfermo, incluso cuando apenas podía salir de la cama, Jason insistía en que ella siguiera corriendo, y se sentaba junto a la meta con una mantita sobre las demacradas piernas, mirando con ojos moribundos y esperando, ansioso, que asomara tras la última curva.

Desde la muerte de Jason no había corrido más maratones. Sabía que no volvería a hacerlo.

Dana había oído todas esas grandes frases sobre la muerte, pero sabía cuál era la gran verdad: la muerte es una mierda. La muerte es una mierda, básicamente porque obliga a los que quedan a seguir viviendo. La muerte no tiene compasión; no como para llevárselo también a uno. Al contrario, se te atasca constantemente en la garganta, recordándote la terrible lección de que la vida sigue, pase lo que pase.

Intentó correr algo más rápido. Sus músculos y sus pulmones estaban dispuestos, pero su pie no cooperaba. Intentó apoyar el peso en él, combatir el dolor lacerante, pero cada vez que lo ponía en el suelo era como si se lo atravesaran con un puñal.

Se le estaba acercando.

El bosque se extendía ante sus ojos hasta donde alcanzaba la vista. Podía seguir corriendo —seguiría corriendo—, pero ¿y si no encontraba la salida? ¿Cuánto tiempo podría seguir adelante con aquella astilla en el pie y un maníaco pisándole los talones?

No mucho.

Dana saltó a un lado y se escondió tras una roca. El gorila no estaba ya muy lejos. Oía cómo iba apartando la maleza. No tenía opción. No podía seguir corriendo.

Tendría que plantar cara y luchar.

37

—¿Por qué me dejaste?

Jeff hizo una mueca de dolor, como si aquellas cuatro palabras se hubieran unido formando un puño y le hubieran golpeado de pleno. Sin saber cómo, Kat alargó la mano sobre la mesa y le cogió la suya. Él se la cogió a su vez. No saltaron chispas al tocarse, no hubo una llamarada ni una imponente corriente física. Hubo serenidad, familiaridad. Curiosamente, resultaba reconfortante. La sensación era como si, a pesar de todos los años, de todo el dolor y de todo lo vivido, aquel momento tuviera que ser así.

—Lo siento —dijo él.

—No quiero una disculpa.

—Lo sé.

Jeff entrelazó sus dedos con los de ella. Se quedaron allí sentados, cogidos de la mano. Kat no presionó. Dejó que sucediera. No se resistió. Aceptó la conexión con aquel hombre que le había roto el corazón, pese a que sabía que debía rechazarlo.

—Fue hace mucho tiempo —dijo Jeff.

—Dieciocho años.

—Sí.

Kat ladeó la cabeza.

—¿A ti te parece tanto tiempo?

—No —respondió él.

Se quedaron allí sentados un rato más. Las nubes habían desaparecido y el sol brillaba sobre sus cabezas. Kat estuvo a punto de preguntarle si se acordaba de aquel fin de semana en Amagansett, pero ¿qué sentido tenía? Aquello era una tontería; estaba sentada con aquel hombre que le había puesto un anillo y luego le había dado pasaporte y, sin embargo, por primera vez en mucho tiempo, no se sentía una tonta. Quizás estuviera proyectando sus deseos. Quizás estuviera engañándose. Conocía los peligros de fiarse del instinto y no de los datos.

Pero se sentía querida.

—Vives escondido —dijo. Él no respondió—. ¿Estás en el Programa de Protección de Testigos o algo así?

—No.

—¿Entonces?

—Necesitaba un cambio, Kat.

—Tuviste una pelea en un bar en Cincinnati —dijo ella.

En el rostro de Jeff apareció una sonrisa.

—Sabes eso, ¿eh?

—Sí. Sucedió poco después de que rompiéramos.

—Fue el inicio de mi fase de autodestrucción.

—Y un tiempo después de la pelea, te cambiaste el nombre.

Jeff bajó la mirada, como si se diera cuenta por primera vez que estaban cogidos de la mano.

—¿Por qué me resulta esto tan natural?

—¿Qué pasó, Jeff?

—Ya te lo he dicho: necesitaba un cambio.

—¿No vas a decírmelo? —dijo Kat, y notó que los ojos se

404

le llenaban de lágrimas—. Así pues, ¿qué? ¿Me levanto sin más, y me voy? ¿Vuelvo a Nueva York, me olvido de esto y no volvemos a vernos nunca más?

Él no aparto los ojos de sus manos.

—Yo te quiero, Kat.

—Yo también te quiero.

Insensato. Idiota. Loco. Honesto.

Cuando levantó los ojos y la miró de nuevo, cuando cruzaron sus miradas, Kat sintió que el mundo volvía a caérsele encima.

—Pero no podemos volver —dijo él—. No funciona así.

El teléfono de Kat volvió a vibrar. Kat no había hecho caso hasta aquel momento, pero ahora Jeff apartó suavemente la mano de las suyas. El hechizo, si es que era eso, se rompió.

Al perder su presa, el frío se extendió por la mano y le subió por el brazo.

Miró el teléfono. Era Chaz. Se apartó unos pasos de la mesa de jardín y se llevó el teléfono al oído. Se aclaró la garganta y respondió:

—¿Sí?

—Martha Paquet acaba de enviarle un correo electrónico a su hermana.

—¿Qué?

—Dice que todo va bien. Su novio y ella acabaron en otro hotelito y están pasándoselo muy bien.

—Yo estoy con su supuesto novio ahora mismo. Es un robo de identidad.

—¿Qué?

Le explicó lo de la suplantación de la identidad de Ron Kochman. Se saltó la parte de que Ron era Jeff y el vínculo

405

que los unía. No ya tanto por vergüenza, sino por no liar más las cosas.

—Entonces ¿qué demonios está pasando, Kat? —preguntó Chaz.

—Algo muy, muy malo. ¿Has hablado ya con los federales?

—Sí, pero no es que me digan gran cosa. Quizás este asunto del robo de identidad sirva para mover algo las cosas, pero ahora mismo no hay pruebas de ningún delito. Es algo que ocurre constantemente.

—¿Qué es lo que ocurre constantemente?

—¿No has visto el programa *Catfish* en la tele, ese de «mentiras en la red»? La gente se crea cuentas falsas en esos sitios web constantemente. Usan fotos de gente más atractiva. Para romper el hielo. Me pone de los nervios, ¿sabes? Las tías siempre dicen que lo que les gusta del otro es su personalidad, pero luego va y resulta que se enamoran del niño mono. Puede que solo sea eso, Kat.

Kat frunció el ceño.

—¿Y luego qué, Chaz? ¿Ese tío feo acaba convenciéndoles de que transfieran cientos de miles de dólares a alguna cuenta suiza?

—A Martha no le han tocado ni un céntimo.

—Al menos aún no. Chaz, escúchame. Necesito que busques desapariciones de adultos en los últimos meses. Quizás hayan sido denunciadas, o quizás hayan declarado que se iban con un amante. No habrán llamado la atención porque habrá mensajes de texto, de correo electrónico o lo que sea, como con estos tres. Pero cruza datos de cualquiera que haya tenido relación con páginas web de citas.

—¿Crees que habrá más víctimas?

—Sí.

—De acuerdo, lo pillo. Pero no sé si los federales estarán de acuerdo —dijo Chaz, y tenía razón.

—A lo mejor puedes pedirles una reunión —sugirió Kat—. Llama a Mike Keiser. Es el director de zona en Nueva York. Quizá nos vaya mejor con un encuentro cara a cara.

—¿Así que vuelves a la ciudad enseguida?

Kat miró atrás. Jeff estaba de pie. Llevaba unos vaqueros desgastados y una camiseta negra ajustada. Todo aquello —aquella visión, los sonidos, las emociones, todo— era casi demasiado como para asimilarlo de golpe. La emoción era sobrecogedora, hasta el punto casi de resultar intimidatoria.

—Sí —respondió—. Ahora salgo.

No hubo despedidas, promesas o abrazos. Se habían dicho lo que querían decirse, supuso Kat. Tenía la impresión de que ya había oído bastante, y al mismo tiempo se sentía más incompleta que nunca. Había ido hasta allá en busca de respuestas y, curiosamente, se iba con más preguntas aún.

Jeff la acompañó hasta el coche. Puso cara de asombro cuando vio el Ferrari amarillo cohete y, a pesar de todo, Kat se rio.

—¿Es tuyo?

—¿Y si te digo que sí?

—Me preguntaría si te ha crecido un pene muy pequeño desde la última vez que estuvimos juntos.

No pudo evitarlo. Se lanzó hacia él y lo abrazó con fuerza. Él se tambaleó un segundo, recuperó el equilibrio y le devolvió el abrazo. Kat apoyó la cara contra su pecho y sollozó. Jeff le envolvió la nuca con su gran mano y la acercó aún más a su cuerpo. Cerró los ojos con fuerza. Los dos se quedaron así un rato, agarrándose cada vez con mayor desesperación el uno al otro, hasta que Kat se separó de golpe y, sin mediar palabra, subió al coche y se puso en marcha. No miró atrás. Ni siquiera por el retrovisor.

Kat condujo los cincuenta kilómetros siguientes en un estado de torpor, obedeciendo al GPS como si la máquina fuera ella. Cuando se recuperó, se obligó a pensar en el caso, exclusivamente en el caso. Pensó en todo lo que había descubierto —lo del robo de identidad, las transferencias, los correos electrónicos, la matrícula robada y las llamadas telefónicas.

El pánico empezó a acumulársele en el pecho, en forma de presión implacable.

No podían esperar a que les concedieran una reunión.

Empezó a hacer llamadas desesperadas, a recurrir a sus contactos, hasta que llegó a Mike Keiser, director de zona del FBI.

—¿Qué puedo hacer por usted, agente? Estamos trabajando en un incidente ocurrido esta mañana en el aeropuerto LaGuardia, y tengo dos redadas antidrogas en marcha. Es un día algo liado.

—Le agradezco que me atienda, señor. Tengo un caso relacionado con la desaparición de al menos tres personas en un mínimo de tres estados. Una es de Massachusetts, la otra de Connecticut y la otra de Pensilvania. Creo que puede haber más víctimas de las que aún no tenemos noticia. ¿Le han informado de algo al respecto?

—De hecho, sí. Sé que su colega, el agente Faircloth, ha intentado fijar una reunión con nosotros, pero estamos realmente saturados con esta situación en LaGuardia. Esto puede derivar en una amenaza de seguridad nacional.

—Si estas personas están siendo retenidas contra su voluntad...

—De lo cual usted no tiene pruebas. De hecho, ¿no se han puesto en contacto todas las supuestas víctimas con familiares o amigos?

—Ninguna de esas personas responde al teléfono. Sospecho que sus llamadas y sus mensajes de correo electrónico son falsos, o que se las coacciona para enviarlos.

—¿En qué se basa?

—En el conjunto de circunstancias.

—Hable deprisa, agente.

—Empezando por las dos mujeres: ambas tienen una relación virtual con el mismo tipo...

—Que en realidad no es ese tipo.

—Exacto.

—Alguna otra persona estaba usando sus fotos.

—Eso es.

—Lo cual, tengo entendido, no es tan raro.

—No lo es. Pero el resto sí. Ambas mujeres se van de viaje con el mismo tipo con una semana de diferencia.

—No sabe si es el mismo tipo.

—¿Perdón?

—Podría haber más de un tipo usando el mismo perfil falso.

Eso Kat no lo había pensado.

—Aunque fuera así, ninguna de las mujeres ha vuelto de su viaje.

—Lo cual tampoco es sorprendente. Una ha alargado el viaje. La otra se acaba de marchar..., ¿cuándo? ¿Ayer?

—Señor, una de las mujeres hizo una transferencia de un montón de dinero y se supone que se va a vivir a Costa Rica, o algún sitio así. No sé.

—Pero ¿llamó a su hijo?

—Sí, pero...

—Cree que lo hizo bajo coacción.

—Sí, señor. También tenemos el caso de Gerard Remington. Inició una relación por internet y también ha desaparecido. Él también transfirió dinero a esa cuenta suiza.

—¿Y qué cree exactamente que está pasando, agente?

—Creo que alguien está dando caza y desvalijando a diferentes personas, quizás a un montón de personas. Hemos dado con tres víctimas potenciales. Pero yo creo que hay más. Creo que alguien las atrae con promesas de vacaciones con un potencial compañero o compañera sentimental. Las atrapa y las obliga de algún modo a cooperar. De momento, ninguna ha vuelto. Gerard Remington lleva desaparecido semanas.

—Y usted cree que...

—Yo espero que esté vivo, pero no soy optimista.

—¿Realmente cree que estas personas han sido... secuestradas?

—Sí, lo creo. Quienquiera que esté tras esto ha sido muy listo y meticuloso. Ha robado matrículas. Con una excepción, ninguno de los tres ha usado su tarjeta de crédito ni ha sacado dinero del cajero, ni ha hecho nada que dejara rastro. Simplemente desaparecen —dijo Kat. Luego esperó.

—Mire —dijo Keiser—, tengo que ir a esta reunión por lo del jaleo de LaGuardia, aunque, sí..., vale, esto huele mal. Ahora mismo no tengo mucho personal disponible, pero nos pondremos en ello. Nos ha dado tres nombres. Tendremos vigiladas sus cuentas, sus tarjetas de crédito y sus teléfonos. Conseguiré una orden para examinar esta página web de citas y veré qué nos pueden decir sobre la persona que creó esos perfiles. No sé si sacaremos algo. Los delincuentes siempre usan VPN anónimas. También veré si podemos hacer que ese sitio web cuelgue algún tipo de advertencia en su página de inicio, pero como eso va en contra de su negocio, dudo que quieran cooperar. También podemos ver si en el Tesoro pueden seguir el rastro del dinero. Se han emitido dos informes de actividad sospechosa, ¿no? Eso debería bastar para activar la maquinaria también por ese lado.

Kat escuchó al director Keiser mientras él repasaba su lista de actuaciones y llegó a una conclusión horrible: no serviría de nada. Quienquiera que estuviera detrás de aquello había sido muy eficiente. Había llegado incluso a robar una matrícula de otra limusina. Así que, sí, los federales trabajarían en el caso, pero de momento no podrían considerarlo una prioridad. Quizá, con un poco de suerte, encontraran algo.

Con suerte y con tiempo. Pero ¿qué otra cosa podía hacer? Cuando el director Keiser acabó, dijo a modo de despedida:

—¿Agente? Ahora tengo que irme.

—Le agradezco que me crea.

—Desgraciadamente creo que sí, le creo, pero espero que se equivoque con todo esto.

—Yo también —dijo Kat.

Y colgaron.

Kat tenía una carta más que jugar. Llamó a Brandon.

—¿Dónde estás? —le preguntó.

—Sigo en Manhattan.

—He encontrado al tipo con el que se supone que se fue tu madre.

—¿Qué?

—Creo que tenías razón desde el principio. Creo que a tu madre le ha pasado algo malo.

—¡Pero si hablé con ella! Si pasara algo, me lo habría dicho.

—A menos que pensara que haciéndolo corría un riesgo, o que lo corrías tú.

—¿Crees que es eso lo que ha pasado?

Ya no había motivo para esconderse:

—Sí, Brandon, eso creo.

—Oh, Dios...

—Ahora se ocupa de ello el FBI. Recurrirán a todos los canales legales para descubrir lo que ha pasado —dijo Kat—. Legales —repitió.

—¿Kat?

—¿Sí?

—Me estás pidiendo que vuelva a entrar en ese sitio web? A la mierda los subterfugios.

—Sí.

—Vale. Estoy en una cafetería, no muy lejos de tu casa. Voy a necesitar intimidad y una wifi más potente.

—¿Quieres usar mi apartamento?

—Sí, me iría bien.

—Llamaré al portero para que te deje entrar. Yo también voy para allá. Llámame si encuentras algo..., quién colgó los perfiles, si hay otros perfiles, con quién más han contactado..., lo que sea. Pide ayuda a tus colegas, lo que haga falta. Tenemos que saberlo todo.

—Enseguida me pongo.

Colgó, llamó al portero y pisó el acelerador, aunque tenía la sensación de ir a toda prisa hacia ninguna parte. El pánico estaba empezando a adueñarse de ella. Cuanto más descubría, más desvalida se sentía, profesional y personalmente. Cuando volvió a sonar el teléfono, en la pantalla apareció el texto: Oculto. Kat lo cogió.

—¿Diga?

—Soy Leslie.

El flaco y sonriente empleado de Cozone. Hasta en su voz se adivinaba aquella sonrisa escalofriante.

—¿Qué hay?

—He encontrado a Sugar.

38

El gorila estaba cada vez más cerca. Desde su escondrijo, tras la roca, Dana Phelps se puso a buscar algo que sirviera de arma. Una piedra, quizás. Una rama caída. Algo. Se puso a escarbar a su alrededor, pero no encontró nada más letal que unos guijarros, y unas ramitas demasiado endebles incluso para hacer un nido.

—¿Dana?

Por el timbre de su voz estaba claro que iba recortando metros a toda prisa. Un arma, un arma. No encontraba nada. Se planteó usar los guijarros. Quizá pudiera mezclarlos con la tierra y tirárselos a la cara, darle en los ojos y cegarlo un par de segundos, y luego...

¿Luego qué?

Todo el plan era una estupidez. Había conseguido escapar temporalmente recurriendo al elemento sorpresa. Había conseguido poner cierta distancia entre ellos gracias a una combinación fortuita de entrenamiento atlético y adrenalina. Pero ahora que se paraba a pensar en ello, aquel tipo tenía una pistola, volumen y fuerza. Estaba sano y bien alimentado, mientras que ella había estado encerrada bajo tierra durante un tiempo que se le hacía imposible de calcular.

No tenía ninguna oportunidad.

¿Qué tenía Dana de su lado en esta batalla de David contra Goliat? Ni siquiera una honda. Lo único que quizá tuviera, una vez más, era el elemento sorpresa. Estaba agazapada tras su roca. Él pasaría al lado en cualquier momento. Podía saltarle encima y pillarlo desprevenido. Iría a por los ojos y las pelotas, y le atacaría con una ferocidad propia de quien lucha por salvar la vida.

Pero ya ni siquiera eso le parecía posible.

Por lo que oía, el tipo había ralentizado el paso. Ahora caminaba deliberadamente despacio. Era aterrador. Había perdido hasta el elemento sorpresa.

¿Qué le quedaba?

Nada.

El agotamiento era total. En parte habría querido quedarse allí, en el suelo, y dejar que acabara todo cuanto antes. Que hiciera lo que quisiera. Podía matarla allí mismo. Quizá lo hiciera. O quizá se la llevara de nuevo al cobertizo y le hiciera todas esas monstruosidades que tenía pensadas, con la idea de sacarle información sobre esa agente por la que le había preguntado Titus.

Dana no había mentido. No tenía ni idea de quién era esa Kat Donovan, pero eso no parecía importarles a Titus y al gorila. Con esos dos, la empatía no entraba nunca en la ecuación. Para ellos era menos que un animal (y, como ejemplo, estaba el perro del gorila), era como un ser inanimado, algo inerte, como aquella roca, un objeto que podía eliminarse, quitarse de en medio o romperse en pedazos, según su voluntad o conveniencia. Una cosa sería que fueran simplemente crueles o sádicos. Pero estos eran algo peor.

Eran completamente pragmáticos.

Los pasos del gorila se acercaron. Dana intentó prepararse, intentó encontrar un modo para abalanzarse sobre él cuando pasara, pero los músculos no le obedecían. Intentó buscar esperanzas en el hecho de que esa tal Kat hubiera asustado a Titus.

A Titus aquello le preocupaba.

Era evidente en su voz, en sus preguntas, en el hecho de que la dejara en manos del gorila. Dana lo había visto saliendo a toda prisa y alejándose en el coche.

¿Hasta qué punto le preocupaba?

¿Estaría tras sus pasos la agente Kat Donovan, con ese rostro sonriente y expresivo que había visto Dana en la pantalla? ¿Estaría de camino, decidida a rescatar a Dana?

El gorila estaba a menos de diez pasos de distancia.

No importaba. Estaba acabada. Le dolía el pie. Le daba vueltas la cabeza. No tenía armas, ni fuerza, ni experiencia.

Cinco pasos.

Era ahora o nunca.

En unos segundos llegaría a su altura...

Dana cerró los ojos y decidió... nunca.

Se agachó, se cubrió la cabeza y rezó en silencio. El gorila se paró junto a la roca. Dana tenía la cabeza agachada, con el rostro casi enterrado en la tierra. Se preparó para el golpe.

Pero el golpe no llegó.

El gorila siguió adelante, abriéndose camino entre las ramas. No la había visto. Dana no se movió. Se quedó tan inmóvil como la roca. No podría decir cuánto. Cinco minutos. Quizá diez. Cuando se atrevió a mirar, el gorila ya no estaba a la vista.

Cambio de planes.

Dana se puso en marcha, esta vez en dirección a la granja.

El hombre de Cozone, Leslie, le había dado a Kat la dirección de una casa en la esquina de Lorimer y Noble, en el barrio de Greenpoint, en Brooklyn, cerca de la iglesia baptista de la Unión. Era un barrio de casas de ladrillo y escaleras de hormigón. Pasó un edificio en ruinas con un cartel provisional que ponía SALÓN DE BRONCEADO HAWAIANO y no pudo imaginarse una yuxtaposición más forzada que la de un bronceado hawaiano y el Greenpoint de Brooklyn.

No había aparcamiento, así que dejó el Ferrari amarillo cohete frente a una boca de incendios. Subió las escaleras. Junto al segundo botón del interfono había pegada una cinta adhesiva de plástico con las letras A. PARKER. Kat lo presionó, oyó el timbre y esperó.

Un hombre negro con la cabeza afeitada bajó perezosamente las escaleras y abrió la puerta. Llevaba guantes de trabajo y un mono azul con el logo de una empresa de televisión por cable. Bajo el brazo izquierdo llevaba un casco rígido de trabajo. Se paró en el umbral y dijo:

—¿Puedo ayudarla?

—Estoy buscando a Sugar.

El hombre frunció los párpados.

—¿Y usted es...?

—Me llamo Kat Donovan.

El hombre se quedó allí, escrutándola.

—¿Para qué quiere ver a Sugar?

—Es por mi padre.

—¿Qué le pasa?

—Sugar lo conocía. Solo quiero hacerle unas preguntas.

Él miró por encima de Kat y luego a la calle. Vio el Ferrari amarillo. Kat se preguntó si él también haría algún comentario. No lo hizo. Miró hacia el otro lado.

—Perdone, señor...

—Parker —dijo el hombre—. Anthony Parker.

El hombre volvió a mirar a la izquierda, pero daba la impresión de que era más para ganar tiempo que para ver la calle. No parecía saber muy bien qué hacer.

—He venido sola —dijo Kat intentando darle confianza.

—Eso ya lo veo.

—Y no quiero causarle ningún problema. Solo necesito hacerle unas preguntas a Sugar.

El hombre posó los ojos en los de Kat y sonrió.

—Entra.

Parker abrió la puerta y la sostuvo para que pasara. Kat entró en el vestíbulo y señaló hacia las escaleras.

—¿Segundo piso?

—Sí.

—¿Sugar está ahí?

—Estará.

—¿Cuándo?

—Justo después de que llegues tú —dijo Anthony Parker—. Yo soy Sugar.

Dana tuvo que avanzar despacio. Otros dos hombres se habían unido a la búsqueda. Uno llevaba un rifle. El otro una pistola. Se comunicaban con Reynaldo a través de una especie de teléfono móvil en versión manos libres o de *walkietalkie*. Iban avanzando en zigzag, lo que le impedía avanzar en línea recta hacia la granja. En varias ocasiones tuvo que quedarse absolutamente inmóvil durante varios minutos.

Resultaba muy raro pensar aquello, pero era casi como si haber estado enterrada le hubiera ayudado a prepararse para aquello. Le dolía todo el cuerpo, pero no hacía caso. Estaba demasiado cansada como para llorar. Pensó en ocultarse en el bosque, buscar un lugar a cubierto y quedarse ahí, esperando que viniera alguien a rescatarla.

Pero eso no funcionaría.

En primer lugar, necesitaba sustento. Antes de que todo aquello empezara ya estaba deshidratada. Y la situación había empeorado. En segundo lugar, los tres hombres que iban tras ella seguían peinando el bosque, lo que la obligaba a moverse. En un momento dado uno de ellos se le había acercado tanto que había oído al gorila que decía: «Si se ha alejado tanto, morirá antes de que pueda volver».

Era una pista. No debía seguir alejándose de la granja en aquella dirección. Por allí no encontraría nada. ¿Qué podía hacer, pues?

No tenía elección. Tenía que volver a la granja.

Así que, durante... no tenía ni idea cuánto tiempo (el tiempo se había convertido en algo irrelevante) siguió moviéndose, avanzando un par de metros cada vez. Mantuvo la cabeza gacha. No tenía brújula, pero tenía la impresión de saber hacia dónde ir. Había salido corriendo más o menos en línea recta. Al volver lo hizo más bien en zigzag.

El bosque era frondoso, lo que hacía que a veces tuviera que confiar más en el oído que en la vista, pero por fin le pareció ver un claro a lo lejos.

O quizá se lo imaginara.

Dana se acercó a rastras, empleando hasta sus últimas fuerzas, que no eran muchas. No podía seguir así: arrastrarse por el suelo resultaba agotador. Se arriesgó a ponerse en pie, y sintió que la cabeza le daba vueltas con el repentino flujo de sangre, pero cada vez que tocaba el suelo con el pie, una nueva sacudida de dolor agónico le recorría toda la pierna. Volvió a echarse al suelo y avanzó a gatas.

Iba más despacio. Cinco minutos más tarde, o quizá diez, atravesó la última línea de árboles y llegó al claro donde estaba la granja. ¿Ahora qué? Había conseguido llegar al mismo sitio por donde había entrado en el bosque. Delante tenía la pared trasera del cobertizo. A la derecha estaba la granja. Tenía que moverse. Quedarse quieta significaba una exposición excesiva. Echó una carrera hacia el cobertizo. Pensó que tener la muerte en los talones le ayudaría a pasar por alto el dolor del pie. Pero se equivocaba. La astilla clavada convirtió su esprint en una carrera espasmódica a la pata coja. Le dolían las articulaciones. Tenía los músculos rígidos. Aun así, si se paraba, moriría. Pensándolo así, la ecuación era simple. Casi se cayó contra el lateral del cobertizo, y se pegó a la pared como si aquello la hiciera invisible. De momento había llegado al claro. Vale, muy bien. No la había visto nadie. Esa era la clave. ¿Siguiente paso? Buscar ayuda. ¿Cómo? Pensó en salir corriendo por la vía de acceso. Tenía que llevar a la salida, ¿no? Pero no tenía ni idea de lo lejos que estaba y, peor aún, estaba en campo abierto. La verían enseguida y la pillarían fácilmente. Aun así, era una opción. Dana estiró el cuello, intentando ver el final del camino. Estaba demasiado lejos. ¿Entonces? Tenía dos opciones: una, ir corriendo por el camino y jugársela; dos, esconderse en algún lugar. Esperar que viniera alguien a buscarla, o quizás a escabullirse al caer la noche. No tenía las ideas claras. Ocultarse hasta la noche le parecía más o menos factible, pero no podía contar con nada parecido a un rescate inmediato. Su cerebro agotado y confuso empezó a cotejar pros y contras y llegó a una conclusión: de todas las opciones malas, salir corriendo de allí era la mejor. No, no tenía ni idea de a qué distancia estaría la carretera. No, no sabía si habría gente cerca, o si encontraría tráfico.

Pero no podía quedarse allí y esperar a que volviera el gorila.

Solo había avanzado diez metros hacia el camino cuando se abrió la puerta principal de la casa de la granja. El tipo del ordenador salió al porche, con su gorro de punto, sus gafas tintadas y su llamativa camiseta. Dana dio un salto a la izquierda y se metió de cabeza en el cobertizo. Avanzó a gatas hacia el banco de herramientas metálico. La cuerda con la que el gorila tenía pensado atarla seguía en el suelo.

Esperó a ver si el tipo del ordenador entraba en el cobertizo. No lo hizo. El tiempo iba pasando. Tenía que arriesgarse. Su «escondrijo» no ofrecía mucha protección. Salió de debajo de la mesa, gateando despacio. De la pared que tenía delante colgaban diferentes herramientas. Había varias sierras, un mazo de madera, una lijadora...

Y un hacha.

Dana intentó ponerse en pie. ¡Aaah! Otra vez le daba vueltas la cabeza. Se le nublaba la mente, y se vio obligada a hincar una rodilla en el suelo.

Despacio. Adelante.

Recorrer aquel camino a la carrera ya no le parecía tan buena opción. Respiró hondo. Tenía que moverse. El gorila y sus amigos volverían pronto.

Dana se puso en pie como pudo y cogió el hacha de la pared. Pesaba más de lo que pensaba; casi le hizo caerse de espaldas. Recuperó el equilibrio y la agarró con las dos manos.

Se sintió mejor.

¿Ahora qué?

Se asomó por la puerta del cobertizo. El tipo del ordenador se estaba fumando un cigarrillo cerca del camino. Desde luego salir corriendo quedaba descartado.

¿Cuál era, pues, la segunda opción? Esconderse, ¿no? Se volvió y miró atrás. En el cobertizo no había ningún lugar decente donde esconderse. Su mejor apuesta, ahora lo tenía claro, era llegar a la granja. Comida. Solo de pensar en ello —meterse comida en el estómago— volvió a marearse.

Pero, por encima de todo, en la granja había un ordenador. Y un teléfono. Formas de encontrar ayuda.

El hombre del gorro de punto seguía de espaldas. No tendría una ocasión mejor. Sin perderle de vista, Dana se acercó, agachada, hasta la puerta abatible de la cocina. Ahora estaba expuesta, avanzando de puntillas, a medio camino entre el cobertizo y la parte trasera de la casa, cuando el tipo del gorro tiró la colilla del cigarrillo al suelo, la pisó y se volvió.

Dana bajó la cabeza y corrió con todas sus fuerzas hacia la parte trasera de la casa.

Titus esperó en el coche, cerca de la esquina de Columbus Avenue. No le gustaba volver a estar en la ciudad, aunque el elegante Upper West Side tenía tanto que ver con su antigua vida como un vagabundo con un corredor de bolsa. Era casi como si algo le atrajera de nuevo a la vida que había dejado atrás. No quería estar allí. Clem Sison cruzó la calle y se metió de nuevo en el asiento del conductor.

—Donovan no está en casa —dijo.

Clem había entrado en el edificio de Kat Donovan con un «paquete» que requería de su firma. El portero le había informado de que no estaba en casa. Clem le había dado las gracias y le había dicho que ya volvería.

A Titus no le gustaba alejarse de la granja más de lo necesario. Se planteó la posibilidad de volver y dejar a Clem allí para hacerse con ella, pero Clem no podría gestionar aquello solo. Tenía músculo, era bueno con la pistola y cumplía bien las órdenes, pero nada más.

¿Ahora qué?

Titus se mordió el labio y consideró sus opciones.

Tenía la mirada fija en la puerta del edificio de Kat Donovan cuando vio algo que le sorprendió. Brandon Phelps estaba entrando.

¿Qué...? Un momento, quizás aquello lo explicara todo. ¿Habría sido Brandon Phelps quien había iniciado todo esto? ¿El problema era Kat Donovan o Brandon Phelps? ¿O ambos?

Brandon Phelps había dado problemas desde el principio. El niño había enviado decenas de mensajes de correo y de texto porque echaba de menos a su mamá. Y ahora, de pronto, estaba ahí, con Kat Donovan, una poli de Nueva York. Titus analizó mentalmente las diferentes posibilidades.

¿Llevaría Kat Donovan tras su pista más tiempo del que pensaba?

¿Era posible? ¿Podía ser que Kat hubiera fingido ser la exnovia de Ron Kochman para ponerlo en evidencia de algún modo? ¿Habría ido Brandon a buscar a Kat, o sería Kat la que había recurrido a Brandon?

¿Importaba, acaso? El teléfono le vibró en el bolsillo. Lo sacó y vio que era Reynaldo.

—¿Sí?

—Tenemos un problema —dijo Reynaldo.

Titus tensó la mandíbula.

—¿Qué ha pasado?

—Número Seis se ha escapado.

39

Dos mantas de ganchillo cubrían el sofá. Kat se sentó en el pequeño espacio que quedaba entre ellas. Anthony Parker dejó caer el casco rígido sobre una silla. Se quitó un guante de trabajo y luego el otro. Los dejó con delicadeza sobre la mesita auxiliar, como si fuera una tarea de gran importancia. Kat recorrió el apartamento con la mirada. No había mucha luz, pero quizás eso tuviera que ver con el hecho de que Anthony Parker solo había encendido una lámpara de luz tenue. Los muebles eran antiguos, de madera. Había un televisor sobre una cómoda. El papel de las paredes era azul, de motivos orientales, con grullas, marismas y árboles.

—Era el apartamento de mi madre —dijo él justificándose. Kat asintió—. Murió el año pasado.

—Lo siento —respondió Kat.

Eso es lo que se dice en esas circunstancias, y a ella no se le ocurría nada más en aquel momento.

Tenía todo el cuerpo insensible.

Anthony «Sugar» Parker estaba sentado delante de ella. Tendría cincuenta y muchos o sesenta y pocos años. Cuando sus ojos se cruzaron, fue insoportable. Kat tuvo que ladear el cuerpo una pizca, lo suficiente como para no tener a Parker tan de frente. Anthony Parker —¿Sugar?— parecía un tipo de lo más normal. En una ficha policial, su altura y constitución se clasificarían de «medias». Tenía un rostro agradable, pero nada especial, ni siquiera femenino.

—Entenderás mi sorpresa al verte —dijo Parker.

—Sí, bueno, creo que en esa competición gano yo.

—Seguramente. ¿Así que no sabías que era un hombre?

Kat negó con la cabeza.

—Supongo que podría decirse que este es mi momento *Juego de lágrimas* personal.

Parker sonrió.

—Te pareces a tu padre.

—Sí, me lo dicen mucho.

—También hablas como él. Siempre usaba el humor como evasiva. —Parker sonrió—. Me hacía reír.

—¿Mi padre?

—Sí.

—Usted... Tú... y mi padre —dijo Kat negando con la cabeza.

—Sí.

—Me cuesta creérmelo.

—Lo entiendo.

—¿Así que me estás diciendo que mi padre era gay?

—Esa etiqueta no se la he puesto yo.

—¿Pero los dos estabais...? —dijo Kat, y abrió y cerró las manos, hasta casi dar una palmada.

—Estábamos juntos, sí.

Kat cerró los ojos e intentó no poner una mueca.

—Hace casi veinte años —dijo Parker—. ¿Por qué has venido ahora?

—Porque me acabo de enterar.

—¿Cómo?

425

—Eso no importa —respondió Kat con un gesto de la mano.

—No te enfades con él. Él te quería. Os quería mucho a todos.

—A ti también —le espetó Kat sin poder contenerse—. Resulta que el bueno de Henry tenía amor para todos.

—Resulta difícil, lo sé. ¿Sería más fácil si fuera una mujer?

Kat no dijo nada.

—Tienes que entender lo difícil que era para él —añadió Parker.

—¿No puedes responderme mi pregunta, sin más? —insistió Kat—. ¿Era gay o no?

—¿Importa eso? —dijo él, e inclinó el cuerpo hacia delante—. ¿Tendrías peor opinión de él si así fuera?

Kat no sabía qué decir. Tenía muchas preguntas. Y, sin embargo, quizá todo aquello fuera irrelevante.

—Vivió una mentira —dijo Kat por fin.

—Sí. —Parker ladeó la cabeza—. Piensa en lo horrible que es eso, Kat. Él te quería. Quería a tus hermanos. Incluso quería a tu madre. Pero ya sabes en qué mundo creció. Combatió lo que sentía durante mucho, mucho tiempo, hasta que le consumió. Eso no lo cambia. No hace que sea menos hombre ni menos policía ni menos de todas esas cosas que tú piensas de él. ¿Qué otra cosa podía hacer?

—Podía haberse divorciado de mi madre, por ejemplo.

—Lo sugirió.

Kat se sorprendió al oír aquello.

—¿Qué?

—Por el bien de ella, en realidad. Pero tu madre no quería.

—Un momento. ¿Me estás diciendo que mi madre sabía esto?

—No lo sé —dijo Parker bajando la mirada—. Lo que pasa con estas cosas..., con esos secretos tan enormes que no puedes permitir que nadie sepa, es que, al final, todo el mundo empieza a vivir una mentira. Él os engañó, sí, pero vosotros tampoco queríais verlo. Todo el mundo acaba transformándose.

—¿Aun así le pidió el divorcio?

—No. Como te he dicho, se lo sugirió. Por el bien de ella. Pero ya conoces tu barrio. ¿Qué habría hecho tu madre? ¿Dónde habría ido él? Tampoco es que pudiera dejarla y hacer público lo nuestro. Ahora las cosas son más fáciles que hace veinte años, pero aun así, ¿te lo puedes imaginar?

No podía.

—¿Cuánto tiempo estuvisteis... —dijo sin poder creérselo aún—... juntos?

—Catorce años.

Otra bomba. Ella era una niña cuando empezó todo.

—¿Catorce años?

—Sí.

—¿Y los dos pudisteis mantenerlo en secreto todo ese tiempo?

Una sombra cruzó el rostro de Parker.

—Lo intentamos. Tu padre tenía un apartamento al oeste de Central Park. Nos encontrábamos allí.

Kat sentía que el corazón se le encogía.

—¿En la calle Sesenta y siete?

—Sí.

Cerró los ojos. Su apartamento. La traición crecía cada vez más. Pero, aun así, ¿era acaso más grave por el hecho de que Sugar fuera un hombre? No. Kat presumía siempre de tener una mentalidad abierta, ¿no? Cuando se había enterado de que su padre tenía una amante, no le había hecho gracia, pero lo había aceptado.

¿Por qué iba a ser peor ahora?

—Luego alquilé un apartamento en Red Hook, en Brooklyn —dijo Parker—. Íbamos allí. Viajábamos mucho juntos. Probablemente lo recuerdes. Fingía que salía con amigos, o de juerga.

—¿Y tú te travestías?

—Sí. Creo que así era más fácil para él. El hecho de que le vieran con una mujer, en cierto modo. En su mundo, era mejor ser raro que ser maricón. ¿Entiendes lo que te digo?

Kat no respondió.

—Yo ya iba travestido la primera vez que nos vimos. Hizo una redada en un club en el que yo trabajaba. Me dio una paliza. Estaba rabioso. Me llamó engendro. Recuerdo que mientras me daba de puñetazos tenía los ojos llenos de lágrimas. Cuando ves a un hombre con tanta rabia dentro, es casi como si se estuviera pegando a sí mismo. ¿Entiendes?

Una vez más, Kat no respondió.

—El caso es que después vino a verme al hospital. Al principio dijo que era para asegurarse de que no hablara, ya sabes, como si quisiera amenazarme, aunque los dos sabíamos la verdad. No ocurrió enseguida. Pero él sufría mucho. Le salía poco a poco, a trompicones. Supongo que ahora mismo querrás odiarle por todo eso.

—No le odio —dijo Kat, con una voz que apenas reconocía como propia—. Me da pena.

—La gente siempre habla de luchar por los derechos de los homosexuales y por la aceptación. Pero en realidad no es eso lo que buscamos la mayoría. Lo que queremos es la libertad para ser uno mismo. Poder vivir honestamente. Es muy duro vivir una vida en la que no puedes ser lo que eres realmente. Tu padre vivió bajo aquella presión horrible toda su vida. Temía que lo descubrieran más que a nada en el mundo, y sin embargo no podía dejarme. Vivía una mentira, y vivía aterrorizado ante la posibilidad de que alguien descubriera su mentira.

Ahora, Kat lo veía claro.

—Pero alguien lo descubrió, ¿no?

Sugar —de pronto Kat lo veía como Sugar, no como Anthony Parker— asintió.

Ahora era evidente, ¿no? Tessie lo sabía. Los habían visto juntos. Para los vecinos, eso significaba que a su padre le gustaban las prostitutas negras. Pero para un ojo más atento, para alguien que pudiera utilizar esa información en su beneficio, significaría algo diferente.

Significaría un «entendimiento».

—Un mafioso llamado Cozone me ha dado tu dirección —dijo Kat—. Fue él quien os descubrió, ¿no?

—Sí.

—¿Cuándo?

—Un mes o dos antes del asesinato de tu padre.

Kat levantó la cabeza, dejó al margen el hecho de que estuvieran hablando de su padre y adoptó de nuevo el rol de policía.

—Así que mi padre le seguía la pista a Cozone. Se estaba acercando. Cozone envió a sus hombres a que lo siguieran. A escarbar entre sus trapos sucios, si podían. A buscar algo que pudiera usar para obligarle a dejar de investigar.

Sugar no asintió. No tuvo que hacerlo. Kat lo miró.

—¿Sugar?

Sugar levantó lentamente la mirada del suelo y sus ojos se encontraron con los de Kat.

—¿Quién mató a mi padre?

—Número Seis se ha escapado —dijo Reynaldo.

—¿Cómo demonios...? —respondió Titus agarrando el teléfono con fuerza, pero se refrenó y cerró los ojos.

Compostura. Paciencia. Si perdía los estribos, lo perdía todo. Aguantó la rabia y, con toda la calma que pudo, preguntó:

—¿Dónde está ahora?

—Salió corriendo del cobertizo hacia el norte. Los tres vamos tras ella.

«Al norte —pensó Titus—. Vale, bien». Al norte había kilómetros y kilómetros de bosque. En su estado actual, allí no duraría mucho. Nunca había escapado nadie más de un minuto o dos, pero una de las ventajas de la granja era su aislamiento. Al norte solo había bosque. Al sur había que recorrer más de un kilómetro hasta llegar a la carretera principal. La entrada estaba vallada, y los límites a este y oeste también.

—Déjala que corra —dijo Titus—. Volved a la granja. Sitúa a Rick y a Julio en posición, por si acaba volviendo.

—Muy bien.

—¿Cuánto tiempo lleva fuera?

—Salió corriendo unos minutos después de que te fueras. Hacía tres horas.

—Bien, tenme informado —dijo, y colgó.

Se recostó en el asiento e intentó analizar la situación de forma racional. Hasta la fecha, la operación había dado más dinero del que se habría podido imaginar. El balance actual era de 6,2 millones de dólares. ¿Hasta dónde quería llegar?

La codicia acaba con los hombres, más que ninguna otra cosa.

¿Debía concluir que ahí se acababa la partida? ¿Había

llegado a su fin aquella operación tan rentable, al igual que había sucedido con otras en el pasado?

Sabía que no había aventura de negocio que durara toda la vida. Con el tiempo, echarían de menos a demasiada gente. Las autoridades tendrían que buscar más a fondo y, aunque Titus había intentado pensar en todas las eventualidades, sería presuntuoso por su parte pensar que podía seguir adelante indefinidamente sin que le pillaran.

Llamó a la granja. El teléfono sonó cuatro veces antes de que Dmitri respondiera.

—¿Sí?

—¿Estás enterado del problema? —preguntó Titus.

—Reynaldo me ha dicho que Dana ha escapado.

—Necesito que recuperes la información de su teléfono.

Los teléfonos móviles se pueden rastrear si se dejan encendidos, así que cuando llegaba un nuevo «invitado», Dmitri transfería toda la información de su teléfono al ordenador, simplemente copiando el contenido en el disco duro. Después, le quitaban las baterías al teléfono y las metían en un cajón.

—Dana Phelps —dijo Dmitri—. Ya lo tengo. ¿Qué necesitas?

—Búscame sus contactos. Necesito el teléfono de su hijo.

Titus oyó cómo tecleaba.

—Aquí está, Titus. Brandon Phelps. Tiene un número de móvil y otro de la facultad.

—Dame el del móvil.

Dmitri le dio el número de teléfono.

—¿Necesitas algo más?

—Puede que haya llegado el momento de abortar la operación.

—¿De verdad?

—Sí.

—Prepara los ordenadores para la autodestrucción, pero no la actives aún. Voy a coger al chico y a llevármelo.

—¿Por qué?

—Si Dana Phelps sigue escondida en algún sitio, tendremos que obligarla a salir. Cuando oiga sus gritos saldrá.

—No lo entiendo —dijo Sugar—. Pensaba que ya habían pillado al hombre que mató a tu padre.

—No. Él solo se cargó el muerto.

Sugar se puso en pie y se puso a caminar arriba y abajo, con la mirada perdida. Kat lo observaba.

—Cozone descubrió lo vuestro unos meses antes de morir, ¿no?

—Sí —respondió Sugar con lágrimas en los ojos—. Cuando Cozone empezó a chantajear a tu padre, todo cambió.

—¿Cómo cambió?

—Tu padre rompió conmigo. Dijo que habíamos acabado. Que le daba asco. Esa rabia, como la primera vez..., volvió a aparecer. Me pegó. Tienes que entenderlo. Dirigió esa rabia hacia mí, pero estaba rabioso sobre todo consigo mismo. Cuando vives una mentira...

—Sí, ya lo entiendo —le cortó Kat—. Ahora mismo no necesito una clase de psicología práctica. Era un homosexual que se odiaba a sí mismo, atrapado en un mundo de machos heteros.

—Lo dices con una gran frialdad.

—No, no tanto —dijo Kat, que sentía un nudo en la garganta que no se podía quitar—. Más tarde, cuando tenga tiempo de pensar en todo esto, me romperá el corazón. Y cuando eso ocurra..., cuando lo digiera, me destrozará pensar que mi padre sufriera tanto y que no fuera capaz de verlo. Me meteré en la cama con una botella en la mano y desapareceré del mundo el tiempo que haga falta. Pero, ahora mismo, no. Ahora tengo que hacer lo que pueda para ayudarle.

—¿Descubriendo quién lo mató?

—Sí, siendo la policía en que me convirtió él. ¿Quién lo mató entonces, Sugar?

Sugar negó con la cabeza.

—Si no fue Cozone, no lo sé.

—¿Cuándo fue la última vez que lo viste?

—La noche en que murió.

Kat hizo una mueca.

—Pensaba que habías dicho que habíais roto.

—Así es. —Sugar dejó de caminar y sonrió, con los ojos llenos de lágrimas—. Pero no podía olvidarme. Esa era la verdad. No podía seguir conmigo, pero tampoco podía dejarme. Me esperó en la puerta de atrás del club en el que yo trabajaba. —Sugar levantó la vista, perdiéndose en sus recuerdos—. Tenía una docena de rosas blancas en la mano. Mis favoritas. Llevaba gafas de sol. Yo pensaba que era para que no lo reconocieran. Pero, cuando se las quitó, vi que tenía los ojos rojos de tanto llorar. —Ahora las lágrimas le caían a Sugar por las mejillas, sin que pudiera evitarlo—. Algo maravilloso. Fue la última vez que lo vi. Y esa misma noche, más tarde...

—Lo asesinaron —dijo Kat acabando la frase por él.

Silencio.

—¿Kat?

—¿Sí?

—Nunca superé su muerte. Fue el único hombre al que he querido de verdad. Una parte de mí también le odia. Podíamos haber huido. Podíamos haber encontrado el modo de estar juntos. Con el tiempo tus hermanos y tú lo habríais entendido. Habríamos sido felices. Aguanté todos aquellos años porque existía la posibilidad. ¿Entiendes lo que quiero decir? Supongo que, en nuestra estupidez, pensábamos que, mientras estuviéramos vivos, cabía la posibilidad de encontrar el modo.

Sugar se arrodilló y cogió las dos manos de Kat entre las suyas.

—Te lo digo para que lo entiendas. Aún le echo de menos muchísimo. Cada día. Daría lo que fuera, sacrificaría lo que fuera, solo por estar con él unos segundos.

«Barreras —pensó Kat—. Mantén las barreras altas de momento. Aguanta».

—¿Quién lo mató, Sugar?

—No lo sé.

Pero ahora Kat ya tenía una sospecha de quién podría darle una respuesta. Solo tendría que obligarle a que le contara la verdad de una vez.

40

Desde el exterior de la comisaría, Kat llamó a Stagger al móvil.

—No creo que tengamos nada más que decirnos —dijo Stagger.

—Se equivoca. Acabo de hablar con Sugar. Creo que aún tenemos mucho que decirnos.

Silencio.

—¿Hola? —dijo Kat.

—¿Dónde estás?

—Voy a su despacho ahora mismo, a menos que tampoco sea un buen momento ahora mismo.

—No, Kat —dijo Stagger con un tono de preocupación en la voz, nuevo para Kat—. Ahora es un buen momento.

Cuando llegó, Stagger estaba sentado ante su mesa. Tenía las fotografías de su mujer y sus hijos delante, como si de algún modo pudieran protegerle. Kat lo miró duramente, acusándolo con los ojos de mentir y de algo peor. Stagger respondió enseguida. Hubo gritos y lágrimas, pero por fin Stagger reconoció muchas cosas.

Sí, Stagger sabía lo de Sugar.

Sí, Stagger le había prometido a Monte Leburne ciertos favores por su confesión.

Sí, Stagger lo había hecho porque temía que el asunto se volviera de dominio público.

—Yo no quería eso para tu padre —dijo—. No quería que arrastraran su nombre por el fango. Su nombre, pero también el suyo y el de tu familia.

—¿Y qué hay del tuyo? —replicó Kat.

Stagger hizo un gesto de «quizá sí, quizá no».

—Deberías habérmelo dicho —dijo Kat.

—No sabía cómo.

—¿Y quién lo mató?

—¿Qué?

—¿Quién mató a mi padre?

Stagger negó con la cabeza.

—¿De verdad no lo ves?

—No.

—Lo mató Monte Leburne. Cozone se lo ordenó.

Kat frunció el ceño.

—¿Aún sigues queriendo hacerme creer esa historia?

—Porque es cierta, Kat.

—Cozone no tenía motivos. Tenía pillado a mi padre.

—No —respondió Stagger con el mismo tono fatigado—, no lo tenía.

—Pero sabía de...

—Sí, lo sabía. Y por un breve lapso de tiempo Cozone tuvo a tu padre en un puño. Yo me quedé sin hacer nada, viendo como tu padre le daba cancha. Incluso se lo permití, así que quizá yo también tenía algo que perder. Cuando Cozone supo lo de Sugar, tu padre cambió. Estaba atrapado. No veía ninguna salida, hasta que...

Stagger no acabó la frase.

—¿Hasta que...? —le urgió Kat.

Stagger levantó la mirada.

—Hasta que no pudo más, supongo. Henry había vivido todos esos años engañándose, pero eso no había afectado a su trabajo. Ahora, de pronto, para proteger sus mentiras, tenía que poner en peligro su trabajo como policía. Todo hombre tiene su punto débil. Ese era el de tu padre. Así que mandó a Cozone a la mierda. Ya no le importaba.

—¿Y cómo reaccionó Cozone?

—¿Tú qué crees?

Los dos se quedaron allí de pie, en silencio.

—¿Entonces eso es todo?

—Exacto, Kat. Ya está.

Kat no sabía qué más decir.

—Tómate unos días más. Luego, vuelve al trabajo.

—¿No me traslada?

—No. Me gustaría que te quedaras. ¿Aún quieres que te cambie el compañero?

Kat negó con la cabeza.

—No, sobre eso estaba equivocada.

—¿Sobre qué?

—Sobre Chaz Faircloth.

Stagger cogió su bolígrafo:

—Kat Donovan acaba de admitir que estaba equivocada. Uno nunca deja de sorprenderse.

La puerta de la cocina de la granja estaba abierta.

Con el hacha en una mano, Dana Phelps abrió la puerta mosquitera, entró y la cerró con un chasquido apenas audible. Se detuvo un segundo e intentó recomponerse.

Pero solo un segundo.

Comida.

Allí delante, en la mesa, había una caja gigante de barritas de cereales, de esas que venden en las tiendas de comida cara.

Era la primera vez que experimentaba el drama del hambre. Sabía que probablemente sería más sensato buscar un teléfono —y lo haría—, pero cuando vio la comida allí mismo, tan cerca, le costó horrores resistirse.

«Quieta —se dijo—. Céntrate en lo importante».

Buscó un teléfono en la cocina. No había ninguno. Ahora que lo pensaba, no había cables por ningún lado. Había oído el ruido de un generador en el exterior. ¿Era así como se abastecían de electricidad? ¿Es que no había instalación telefónica?

No importaba.

Había un ordenador con conexión a internet en la otra sala. Eso lo sabía. Podía pedir ayuda usándolo. Se preguntó cuánto tiempo más estaría fumando el tipo del ordenador. Le había visto tirar el cigarrillo y volverse hacia ella. ¿Estaría encendiendo otro o...?

Oyó que se abría la puerta de delante.

Maldición.

Buscó dónde esconderse. La cocina era pequeña y austera. Había armarios y una mesa. Meterse debajo de la mesa no valdría de nada. No había mantel. Quedaría a la vista. La nevera era pequeña y marrón, como la que tenía en la universidad, en Wisconsin, cuando conoció a Jason. Dentro no se podía esconder. Había una puerta que posiblemente llevara a una bodega. Quizá podría bajar, si le daba tiempo.

Pasos.

Entonces le vino otro pensamiento a la cabeza: a la mierda lo de esconderse.

La puerta abatible de la cocina la separaba de la sala donde Titus la había interrogado. Si el tipo del ordenador entraba, si decidía ir a la cocina, Dana lo oiría y lo vería venir. No era como antes, en el bosque. Sí, estaba agotada. Sí, necesitaba una de esas malditas barritas de cereales. Pero ahora mismo, si el tipo del ordenador entraba en aquella cocina, Dana tenía el elemento sorpresa a su favor. Del todo.

Y tenía un hacha.

Los pasos se acercaban.

Se situó junto a la puerta. Quería asegurarse de tener espacio para asestar el hachazo, y sin embargo necesitaba echarse a un lado, para que él no la viera hasta que fuera demasiado tarde. El hacha pesaba una barbaridad. Se planteó cómo atacar. Si lanzaba el hachazo de arriba abajo, tendría muy poco ángulo. Si apuntaba al cuello, si intentaba cortarle la cabeza, el objetivo sería muy pequeño. Tendría que apuntar muy bien.

Los pasos ya sonaban justo al otro lado de la puerta.

Dana agarró el mango con ambas manos. Levantó el hacha y la sostuvo como un bateador a la espera de la bola. Ese sería el mejor ángulo, asestando el golpe como si se tratara de un bate de béisbol. Apuntando al centro del pecho, esperando hundir la hoja en lo más profundo de su corazón. Aunque se desviaba algo hacia la derecha, hacia la izquierda, hacia arriba o hacia abajo, también le causaría graves lesiones.

Los pasos se detuvieron. La puerta empezó a abrirse con un crujido.

Dana temblaba de la tensión, pero estaba lista.

De pronto sonó un teléfono.

Por un momento, la puerta se quedó inmóvil. Entonces una mano la soltó y la puerta volvió a su posición de partida.

Dana dejó caer el hacha hacia un lado. Por un momento posó los ojos de nuevo en la barrita de cereales.

El tipo del otro lado estaría ocupado, al menos por unos segundos. Agarró una barrita e intentó desenvolverla sin hacer ruido. Oyó que al otro lado de la puerta el tipo del ordenador decía: «¿Diga?».

«Nuevo plan —pensó—. Hacerse con unas cuantas barritas de cereales. Meterse en el sótano. Esconderse con el hacha y las barritas de cereales. Descansar. Recuperar fuerzas. Encontrar un lugar desde donde verlo venir y quizás atacarlo con el hacha».

El mono tenía bolsillos. Por una vez, algo a su favor. Sin dejar de masticar, se llenó los bolsillos de barritas de cereales. Podrían darse cuenta si la caja desapareciera de la mesa, pero que faltaran cinco o diez barritas de una caja que en principio tenía sesenta no llamaría la atención de nadie.

Dana se acercó a la puerta de la bodega cuando oyó al tipo del ordenador que le decía a quien estuviera al otro lado de la línea:

—Reynaldo dice que Dana se ha escapado.

Se quedó de piedra, escuchando. Oyó teclear y luego el tipo del ordenador volvió a hablar:

—Dana Phelps. Ya lo he apuntado. ¿Qué necesitas?

Dana tenía la mano en el pomo de la mano de la bodega. Volvió a oír el ruido de los dedos en el teclado.

—Aquí está, Titus. Brandon Phelps. Tiene un número de móvil y otro de la facultad.

Dana se metió la mano en la boca para no gritar.

Volvió a bajar la mano y agarró el mango del hacha. Oyó que el tipo del ordenador le daba a Titus el número de móvil de su hijo.

No, oh, Dios, no... Brandon no...

Se acercó algo más a la puerta de la cocina e intentó oír lo que decía, intentó descifrar para qué quería Titus el número de teléfono de su hijo.

Pero ¿no era evidente? Iban a ir a por su hijo.

La prudencia ya no entraba en la ecuación. Ahora todo era muy simple. Nada de ocultarse. Nada de quedarse en la bodega. Nada de preocuparse por su propia seguridad. Era una madre con un único pensamiento: salvar a Brandon.

Cuando el tipo del ordenador colgó, Dana salió corriendo de la cocina en su dirección:

—¿Dónde está Titus?

El hombre dio un respingo. Cuando vio que Dana se le echaba encima, abrió la boca para gritar socorro. Eso sería el fin. Si gritaba, si llamaba la atención de los demás...

Dana se movió con una velocidad y una rabia que no sabía que poseía. Tenía el hacha en alto, y la soltó contra el hombre sentado ante el ordenador con todas sus fuerzas.

No apuntó al pecho. Estaba demasiado bajo.

Las hojas del hacha golpearon directamente contra la boca, machacándole los dientes, abriéndose paso entre los labios y las mandíbulas. El chorro de sangre casi la cegó. El tipo cayó hacia atrás, golpeando el suelo con fuerza con la espalda. Dana tiró del hacha al mismo tiempo, intentando liberar la hoja, que salió de la cara con un ruido como de ventosa.

Dana no sabía si ya estaba muerto o no. Pero no había espacio para las dudas, ni para los escrúpulos. Ya se había mojado el rostro con su sangre. Ya tenía en la lengua el sabor a óxido.

Levantó el hacha de nuevo, esta vez bien alto, en vertical.

El hombre no se movió ni ofreció ninguna resistencia. El hacha cayó, abriéndole la cabeza en dos. La hoja se abrió camino a través del cráneo con una facilidad sorprendente, como si fuera una sandía. Las gafas tintadas se partieron en dos, cayendo a los lados de lo que antes había sido su rostro.

Dana no perdió tiempo. Dejó caer el hacha al suelo y se puso a buscar el teléfono a toda prisa.

Fue entonces cuando vio que la puerta de entrada estaba abierta.

El viejo perro estaba allí, observándola, meneando el rabo.

Dana se llevó un dedo a los labios, intentó sonreír y convencer al viejo perro de que todo iba bien.

Bo dejó de menear el rabo. Y entonces se puso a ladrar.

Reynaldo avanzaba por el bosque buscando atentamente cuando oyó un ladrido.

—¡Bo!

Conocía todos los ladridos de Bo. Ese no era el de saludo a una persona conocida. Era un ladrido de miedo, de pánico.

Con los otros dos hombres tras él, Reynaldo sacó la pistola y echó a correr hacia la granja.

41

Brandon se acababa de sentar en un taburete de bar que había en el apartamento de Kat cuando le llegó una llamada oculta al móvil.

Ya había contactado con todos los amigos que había podido para intentar entrar en EresMiTipo.com. Seis de ellos estaban ahora mismo hablando con él, en Skype; tenía todos sus rostros en la pantalla del ordenador. Sus amigos, que estaban en la facultad, tenían equipos más potentes y podrían actuar con más efectividad. Brandon trabajaría de forma remota, en colaboración con los que estaban en el campus.

Cogió el teléfono.

—¿Sí?

—¿Brandon? —dijo una voz que no reconoció.

—¿Sí? ¿Quién es?

—Tú escucha. Tienes dos minutos. Baja y sal a la calle. Gira a la derecha. En la esquina de Columbus Avenue verás un todoterreno negro. Súbete. Tu madre está en el asiento trasero.

—¿Qué...?

—Si no estás ahí en dos minutos, morirá.

—Un momento, ¿quién es...?

—Un minuto cincuenta y cinco segundos.

Clic.

Brandon saltó del taburete y salió corriendo hacia la puerta. La abrió de un tirón y se fue al ascensor. Estaba en la planta baja. Él estaba en el sexto.

Mejor usar las escaleras.

Lo hizo, dando saltos más que corriendo. Aún tenía el teléfono en la mano. Cruzó el vestíbulo y cruzó la puerta en estampida. Bajó los escalones hasta la calle de un salto y giró a la derecha por la calle Sesenta y siete, casi derribando a un hombre vestido con traje.

Eso no le detuvo. Siguió corriendo, escrutando los coches que tenía delante. Allí, en la esquina, junto a la cabina, había un todoterreno negro.

Estaba acercándose cuando volvió a sonar el teléfono. Sin dejar de correr, miró quién llamaba.

Otra vez llamada oculta. Ya estaba cerca del todoterreno. La puerta trasera se abrió. Se llevó el teléfono a la oreja y oyó a un perro que ladraba.

—¿Sí?

—¡Brandon, escúchame!

El corazón le dio un vuelco.

—¡¿Mamá?! Ya casi estoy en el coche.

—¡No!

Brandon oyó por el teléfono, de fondo, a un hombre que aullaba: «¡Bo!».

—¿Qué ha sido eso? ¿Mamá?

—¡No subas a ese coche!

—No entien...

—¡Corre, Brandon! ¡Tú corre!

Brandon se detuvo, intentó retroceder, pero del coche salieron dos manos que le agarraron de la camiseta. Un hombre intentó arrastrarlo al interior del todoterreno. En el forcejeo, el teléfono se le cayó al suelo.

Kat agradeció el paseo a través del parque, que le daba ocasión para aclararse la mente y pensar, pero todos aquellos rincones familiares no la reconfortaban como en otras ocasiones. Pensó en The Ramble, unas manzanas al norte, en cuando su padre trabajaba por allí, en lo que debía pasarle por la mente.

Cuando repasaba todo aquello mentalmente, cuando analizaba el comportamiento de su padre, el alcohol, sus ataques de rabia, sus desapariciones, todo adquiría sentido de un modo triste, patético. Te escondes toda la vida. Ocultas el corazón. Ocultas tu propio ser. La fachada se convierte en algo más que una cruda realidad.

Se convierte en tu cárcel.

Su pobre padre.

Pero nada de todo aquello importaba ya. Ya no. Era el pasado. El sufrimiento de su padre había acabado. Para ser la mejor hija que podía ser, para honrar su recuerdo u ofrecer la mejor compensación que se le puede dar a un fallecido, tenía que ser la mejor policía posible.

Eso significaba encontrar un modo de trincar a Cozone.

El teléfono móvil le sonó al salir del parque por el lado oeste. Era Chaz.

—¿Acabas de estar aquí?

—Sí, lo siento. Estaba con el capitán.

—Me ha dicho que vuelves.

—Seguramente —dijo ella.

—Me gustaría que lo hicieras.

—A mí también.

—Pero no te llamo por eso —dijo Chaz—. Estoy trabajando en esa lista de personas desaparecidas que me has pedido. Lo que tengo es solo preliminar.

—¿Pero?

—Tengo once adultos desaparecidos, incluidos Dana Phelps, Gerard Remington y Martha Paquet, en cuatro estados. Todos conocieron a alguien por internet recientemente.

Se le erizó el vello de la nuca.

—Dios mío.

—Sí, ya sé.

—Chaz, ¿has hablado con el subdirector Keiser?

—Se lo he enviado a su hombre de confianza. Van a escarbar más en el asunto. Pero once desaparecidos..., Kat. Quiero decir...

Chaz no acabó la frase. No había nada más que decir. Los federales sabrían qué hacer con aquello. Ellos habían hecho ya más incluso de lo que les tocaba. Kat colgó y cruzó la calle y llegó a la Sesenta y siete. Fue entonces cuando vio el jaleo en la esquina con Columbus Avenue.

¿Qué...?

Echó a correr. Al acercarse, vio a Brandon Phelps forcejeando. Alguien estaba intentando meterle en el asiento trasero de un todoterreno.

El viejo perro dio unos pasos, entrando en la casa, casi patinando en el suelo de madera empapado en sangre y sin dejar de ladrarle a Dana.

Ella, por supuesto, sabía qué quería decir con sus ladridos. El gorila —o Reynaldo, tal como acababa de llamarle el informático al que acababa de matar— oiría la tensión en el ladrido de su perro y acudiría a la carrera.

Lo primero que se le ocurrió fue esconderse. Pero no iba a hacerlo. Una extraña calma se apoderó de ella. Sabía muy bien qué tenía que hacer.

Tenía que salvar a su hijo.

No había ningún teléfono móvil a la vista. El único teléfono que veía, el único que había sobre la mesa, era un teléfono fijo gris conectado a la parte trasera del ordenador. No era portátil. Si quería usarlo, tenía que quedarse donde estaba. A plena vista.

Pues que así fuera.

Cogió el teléfono, se lo llevó al oído y marcó el número de su hijo. La mano le temblaba tanto que a punto estuvo de equivocarse.

—¡Bo! —aulló una voz.

Era Reynaldo. No estaba lejos. Era solo cuestión de tiempo. Aun así, no tenía elección. Por lo que había oído, Titus planeaba capturar a su hijo. Tenía que detenerlo. Era lo único que importaba. Sin más, ni remordimientos ni dudas.

El teléfono sonó. Dana se preparó, pero cuando oyó la voz de su hijo a punto estuvo de venirse abajo.

Los pasos ya resonaban con fuerza en el porche. Bo dejó de ladrar y salió trotando hacia su amo.

No quedaba tiempo.

—¡Brandon, escúchame!

Ella lo oyó jadear.

—¡¿Mamá?! Ya casi estoy en el coche.

—¡No!

—¡Bo! —gritó Reynaldo de nuevo.

—¿Qué ha sido eso? —preguntó Brandon—. ¿Mamá?

Dana agarró el receptor con más fuerza.

—¡No subas a ese coche!

—No entien...

Reynaldo estaría en la puerta en cualquier momento.

—¡Corre, Brandon! ¡Tú corre!

Kat sacó la pistola y corrió.

A lo lejos, veía que Brandon se debatía con fuerza, casi liberándose. Alguien que pasaba por la calle acudió a ayudarle, pero entonces salió el conductor del todoterreno.

Tenía una pistola.

Los peatones se pusieron a gritar.

—¡Quietos! —gritó Kat, pero la distancia y los gritos ahogaron su voz.

Los buenos samaritanos se echaron atrás. El conductor rodeó el coche y llegó hasta Brandon. Kat vio cómo levantaba la pistola y le asestaba un tremendo golpe a Brandon con ella.

El forcejeo acabó.

Brandon fue arrastrado al interior del coche y la puerta se cerró de golpe.

El conductor volvió corriendo a su sitio. Kat ya estaba más cerca. Estaba a punto de disparar, pero algo parecido al instinto le hizo detenerse. Había demasiados civiles en la calle como para arriesgarse a iniciar un tiroteo y, aunque tuviera suerte y lo abatiera, quienquiera que estuviera en el asiento trasero —quienquiera que hubiera agarrado a Brandon— también podía ir armado.

¿Qué hacer, pues?

El todoterreno negro salió disparado y giró a la izquierda por Columbus Avenue.

Kat localizó a un hombre que salía de un Ford Fusion gris. Le enseñó la placa y dijo:

—Este coche queda requisado.

El hombre hizo una mueca.

—Me toma el pelo, ¿no? No se va a llevar mi coche...

Sin perder un segundo, Kat le enseñó la pistola. Él levantó las manos. Le agarró las llaves de la mano derecha y se metió en el coche.

Un minuto más tarde iba por la calle Sesenta y siete, detrás del todoterreno. Cogió el teléfono móvil y llamó a Chaz:

—Estoy siguiendo un todoterreno negro, por la calle Sesenta y siete, girando a la derecha por Broadway.

Le dio el número de matrícula y le contó lo ocurrido.

—Probablemente alguno de los transeúntes ya habrá llamado a emergencias —dijo Chaz.

—Tú asegúrate de que sacan de en medio a todos los coches patrulla. No quiero que se agobien.

—¿Tienes un plan?

—Sí —dijo Kat—. Llama al FBI. Diles lo que ha pasado. Que envíen un helicóptero. Yo les seguiré la pista.

En el asiento trasero del todoterreno, Brandon seguía algo aturdido por el golpe en la cabeza. Titus le apuntó con la pistola.

—¿Brandon?

—¿Dónde está mi madre?

—La verás muy pronto. De momento, quiero que te estés quietecito. Si haces algo que no me guste, daré orden de que maten a tu madre inmediatamente. ¿Entendido?

Brandon asintió y se quedó inmóvil.

Titus estaba nervioso al pasar el puente George Washington. Se temía que la policía pudiera seguirles la pista, que alguien hubiera presenciado el numerito de Clem en la calle Sesenta y siete y que hubiera dado cuenta a las autoridades. Pero en la West Side Highway no habían encontrado mucho tráfico. Habían tardado menos de quince minutos, tiempo insuficiente, supuso Titus, para lanzar una orden de búsqueda. Aun así, Titus le dijo a Clem que saliera a la altura del hotel Teaneck Marriott, junto a la carretera interestatal 95. Se planteó robar otro coche, pero sería mejor limitarse a cambiar la matrícula. Encontraron otro todoterreno negro aparcado detrás y, con un destornillador a pilas, Clem cambió las matrículas en cuestión de segundos.

Volvieron a la autopista de Nueva Jersey y se dirigieron al sur, en dirección a la granja.

—¿Ya han enviado el helicóptero? —preguntó Kat.

—Han dicho que aún tardará cinco minutos.

—De acuerdo —dijo ella—. Un momento, espera.

—¿Qué?

—Acaban de parar en el Marriott.

—A lo mejor ahí es donde se alojan.

—Tú díselo a los federales.

Bajó por la rampa, manteniéndose a dos coches de distancia. Vio que se paraban en el aparcamiento y lo rodeaban, dirigiéndose a la parte trasera. Paró a un lado, asomándose lo mínimo para poder ver sin ser vista.

El conductor salió. Kat se planteó pasar a la acción, pero mientras no pudiera ver qué pasaba con Brandon en el asiento de atrás, sería demasiado arriesgado. Esperó y observó.

Un minuto más tarde volvía a estar en línea con Chaz:

—Solo han cambiado matrículas y han vuelto a la carretera.

—¿Hacia dónde?

—Al sur. Parece que van a meterse en la autopista de Nueva Jersey.

Reynaldo había corrido con todas sus fuerzas en dirección a los ladridos de Bo.

«Si esa mujer le ha hecho algo a Bo, si le ha tocado aunque solo sea un pelo de la cabeza...».

Si así fuera, él mismo se encargaría de que muriera lentamente.

Bo seguía ladrando cuando Reynaldo llegó al claro. Corrió con todas sus fuerzas, pateando el suelo con energía. Subió los escalones del porche de un salto y aterrizó en el suelo de madera.

Bo había dejado de ladrar.

«Oh, Dios... Oh, Dios, por favor, que no le haya pasado nada...».

Iba hacia la puerta cuando vio aparecer a Bo. Aliviado, se dejó caer de rodillas.

—¡Bo! —exclamó.

El perro corrió en su dirección. Reynaldo abrió los brazos y abrazó a su perro. Bo le lamió la cara.

Del interior de la casa le llegó la voz de Dana, que gritaba:

—¡Corre, Brandon! ¡Tú corre!

Reynaldo sacó la pistola. Estaba a solo unos pasos del umbral. Se puso en pie, dispuesto a poner fin a aquel problema de una vez por todas, cuando algo le hizo detenerse, presa del pánico.

Bo tenía las patas cubiertas de sangre.

«Si le ha hecho daño a mi perro, si le hace daño a ese pobre perro inocente que nunca ha hecho daño a nadie...».

Le examinó las patas delanteras en busca de heridas. Nada. Luego le miró las patas traseras. Nada. Reynaldo miró a Bo a los ojos.

El perro meneó el rabo como para decirle a Reynaldo que estaba bien.

Una sensación de alivio le inundó el cuerpo, pero al momento le vino otro pensamiento a la cabeza.

Si la sangre no pertenecía a Bo, ¿de quién era?

Tenía la pistola preparada. Apoyó la espalda contra la puerta. Cuando se giró y entró en la casa, se agachó por si le estaba esperando.

No hubo movimientos.

Entonces Reynaldo vio los restos de lo que en otro momento había sido Dmitri. ¿Eso se lo había hecho Dana?

La rabia lo consumía por dentro. Aquella zorra. ¡Eso lo iba a pagar, vaya si no! Pero... ¿cómo?, ¿cómo le había hecho eso a Dmitri? Respuesta: debía de estar armada. Debía de haber cogido algo del cobertizo. No había otra explicación para tanta sangre.

Siguiente pregunta: ¿Dónde estaba ahora?

Reynaldo vio las huellas de sangre en el suelo. Las siguió con la vista hasta donde acababan: en la puerta de la cocina. Cogió su *walkie-talkie* y llamó a Julio:

—Julio. ¿Estás detrás de la casa?

—Acabo de llegar.

—¿Ves sangre junto a la puerta de la cocina?

—No, nada. Aquí no hay nadie.

—Bien —dijo sonriendo—. Tened las pistolas a punto y apuntad hacia ahí. Puede que vaya armada.

42

Tras la Kerbs Boathouse, la antigua casa de baños con tejado de cobre de Central Park, estaba Aqua, con las piernas cruzadas, los ojos cerrados y la lengua apretada contra el paladar. Sus pulgares e índices formaban sendos círculos, y tenía las manos apoyadas junto a las rodillas.

Jeff Raynes se sentó a su lado.

—Ella me ha encontrado —le dijo.

Aqua asintió. Ese día se había tomado una buena dosis de medicamentos. Los odiaba. Le deprimían y le quitaban las fuerzas; le hacían sentirse como si estuviera bajo el agua y no pudiera moverse, como si no tuviera vida. Aqua a menudo se comparaba con una máquina de venta automática rota. Cuando estaba encendido, nunca sabías lo que te iba a dar. Podía ser un café ardiendo cuando pedías agua fría. Pero al menos la máquina estaba encendida. Cuando se tomaba las medicinas, era como si la máquina estuviera desenchufada.

Aun así, Aqua necesitaba tener la mente clara. No mucho rato, pero sí unos minutos.

—¿Aún la quieres?

—Sí. Eso ya lo sabes.

—Siempre la has querido.

—Siempre.

Aqua no abrió los ojos.

—¿Y tú crees que ella aún te quiere?

Jeff resopló.

—Ojalá fuera tan sencillo.

—Han pasado dieciocho años —dijo Aqua.

—No me vas a decir que el tiempo cura las heridas, ¿verdad?

—No. Pero ¿por qué estás aquí, Jeff?

Jeff no respondió.

—En cualquier caso, ¿no crees que esto de venir a hablar conmigo no tiene sentido?

—¿Qué quieres decir?

—Hoy la has visto.

—Sí —dijo Jeff.

—La dejaste escapar una vez. ¿De verdad crees que tienes la fuerza necesaria para volver a hacerlo?

Silencio.

Aqua abrió por fin los ojos. El dolor grabado en el rostro de su amigo le hizo fruncir el ceño. Alargó una mano y la apoyó en el brazo de Jeff.

—Tomé una decisión —dijo Jeff.

—¿Y qué tal te fue?

—No puedo arrepentirme. Si no me hubiera ido, ahora no tendría a mi hija.

Aqua asintió.

—Pero ha pasado mucho tiempo —dijo Aqua.

—Sí.

—A lo mejor todo pasó por algún motivo. A lo mejor así era como se suponía que tenía que ir tu historia de amor.

—Ella nunca me perdonará.

—Te sorprendería saber lo que puede superar el amor.

Jeff puso una mueca.

—¿El tiempo cura todas las heridas, todo ocurre por algún motivo y el amor lo puede todo? No te has dejado ningún tópico.

—¿Jeff?

—¿Qué?

—El efecto de las medicinas no me va a durar mucho más. En unos minutos me vendré abajo y me volverán los ataques de pánico. Pensaré en ti y en Kat..., y querré quitarme la vida.

—No digas eso.

—Entonces escúchame. Einstein definió la locura como el hecho de hacer la misma cosa una y otra vez y esperar resultados diferentes. Así pues, ¿qué vas a hacer, Jeff? ¿Vas a salir corriendo y a romperle el corazón y rompértelo tú de nuevo? ¿O vas a probar algo diferente?

Reynaldo sabía que tenía a Dana atrapada. Sin dejar de mirar las huellas sangrientas, se hizo un plano mental de la cocina. La mesa, las sillas, los armarios..., no tenía ningún lugar donde esconderse. Su única esperanza sería atacarle al entrar. O...

Sin previo aviso, empujó la puerta con fuerza con ambas manos.

No entró en la cocina. Ella podría estar esperando precisamente aquello. Si ella estuviera esperándolo junto a la puerta, si esperaba que él entrase de golpe para así poder sorprenderlo, de eso Reynaldo se daría cuenta.

Dana se movería, gritaría, se crisparía..., algo.

Para asegurarse, dio un paso atrás tras empujar la puerta.

Se abrió con fuerza, golpeó la pared y volvió a cerrarse. La hoja siguió oscilando ligeramente a ambos lados antes de quedar inmóvil.

No se había producido ningún movimiento al otro lado.

No obstante, Reynaldo había visto más huellas ensangrentadas.

Con la pistola en la mano, entró en la cocina. Apuntó a la derecha y luego a la izquierda.

Estaba vacía.

Entonces miró al suelo y vio de nuevo las huellas.

Llevaban a la puerta de la bodega.

Claro. Casi tuvo ganas de darse una bofetada. Pero no importaba. Sabía que la bodega solo tenía otra salida: una puerta de carga en el exterior cerrada con un candado.

Ahora sí, Número Seis estaba atrapada.

Le sonó el teléfono móvil. Era Titus. Reynaldo se llevó el teléfono a la oreja.

—¿Ya la has encontrado? —preguntó Titus.

—Creo que sí.

—¿Crees que sí?

Le explicó rápidamente lo de la puerta de la bodega.

—Estamos en camino —dijo Titus—. Dile a Dmitri que empiece a destruir los archivos informáticos.

—Dmitri está muerto.

—¿Qué?

—Dana lo ha matado.

—¿Cómo?

—Por lo que parece, tiene el hacha.

Silencio.

—¿Sigues ahí, Titus?

—Hay gasolina en el cobertizo —dijo Titus—. Mucha.

—Ya —respondió Reynaldo—. ¿Por qué lo dices?

Pero Reynaldo sabía la respuesta, ¿no? Y no le gustaba. Sabía que tenía que llegar aquel día. Pero aquella granja había sido su hogar. A Bo y a él les gustaba estar allí. Aquello aumentó aún más la rabia que sentía hacia aquella zorra que lo estaba arruinando todo.

—Empieza a rociarla por toda la casa —dijo Titus—. Vamos a prender fuego a todo.

Kat no tenía ni idea de adónde se dirigían.

Durante dos horas había seguido al todoterreno por la autopista de Nueva Jersey, habían tomado la salida de Pensilvania y habían seguido al norte de Filadelfia. El FBI había enviado un helicóptero. Les seguía a una distancia prudencial, pero eso no significaba que Kat pudiera relajarse.

El Ford Fusion tenía suficiente gasolina. Eso no le preocupaba. Y estaba en contacto constante con los agentes del FBI.

No tenían nuevos datos que darle. Las matrículas originales del todoterreno también eran robadas. Los de EresMitipo.com estaban poniendo trabas y habían exigido una orden de registro. Chaz había identificado a otras dos personas que quizá fueran posibles víctimas, pero no estaba seguro. Llevaría tiempo. Eso Kat ya lo sabía. En las series de policías, todo quedaba atado en una hora. En la realidad, siempre se tardaba mucho más.

Intentó no distraerse pensando en su padre ni en Jeff, pero, al ir pasando los minutos, no pudo evitarlo. Las palabras de Sugar seguían resonándole en los oídos, todo aquello sobre lo que sacrificaría, sobre todo lo que perdonaría a cambio de estar unos segundos más con Henry Donovan. Era evidente que el amor de Sugar era de verdad. No era simulado. Aquello le hizo preguntarse cosas: ¿había sido feliz su padre con Sugar?, ¿había conocido el amor y la pasión? Kat esperaba que sí. Cuando pensaba en ello sin más, pasando por alto sus no tan inconscientes prejuicios —al fin y al cabo, ella también estaba en esa onda—, Kat se sentía casi agradecida por ello.

Empezó a hacerse preguntas que empezaban por «¿y si...?», planteándose qué ocurriría si su padre de pronto se materializara en el asiento de al lado, si ella le dijera que lo sabía todo y que le habían dado una segunda oportunidad. ¿Qué haría su padre? La muerte desde luego enseña mucho. Si pudiera volver al pasado, ¿se sinceraría con su madre? ¿Viviría su vida con Sugar?

Eso sería lo que Kat querría para él. Eso sería también lo que Kat querría para su madre.

Honestidad. O... ¿cómo había dicho Sugar? La libertad de ser auténtico.

¿Se había acercado siquiera su padre a esa reflexión? ¿Se había cansado de tanta mentira y tanto engaño? Cuando se presentó en el club con flores para Sugar, ¿había reunido por fin las fuerzas para ser honesto consigo mismo?, ¿para ser «auténtico»?

Probablemente Kat nunca lo sabría.

Pero, si dejaba volar la imaginación, si apartaba la mente de la vital tarea de salvar a Brandon y a su madre de aquella banda de criminales, la pregunta más decisiva que se hacía Kat era, sin duda, algo mucho más actual. Suponiendo que su padre se materializara realmente en el asiento de al lado, suponiendo que le contara que había vuelto a ver a Jeff, que estaba

458

convencida de que tenían una oportunidad, que al verlo había entendido lo que decía Sugar de sacrificarlo todo por solo unos segundos con él...

¿Qué le diría su padre?

La respuesta, en aquel momento, resultaba evidente.

No importaba por qué había salido huyendo Jeff, por qué había cambiado de nombre, nada de todo eso. A Sugar no le importaría. A su padre no le importaría. La muerte te enseña eso. Que darías cualquier cosa, que perdonarías cualquier cosa, por solo un segundo más...

Cuando acabara todo aquello, Kat volvería a Montauk y le diría a Jeff lo que sentía.

El sol se estaba poniendo, tiñendo el cielo de un violeta intenso.

Miró hacia delante y vio que el todoterreno se desviaba por fin, tomando la salida que daba a la carretera 222.

Lo siguió. Allá donde fueran, ya no podía estar lejos.

—¿Para qué queréis a mi madre? —preguntó Brandon una vez más.

Titus perdió la paciencia y le asestó un golpe con la culata de la pistola, rompiéndole los dientes. La boca se le llenó de sangre.

Brandon se arrancó un trozo de la camiseta y se la apretó contra la herida. Entonces sí dejó de hablar.

Cuando entraron en la carretera 222, Titus miró el reloj. Estaban a menos de cuarenta minutos. Hizo sus cálculos: la magnitud del incendio, la visibilidad, el tiempo que tardarían en llegar los bomberos, especialmente si él los llamaba y decía que lo tenía controlado.

Una hora, al menos.

Ese era el tiempo que necesitaba.

Llamó a Reynaldo.

—¿Has acabado de esparcir la gasolina?

—Sí.

—¿Sigue atrapada en el sótano?

—Sí.

—¿Dónde están Rick y Julio?

—Uno en el jardín; otro en el patio trasero.

—Ya sabes lo que hay que hacer.

—Lo sé.

—Encárgate de todo. Enciende el fuego. Asegúrate de que lo quema todo. Luego ve a las cajas, y déjalo todo limpio.

Reynaldo colgó. Bo estaba junto al cobertizo. Ahí estaría seguro. Ahora mismo eso era lo más importante. Rick estaba delante de la casa. Reynaldo se le acercó.

—¿Has hablado con Titus? —le preguntó Rick.

—Sí.

—¿Vamos a prenderle fuego?

Reynaldo tenía el cuchillo oculto en la mano. Le apuñaló con rapidez, atravesándole el corazón. Rick estaba muerto antes de caer al suelo. Reynaldo cogió una caja de cerillas. Volvió a la casa, encendió una y la dejó caer en los escalones del porche.

Las llamas cobraron vida, viajando a gran velocidad en un reguero azul.

Reynaldo siguió adelante. Llegó a la puerta trasera. Llevaba la pistola en la mano. Apuntó y disparó a Julio en la cabeza. Encendió otra cerilla y la tiró junto a la puerta trasera.

Una vez más, las llamas crearon una espectacular oleada azul.

Dio unos pasos atrás para ver a la vez ambas salidas.

No había otra salida. Eso estaba claro. Dana se cocería en su propio jugo.

Observó cómo crecían las llamas cada vez más. No era pirómano ni nada por el estilo, pero era inevitable emocionarse ante el inmenso poder del fuego. Las llamas se extendieron rápidamente por la casa, devorándolo todo. Reynaldo escuchó atentamente, con la esperanza de oír los gritos de Dana. Pero no los oyó. Siguió mirando atentamente las puertas, especialmente la de la cocina, esperando que el fuego le hiciera salir corriendo, que apareciera una figura en llamas, impulsada por un dolor agonizante, trazando piruetas en una danza macabra y letal.

Pero eso tampoco ocurrió.

Reynaldo levantó el cuerpo de Julio y lo lanzó a las llamas. Tanto Julio como Rick acabarían calcinados, pero quizá resultaran identificables. Eso podía irles bien. Si alguien se llevaba las culpas, serían los muertos.

Las llamas habían adquirido su máxima potencia.

Aún no se oían gritos, ni se veía a nadie.

Reynaldo se preguntó si el fuego o el humo habrían matado a Dana. Quizá no lo supiera nunca, claro. No obstante, estaba seguro de que estaba muerta. No veía cómo podría haber escapado.

Y, sin embargo, al volverse y dar la espalda a la casa en llamas, sintió una curiosa sensación de intranquilidad.

43

Cuando Dana Phelps vio las llamas, bajó corriendo por el horrible camino que había recorrido tantas veces.

¿Cuál sería el último lugar donde la buscarían?

En las cajas.

Resultaba curioso pensar sobre adónde te lleva la suerte, el destino. Su marido, Jason, se había criado en Pittsburgh y era un gran seguidor de los Steelers, los Pirates y los Penguins. Le encantaba animar a sus equipos, pero entendía mejor que la mayoría lo mucho que influía el azar en los acontecimientos. Mucha gente estaba convencida de que, de haber habido cámaras de alta definición y normas para la revisión de las jugadas dudosas en los años setenta, habríamos visto que la bola golpeaba el suelo antes de que Franco Harris hubiera podido atraparla en aquella «recepción impecable». ¿Habría sido así? En ese caso, ¿habrían perdido los Steelers aquel partido, lo cual les habría impedido ganar cuatro títulos seguidos de la Super Bowl?

A Jason le encantaba hacerse preguntas así. No le preocupaban las cosas importantes: la ética en el trabajo, la escolarización, la forma física... La vida, sospechaba él, depende con demasiada frecuencia de las ocasiones. Todos queremos convencernos de que lo importante es el trabajo duro, la educación y la perseverancia, pero lo cierto es que la vida depende mucho más de cosas que llegan y pasan, y de la suerte. No queremos admitirlo, pero estamos condicionados por la suerte, por la oportunidad, por el destino.

En su caso, la suerte, la oportunidad y el destino habían querido que Bo tuviera sangre en las patas.

Al comprobar que el perro no tuviera heridas, Reynaldo había perdido unos segundos. Pocos, pero suficientes. Suficientes para que Dana pudiera dejar el teléfono y salir corriendo a la cocina, para allí darse cuenta de que la encontraría enseguida por las huellas de sangre.

¿Qué había hecho, pues?

No había tiempo para plantearse diferentes alternativas y planes elaborados. La idea se le ocurrió y, a su modo de ver, era buenísima. Fue directamente hasta la puerta de la bodega, la abrió y tiró los calcetines por las escaleras.

Luego, completamente descalza, consiguió salir al exterior dando saltitos en un esprint. Llegó al bosque y se ocultó. Unos segundos más tarde aparecía Julio.

En cuanto empezó el fuego, en cuanto las llamas empezaron a trepar por los laterales de la estructura de madera, Dana se dio cuenta de que estaban eliminando todo rastro. Todo se acababa. Corrió por el camino, recordando en aquel momento que nada más llegar, cuando le habían obligado a quitarse su vestido amarillo sin mangas, había visto algo que le había inquietado mucho.

Más ropa.

El sol se estaba poniendo a gran velocidad. La oscuridad ya se había extendido cuando llegó al claro. Allí había una pequeña tienda donde solía quedarse Reynaldo. Echó un vistazo rápido al interior. Había un saco de dormir y una linterna. Ningún teléfono móvil. Nada que pudiera usar como arma.

Por supuesto, aún tenía el hacha.

Cogió la linterna, aunque no se atrevió aún a encenderla. El claro que tenía delante era llano. La caja en la que la habían tenido recluida... —una vez más, no podía hacerse una idea de cuánto tiempo— estaba oculta, camuflada. Ni siquiera recordaba dónde estaba. Se acercó, se agachó y por fin encontró el candado abierto. Asombroso. Si no hubiera sido por el candado, habría pasado justo por encima de la puerta.

Una idea alocada le pasó por la mente: meterse en la caja y esconderse. ¿Quién en su sano juicio la buscaría allí dentro? Pero, por otra parte, ¿a quién en su sano juicio se le ocurriría, aunque fuera por su bien, meterse voluntariamente bajo tierra otra vez?

A ella no.

En cualquier caso, no se trataba de eso. La casa estaba en llamas.

Había caído la noche. Apenas veía nada. Se puso a gatear por la hierba, sin saber muy bien qué hacer. Había avanzado unos diez metros cuando golpeó con la mano algo metálico.

Otro candado.

Este estaba cerrado. Dana tuvo que darle dos hachazos para abrirlo. La puerta pesaba más de lo que se imaginaba. Tuvo que emplearse a fondo para levantarla.

Miró en el interior del oscuro agujero y se sobrecogió.

La mujer que había dentro la miró, sollozando:

—Por favor, no me mates.

Dana estaba a punto de echarse a llorar.

—Estoy aquí para salvarte, no para hacerte daño. ¿Puedes salir sola?

—Sí.

—Bien.

Dana gateó otros diez metros y encontró otro candado. Este lo pudo abrir de un solo hachazo. El hombre que había dentro también lloraba, y estaba demasiado débil como para salir. No esperó. Avanzó hasta una tercera caja y encontró el candado. Lo rompió, abrió la puerta y no se molestó siquiera en mirar dentro. Pasó a una cuarta caja...

Acababa de partir aquel candado con el hacha cuando vio unos faros junto a la casa.

Alguien acababa de llegar en coche.

Clem había abierto la valla. Luego había vuelto a ponerse al volante.

Titus no vio las llamas hasta que no estuvieron a medio camino de la casa.

Sonrió. Era una buena noticia. Si no se veía el fuego desde la carretera, tenía muchas posibilidades de que nadie avisara a los bomberos. Eso le daría tiempo suficiente para acabar con todo y limpiar cualquier rastro.

Reynaldo estaba más allá, arrastrando un cuerpo hacia las llamas.

—¿Qué demonios? —exclamó Clem—. ¿Ese no es Rick?

Titus, con toda la calma, apoyó el cañón de la pistola contra la nuca de Clem y disparó una vez. Clem cayó hacia delante, sobre el volante.

Todo aquello lo habían empezado Titus y Reynaldo. Y así acabaría.

Brandon gritó. Titus le apuntó con la pistola al pecho.

—Sal del coche.

Brandon salió, trastabillando. Reynaldo estaba allí, esperándole. Titus salió tras el muchacho. Por unos segundos, los tres se quedaron allí de pie, observando las llamas.

—¿Está muerta su madre? —preguntó Titus.

—Creo que sí.

Brandon soltó un grito agónico y primitivo. Se lanzó contra Reynaldo con los puños en alto. Reynaldo lo detuvo con un fuerte puñetazo en la barriga. Brandon cayó al suelo, intentando recuperar la respiración.

Titus apuntó con la pistola a la cabeza del muchacho, y le preguntó a Reynaldo:

—¿Por qué dices que lo crees?

—Porque creo que estaba en la bodega, como te he dicho antes.

—¿Pero?

Los ladridos de Bo atravesaron el aire de la noche. Titus agarró una linterna y la movió hasta que localizó a Bo, a su derecha. El viejo perro estaba mirando hacia el camino que llevaba a las cajas y ladraba como loco.

—Quizás... —dijo Titus— te equivocaras con eso de que estaba en la bodega.

Reynaldo asintió.

Titus le pasó la linterna.

—Ve por el camino. Ten la pistola a punto. Dispárala en cuanto se deje ver.

—Podría estar escondida —dijo Reynaldo.

—No lo estará mucho tiempo.

—¡Mamá! ¡No vengas aquí! ¡Corre! —gritó Brandon.

Titus le metió el cañón de la pistola en la boca, acallándolo.

—¿Dana? Tengo a tu hijo —gritó con todas sus fuerzas.

Se quedó pensando un momento, y luego añadió—: Sal, o sufrirá.

Se hizo el silencio.

—Muy bien, Dana, oye esto.

Titus le sacó la pistola de la boca a Brandon. Apuntó a la rodilla del chico y apretó el gatillo.

El grito de Brandon rompió el silencio de la noche en pedazos.

Kat había seguido por la carretera sin reducir la velocidad para no perder de vista el todoterreno. Estaba en contacto constante con el FBI. Les dio la dirección y paró unos cien metros más allá.

—Buen trabajo, agente —le dijo el subdirector Keiser—. Nuestros hombres deberían llegar en quince o veinte minutos. Quiero asegurarme de que tenemos suficientes hombres para capturarles.

—Tienen a Brandon, señor.

—Lo sé.

—No creo que debiéramos esperar.

—No puede entrar ahí sin más, agente. Tienen rehenes. Tiene que esperar a nuestro equipo, que entablen un diálogo. Ya conoce el procedimiento.

A Kat no le gustaba aquello.

—Con el debido respeto, señor, no estoy segura de que haya tiempo. Me gustaría que me diera permiso para entrar. No haré nada a menos que sea absolutamente necesario.

—No creo que eso sea buena idea, agente.

Eso no era un no.

Kat colgó el teléfono antes de que Keiser pudiera decir

algo más y lo puso en modo silencio. Llevaba la pistola en su funda. Dejó el coche donde estaba y retrocedió. Tendría que ir con cuidado. Habría cámaras de seguridad en la puerta, así que se fue a un lateral y saltó la valla. Ya estaba oscuro. El bosque era denso. Gracias a Dios en el Ford Fusion había encontrado un cargador incorporado, así que pudo usar la tenue luz de su iPhone como linterna.

Kat avanzaba lentamente entre los árboles cuando, un poco más adelante, vio las llamas.

Dana había conseguido abrir otra caja, cuando oyó la voz de Brandon que gritaba:

—¡Mamá! ¡No vengas aquí! ¡Corre!

Al oír la voz de su hijo se quedó paralizada. Entonces oyó a Titus:

—¿Dana? Tengo a tu hijo. —Dana se puso a temblar de arriba abajo—. Sal, o sufrirá.

Dana casi dejó caer la pesada puerta, pero la primera mujer a la que había ayudado estaba de pronto junto a ella. La mujer abrió la puerta, dejándola caer hacia el otro lado. Desde dentro de la caja, alguien soltó un gruñido.

Dana se dispuso a dirigirse hacia el camino.

—¡No lo hagas! —le susurró la mujer.

Confundida, aturdida, Dana se giró hacia la mujer.

—¿Cómo?

—No debes escucharle. Está jugando contigo. Tienes que quedarte aquí.

—No puedo.

La mujer le cogió la cabeza con ambas manos e hizo que la mirara a los ojos.

—Me llamo Martha. ¿Y tú?

—Dana.

—Dana, escúchame. Tenemos que abrir el resto de las cajas.

—¿Estás loca? Tiene a mi hijo.

—Lo sé. Y en cuanto te pongas al descubierto, os matará a los dos.

Dana negó con la cabeza.

—No. Puedo salvarlo. Puedo negociar...

La voz de Titus cortó el aire de la noche como la guadaña de la Parca:

—Muy bien, Dana, oye esto.

Las dos mujeres se volvieron al oír el disparo que atravesó el aire inmóvil de la noche.

El grito de Brandon se perdió en el de su propia madre.

Antes de que pudiera reaccionar, antes de que pudiera rendirse para salvar a su hijo, aquella mujer, Martha, la tiró al suelo y la inmovilizó.

—¡Suéltame!

—No —dijo Martha, tendida encima de ella, con una voz sorprendentemente tranquila.

Dana forcejeó con fuerza, pero Martha consiguió retenerla.

—Os matará a los dos —le susurró al oído—. Tú lo sabes. Por el bien de tu hijo, no puedes salir ahí fuera.

—¡Suéltame! —protestó Dana retorciéndose desesperadamente.

De nuevo la voz de Titus:

—Muy bien, Dana. Ahora voy a dispararle en la otra rodilla.

Kat avanzaba corriendo de un árbol a otro, siguiendo el protocolo y asegurándose de que no la veían, cuando oyó que aquel hombre amenazaba a Brandon.

Tenía que ir más rápido.

Un segundo más tarde, cuando Kat oyó el disparo y el grito de Brandon, mandó el protocolo al garete. Salió del bosque y echó a correr a toda velocidad por el camino. Por supuesto, si la veían sería presa fácil, pero eso no le parecía tan importante en aquel momento.

Tenía que salvar a Brandon.

Llevaba la pistola en la mano derecha. La respiración le resonaba en los oídos, como si alguien le hubiera colocado sendas caracolas junto a las orejas.

Más adelante vio el todoterreno, y a su lado un hombre con una pistola. Brandon estaba en el suelo, retorciéndose del dolor.

—Muy bien, Dana —gritó—. Ahora voy a dispararle en la otra rodilla.

Kat aún estaba demasiado lejos para dispararle.

—¡Alto! —gritó sin dejar de correr.

El hombre se volvió hacia ella. Durante medio segundo, no más, se quedó perplejo. Kat seguía corriendo. El hombre desvió la pistola, apuntándola a ella. Kat se echó a un lado. Pero aún estaba en su campo de visión. Estaba a punto de apretar el gatillo cuando algo le detuvo.

Brandon le había agarrado de la pierna.

Contrariado, el hombre le apuntó con la pistola.

Ahora Kat ya estaba lista. No se molestó en lanzar otro aviso.

Apretó el gatillo y vio que el cuerpo del hombre salía volando hacia atrás.

Desde algún punto a medio camino del claro, Reynaldo había podido oír los gritos en estéreo. Por detrás, oyó el de un chico al que acababan de disparar. Delante, oyó el de una madre angustiada que estaba pagando el precio de su huida.

Ahora no tenía dudas sobre su ubicación.

Las cajas.

No la dejaría escapar otra vez.

Reynaldo bajó corriendo hacia el claro que había sido su hogar todos aquellos meses. Estaba oscuro, pero llevaba la linterna. Apuntó la luz hacia la derecha, y luego hacia la izquierda.

Dana Phelps estaba tendida en el suelo, a unos veinte metros. Encima tenía otra mujer, que le pareció Número Ocho.

No se preguntó por qué estaba Número Ocho fuera de la caja, ni cómo había ocurrido. No gritó ni les lanzó ningún tipo de advertencia. Simplemente levantó la pistola y apuntó. Estaba a punto de apretar el gatillo cuando oyó un grito gutural, primitivo.

Alguien le saltó a la espalda.

Reynaldo dio un traspié, dejando caer la linterna pero agarrando la pistola con todas sus fuerzas. Echó el brazo atrás, aferrando a quien fuera que tuviera colgado a la espalda. Otra persona cogió la linterna y le golpeó con ella en la nariz. Reynaldo soltó un aullido de dolor y de miedo. Los ojos le lloraban.

—¡Dejadme en paz!

Reculó, intentando zafarse desesperadamente de la persona que tenía a la espalda. No lo consiguió. Un brazo le rodeó el enorme cuello y empezó a apretar.

Estaban por todas partes, echándosele encima.

Uno le mordió la pierna. Reynaldo sintió los dientes adentrándose en la carne. Intentó sacudir la pierna para liberarse del mordisco, pero solo consiguió perder el equilibrio. Trastabilló y cayó pesadamente.

Alguien le saltó al pecho. Otra persona le agarró el brazo. Era como una horda de demonios saliendo de la oscuridad.

O saliendo de las cajas.

El pánico hizo presa de él.

La pistola. Aún tenía la pistola.

Reynaldo intentó levantar la pistola, intentó mandar a aquellos demonios de vuelta al infierno a tiros, pero uno de ellos seguía sujetándole el brazo. No dejaban de atacarle. Eran cuatro. O cinco. No lo sabía. Implacables, como zombis.

—¡No! —gritó.

Ahora distinguía sus rostros. Estaba el calvo del Número Dos. El gordo del Número Siete. El Número Cuatro también se había apuntado. Alguien le golpeó de nuevo en la nariz con la linterna. La sangre le caía en la boca. Empezaba a nublársele la vista.

Con un rugido desesperado, Reynaldo se puso a apretar el gatillo de la pistola. Las balas se hundieron en la tierra sin hacer daño a nadie, pero la sorpresa y la impresión hicieron que el que le agarraba el brazo lo soltara de pronto.

Una última oportunidad.

Reynaldo hizo un esfuerzo supremo para liberarse. Levantó la pistola hacia arriba.

A la luz de la luna, Reynaldo distinguió la silueta de Dana Phelps encima de él. Apuntó, pero era demasiado tarde.

El hacha ya estaba cayendo.

El tiempo se volvió más lento. En algún lugar, a lo lejos, oyó el ladrido de Bo. Y después no oyó nada más.

44

El recuento total llevaría semanas, pero a los tres días ya habían desenterrado treinta y un cadáveres en la granja.

Veintidós eran hombres; nueve eran mujeres.

El más anciano era un hombre de setenta y seis años. La más joven era una mujer de cuarenta y tres.

La mayoría había muerto de disparos en la cabeza. Muchos presentaban síntomas de desnutrición. Unos cuantos mostraban lesiones graves aparte de las de la cabeza, incluidas amputaciones.

Los medios de comunicación publicaron todo tipo de titulares macabros: EL CLUB DE LA MUERTE. CITA CON EL INFIERNO. LA FLECHA ASESINA DE CUPIDO. LA PEOR CITA DEL MUNDO. Ninguno tenía ninguna gracia. Ninguno reflejaba el horror descarnado de aquella granja.

El caso ya no era de Kat. El FBI se hizo cargo. A ella ya le parecía bien.

Habían rescatado a siete personas, entre ellas Dana Phelps. Todas habían recibido tratamiento en el hospital de la zona y habían salido a los dos días. La excepción era Brandon Phelps. La bala le había reventado la rótula. Tendrían que operarlo.

Todos los artífices de aquel horror estaban muertos, con

una notable excepción: el líder, Titus Monroe, que había sobrevivido al disparo de Kat.

Estaba, no obstante, en estado crítico: en un coma inducido y con respiración artificial. Pero seguía vivo. Kat no sabía cómo sentirse al respecto. Quizá se le ocurriera algo si Titus Monroe llegaba a despertarse.

Unas semanas más tarde, Kat visitó a Dana y Brandon en su casa de Greenwich, en Connecticut.

En el momento en que entró con el coche, Brandon salió apoyándose en sus muletas para darle la bienvenida. Ella bajó y lo abrazó, y, por un momento, se quedaron agarrados el uno al otro. Dana Phelps les saludó, sonriente, desde el jardín. Sí, pensó Kat, aún estaba espléndida. Algo más delgada, quizá, con la rubia melena recogida en una cola de caballo, pero ahora su belleza parecía emanar más de la fuerza y la resistencia que de la buena suerte.

Dana tiró una pelota de tenis al aire. Estaba jugando con sus dos perros. Uno era un labrador negro hembra, Chloe.

El otro era un viejo labrador color chocolate, Bo.

Kat se le acercó. Recordó lo que Stacy le había dicho sobre los juicios de valor precipitados. Stacy tenía razón. La intuición era una cosa. Los prejuicios —sobre Dana, sobre Chaz, sobre Sugar, sobre cualquiera— eran otra.

—Qué sorpresa —le dijo Kat.

—¿Y eso?

—Pensé que el perro le traería malos recuerdos.

—El único error de Bo fue querer a la persona equivocada —dijo Dana lanzando la pelota por el césped y esbozando una sonrisa—. ¿A quién no le ha pasado?

Kat también sonrió.

—Bien pensado.

Bo salió corriendo hacia la pelota con todas sus fuerzas. La cogió con la boca y se la llevó a Brandon al trote. Él se agachó, apoyándose en una muleta, y le dio una palmadita en la cabeza. Bo dejó caer la pelota, meneó el rabo y le ladró para que volviera a tirarla.

—Me alegro de que hayas venido, Kat —dijo Dana, cubriéndose los ojos con una mano para protegerse del sol.

—Yo también.

Las dos mujeres se quedaron mirando a Brandon y a los perros.

—Siempre cojeará un poco —dijo Dana—. Al menos eso dicen los médicos.

—Lo siento.

Dana se encogió de hombros.

—No parece que le importe mucho. Está incluso orgulloso.

—Es un héroe —dijo Kat—. Si no se hubiera colado en aquel sitio web, si no hubiera deducido que tenías problemas...

No acabó la frase. No hacía falta.

—¿Kat?

—¿Sí?

—¿Y tú?

—¿Yo? ¿Qué?

Dana se volvió hacia ella.

—Quiero oírlo todo. Toda la historia.

—De acuerdo —accedió Kat—. Pero ni siquiera sé si ha acabado ya.

Cuando Kat llegó a su casa, en la calle Sesenta y siete, el día después de la operación en la granja, Jeff estaba sentado en el escalón.

—¿Cuánto tiempo llevas ahí esperando?

—Dieciocho años.

Jeff le pidió perdón.

—No lo hagas —dijo ella.

—¿El qué?

¿Cómo iba a explicárselo? Tal como había dicho Sugar, le habría concedido o perdonado cualquier cosa. Jeff había vuelto. Eso era lo único que importaba.

—No lo hagas, por favor. ¿Vale?

—De acuerdo.

Era como si un gigante invisible hubiera agarrado un momento de dieciocho años atrás en una mano, y aquel momento en la otra, los hubiera unido y los hubiera cosido el uno al otro. Por supuesto, Kat aún tenía preguntas. Quería saber más, pero, al mismo tiempo, tampoco parecía que importara. Jeff empezó a ponerla al día poco a poco. Dieciocho años atrás había pasado algo que le obligó a volver a Cincinnati. En su inconsciencia, o en un arranque caballeresco, pensó que Kat no le esperaría, o que no sería justo pedirle que le esperara. Aun así, tenía esperanzas de poder volver a ella y, sí, pedirle perdón, pero entonces se enzarzó en aquella pelea del bar. El novio borracho al que le rompió la nariz pertenecía a un grupo mafioso. Querían venganza, así que tuvo que huir y buscarse una nueva identidad. Dejó embarazada a la madre de Melinda y...

—Supongo que la vida se me fue de las manos.

Kat se daba cuenta de que no se lo estaba contando todo, de que estaba ocultando parte de la historia por motivos aún

476

desconocidos. Pero no le presionó. Curiosamente, la realidad era mejor de lo que había imaginado ella. Ambos habían aprendido mucho durante los años de dolor, pero quizá la lección más importante fuera la más simple: hay que cuidar lo que se valora. La felicidad es frágil. Hay que valorar cada momento y hacer todo lo posible para protegerlo.

El resto de la vida es, en cierto sentido, ruido de fondo.

Ambos habían sufrido el dolor de la pérdida, pero ahora sentían que así es como tenía que ser, que no habrían podido llegar a aquel punto álgido sin haber tocado fondo, que sus caminos tenían que separarse para que —por surrealista que pareciera— pudieran acabar juntos en un lugar mejor.

—Y aquí estamos —le dijo ella, besándolo con ternura. Ahora cada beso era tierno. Cada beso era como aquel de la playa.

El resto del mundo podía esperar. Ya se vengaría de Cozone. No sabía cómo ni cuándo. Pero un día llamaría a la puerta de Cozone y pondría fin a aquello, por su padre.

Más adelante.

Kat pidió un permiso. Stagger se lo dio. Tenía que salir de la ciudad. Alquiló una casa en Montauk, cerca de la casa de Jeff. Él insistió en que se alojara con ellos, pero a ella todo aquello le parecía demasiado precipitado. Aun así, pasaban juntos cada segundo del día.

La hija de Jeff, Melinda, se había mostrado desconfiada al principio, pero una vez vio a Kat y a Jeff juntos, todas sus dudas se desvanecieron.

—Le haces feliz —le dijo a Kat con lágrimas en los ojos—. Se lo merece.

Incluso el anciano exsuegro de Jeff la acogió en el redil. Por fin todo estaba bien. Era una sensación maravillosa.

Stacy se presentó un fin de semana. Una noche, mientras Jeff asaba carne en la barbacoa del patio para todo el grupo y las dos amigas contemplaban la puesta de sol con sendas copas de vino en la mano, Stacy sonrió y dijo:

—Yo tenía razón.

—¿Sobre qué?

—Sobre el cuento de hadas.

Kat asintió, recordando lo que le había dicho su amiga tiempo atrás.

—Pero es aún mejor.

Un mes más tarde, en casa de Jeff, Kat estaba tendida en la cama, con el cuerpo aún temblándole del placer, cuando el cuento de hadas tocó a su fin.

Se abrazó a la almohada y sonrió con satisfacción poscoital. Oía a Jeff cantando en la ducha. Aquella canción se había convertido en un recuerdo delicioso y a la vez en un temible soniquete que le perforaba el tímpano una y otra vez:

—«I ain't missing you at all...».

Jeff no era capaz de afinar ni que le mataran. «Dios —pensó Kat, negando con la cabeza—, un hombre tan guapo y que tenga una voz tan horrible».

Aún estaba disfrutando de aquel momento de deliciosa pereza cuando oyó que sonaba el teléfono móvil. Alargó la mano, apretó el botón verde y respondió:

—¿Sí?

—Kat, soy Bobby Suggs.

Suggs. El viejo amigo de la familia. El agente que había investigado el homicidio de su padre.

—Hola —dijo ella.

—Hola. ¿Tienes un minuto?

—Claro.

—¿Te acuerdas de que me pediste que examinara aquellas huellas antiguas? ¿Las que encontramos en el escenario del crimen?

—Sí.

—Desde luego, ha sido un lío. Por eso he tardado tanto. En el archivo no las encontraban. Los resultados habían desaparecido. Supongo que Stagger los tiraría. He tenido que procesarlas de nuevo.

—¿Ha encontrado las huellas?

—Tengo un nombre, sí. Aunque no sé qué significa.

La ducha había dejado de correr.

—¿De quién se trata?

Y entonces se lo dijo. A Kat se le cayó el teléfono de la mano. Cayó en la cama. Ella se lo quedó mirando. Suggs seguía hablando. Kat aún le oía, pero ya no distinguía las palabras.

Aún perdida, se volvió lentamente hacia la puerta del baño. Jeff estaba en el umbral con una toalla alrededor de la cintura. Incluso en aquel momento, después de aquella última traición, no pudo dejar de pensar lo guapo que era. Kat colgó.

—¿Me has oído? —le preguntó ella.

—Lo suficiente, sí.

Kat esperó un momento. Y luego dijo:

—¿Jeff?

—No quería matarle.

Kat cerró los ojos. Las palabras le cayeron encima como un puñetazo. Él se quedó allí de pie y dejó que contara hasta diez.

—El club —dijo Kat—. La noche que murió, fue a un club.

—Sí.

—¿Estabas ahí?

—No.

Ella asintió. Un club de transformismo.

—¿Aqua?

—Sí.

—Aqua lo vio.

—Sí.

—¿Y qué pasó, Jeff?

—Tu padre entró en aquel club con Sugar, supongo. Estaban allí, no sé. Aqua nunca me dio detalles. Eso es lo curioso. Él nunca habría dicho una palabra. Pero Aqua lo vio.

—¿Y papá también vio a Aqua?

Jeff asintió.

Henry conocía a Aqua del O'Malley's. Kat aún oía el tono de desaprobación de su padre cada vez que la veía con él.

—¿Qué pasó, Jeff?

—Tu padre perdió los nervios. Llamó a Stagger. Le dijo que tenían que encontrarlo.

—¿A Aqua?

—Sí. Tu padre no sabía que compartíamos la habitación, ¿no?

Kat no había tenido nunca motivo para contárselo.

—Era tarde. No sé. Las dos, las tres de la madrugada. Yo estaba abajo, en la sala de las lavadoras. Tu padre entró como una furia. Yo volví...

—¿Y qué pasó, Jeff?

—Tu padre le estaba dando una paliza. Aqua tenía la cara... desfigurada. Tenía los ojos cerrados. Tu padre estaba sentado a horcajadas sobre su pecho, aporreándole. Le grité que parara. Pero no me escuchó. No paraba de..., en fin.

—Jeff negó con la cabeza—. Pensé que quizás Aqua estaría ya muerto.

Kat recordó que Aqua había estado hospitalizado tras la muerte de su padre. Había supuesto que sería para recibir tratamiento psiquiátrico, pero ahora cayó en que también había sido tratado de otros problemas. Con el tiempo se recuperaría de las lesiones físicas, pero lo cierto era que nunca había recuperado por completo la salud mental. Antes ya había tenido episodios psicóticos. Pero después de aquella noche, después de la paliza que le había propinado su padre...

Por eso Aqua no dejaba de decir que era culpa suya. Por eso se culpaba de la ruptura, por eso se sentía en deuda y quería proteger a Jeff, llegando incluso al punto de atacar a Brandon.

—Le salté encima —dijo Jeff—. Luchamos. Me derribó. Yo estaba en el suelo. Se puso en pie y me dio una patada en el estómago. Le agarré de la bota. Fue a echar mano de la pistola. Aqua recuperó la conciencia y se le echó encima. Yo aún lo tenía agarrado por la bota. —Jeff apartó la mirada, consumido por el dolor—. Y entonces recordé que me habías dicho que siempre llevaba un arma allí, una pistola de repuesto.

Kat empezó a sacudir la cabeza, negando lo que se avecinaba.

—Buscó la pistola de nuevo con la mano. Le dije que parara. Pero no me escuchó. Así que le metí la mano en la bota y cogí la pistola de repuesto.

Kat seguía allí sentada, sin poder reaccionar.

—Stagger oyó el disparo. Tu padre debió decirle que se quedara vigilando o algo así. Entró corriendo, presa del pánico. Su carrera, como poco, estaba en juego. Íbamos a ir todos a la cárcel, dijo. Nadie nos creería.

Kat recuperó la voz:

—Así que lo encubrió.

—Sí.

—Y luego tú fingiste que no había pasado nada.

—Lo intenté

A pesar de todo, en los labios de Kat apareció una sonrisa:

—Tú no eres como mi padre, ¿verdad, Jeff?

—¿Qué quieres decir?

—Él podía vivir con las mentiras —dijo, y una lágrima le surcó el rostro—. Tú no podías.

Jeff no dijo nada.

—Por eso me dejaste. No podías decirme la verdad. Y no podías mirarme a los ojos el resto de tu vida ocultándome esa mentira.

Él no respondió. Ahora Kat ya sabía todo lo demás. Jeff había huido y había iniciado lo que él mismo había llamado una fase autodestructiva. Se metió en aquella pelea de bar. Una vez fichado, sus huellas coincidirían con las del dosier del homicidio. Stagger lo había encubierto, pero aquello no duraría para siempre. Probablemente el propio Stagger habría ido a Cincinnati, le habría explicado a Jeff que tenía que ocultarse, que si en algún momento iban a por él, no podían encontrarle.

—¿Te ayudó Stagger a adoptar la identidad de Ron Kochman?

—Sí.

—Así que al final acabaste viviendo una mentira de todos modos.

—No, Kat. Solo era otro nombre.

—Pero ahora sí que la estás viviendo, ¿no?

Jeff no dijo nada.

—Estas últimas semanas conmigo —continuó Kat— has

estado viviendo con esa mentira. ¿Qué pensabas hacer, Jeff? ¿Cuál era tu plan, ahora que estamos juntos otra vez?

—No tenía ninguno —dijo él—. Al principio, simplemente quería estar contigo. No me importaba nada más, ¿sabes?

Ella lo sabía, pero no quería oírlo.

—Pero, al pasar los días —dijo él—, empecé a hacerme preguntas.

—¿Cuáles?

—¿Era mejor vivir una mentira contigo o una verdad sin ti?

Kat tragó saliva.

—¿Llegaste a encontrar la respuesta?

—No. Pero ahora tendré que hacerlo. La verdad ha salido a flote. Se han acabado las mentiras.

—¿Así de fácil?

—No, Kat. Con nosotros nada es nunca así de fácil.

Se acercó a la cama y se sentó a su lado. No intentó abrazarla. No intentó acercarse demasiado. Ella tampoco se le acercó. Simplemente se quedaron allí sentados, mirando a la pared, asimilando todo aquello: las mentiras y los secretos, la muerte, el asesinato y la sangre, los años de dolor y soledad. Por fin, la mano de él se acercó a la de ella. La de ella cubrió el espacio restante, y se posó sobre la de él. Durante un buen rato se quedaron así, inmóviles, sintiendo el contacto, casi temiendo respirar. Y en algún lugar, quizás en la radio de algún coche que pasaba, o quizás en el interior de su cabeza, Kat oyó que alguien cantaba «I ain't missing you at all».

AGRADECIMIENTOS

El autor desea expresar su agradecimiento a las siguientes personas, no precisamente en este orden, porque no recuerda exactamente quién le ayudó con cada cosa: Ray Clarke, Jay Louis, Ben Sevier, Brian Tart, Christine Ball, Jamie McDonald, Laura Bradford, Michael Smith (sí, *Demon Lover* es una canción de verdad), Diane Discepolo, Linda Fairstein y Lisa Erbach Vance. Cualquier error que haya es culpa suya. Al fin y al cabo, ellos son los expertos. ¿Por qué iba a hacerme cargo yo de todo?

Si he olvidado poner tu nombre en esa lista, dímelo y te pondré en los agradecimientos del próximo libro. Ya sabes lo olvidadizo que soy.

También querría hacer una mención rápida a:

Asghar Chuback
Michael Craig
John Glass
Parnell Hall
Chris Harrop
Keith Inchierca
Ron Kochman
Clemente «Clem» Sison

Steve Schrader
Joe Schwartz
Stephen Singer
Sylvia Steiner

Estas personas (o sus seres queridos) han hecho generosas contribuciones a organizaciones benéficas de mi elección a cambio de que sus nombres aparecieran en esta novela. Quien quiera participar en el futuro, puede visitar www.harlanco ben.com o escribir a giving@harlancoben.com para más información.

HARLAN COBEN

MYRON BOLITAR

1. Motivo de ruptura

El agente deportivo Myron Bolitar está a las puertas de conseguir algo grande. El prometedor jugador de fútbol americano Christian Steele está a punto de convertirse en su cliente más valioso. Sin embargo, todo parece truncarse con la llamada de una antigua novia de Christian que todo el mundo cree muerta. Para averiguar la verdad, Bolitar tendrá que adentrarse en un laberinto de mentiras, secretos y tragedias.

2. Golpe de efecto

Parecía que la carrera de la tenista Valerie Simpson iba a ser relanzada de nuevo. Dejaría atrás su pasado fuera de las pistas. Pero alguien se lo ha impedido. A sangre fría. Como agente deportivo, Myron Bolitar quiere llegar al fondo del asunto y descubrir qué conexión hubo entre dos deportistas de élite en un pasado que cada vez se intuye más turbio.

3. Tiempo muerto

Diez años atrás, una lesión fatal acabó prematuramente con la carrera deportiva de Myron Bolitar. Ahora, una llamada del propietario de un equipo de baloncesto profesional le brinda la oportunidad de volver a la cancha. Pero esta vez no se trata de jugar profesionalmente, sino de infiltrarse de incógnito en el entorno del equipo para averiguar el paradero de un jugador misteriosamente desaparecido.

4. Muerte en el hoyo 18

En pleno apogeo del prestigioso Open estadounidense de golf, acaban de secuestrar a un adolescente. Se trata del hijo de una de las estrellas femeninas, Linda Coldren, y de su marido Jack, otro golfista profesional que este año tiene posibilidades de ganar el torneo. El agente deportivo Myron Bolitar acepta el encargo de intentar encontrar al muchacho. Puede resultar muy beneficioso para Myron... pero también puede arrepentirse de haber aceptado.

5. Un paso en falso

Brenda Slaughter es una estrella del baloncesto profesional. Como agente deportivo, Myron Bolitar tiene interés profesional por ella. Y también otro tipo de interés. De repente, la vida de Brenda puede correr peligro, y Myron decide protegerla. El origen de la pesadilla que está viviendo la jugadora puede encontrarse en su pasado, así que Myron tendrá que desentrañar el misterio si quiere salvarla.

6. El último detalle

A veces la calma es el preámbulo de la tempestad. El agente deportivo Myron Bolitar recibe una noticia totalmente inesperada: su socia Esperanza Díaz ha sido acusada del asesinato de uno de sus clientes, jugador de béisbol profesional. Naturalmente, la intención inicial de Myron es ayudar a su socia, pero el abogado de Esperanza le recomienda no mantener ningún contacto con él.

7. El miedo más profundo

La visita de una exnovia sorprende a Myron Bolitar. Y trae noticias perturbadoras. Su hijo se está muriendo y necesita urgentemente un trasplante. El único donante ha desaparecido. Pero eso no es todo. Hay algo más íntimo: el adolescente ¡es también hijo de Myron! Desde el momento en que conoce la noticia, para Myron el caso se convierte en el más personal de su vida.

8. La promesa

Hace seis años que Myron Bolitar lleva una vida tranquila sin intentar convertirse en un superhéroe. Eso va a cambiar por culpa de una promesa. Decidido a proteger a los hijos alocados de sus amigos, Myron cumple la promesa de ayudar a una chica que le pide que le lleve en coche. Él la deja en la dirección indicada y ella... desaparece misteriosamente. Sus padres están muy preocupados, y Myron es la persona que la vio por última vez.

9. Desaparecida

Hace una década que Myron Bolitar no sabe nada de Terese Collins, con la que mantuvo una tórrida relación. Por eso, su llamada desde París le coge totalmente por sorpresa. Tras la larga desaparición de Terese se esconde una trágica historia y un turbio pasado. Ahora es sospechosa del asesinato de su exmarido, y Myron es su única tabla de salvación.

10. Alta tensión, IV Premio RBA de Novela Negra

Suzze T es una famosa tenista retirada que se ha casado con una estrella de rock y además ahora está embarazada. Tras descubrir un mensaje anónimo en el que se pone en duda la paternidad de su hijo, el marido de Suzze T desaparece. Desesperada, la extenista recurre a Myron Bolitar como última posibilidad para salvar su matrimonio y quizá también la vida de su marido.

OTROS TÍTULOS DE HARLAN COBEN EN RBA

No se lo digas a nadie

El doctor David Beck y su mujer Elizabeth vivían desde muy jóvenes una idílica historia de amor. La tragedia acabó con todo. Elizabeth fue brutalmente asesinada y el criminal condenado a prisión. Sin embargo, David está lejos de encontrar la paz. Ocho años después de morir Elizabeth, la sangre vuelve a emerger, y David recibe un extraño mensaje que parece devolver a su esposa a la vida.

Por siempre jamás

De pequeño, Will Klein tenía un héroe: su hermano mayor Ken. Una noche, en el sótano de los Klein aparece el cadáver de una chica, asesinada y violada. Ante los abrumadores indicios que señalan a Ken como culpable, el hermano de Will desaparece. Una década después, Will descubre unas cuantas cosas más sobre su hermano.

Última oportunidad

Marc Seidman despierta en el hospital. Hace doce días tenía una vida familiar ideal, una bonita casa y un gran trabajo. Hoy todo eso ya no existe. Alguien le ha disparado, su esposa ha sido asesinada y su hija de seis meses ha desaparecido. Antes de que la desesperación más absoluta se adueñe de Marc, este recibe algo que le da esperanza: una nota de rescate.

Solo una mirada

Cuando Grace Lawson va a recoger un juego de fotos, observa con sorpresa que hay una que no es suya. Se trata de una fotografía antigua en la que aparecen cinco personas. Cuatro de ellas son desconocidas, pero hay un hombre que es exactamente igual que Jack, su marido. Al ver la foto, Jack niega ser él, pero por la noche, desaparece de casa llevándose esa foto. La huida de su marido llena de preguntas y dudas la cabeza de Grace.

El inocente

El destino cambió de repente la vida de Matt Hunter una noche fatal. Al presenciar una pelea, Matt quiso intervenir pacíficamente y acabó matando a un inocente de forma involuntaria. Nueve años después, ya como exconvicto, Matt intenta dejar atrás el pasado y todo parece volver a irle bien. Sin embargo, una simple llamada puede volver a cambiar el rumbo de su vida.

El bosque

Veinte años atrás, durante un campamento de verano, un grupo de jóvenes se adentró en el bosque y fueron víctimas de un asesino en serie. En ese grupo iba la hermana de Paul Copeland, y su cuerpo nunca apareció. Ahora, Copeland es el fiscal del condado de Essex y tendrá que decidir cómo afrontar el pasado y qué verdades deben ser desveladas.

Ni una palabra

Tia y Mike Baye no sospechaban que acabarían espiando a sus hijos. Pero Adam, su hijo de dieciséis años, se ha mostrado muy distante desde el suicidio de su mejor amigo. Su actitud les preocupa. Cada vez más. Porque detrás de Adam, detrás de secretos y silencios, se esconden algunas verdades inesperadas y una realidad teñida de tragedia.

Atrapados

Haley McWaid es una buena chica de la que su familia se siente orgullosa. Por eso, es extraño que una noche no vuelva a dormir a su casa. La sorpresa da paso al pánico cuando la chica sigue sin aparecer. Tres meses pasan rápido y la familia de Haley se teme lo peor. Una reportera, interesada en desenmascarar a depredadores sexuales, se centra en el caso de la familia McWaid.

Refugio

Las cosas para el joven Mickey Bolitar parecen no ir nada bien. Tras la muerte de su padre, se ha visto obligado a internar a su madre en una clínica de rehabilitación y a irse a vivir con su extraño tío Myron. Por suerte, ha conocido a una chica estupenda, Ashley. Sin embargo, la muchacha desaparece. Mickey decide seguir su rastro para encontrarla.

Quédate a mi lado

Megan, Ray y Broome son tres personas que notan el peso del pasado. Megan ahora es feliz con su familia, pero hace años caminó por el lado salvaje de la vida. Ray fue un talentoso fotógrafo documentalista al que el destino llevó a trabajar para la prensa amarilla. Y Broome es un detective obsesionado con un caso de desaparición archivado. A veces no es posible dejar el pasado atrás.

Seis años

Hace seis años, Jake vio cómo el amor de su vida, Natalie, se casaba con otro hombre. Él prometió dejarla en paz para que ella viviera feliz con su nuevo marido, Todd. A pesar de los años, no ha podido olvidarla ni un segundo. Por ello, al enterarse de la muerte de Todd, Jake no puede evitar asistir a su funeral. Allí le espera una incomprensible sorpresa que cambiará completamente la imagen que él tenía de Natalie.

Te echo de menos

Al consultar un sitio web de citas, Kat Donovan, policía de Nueva York, siente una conmoción al ver la foto de su exnovio Jeff, que le rompió el corazón hace dieciocho años. Pero, al intentar ponerse en contacto con él, su optimismo se transforma en sospechas y en un creciente terror. Kat tendrá que sumergirse en una oscuridad desconocida, pero no sabe si tendrá la fuerza necesaria para sobrevivir a lo que encontrará.